La mujer del camarote 10

Sobre la autora

Ruth Ware (Lewes, Sussex, 1977) estudió en la Universidad de Manchester y vivió un tiempo en París antes de instalarse en el norte de Londres. Ha trabajado como camarera, librera, profesora de inglés para extranjeros y jefa de prensa. Su debut literario, *En un bosque muy oscuro*, se convirtió en un sorprendente y rotundo éxito internacional, que repitió con *La mujer del camarote 10* (Salamandra, 2017), un *thriller* que se tradujo a treinta y dos idiomas y ocupó los primeros puestos de *best-sellers* de *The New York Times* y *The Sunday Times*. *Juego de mentiras* es su tercera novela.

Títulos publicados

La mujer del camarote 10 - Juego de mentiras

Ruth Ware

La mujer del camarote 10

Traducción del inglés de
Gemma Rovira Ortega

A Eleanor, con amor

En mi sueño, la chica iba a la deriva por las frías profundidades del mar del Norte, donde no llegaban los rayos del sol, lejos, muy lejos del batir de las olas y los graznidos de las gaviotas. Sus risueños ojos estaban blancos y henchidos de agua salada; la piel clara, llena de arrugas; la ropa, desgarrada por el roce con las rocas, se desintegraba, hecha jirones.

Sólo quedaba su largo pelo negro, que flotaba como frondas de algas oscuras, y se liaba en las conchas y en las redes de pesca, y aparecía en la orilla como madejas de cuerda deshilachada, lacio y sin vida, mientras el estruendo de las olas al romper en los guijarros me llenaba los oídos.

Al despertar sentí pavor. Tardé un rato en recordar dónde estaba, y aún más en darme cuenta de que el rugido que oía no formaba parte del sueño, sino que era real.

La habitación estaba a oscuras, con el mismo ambiente húmedo que en mi sueño, y cuando me incorporé y me quedé sentada noté un aire frío en la mejilla. Me pareció que el ruido provenía del cuarto de baño.

Un poco temblorosa, bajé de la cama. La puerta estaba cerrada, pero al dirigirme hacia allí el ruido se intensificó, y lo mismo hicieron los latidos de mi corazón. Me armé de valor y abrí la puerta de golpe. El ruido de la ducha invadía el reducido espacio, y busqué a tientas el interruptor. El cuarto de baño se iluminó, y entonces lo vi.

Escritas con letras de unos quince centímetros de alto, en el espejo empañado estaban las palabras: «NO TE METAS.»

PRIMERA PARTE

Viernes, 18 de septiembre

1

Lo primero que me hizo sospechar que pasaba algo raro fue despertar en la oscuridad y encontrarme a la gata tocándome la cara con la pata. Probablemente la noche anterior había olvidado cerrar la puerta de la cocina. El castigo por llegar a casa borracha.

—Vete —refunfuñé.

Delilah maulló y me empujó con la cabeza. Intenté hundir la cara en la almohada, pero ella seguía frotándose contra mi oreja, y al final me di la vuelta y la aparté sin contemplaciones.

Cayó al suelo y soltó un pequeño maullido de indignación, y yo me tapé la cabeza con el edredón. Pero, aun con la cabeza tapada, la oí arañar la base de la puerta haciéndola vibrar contra el marco.

La puerta estaba cerrada.

Me incorporé; de pronto, el corazón me latía muy deprisa. *Delilah* se subió a la cama e hizo un ruidito de alegría. La abracé contra el pecho para que se estuviera quieta y agucé el oído.

Tal vez había olvidado cerrar la puerta de la cocina, o apenas la había ajustado de un empujón, sin cerrarla del todo. Pero la puerta de mi dormitorio se abría hacia fuera, una peculiaridad del extraño diseño de mi apartamento. Era imposible que la gata se hubiera quedado encerrada por sus propios medios. Alguien tenía que haber cerrado la puerta.

Me quedé paralizada, sujetando el cuerpo cálido y jadeante de *Delilah* contra el pecho, e intenté oír algo.

Nada.

Y entonces, con gran alivio, se me ocurrió pensar que quizá estaba escondida debajo de mi cama y la había encerrado en el dormitorio yo misma al volver a casa. No recordaba haber cerrado la puerta de la habitación, pero cabía la posibilidad de que lo hubiera hecho, sin darme cuenta, después de entrar. Sinceramente, todo lo ocurrido desde que había salido de la estación de metro estaba borroso en mi memoria. En el trayecto de regreso a casa había empezado a dolerme la cabeza, y ahora que se me estaba pasando el pánico volvía a notar aquel dolor en la base del cráneo. Tenía que dejar de beber entre semana. A los veintitantos años lo llevaba bien, pero ahora ya no me resultaba tan fácil como antes librarme de las resacas.

Delilah empezó a retorcerse en mis brazos, nerviosa, y a clavarme las uñas, así que la solté mientras alcanzaba la bata, me la ponía y me ataba el cinturón. Luego volví a coger a la gata con la intención de enviarla a la cocina.

Abrí la puerta del dormitorio y vi a un hombre allí plantado.

No vale la pena que trate de describirlo, porque, creedme, lo intenté unas veinticinco veces ante la policía. «¿Ni siquiera un poquito de piel de las muñecas?», me preguntaban. No, no y no. Llevaba puesta una capucha y una bandana que le tapaba la nariz y la boca, y yo no me había fijado en nada más. Excepto en las manos.

Llevaba unos guantes de látex. Ese detalle fue lo que me aterrorizó. Aquellos guantes decían: «Sé muy bien lo que hago.» Decían: «He venido preparado.» Decían: «Es posible que busque algo más que tu dinero.»

Ambos nos quedamos inmóviles durante un segundo que se me hizo eterno, cara a cara. Él clavaba sus ojos, brillantes, en los míos.

Me pasaron miles de pensamientos por la cabeza, a toda velocidad: ¿dónde demonios estaba mi teléfono? ¿Por qué había bebido tanto la noche anterior? Si hubiera estado sobria, lo habría oído entrar. Dios mío, ojalá Judah estuviera conmigo.

Y aquellos guantes, sobre todo. Madre mía, aquellos guantes. Eran tan profesionales. Tan asépticos.

No dije nada. No me moví. Me quedé quieta, con la raída bata abierta, temblando. *Delilah* se escurrió de mis manos quietas y echó a correr por el pasillo hacia la cocina.

«Por favor —pensé—. No me hagas daño, por favor.»

Por Dios, ¿dónde estaba mi teléfono?

Entonces vi que el hombre tenía algo en las manos. Mi bolso, mi bolso Burberry nuevo, aunque ese detalle parecía sumamente banal. El bolso sólo era importante por una cosa: mi móvil estaba dentro.

Entornó los ojos, lo que me hizo pensar que quizá estuviera sonriendo bajo la bandana, y noté que la sangre no me llegaba a la cabeza ni a los dedos, que se me acumulaba en el centro del cuerpo, preparándolo para luchar o huir, una de dos.

El hombre dio un paso adelante.

—No... —dije. Pretendía sonar autoritaria, pero lo que me salió fue una súplica, una voz débil, aguda, temblorosa y patética que revelaba miedo—. N-no...

Ni siquiera pude terminar la frase. El hombre me estampó la puerta del dormitorio en la cara, y recibí un fuerte golpe en el pómulo.

Me quedé un buen rato allí de pie, paralizada, con una mano en la mejilla, muda de espanto y de dolor. Tenía los dedos congelados, pero notaba algo caliente y húmedo en la cara y tardé un poco en advertir que era sangre y en comprender que la moldura de la puerta me había hecho un corte en la mejilla.

Me habría gustado volver corriendo a la cama, meter la cabeza debajo de la almohada y llorar sin parar. Pero dentro de mi cabeza una vocecilla desagradable decía una y otra vez: «Todavía está ahí fuera. ¿Y si vuelve? ¿Y si viene por ti?»

Se oyó un ruido en el pasillo, el ruido de algo al caer, y sentí una oleada de miedo que, en lugar de impulsarme a la acción, me paralizó. «No vuelvas. No vuelvas.» Me di cuenta de que estaba conteniendo la respiración y me obligué a expulsar el aire, una exhalación larga y temblorosa, y entonces, muy despacio, obligué a mi mano a ir hacia la puerta.

Se oyó otro ruido en el pasillo: cristales rotos; de repente, agarré el picaporte y me preparé, con los pies descalzos bien afianzados en la madera vieja y gastada del parquet, lista para aguantar la puerta cerrada todo el tiempo que pudiera. Me agaché y me quedé en cuclillas, con las rodillas contra el pecho, tratando de ahogar mis sollozos con la bata, mientras lo oía saquear el apartamento y rezaba para que *Delilah* hubiera salido al jardín y estuviera fuera de peligro.

Por fin, tras un rato que me pareció una eternidad, oí que se abría y se cerraba la puerta de la calle. Permanecí allí sentada, llorando, sin poder creer que de verdad se hubiera marchado, que no fuera a regresar para hacerme daño. Tenía las manos entumecidas, rígidas y doloridas, pero no me atrevía a soltar el picaporte.

Volví a ver aquellas manos fuertes enfundadas en unos guantes de látex blancuzcos.

No sé qué habría pasado a continuación. Quizá me hubiera quedado allí toda la noche, incapaz de moverme. Pero oí a *Delilah* fuera, maullando y arañando la puerta por el otro lado.

—*Delilah* —dije con voz ronca. Me temblaba tanto la voz que casi no la reconocía—. ¡*Delilah*!

La oí ronronear a través de la puerta, aquel ruido áspero tan familiar, aquel roce de motosierra, y fue como si se rompiera el hechizo.

Dejé que mis dedos, agarrotados, soltaran el picaporte y los flexioné varias veces; a continuación, me levanté, traté de detener el temblor de mis piernas, volví a asirlo y lo hice girar.

Giró. Giró con demasiada facilidad, de hecho, sin ofrecer ninguna resistencia y sin mover el pestillo ni un milímetro. El ladrón había extraído el eje desde el otro lado.

Mierda.

Mierda, mierda, mierda. Estaba atrapada.

2

Tardé dos horas en salir del dormitorio. Como no tenía teléfono fijo, no podía llamar para pedir ayuda, y en la ventana había reja de seguridad. Rompí mi mejor lima de uñas forzando el pestillo, pero al final conseguí abrir la puerta y salir al estrecho pasillo. Mi apartamento sólo tiene tres habitaciones (una cocina, un dormitorio y un cuarto de baño diminuto) y desde la puerta de mi dormitorio alcanzas a verlas todas, pero no pude evitar asomarme a cada una de ellas, e incluso miré en el armario del recibidor, donde guardo el aspirador. Necesitaba asegurarme de que se había marchado.

Cuando subí los escalones hasta el portal de mi vecina, el corazón me latía a toda velocidad y me temblaban las manos. Mientras esperaba a que me abriera, no paraba de volver la cabeza y escudriñar la calle oscura. Había calculado que eran aproximadamente las cuatro de la madrugada, y tuve que aporrear la puerta un buen rato hasta que la desperté. Oí pisadas por la escalera y a la señora Johnson refunfuñando; cuando mi vecina abrió la puerta, dejando tan sólo un pequeño resquicio, su cara era una mezcla de sueño, confusión y temor, pero en cuanto me vio acurrucada en el umbral, en bata, con sangre en la cara y en las manos, su expresión cambió y retiró la cadenilla de la puerta.

—¡Madre mía! ¿Qué ha pasado?

—Me han entrado a robar.

Me costaba hablar. No sé si era por el frío otoñal o por la impresión, pero había comenzado a temblar de forma convulsiva y los dientes me castañeteaban tanto que tuve una imagen momentánea y espeluznante en la que se me rompía toda la dentadura. Ahuyenté ese pensamiento.

—Pero ¡si estás sangrando! —dijo mi vecina, muy angustiada—. ¡Válgame Dios, pasa, pasa!

Me guió hasta el salón con moqueta estampada de cachemir de su dúplex, una vivienda pequeña, oscura y exageradamente caldeada, pero que en ese momento me pareció un santuario.

—Siéntate, siéntate.

Señaló un sofá rojo y mullido, y entonces se arrodilló haciendo crujir las rodillas y empezó a manipular la chimenea de gas. Se oyó un «pum», y se encendieron las llamas, y noté que la temperatura aumentaba un grado mientras la mujer se levantaba con esfuerzo.

—Voy a prepararte una taza de té.

—No se moleste, señora Johnson, de verdad. ¿Cree que...?

Pero ella, seria, negó con la cabeza.

—Después de un buen susto no hay nada mejor que una taza de té dulce y calentito.

De modo que me senté, con las manos temblando entrelazadas alrededor de las rodillas, mientras mi vecina se afanaba en su pequeña cocina y volvía con dos tazas en una bandeja. Cogí la que me quedaba más cerca y bebí un sorbo, esbozando una mueca de dolor al tocar la taza caliente con un rasguño que tenía en la mano. El té estaba tan dulce que apenas reparé en el sabor de la sangre que se me estaba disolviendo en la boca, y supongo que fue mejor así.

La señora Johnson no se bebió el té: se quedó observándome, muy consternada y con la frente arrugada.

—¿Te ha...? —titubeó—. ¿Te ha hecho daño?

Sabía qué había querido decir. Negué con la cabeza, pero di otro sorbo abrasador antes de contestar. No estaba segura de poder hacerlo.

—No, no me ha tocado. Me ha golpeado con una puerta en la cara, por eso tengo este corte en la mejilla. Y luego me he hecho daño en la mano intentando salir del dormitorio. Me ha dejado encerrada.

De pronto me vi hurgando en el pestillo con la lima de uñas y unas tijeras. Judah siempre me regañaba si no utilizaba las herramientas adecuadas para cada trabajo: cuando desatornillaba un enchufe con la punta de un cuchillo de cocina, o cuando quitaba el neumático de una bicicleta con una palita de jardín. El fin de semana anterior, sin ir más lejos, se había reído de mí porque había tratado de arreglar la alcachofa de la ducha con cinta aislante, y tuvo que pasarse toda una tarde reparándola concienzudamente con resina Epoxi. Pero estaba en Ucrania, así que de momento no podía pensar en él. Si pensaba en él, lloraría, y si empezaba a llorar, quizá ya nunca pudiera parar.

—¡Ay, pobrecita!

Tragué saliva.

—Señora Johnson, muchas gracias por el té, pero en realidad he venido a preguntarle si me dejaría usar el teléfono. El ladrón se ha llevado mi móvil, y no puedo llamar a la policía.

—Por supuesto, claro que sí. Bébete el té, el teléfono está ahí.

Señaló una mesita auxiliar cubierta con un tapete donde había lo que era probable que fuera el último teléfono de disco de Londres, a excepción del que pudieran tener en alguna tienda *vintage* del barrio de Islington. Le hice caso y me acabé el té, y a continuación descolgué el auricular. Mi dedo índice se detuvo un instante sobre el 9, pero entonces suspiré. El hombre se había marchado. ¿Qué iba a hacer la policía? En realidad, aquello ya no era una emergencia.

Así que marqué el 101, el número para denuncias que no implicaban una emergencia, y esperé a que contestaran.

Y me puse a pensar en el seguro que no tenía, y en la cerradura reforzada que no había instalado, y en lo mal que había acabado la noche.

Seguía pensando en todo eso horas más tarde, mientras el cerrajero de emergencia cambiaba el pestillo cutre de la puerta principal por una cerradura en condiciones, y yo escuchaba su sermón sobre seguridad doméstica y sobre lo endeble que era mi puerta trasera.

—Este panel es de densidad media. Basta con una patada para echarlo abajo. ¿Quiere que se lo demuestre?

—No —me apresuré a contestar—. No, gracias. Ya lo haré cambiar. Usted no hace puertas, ¿verdad?

—No, pero tengo un amigo que sí. Antes de irme le daré su número de teléfono. Mientras tanto, pídale a su marido que clave un tablero de contrachapado de dieciocho milímetros como mínimo encima de ese panel. Supongo que no quiere que se repita lo de anoche.

—No —concedí. Ni muchísimo menos.

—Tengo un amigo policía que dice que una cuarta parte de los robos en viviendas son repeticiones: los mismos tipos vuelven para llevarse algo más.

—Genial —dije en voz baja. Justo lo que necesitaba oír.

—Dieciocho milímetros. ¿Quiere que se lo deje apuntado a su marido?

—No, gracias. No estoy casada.

Y, a pesar de tener ovarios, soy capaz de recordar un simple número de dos cifras.

—Ah, vale. Ahora lo entiendo —dijo, como si ese detalle demostrara algo—. Este marco tampoco es ninguna maravilla. Lo que necesita es una de esas barras de refuerzo. Si no, ya puede instalar la mejor cerradura del mundo, que si la arrancan del marco no sirve para nada. Tengo una en la furgoneta que quizá vaya bien. ¿Sabe a qué me refiero?

—Sí, las he visto —dije, cansada—. Es una pieza de metal que pasa por encima del cerrojo, ¿no?

Sospeché que el cerrajero intentaba sacarme todo el dinero que pudiera, pero a esas alturas no me importaba.

—Ya verá. —Se levantó y se guardó el escoplo en el bolsillo trasero—. Le instalaré la barra de refuerzo y clavaré un tablero de conglomerado en la puerta de atrás, todo gratis. En la furgoneta llevo uno del tamaño adecuado. Anímese, mujer. Le aseguro que, al menos por aquí, no volverá a entrar.

Por alguna razón, esas palabras no me tranquilizaron mucho.

· · ·

Cuando se marchó, me preparé una taza de té y me paseé por el apartamento. Me sentía como *Delilah* el día que un gato callejero se coló por la gatera y se hizo pis en el pasillo; mi gata recorrió todas las habitaciones durante horas, frotándose contra los muebles y orinando en los rincones para recuperar su territorio.

Yo no fui tan lejos y no oriné en la cama, pero tenía la misma sensación de que habían invadido mi espacio, la misma necesidad de reclamar lo que habían violado. «¿Violado? —dijo una vocecilla sarcástica dentro de mi cabeza—. Por favor, qué melodramática eres.»

Pero sí, me sentía violada. Ya no me encontraba a gusto en el piso: me parecía sucio e inseguro. Contar a la policía lo ocurrido había sido un suplicio: sí, vi al ladrón; no, no puedo describirlo. ¿Qué había en el bolso? Bueno, lo típico, mi vida: dinero, el teléfono móvil, el carnet de conducir, medicinas, casi todo lo que necesito, desde el rímel hasta el bono de transporte público.

El tono enérgico e impersonal del operador de la comisaría de policía aún me resonaba en los oídos.

—¿Qué tipo de teléfono?

—No era muy valioso —respondí cansinamente—. Sólo era un iPhone viejo. No recuerdo el modelo, pero puedo buscarlo.

—Gracias. Cualquier detalle que recuerde, como el modelo exacto o el número de serie, podría ayudar. Y ha mencionado unos medicamentos. ¿Podría concretarme cuáles?

Me puse a la defensiva de inmediato.

—¿Qué tiene que ver mi historial médico con esto?

—Nada. —El operador mostraba una paciencia infinita, y eso me ponía nerviosa—. Sólo lo digo porque hay medicamentos que tienen cierto valor de reventa.

Sabía que la rabia que me estaban despertando sus preguntas era irracional: él sólo hacía su trabajo. Pero era el ladrón quien había cometido el delito. ¿Por qué tenía la impresión de que era a mí a quien interrogaban?

Cuando me dirigía al salón con mi taza de té llamaron a la puerta. En el silencio del apartamento, los golpes sonaron tan amenazadores que tropecé, y luego me quedé quieta y encogida en el umbral.

Me asaltó la imagen aterradora de una cara encapuchada y unas manos enfundadas en unos guantes de látex.

Volvieron a llamar a la puerta, y entonces miré hacia abajo y me di cuenta de que la taza se me había caído de las manos y se había estrellado contra las baldosas del pasillo. Tenía los pies empapados de un líquido que iba enfriándose con rapidez.

Otra vez los golpes en la puerta.

—¡Un momento! —grité, enfadada y al borde de las lágrimas—. ¡Ya voy! ¿Quiere parar de golpear la maldita puerta?

—Lo siento, señorita —dijo el policía cuando por fin le abrí—. No sabía si me había oído. —Y entonces, al ver el charco de té y los fragmentos de la taza rota, añadió—: ¡Vaya! ¿Qué ha pasado? ¿Han entrado otra vez a robar? ¡Ja, ja, ja!

Ya era por la tarde cuando el agente acabó de redactar su informe, y, una vez que se marchó, encendí mi ordenador portátil. Lo tenía en el dormitorio en el momento del robo, era el único aparato que el ladrón no se había llevado. Aparte de mi trabajo, del que tenía muy pocas copias de seguridad, en él guardaba todas mis contraseñas, incluso (y me estremecí al pensarlo) un archivo que, por si fuera poco, había nombrado «cosas del banco». No contenía una lista de mis números pin, pero todo lo demás sí estaba allí.

Mientras el habitual aluvión de correos electrónicos caía en mi bandeja de entrada, vi uno con el asunto «¿piensas aparecer hoy ;)?», y, con un respingo, me di cuenta de que se me había olvidado por completo avisar a *Velocity*.

Iba a enviarles un correo, pero al final saqué el billete de veinte libras que guardaba para emergencias en una lata de té (por si tenía que coger un taxi y no llevaba dinero encima), y fui hasta la tienda cutre de móviles de la estación de metro. Tuve que regatear un poco, pero al final el dependiente me vendió un teléfono con tarjeta SIM de prepago por quince libras, y me senté en la cafetería de enfrente y llamé a la ayudante de edición de reportajes, Jenn, que se sienta a la mesa contigua a la mía.

Le conté lo que había pasado, aunque lo hice sonar más gracioso y más ridículo de lo que había sido en realidad. Insistí mucho en la imagen de mí misma intentando abrir la cerradura con una lima de uñas, y no le conté lo de los guantes ni le hablé de mi sensación general de terror e impotencia, ni de los espeluznantes y vívidos *flashbacks* que no paraban de acosarme.

—¡Qué fuerte! —Su voz, desde el otro extremo de la línea crepitante, delataba que estaba horrorizada—. ¿Estás bien?

—Sí, más o menos. Pero hoy no voy a ir a la oficina, tengo que ordenar el apartamento.

Aunque la verdad era que no estaba tan mal. El ladrón había sido encomiablemente pulcro. Al menos, para tratarse de un delincuente.

—¡Joder, Lo! ¡Qué palo! Oye, ¿quieres que busque a otro para que te cubra en lo de las Luces del Norte?

Estaba tan nerviosa que al principio me quedé con la mente en blanco. Luego empecé a recordar detalles concretos: el *Aurora Borealis*, un crucero *boutique* de superlujo que recorría los fiordos noruegos. De alguna manera (aún no sabía muy bien cómo), había tenido la suerte de hacerme con uno de los escasos pases de prensa de su viaje inaugural.

Aquello era una oportunidad enorme. Pese a trabajar para una revista de viajes, mi tarea consistía sobre todo en cortar y pegar comunicados de prensa y en buscar imágenes para artículos que me enviaba mi jefa, Rowan, desde parajes exóticos y sofisticados. En realidad, tendría que haber ido ella, pero por desgracia, cuando ya había dicho que sí, descubrió que el embarazo no le sentaba muy bien (tenía hiperémesis gravídica, por lo visto), y el crucero había ido a parar a mis manos como un gran regalo cargado de responsabilidad y posibilidades. Encargármelo a mí, cuando había empleados más veteranos a quienes Rowan podría haber hecho un favor, significaba un voto de confianza, y yo sabía que, si jugaba bien mis cartas en aquel viaje, tendría muchas más opciones cuando llegara el momento de competir por cubrir la baja de maternidad de Rowan, y quizá (sólo quizá) conseguir el ascenso que mi jefa llevaba años prometiéndome.

Además, era ese fin de semana. El domingo, en concreto. Me marchaba al cabo de dos días.

—No —contesté, y me sorprendió la firmeza con que lo había dicho—. No, no quiero pasárselo a nadie. Estoy bien.

—¿Estás segura? ¿Y tu pasaporte?

—Lo tenía en el dormitorio, el ladrón no lo encontró. Gracias a Dios.

—¿Estás segura del todo? —insistió, y detecté preocupación en su voz—. Es un asunto importante, no sólo para ti, sino también para la revista. Si no te apetece, Rowan preferiría que...

—Estoy perfectamente —la interrumpí.

No pensaba permitir que se me escapara aquella oportunidad. Si la dejaba pasar, quizá no volviera a presentárseme otra.

—Te lo prometo. Me apetece mucho hacerlo, Jenn.

—Vale, vale —concedió, casi a regañadientes—. Pues nada, a toda máquina, ¿eh? Esta mañana nos han enviado un dosier de prensa, te lo mando por mensajero junto con los billetes de tren. Tengo las notas de Rowan no sé dónde. Creo que lo fundamental es hacer un reportaje muy positivo que le dé mucho bombo a ese barco, porque Rowan confía en captarlos como anunciantes. Pero habrá algunos personajes interesantes entre los invitados, así que, si puedes hacer algo más, algún perfil o algo así, mucho mejor.

—Vale.

Cogí un bolígrafo del mostrador de la cafetería y empecé a tomar notas en una servilleta de papel.

—Recuérdame a qué hora sale.

—Tienes que coger el tren a las diez y media en King's Cross. Pero ya te lo pongo todo junto con el dosier de prensa.

—Perfecto. Gracias, Jenn.

—De nada —contestó ella. Me pareció que lo decía con cierta resignación, y me pregunté si habría abrigado esperanzas de ir en mi lugar—. Cuídate, Lo. Adiós.

Regresé a casa caminando despacio; aún no había anochecido del todo. Me dolían los pies y la mejilla, y quería llegar, prepararme un baño bien caliente y quedarme un buen rato allí.

La puerta de mi apartamento, en el sótano del edificio, estaba en sombras, como siempre, y volví a pensar que debía instalar una luz de seguridad, aunque sólo fuera para no tener que buscar las llaves a ciegas en el bolso; pero incluso en la penumbra vi la madera astillada alrededor de la cerradura, el sitio por donde el ladrón la había forzado. Lo milagroso era que yo no lo hubiera oído. «Bueno, qué esperabas, al fin y al cabo estabas borracha», dijo aquella vocecilla desagradable dentro de mi cabeza.

Pero la nueva cerradura de candado emitió un chasquido metálico muy tranquilizador cuando la abrí, y una vez dentro volví a cerrarla, me descalcé lanzando lejos los zapatos, recorrí el pasillo hasta el cuarto de baño, cansada, y reprimí un bostezo mientras abría los grifos y me sentaba en el váter para quitarme las medias. A continuación, empecé a desabrocharme la blusa. Pero entonces me detuve.

Suelo dejar la puerta del cuarto de baño abierta: estamos solas *Delilah* y yo, y las paredes tienden a coger humedad, porque el piso queda por debajo del nivel de la calle. Además, no me gustan los sitios cerrados, y el cuarto de baño se hace muy pequeño con la persiana de la ventana bajada. Pero, a pesar de que la puerta de la calle estaba cerrada con llave y la barra de refuerzo nueva en su sitio, comprobé la ventana y cerré la puerta con pestillo antes de seguir desnudándome.

Estaba cansada. Dios, estaba cansadísima. Imaginé que me quedaba dormida en la bañera, que resbalaba y me sumergía, y que al cabo de una semana Judah encontraba mi cadáver hinchado y desnudo. Me estremecí. Tenía que dejar de ser tan melodramática. La bañera sólo medía un metro veinte. Con lo que me costaba retorcerme para aclararme el pelo, dudaba mucho que pudiera ahogarme.

El agua estaba lo bastante caliente para que me escociera el corte de la mejilla. Cerré los ojos y traté de imaginarme en otro sitio, en algún lugar muy diferente de aquel cuarto angosto, frío y claustrofóbico, lejos de Londres, una ciudad sórdida y llena de delincuentes. Paseando por una fría playa nórdica, por ejemplo, escuchando el sonido balsámico del... ¿De qué mar? ¿Del Báltico?

Debo admitir que, para ser una periodista especializada en viajes, mis conocimientos de geografía son pésimos.

Pero seguían acosándome imágenes no deseadas. El cerrajero diciendo «una cuarta parte de los robos en viviendas son repeticiones». Yo, encogida de miedo en mi dormitorio, con los pies bien afianzados en el parquet. Unas manos fuertes enfundadas en unos guantes de látex blancuzcos, por los que se transparentaba el vello negro...

Mierda. ¡Mierda!

Abrí los ojos, pero esta vez el ejercicio de revisión de la realidad no me sirvió de nada. Sólo vi las paredes húmedas del cuarto de baño cerniéndose sobre mí, enclaustrándome...

«¡Se te va la pinza otra vez! —me chinchó mi vocecilla interna—. Te das cuenta, ¿verdad?»

Cállate. Cállate, cállate, cállate. Volví a cerrar los ojos, apreté los párpados y empecé a contar, despacio, obligando a las imágenes a salir de mi mente. «Uno. Dos. Tres. Inspira. Cuatro. Cinco. Seis. Espira. Uno. Dos. Tres. Inspira. Cuatro. Cinco. Seis. Espira.»

Al final las imágenes se retiraron, pero ya me habían estropeado el baño, y sentí una necesidad urgente de salir de aquel cuartito agobiante. Me levanté, me envolví con una toalla, me enrollé otra alrededor de la cabeza y fui al dormitorio. Mi portátil seguía encima de la cama.

Lo encendí, abrí Google y tecleé: «qué % robos repetición».

Cliqué al azar en uno de los enlaces que aparecieron y leí por encima hasta llegar a un párrafo que decía: «...ladrones reincidentes. Un estudio realizado a nivel nacional indica que, a lo largo de un período de 12 meses, entre el 25 y el 50 % de los robos son reincidencias; y entre el 25 y el 35 % de las víctimas lo son más de una vez. Según las cifras recogidas por las fuerzas policiales del Reino Unido, entre el 28 y el 51 % de los robos repetidos ocurren en el plazo de un mes, y entre el 11 y el 25% en el plazo de una semana».

Genial. Por lo visto, mi simpático y pesimista pitoniso, el cerrajero, estaba en lo cierto, y no me había tomado el pelo; aunque no acababa de entender que un 50 % de los robos fueran reincidencias pero sólo un 35 % de víctimas lo fueran más de una vez. De todas formas, no me hacía ni pizca de gracia contarme entre ellas. Me había prometido a mí misma que esa noche no iba a beber, así que, después de comprobar la puerta de la calle, la puerta trasera, los cierres de las ventanas y la puerta de la calle por segunda o quizá hasta por tercera vez, y de poner a cargar el teléfono móvil al lado de la cama, me preparé una manzanilla.

Me la llevé al dormitorio junto con el ordenador, el dosier de prensa del viaje y un paquete de galletas integrales de chocolate. Sólo eran las ocho y no había cenado, pero de pronto me sentía agotada, demasiado cansada para cocinar, demasiado cansada hasta para llamar por teléfono y pedir comida. Abrí el dosier de prensa del crucero nórdico, me arropé bien con el edredón y esperé a que el sueño acudiera a mí. Pero no vino. Me zampé el paquete entero de galletas mojándolas en la infusión y leí páginas y más páginas de datos y cifras sobre el *Aurora*. Sólo diez camarotes lujosamente equipados... Un máximo de veinte pasajeros... Tripulación escrupulosamente seleccionada, proveniente de los mejores hoteles y restaurantes del mundo... Ni siquiera las características técnicas del calado y el tonelaje del barco lograron que conciliara el sueño. Seguía despierta, destrozada y, aun así, en tensión.

Acurrucada en mi capullo, intentaba no pensar en el ladrón. Repasé con detenimiento todos los detalles que tendría que solucionar antes del domingo. Recoger las tarjetas de crédito nuevas. Hacer la maleta y documentarme para el viaje. ¿Vería a Jude antes de marcharme? Él intentaría llamarme a mi antiguo número de teléfono.

Dejé el dosier de prensa y abrí el correo electrónico.

«Hola, cielo», escribí, y entonces me detuve y me mordisqueé la esquina de una uña. ¿Qué podía decirle? No tenía sentido contarle lo del ladrón. Todavía no. Con eso sólo conseguiría hacer que se sintiera mal por no haber estado conmigo cuando lo necesitaba. «He perdido el teléfono —escribí—. Es una larga historia, ya te la contaré cuando vuelvas. Pero, si necesitas algo, mándame un correo, no me mandes mensajes al móvil. ¿A qué hora llegas el domingo? Yo tengo que ir a Hull temprano, por lo del crucero nórdico ese. Espero que podamos vernos antes de marcharme. Si no, nos vemos el fin de semana que viene, ¿vale? Lo x.»

Pulsé «enviar» con la esperanza de que no le extrañara que estuviera mandando correos electrónicos a la una menos cuarto de la madrugada, y luego apagué el ordenador, cogí mi libro y me puse a leer para ver si me dormía.

No funcionó.

A las 3.35 h fui haciendo eses hasta la cocina, cogí la botella de ginebra y me preparé un gin-tonic tan cargado como mi cuerpo pudiera aceptarlo. Me lo bebí de un trago, como si me tomara un medicamento, a pesar de que su sabor amargo me hizo estremecer, y luego me preparé otro y me lo bebí también, éste más despacio. Esperé un momento; notaba el cosquilleo del alcohol por las venas, cómo me relajaba los músculos y me calmaba los nervios crispados.

Llené el vaso bien cargado por tercera vez y me lo llevé al dormitorio. Me tumbé en la cama, tensa y nerviosa, con la mirada clavada en la esfera reluciente del reloj, y esperé a que el alcohol surtiera efecto.

«Uno. Dos. Tres. Inspira. Cuatro... Cinco... Cin...»

No recuerdo haberme quedado dormida, pero supongo que en algún momento lo conseguí. Estaba mirando el reloj con ojos soñolientos y dolor de cabeza, esperando a que marcara las 4.44 h, y de pronto me encontré pestañeando ante la cara peluda de *Delilah*, que acercaba su hocico bigotudo a mi nariz tratando de decirme que era hora de desayunar. Gemí un poco. El dolor de cabeza del día anterior había empeorado, aunque no estaba segura de si procedía del pómulo o se trataba de otra resaca. El último vaso de gin-tonic estaba, mediado, en la mesita de noche, junto al despertador. Lo olfateé y estuve a punto de vomitar. Debía de tener dos tercios de ginebra. ¿En qué estaba pensando?

El despertador marcaba las 6.04 h, lo que significaba que había dormido menos de una hora y media, pero estaba despierta, y eso ya no podía remediarlo. Así que me levanté, descorrí las cortinas y escudriñé el amanecer grisáceo. Unos finos rayos de sol conseguían llegar hasta mi ventana del sótano. Hacía un día frío y desapacible; me calcé las zapatillas y, temblando, recorrí el pasillo hasta llegar al termostato, dispuesta a cancelar el programador y encender la calefacción.

Como era sábado, no tenía que ir a trabajar; sin embargo, el papeleo que conllevaba asignar mi número de teléfono a un móvil nuevo y solicitar tarjetas de crédito nuevas me llevó casi todo el día, y por la noche estaba ebria de cansancio.

Me sentía casi peor que aquella vez que había vuelto de Tailandia vía Los Ángeles: una serie de vuelos de madrugada me dejaron hecha polvo por la falta de sueño y completamente desorientada. Llegó un momento, mientras sobrevolábamos el Atlántico, en que me di cuenta de que ya no podía dormir, de que era mejor desistir. Una vez en casa, me eché en la cama como si me lanzara a un pozo, me tiré de cabeza a la inconsciencia y dormí veintidós horas seguidas. Me desperté grogui y entumecida, con Judah aporreando la puerta con los periódicos del domingo.

Pero esta vez mi cama ya no era un refugio.

Necesitaba recomponerme antes de emprender ese viaje. Significaba una oportunidad valiosísima e irrepetible de demostrar mi valía tras diez años en el tajo del aburrido periodismo del corta y pega. Era mi ocasión de demostrar que podía conseguirlo: que yo, igual que Rowan, era capaz de establecer contactos, dar jabón a la gente y hacer que el nombre de *Velocity* apareciera entre los de los triunfadores. Y lord Bullmer, el dueño del *Aurora Borealis*, era sin ninguna duda un tipo de altos vuelos. Habría bastado un 1 % de su presupuesto para publicidad para mantener a flote *Velocity* durante meses, por no mencionar a todos los famosillos del mundo de los viajes y la fotografía que sin duda se contarían entre los invitados a ese viaje inaugural y cuyos nombres quedarían la mar de bien en nuestra portada.

No tenía previsto emplear una táctica agresiva con Bullmer durante la cena; no quería hacer nada tan burdo y comercial. Pero si conseguía añadir su número de teléfono a mi lista de contactos y asegurarme de que, cuando lo llamara, él contestaría... Bueno, con eso habría dado un gran paso hacia mi ansiado ascenso.

Por la noche, mientras introducía de forma mecánica trozos de pizza congelada en mi boca hasta que me sacié y no pude continuar, retomé la lectura del dosier de prensa, pero las palabras y las imágenes danzaban ante mis ojos, y los adjetivos, borrosos, se confundían unos con otros: «*boutique*... rutilante... lujoso... artesanal... hecho a mano...».

Bostecé y solté la hoja, miré la hora y vi que eran más de las nueve. Ya podía acostarme, gracias a Dios. Mientras comprobaba y volvía a comprobar que todas las puertas estaban bien cerradas, pensé que la única ventaja de estar tan agotada era que hacía imposible que se repitiera lo de la noche anterior. Estaba tan exhausta que, aunque entrara un ladrón, lo más probable era que siguiera durmiendo.

A las 22.47 h me di cuenta de que me había equivocado.

A las 23.23 h me puse a llorar como una tonta.

¿Ya estaba? ¿Nunca más podría volver a dormir?

Tenía que dormir. Lo necesitaba. Había dormido... Conté con los dedos, incapaz de calcularlo mentalmente. Menos de cuatro horas en tres días.

Olía el sueño. Casi alcanzaba a tocarlo, pero se me escapaba. Necesitaba dormir. Como fuera. Si no conseguía dormir, me volvería loca.

De nuevo me brotaban las lágrimas, y ni siquiera sabía de qué eran. ¿Lágrimas de frustración? ¿De rabia contra mí misma o contra el ladrón? ¿O de simple agotamiento?

Lo único que sabía era que no lograba conciliar el sueño, que colgaba como una promesa incumplida a escasos centímetros de mí. Sentía como si corriera hacia un espejismo que no dejaba de alejarse, que se retiraba más deprisa cuanto más desesperadamente corría yo. O que era como un pez en el agua, algo que tenía que atrapar y sujetar, pero que seguía escurriéndose de mis dedos.

«Por favor, quiero dormir...»

Delilah volvió la cabeza hacia mí, sorprendida. ¿Lo había dicho en voz alta? Ya ni lo sabía. Se me estaba yendo la olla, joder. De pronto vi una cara, unos ojos brillantes en la oscuridad.

Me incorporé. El corazón me latía con tanta fuerza que podía notar las pulsaciones en la parte trasera del cráneo.

Tenía que salir de allí.

Me levanté tambaleándome, medio en trance debido al agotamiento, y metí los pies en los zapatos y los brazos en las mangas del abrigo, encima del pijama. A continuación, cogí el bolso. Ya que no podía dormir, iría a dar un paseo. Iría a algún sitio. A cualquier sitio.

Si el sueño se resistía a venir hasta mí, iría yo a buscarlo.

3

A medianoche las calles no estaban vacías, pero tampoco parecían las mismas que yo recorría todos los días para ir al trabajo.

En el espacio entre los charcos de amarillo sulfúreo que dibujaban las farolas, las aceras estaban grises y oscuras, y un viento frío arrastraba papeles tirados que chocaban contra mis piernas, y perseguía hojas y basura por los bordillos. Debería haber sentido miedo: una mujer de treinta y dos años, claramente en pijama, que iba por la calle de madrugada era un blanco fácil. Sin embargo, me sentía más segura allí que en mi apartamento. Allí, alguien me habría oído gritar.

No tenía ningún plan, ninguna ruta prevista; mi única intención era recorrer las calles hasta que estuviera demasiado agotada para tenerme en pie. Cuando estuve cerca de la estación de Highbury & Islington me di cuenta de que había empezado a llover o, mejor dicho, de que debía de llevar un rato lloviendo, porque estaba empapada. Me detuve, con los zapatos calados, mientras mi mente exhausta y aturdida trataba de formular un plan, y mis pies volvieron a ponerse en marcha casi por sí solos, pero no hacia mi casa sino hacia el sur, hacia Angel.

No me di cuenta de adónde iba hasta que llegué allí. Hasta que me encontré plantada bajo el porche de su edificio, mirando con el ceño fruncido, confundida, el panel de los timbres, donde estaba escrito su apellido con su caligrafía pulcra y menuda: «LEWIS.»

No estaba en casa. Estaba en Ucrania, y no volvería hasta el día siguiente. Pero yo tenía sus llaves de repuesto en el bolsillo del abrigo y me sentía incapaz de regresar a casa a pie. «Puedes tomar un taxi —se quejó mi vocecilla interior, con sarcasmo—. No es de volver a pie de lo que te sientes incapaz. Cobarde.»

Sacudí la cabeza, salpicando de gotas de lluvia el panel de acero inoxidable, y revisé el llavero hasta que encontré la llave del portal. Abrí y entré en la portería, donde hacía un calor sofocante.

Subí a la segunda planta y entré con cautela en el piso.

Estaba completamente oscuro. Todas las puertas estaban cerradas, y en el recibidor no había ventanas.

—¿Judah?

Sabía que no estaba en casa, pero cabía la posibilidad de que le hubiera dejado el piso a algún amigo, y no quería provocar a nadie un infarto en plena noche. Sabía muy bien lo que era eso.

—Soy yo, Jude. Lo.

Nadie me contestó. El piso estaba en silencio, un silencio absoluto. Abrí la puerta de la izquierda, la de la cocina *office*, y entré de puntillas. No encendí la luz. Me quité la ropa mojada, el abrigo, el pijama, todo, y la dejé en el fregadero.

Desnuda, continué hasta el dormitorio, hacia la cama de matrimonio de Judah, vacía bajo la luz de la luna, con las sábanas grises revueltas, como si hiciera un momento que se hubiera levantado. Gateé hasta el centro de la cama, y palpé la suavidad de las sábanas, que olían a sudor y loción de afeitado, que olían a él.

Cerré los ojos.

«Uno. Dos...»

El sueño se abalanzó sobre mí, me sepultó como una ola.

Me despertaron los gritos de una mujer, y noté que había alguien encima de mí, sujetándome, alguien que intentaba agarrarme las manos mientras yo forcejeaba.

Una mano se cerró alrededor de mi muñeca, con una fuerza muy superior a la mía. Cegada por el pánico, palpé en la oscuridad con la mano que tenía libre buscando algo, cualquier cosa, que pudiera utilizar como arma y agarré la lámpara de la mesita de noche.

El hombre me había tapado la boca y me estaba asfixiando; su peso me impedía respirar, así que, con todas mis fuerzas, levanté la pesada lámpara y lo golpeé con ella.

Oí un grito de dolor y, a través de la niebla del terror, oí una voz, unas palabras entrecortadas y confusas.

—¡Soy yo, Lo! ¡Joder, soy yo, para!

«¿Qué?»

Ay, Dios.

Me temblaban tanto las manos que, cuando busqué el interruptor de la luz, lo único que conseguí fue tirar algo al suelo.

Oía a Judah jadeando a mi lado, y otro ruido, una especie de burbujeo, que me aterrorizó. ¿Dónde demonios estaba la lámpara? Entonces caí en la cuenta: se la había estrellado en la cara a Judah.

Me levanté de la cama como pude, con las piernas temblorosas, y encontré el interruptor que había junto a la puerta. El resplandor despiadado de una docena de bombillas halógenas invadió al instante la habitación e iluminó cada detalle de la escena aterradora que tenía ante mí.

Judah estaba en cuclillas encima de la cama, tapándose la cara con las manos, con la barba y el pecho manchados de sangre.

—¡Jude! ¿Qué te ha pasado?

Fui hasta él, las manos todavía me temblaban, y empecé a sacar pañuelos de papel de la caja que había junto a la cama. Él se los puso en la cara.

—¡Dios mío! ¿Qué ha pasado? ¿Quién gritaba?

—¡Tú! —gimoteó.

Los pañuelos ya estaban empapados del todo, rojos.

—¿Qué?

Todavía notaba los efectos de la adrenalina. Aturdida, miré alrededor buscando a la mujer y al agresor.

—Pero ¿qué dices?

—He entrado en casa —dijo, dolorido, y con los pañuelos de papel amortiguando su acento de Brooklyn—. Te has puesto a gritar, medio dormida. He intentado despertarte, y entonces... ya lo ves.

—Mierda. —Me tapé la boca con ambas manos—. Lo siento.

Los gritos me habían parecido tan reales... ¿De verdad había sido yo?

Con cuidado, Judah se apartó las manos de la boca. Había algo en el amasijo de papel rojo, algo pequeño y blanco. No me di cuenta hasta que lo miré a la cara: le faltaba un diente.

—¡Joder!

Me miró; todavía sangraba un poco por la boca y la nariz.

—Menuda bienvenida —fue lo único que dijo.

—Lo siento.

Se me hizo un nudo en la garganta, pero no quería llorar delante del taxista. Tragué saliva, pese al dolor.

—¿Judah?

Judah no dijo nada y siguió mirando por la ventanilla el amanecer gris que empezaba a desplegarse sobre Londres. Habíamos tenido que esperar dos horas en las urgencias del UCH, y luego se habían limitado a coserle el labio a Judah y derivarlo a un dentista de urgencias, que había vuelto a ponerle el diente en su sitio y le había dicho, más o menos, que cruzara los dedos. Por lo visto, podía salvar el diente si éste volvía a agarrar. Si no, tendría que ponerse un puente o un implante. Judah cerró los ojos, cansado, y a mí me atenazó el arrepentimiento.

—Lo siento —repetí, pero en un tono más angustiado—. No sé qué otra cosa decir.

—No, yo sí que lo siento —contestó él con desánimo. Dijo «shiento», como si imitara a Sean Connery borracho, porque la anestesia local que le habían puesto en el labio no le dejaba hablar bien.

—¿Tú? ¿Por qué lo sientes?

—No lo sé. Por cagarla. Por no estar allí contigo.

—¿Te refieres a cuando entró el ladrón?

Asintió con la cabeza.

—Sí. Pero también a muchas otras veces, la verdad. Ojalá no tuviera que viajar tanto.

Me incliné hacia él, y me rodeó con un brazo. Apoyé la cabeza en su hombro y escuché el lento y constante golpeteo de su corazón, pausado y tranquilizador en comparación con mi pulso irregular y agitado. Debajo de la chaqueta llevaba la camiseta manchada de sangre, y yo notaba la tela suave y gastada en la mejilla. Hice una inspiración larga y temblorosa y percibí su olor a sudor, y noté que mi pulso se desaceleraba para adaptarse al ritmo del suyo.

—No podrías haber hecho nada —dije sin apartarme de su pecho.

Él negó con la cabeza.

—De todas formas, debería haber estado contigo.

Cuando pagamos al taxista y, despacio, subimos los dos tramos de escalera hasta su piso, ya estaba amaneciendo. Miré el reloj y vi que eran casi las seis. Mierda, al cabo de pocas horas tenía que coger el tren que me llevaría a Hull.

Ya dentro, Judah se quitó la ropa y nos metimos en la cama, piel con piel. Me abrazó y, cerrando los ojos, hundió la cara en mi pelo. Estaba tan cansada que no podía ni pensar, pero, en lugar de tumbarme y rendirme al sueño, me puse encima de él y le besé el cuello, el vientre, la línea oscura de vello que señalaba su entrepierna como una flecha.

—Lo... —gimió.

E intentó levantarme para besarme, pero yo negué con la cabeza.

—No... Tu boca. Quédate tumbado.

Echó la cabeza hacia atrás, y su cuello se arqueó en el pálido haz de amanecer que entraba por las cortinas.

Hacía ocho días que no nos veíamos. Íbamos a pasar otra semana separados. Si no lo hacíamos ahora...

Después me quedé entre sus brazos esperando a que mi respiración y mi corazón se calmaran, y noté que una sonrisa arrugaba su mejilla, pegada a la mía.

—Esto ya se parece un poco más —dijo Judah.

—¿A qué se parece más?

—Al recibimiento que esperaba que me hicieras.

Me estremecí, y él me acarició la cara.

—Era una broma, cielo.

—Ya lo sé.

Nos quedamos un rato callados. Creí que estaba durmiéndose, y cerré los ojos y dejé que el cansancio se apoderara de mí, pero entonces noté que su torso ascendía, y los músculos de su brazo se tensaron cuando inspiró.

—Lo, no volveré a preguntártelo, pero...

No terminó la frase, no hizo falta. Yo sabía a qué se refería. A lo que me había dicho el día de Año Nuevo: quería que diéramos un paso más. Que viviéramos juntos.

—Deja que me lo piense —respondí por fin, con una voz tan apagada que no parecía la mía.

—Eso ya me lo dijiste hace meses.

—Es que sigo pensándomelo.

—Pues yo ya he tomado una decisión.

Me cogió por la barbilla y, con suavidad, acercó mi cara a la suya. Lo que vi en ella hizo que se me encogiera el corazón. Alargué una mano, pero él me la agarró.

—Lo, no sigas haciendo como si no pasara nada. He tenido mucha paciencia, y lo sabes, pero empiezo a creer que no estamos en el mismo punto.

Noté un revuelo en las tripas, producto de un pánico que ya conocía: una mezcla de esperanza y terror.

—¿Que no estamos en el mismo punto? —Compuse una sonrisa forzada—. ¿Ya has estado viendo «Oprah» otra vez?

Entonces me soltó la mano, y cuando se volvió vi que algo se había cerrado en su semblante. Me mordí el labio.

—Jude...

—No. En serio: no. Quería hablar contigo de esto, pero es evidente que tú no, así que... Mira, estoy cansado. Es casi de día. Vamos a dormir un poco.

—Jude —insistí, esta vez en tono suplicante, y me odié por ser tan cabrona, y lo odié a él por presionarme.

—He dicho que no —dijo con hastío, con la cara hundida en la almohada.

Pensé que se refería a nuestra conversación, pero entonces continuó:

—A un trabajo. En Nueva York. He rechazado una oferta. Lo he hecho por ti.

Mierda.

4

Estaba dormida, sumida en un profundo aturdimiento, como si me hubieran drogado, cuando el despertador me hizo recobrar a rastras la consciencia unas horas más tarde.

No sabía cuánto llevaba sonando, pero supuse que bastante. Me dolía la cabeza y me quedé quieta un buen rato tratando de orientarme, hasta que conseguí estirar un brazo y apagar el despertador antes de que desvelara a Judah.

Me froté los ojos y me desperecé para desentumecer los músculos del cuello y los hombros, y entonces me incorporé con mucho esfuerzo, bajé de la cama y fui hasta la cocina. Mientras se hacía el café, me tomé las pastillas y fui al cuarto de baño a buscar analgésicos. Encontré ibuprofeno y paracetamol, y otra cosa en un tarro de plástico marrón que, si no recordaba mal, le habían recetado a Judah una vez que se había lesionado la rodilla en un partido de fútbol. Abrí el tapón a prueba de niños y examiné las pastillas que había dentro. Eran enormes, mitad rojas y mitad blancas, y me impresionaron un poco.

Al final no me atreví a tomármelas y, del surtido de blísteres, me quedé con dos pastillas de ibuprofeno y un paracetamol de acción rápida. Las engullí con un trago de café (solo, porque la nevera estaba vacía, no había ni leche), y luego me bebí el resto de la taza, más despacio, mientras pensaba en lo que había pasado la noche anterior, en lo estúpida que había sido, en la noticia que me había dado Judah...

Estaba sorprendida. No, más que sorprendida: estaba impresionada. En realidad, nunca habíamos hablado de sus planes a largo plazo, pero yo sabía que echaba de menos a sus amigos de Estados Unidos, y a su madre y a su hermano pequeño, a quienes yo no conocía. Lo que había hecho... ¿Lo había hecho pensando en él mismo o pensando en nosotros?

Quedaba media taza de café en la cafetera; lo serví en otra taza y, con cuidado, la llevé al dormitorio.

Judah estaba despatarrado, atravesado en el colchón como si se hubiera caído allí. En las películas la gente siempre parece tranquila cuando duerme, pero Judah no. Tenía un brazo levantado que le tapaba la maltrecha boca, pero con su nariz aguileña y su frente arrugada parecía un halcón enfadado al que el disparo de un guardabosques hubiera derribado en pleno vuelo y todavía estuviera cabreado por ello.

Dejé la taza de café, con mucho cuidado, en su mesita de noche y, apoyando la cara en la almohada, a su lado, le besé la nuca. La noté tibia y sorprendentemente blanda.

Él se removió, dormido; estiró un brazo largo y bronceado y me cogió por los hombros. Entonces abrió los ojos, que parecían tres tonos más oscuros que su característico color avellana.

—Hola —dije en voz baja.

—Hola.

Arrugó la cara y bostezó, y entonces tiró de mí y me tumbó a su lado. Al principio me resistí, pensando en el barco, en el tren y en el chófer que me esperaba en Hull. Pero luego mis extremidades se doblaron como el plástico al fundirse y permití que me acurrucara su lado y su calor me envolviera. Nos quedamos así un momento, mirándonos a los ojos, hasta que yo alargué una mano y, con cautela, toqué la sutura adhesiva que le habían puesto en el labio.

—¿Crees que agarrará?

—No lo sé —contestó—. Espero que sí, porque el lunes debo ir a Moscú y no quiero tener que buscar un dentista allí.

No dije nada. Él cerró los ojos y se desperezó, y oí que le crujían las articulaciones. Entonces se tumbó sobre un costado y, con suavidad, me puso una mano ahuecada sobre un pecho desnudo.

—Judah... —Advertí en mi propia voz una mezcla de exasperación y deseo.

—¿Qué?

—No puedo. Tengo que irme.

—Pues venga.

—Me estoy yendo.

—¿Tan rápido?

Sus labios dibujaron una sonrisa socarrona.

—No seas tonto. Ya sabes a qué me refiero.

Me incorporé y sacudí la cabeza. Me dolía, y al instante lamenté haber hecho aquel movimiento.

—¿Qué tal la mejilla? ¿Bien? —me preguntó Judah.

—Sí.

Me toqué el pómulo. Lo tenía hinchado, pero no tanto como el día anterior.

Judah parecía preocupado y extendió un dedo para acariciarme el cardenal, pero yo me retiré de forma instintiva.

—Debería haber estado contigo —dijo.

—Ya, pero no estabas —repliqué, más irascible de la cuenta—. Nunca estás.

Él parpadeó y se incorporó apoyándose en los codos para mirarme. En su cara se apreciaba la suavidad del sueño, y todavía tenía las marcas que le había dejado la almohada.

—¿Qué demonios...?

—Ya me has oído. —Sabía que estaba siendo injusta, pero las palabras salieron en tropel de mi boca—. ¿Qué futuro tengo, Jude? Aunque venga a vivir contigo, ¿cuál es el plan? ¿Me quedo aquí sentada, tejiendo mi mortaja, como Penélope, y vigilando que no se apaguen los fuegos del hogar mientras tú bebes whisky escocés en algún bar de Rusia con los otros corresponsales extranjeros?

—¿A qué viene esto?

Protesté con un movimiento de la cabeza y bajé las piernas de la cama. Empecé a ponerme la ropa que había dejado en el suelo después de la visita a Urgencias.

—Es que estoy cansada, Jude.

«Cansada» era poco. Llevaba tres noches seguidas durmiendo poco más de dos horas.

—Y no sé muy bien qué sentido tiene todo esto. Ya resulta bastante difícil ahora que sólo estamos tú y yo. No quiero convertirme en la típica esposa atrapada en casa con un crío y una depresión posparto galopante mientras a ti te pegan un tiro en cualquier antro de mala muerte de este lado del ecuador.

—Los últimos acontecimientos parecen indicar que corro más peligro en mi propio piso —replicó Judah, y al ver mi cara hizo una mueca—. Lo siento, soy un gilipollas. No tendría que haber dicho eso. Fue un accidente, ya lo sé.

Me eché el abrigo, todavía húmedo, sobre los hombros y cogí mi bolso.

—Adiós, Judah.

—¿Adiós? ¿Qué quiere decir «adiós»?

—Lo que tú quieras.

—¿Y qué pasa si lo que quiero es que dejes de ser tan melodramática y vengas a vivir conmigo? ¡Te quiero, Lo!

Sus palabras me golpearon como una bofetada. Me detuve en el umbral y noté el peso del cansancio como algo sólido alrededor del cuello, tirando de mí hacia abajo.

«Unas manos con guantes de látex blancuzcos, el sonido de una risa...»

—Lo... —dijo Judah, vacilante.

—No puedo —contesté sin darme la vuelta, mirando hacia el recibidor. No sabía muy bien qué quería decir: no puedo irme, no puedo quedarme, no puedo tener esta conversación, esta vida, nada—. Tengo que irme.

—Entonces, el trabajo... —dijo, y la rabia empezó a notársele en la voz—. El empleo que he rechazado. ¿Me estás diciendo que me he equivocado?

—Yo no te he pedido que lo hagas. —Me temblaba la voz—. Nunca te lo he pedido. Así que no me responsabilices de eso.

Me colgué el bolso del hombro y me volví hacia la puerta.

Él no dijo nada. No intentó detenerme. Salí del piso tambaleándome como si estuviera medio borracha. Hasta que llegué al metro no fui del todo consciente de lo que acababa de pasar.

5

Me encantan los puertos. Me encantan su olor a alquitrán y a salitre y los graznidos de las gaviotas. Quizá tenga algo que ver con que, durante años, tomaba el ferry para ir a Francia, donde pasaba las vacaciones de verano, pero los puertos siempre me producen una sensación de libertad que no tengo en los aeropuertos. Los aeropuertos significan trabajo, controles de seguridad y retrasos. Los puertos significan... no sé. Algo del todo diferente. Evasión, tal vez.

Me había pasado el viaje en tren evitando pensar en Judah y había tratado de distraerme documentándome para el viaje que me disponía a emprender. Richard Bullmer sólo era unos años mayor que yo, pero su currículum bastó para hacerme sentir totalmente frustrada: una lista de negocios y cargos de dirección que casi logró que me saltaran las lágrimas, pues cada puesto era un peldaño más en el camino hacia un nivel mayor de riqueza y poder.

Abrí Wikipedia en mi teléfono, y me mostró a un hombre bronceado y atractivo con el pelo muy negro, del brazo de una rubia despampanante que no debía de tener ni treinta años. «Richard Bullmer con su esposa, la heredera Anne Lyngstad, el día de su boda, celebrada en Stavanger», rezaba el pie de foto.

Como tenía título nobiliario, yo había dado por hecho que su fortuna era heredada, pero, al menos según Wikipedia, había sido injusta con él. Sus primeros años sí fueron fáciles: colegio de primaria privado, Eton y Balliol. Sin embargo, en su primer año de universidad falleció su padre (por lo visto, su madre ya se había desentendido de él hacía tiempo por motivos que no quedaban muy claros) y la finca familiar se la habían pulido los impuestos de sucesiones y las deudas, dejándolo, a los diecinueve años, solo y sin casa.

En esas circunstancias, el hecho de haberse licenciado en la Universidad de Oxford ya podía interpretarse como un logro considerable, pero además, mientras estudiaba tercero de carrera, lord Bullmer había montado una *start-up* punto com. La salida a bolsa de la empresa en 2003 fue el primero de una serie de éxitos que culminaba con aquel crucero *boutique* de diez camarotes, concebido como refugio de superlujo para recorrer la costa escandinava. «Ideal para la boda de sus sueños, un acto de empresa deslumbrante con el que conquistar a sus clientes y dejarlos impresionados, o sencillamente para unas vacaciones exclusivas que su familia y usted jamás olvidarán», leí en el dosier de prensa mientras el tren circulaba a toda velocidad hacia el norte, y cuando pasé la página encontré un plano de la cubierta de pasajeros.

En la parte delantera del barco (la «proa», creía que se llamaba) había cuatro suites enormes y, en la parte trasera, otra sección con seis camarotes más pequeños distribuidos en forma de herradura. Cada camarote llevaba un número, pares e impares a sendos lados de un pasillo central, con el camarote 1 en la punta de la proa y los camarotes 9 y 10, contiguos, en la popa curvada del barco. Supuse que a mí me habrían asignado uno de los más pequeños; las suites debían de estar reservadas para los vips. En el plano no se indicaban las dimensiones, y arrugué el ceño al recordar algunos ferrys con los que había cruzado el Canal y sus habitacioncitas claustrofóbicas y sin ventanas. La perspectiva de pasar cinco días en un camarote como aquéllos no resultaba nada atractiva, pero confié en que, en un barco de esas características, los espacios fueran bastante más amplios.

Volví a pasar la página con la esperanza de encontrar alguna fotografía de los camarotes para tranquilizarme, pero lo que vi fue una imagen de un surtido espectacular de manjares escandinavos expuestos sobre un mantel blanco. Por lo visto, el chef del *Aurora* se había formado en el Noma y El Bulli. Bostecé y me froté los ojos; noté la arenilla del cansancio y el peso de todo lo sucedido la noche anterior, que caía una vez más sobre mí.

Me vino a la mente la cara de Judah cuando me marché de su casa, con los puntos en la herida que le había hecho con la lámpara, y torcí el gesto. Ni siquiera sabía muy bien qué había ocurrido. ¿Habíamos roto? ¿Había dejado a Judah? Cada vez que intentaba reconstruir la conversación, mi agotada mente intervenía para añadir cosas que yo no había dicho y respuestas que me habría gustado dar, y hacía que Judah pareciera más negado y más ofensivo para justificar mi propia posición, o más incondicionalmente afectuoso para tratar de convencerme de que no iba a pasar nada. Yo no le había pedido que rechazara aquel empleo. Entonces, ¿por qué de repente se daba por hecho que debía agradecérselo?

Me quedé dormida unos treinta miserables minutos en el coche que me llevó de la estación al puerto, y cuando el chófer me despertó, con toda su jovialidad, para avisarme de que habíamos llegado, fue como si me echaran agua fría en la cara. Salí con torpeza del coche, adormilada y aturdida, y me recibieron un sol intenso y el azote de la brisa salitrosa.

El chófer me había dejado casi junto a la pasarela del *Aurora*, pero cuando vi el puente de mando del barco, de acero, casi no pude creer que estuviera en el sitio correcto. Lo que tenía ante mí coincidía con lo que había visto en el folleto: unos ventanales enormes en cuyos cristales se reflejaba el sol, sin una sola huella ni una sola mancha de agua salada, y una reluciente pintura blanca, tan reciente que parecía que la hubieran terminado esa misma mañana. Pero lo que no me cuadraba eran las dimensiones. El *Aurora* era muy pequeño: más que un buque de pasajeros, parecía un yate grande. Ahora entendía lo que habían querido decir al llamarlo «*boutique*»; había visto ferrys más grandes conectando las islas griegas, sin ir más lejos. Parecía imposible que todo lo que se mencionaba en el folleto (biblioteca, solárium, spa, sauna, sala de fiestas y el resto de ofertas presuntamente indispensables para los consentidos pasajeros del *Aurora*) pudiera caber en aquel barquito minúsculo. Su tamaño, junto con la perfección de su pintura, hacía que pareciera de juguete, y de pronto, mientras caminaba por la estrecha pasarela de acero, me asaltó una desconcertante imagen del *Aurora* como un barco encerrado en una botella (diminuto, perfecto, aislado e irreal), y, con cada paso que daba, sentía que me iba encogiendo para caber en él. Era una sensación extraña, como si mirara al revés por un telescopio, y sentí un mareo cercano al vértigo.

La pasarela se balanceaba bajo mis pies; más abajo, las aguas oscuras y oleaginosas del puerto se arremolinaban y succionaban, y tuve la impresión momentánea de que el acero cedía y me caía. Cerré los ojos y me agarré a la fría barandilla metálica.

Entonces oí una voz femenina que, desde arriba, decía:

—¡Qué bien huele!, ¿verdad?

Parpadeé. Había una azafata al final de la pasarela. Tenía el pelo muy rubio, casi blanco, y la tez bronceada, y me sonreía como si yo fuera una parienta rica llegada de Australia a la que no veía desde hacía mucho tiempo. Inspiré hondo, traté de serenarme y recorrí el resto de la pasarela para subir a bordo del *Aurora Borealis*.

—Bienvenida, señorita Blacklock —dijo la azafata cuando pasé a su lado. Tenía un acento entrecortado que no supe identificar, y sus palabras lograron transmitir la impresión de que encontrarse conmigo era una experiencia vital equiparable a ganar la lotería—. Es un placer para mí darle la bienvenida a bordo. ¿Quiere que uno de nuestros mozos le lleve la maleta?

Miré alrededor y traté de averiguar cómo había sabido quién era yo. Mi maleta desapareció antes de que pudiera contestar.

—¿Puedo ofrecerle una copa de champán?

—Hum —dije, haciendo gala de mi agilidad mental.

La azafata lo interpretó como un «sí», y me encontré aceptando la flauta escarchada que me puso en la mano.

—Bueno, gracias.

Por dentro, el *Aurora* era alucinante. El barco quizá fuera pequeño, pero le habían puesto suficientes artículos de lujo para llenar uno diez veces más grande. La puerta de la pasarela se abría al rellano de una larga escalera de caracol donde todas las superficies susceptibles de ser lacadas, revestidas de mármol o forradas de seda salvaje lo estaban. La iluminaba una lámpara de araña impresionante que esparcía por el espacio destellos de luz diminutos y que me hizo pensar en el sol centelleando en el mar un día de verano. Era un tanto desagradable, y no porque despertara tu conciencia social, aunque, si lo pensabas bien, también por eso, sino por la desorientación que provocaba. Los cristales actuaban como prismas en cada mota de luz y te aturdían, te confundían al crear la sensación de que mirabas por un caleidoscopio. En mi caso, ese efecto, combinado con la falta de sueño, no era precisamente agradable.

La azafata debió de darse cuenta de que me había quedado boquiabierta, porque sonrió con orgullo.

—La Gran Escalera es fabulosa, ¿verdad? —dijo—. Esa lámpara tiene más de dos mil cristales Swarovski.

—Madre mía —dije en voz baja.

Me dolía la cabeza, e intenté recordar si había cogido el ibuprofeno. Había que hacer un esfuerzo para no pestañear.

—Estamos muy orgullosos del *Aurora* —continuó la azafata con amabilidad—. Me llamo Camilla Lidman y soy la responsable de la hospitalidad a bordo. Mi despacho está en la cubierta inferior, y si puedo hacer algo para que su estancia con nosotros sea más agradable, no dude en pedírmelo, por favor. Josef —señaló al joven rubio y sonriente que tenía a su derecha— la acompañará a su camarote y le dará un paseo por las instalaciones. La cena se sirve a las ocho, pero la invitamos a unirse a nosotros a las siete en el salón Lindgren, donde les mostraremos las instalaciones del barco y las maravillas de las que podrán disfrutar a bordo. ¡Ah, señor Lederer!

Un hombre alto y moreno de cuarenta y tantos años subía por la pasarela detrás de nosotros, seguido por un mozo que cargaba con una maleta enorme.

—Tenga cuidado, por favor —dijo, e hizo una mueca cuando el mozo dio una sacudida a la maleta, que se había atascado en una juntura de la pasarela—. Ahí dentro llevo material delicado.

—Señor Lederer —lo llamó Camilla Lidman, con el mismo entusiasmo rayano en el delirio que le había infundido a mi bienvenida.

Tuve que reconocer que me impresionaban sus dotes interpretativas, aunque, en el caso del señor Lederer, seguro que requerían menos esfuerzo, pues era bastante guapo.

—Permítame darle la bienvenida a bordo del *Aurora*. ¿Le apetece una copa de champán? ¿Y la señora Lederer?

—La señora Lederer no va a venir.

El señor Lederer se pasó una mano por el pelo y contempló la lámpara de cristales Swarovski con cierta perplejidad.

—Vaya, lo siento mucho. —La frente impecable de Camilla Lidman se frunció ligeramente—. Espero que se encuentre bien.

—No se preocupe, goza de una salud perfecta —respondió el señor Lederer—. De hecho, se está tirando a mi mejor amigo. —Sonrió y aceptó la copa de champán.

Camilla parpadeó y a continuación dijo, como si no hubiera oído nada:

—Josef, acompaña a la señorita Blacklock a su camarote, por favor.

Josef hizo una pequeña reverencia, extendió una mano hacia el tramo descendente de la escalera y me indicó:

—Por aquí, por favor.

Asentí con la cabeza, atontada, y, con la copa de champán en la mano, me dejé guiar. A mis espaldas oía a Camilla explicándole al señor Lederer que su despacho se encontraba en la cubierta inferior.

—Se aloja en el camarote número nueve, la suite Linnaeus —me informó Josef, mientras yo lo seguía por un pasillo beige con moqueta gruesa y poco iluminado, sin ventanas—. Todos los camarotes llevan nombres de científicos escandinavos distinguidos.

—¿A quién le ha tocado el Nobel? —Solté una risita nerviosa.

El pasillo me estaba provocando una sensación extraña, sofocante, una claustrofobia que se materializaba en una presión en la nuca. No se debía sólo al tamaño, sino a aquella iluminación tenue y soporífera y a la ausencia de luz natural.

Josef se tomó en serio mi pregunta.

—En este viaje en concreto —me explicó—, la suite Nobel la ocupan lord y lady Bullmer. Lord Bullmer es el director de la Northern Lights Company, la empresa propietaria del barco. Hay diez camarotes —continuó mientras descendíamos por otra escalera—, cuatro en la proa y seis en la popa, todos en la cubierta intermedia. Cada camarote consta de una suite de hasta tres habitaciones, con su propio cuarto de baño, con bañera y ducha independientes, cama de matrimonio y galería privada. La suite Nobel dispone de jacuzzi.

¿Galería? La idea de que en un barco hubiera galerías parecía absurda, pero, pensándolo bien, no era mucho más extraña que la de que hubiera cualquier otro tipo de terraza. Lo del jacuzzi ya me pareció el colmo.

—Cada camarote tiene asignada una pareja de auxiliares de pasaje que la atenderán día y noche. Sus camareros seremos yo y mi compañera Karla, a quien conocerá más tarde. Estaremos encantados de ayudarla en todo lo que podamos durante su estancia en el *Aurora*.

—Y ésta es la cubierta intermedia, ¿verdad? —pregunté.

Josef asintió.

—Sí, en esta cubierta sólo hay suites de pasajeros. Arriba encontrará el comedor, el spa, el salón, la biblioteca, el solárium y las otras zonas comunes. Todas llevan nombres de escritores escandinavos: el salón Lindgren, el comedor Jansson, etcétera.

—¿Jansson?

—Tove —aclaró.

—Ah, claro. Los Mumin —dije, atontada.

El dolor de cabeza me estaba matando.

Habíamos llegado ante una puerta con un revestimiento panelado y una discreta placa que rezaba «9: LINNAEUS». Josef la abrió y se apartó para dejarme entrar.

El camarote era, sin exagerar, siete u ocho veces más bonito que mi apartamento, y no mucho más pequeño. A mi derecha había una serie de armarios con puertas de espejo y, en el centro, flanqueada por un sofá a un lado y un tocador al otro, una cama de matrimonio enorme, con ropa de cama blanca, sumamente tentadora.

Sin embargo, lo que más me impresionó no fue la amplitud del espacio, sino la luz. Tras venir del pasillo, estrecho e iluminado con luz artificial, la luz que entraba a raudales por las puertas del balcón era cegadora. Unas cortinas blancas ondeaban agitadas por la brisa, y vi que la puerta corredera estaba abierta. Enseguida me sentí aliviada, como si dejara de notar una opresión en el pecho.

—Las puertas pueden dejarse abiertas —me explicó Josef, que se había situado a mi espalda—, pero la sujeción se suelta de forma automática en caso de que haya condiciones climatológicas adversas.

—Ah, estupendo —dije sin precisar nada más.

Sólo podía pensar en las ganas que tenía de que Josef se marchara, porque así podría desplomarme en la cama y entregarme a la inconsciencia.

Pero seguí de pie, reprimiendo con torpeza mis bostezos, mientras Josef me hablaba de las funciones del cuarto de baño (sí, más o menos sabía para qué servía cada cosa, gracias), la nevera y el minibar (todo gratuito, por desgracia para mi hígado), y me explicaba que el hielo se cambiaba dos veces al día y que podía llamarlos a él o a Karla a cualquier hora.

Al final, cuando le fue imposible seguir ignorando mis bostezos, hizo otra pequeña reverencia y se disculpó, y entonces pude examinar el camarote a mi antojo.

Sería absurdo fingir que no estaba impresionada. Lo estaba. Sobre todo por la cama, que me pedía a gritos que me lanzara sobre ella y durmiera treinta o cuarenta horas seguidas. Observé el edredón, de un blanco inmaculado, y los cojines dorados y blancos, y el deseo me recorrió como una sustancia física que circulara por mis venas, lanzando hormigueos desde mi nuca hasta las puntas de los dedos de las manos y los pies. Necesitaba dormir. Me moría de ganas de dormir, como una drogadicta que cuenta las horas que faltan para el chute siguiente. La media hora de sueño precario en el taxi no había hecho sino empeorar las cosas.

Sin embargo, ahora no podía dormir. Si me dormía, quizá no me despertara, y no podía perderme el acto de esa noche. Tal vez pudiera saltarme alguno a lo largo del resto de la semana, pero no podía faltar a la cena y la presentación de esa noche. Era la primera a bordo, y todos estarían haciendo contactos con frenesí. Si me la perdía, sería un grave punto en contra y ya no podría recuperar lo perdido.

Así que contuve el siguiente bostezo y salí al balcón con la esperanza de que el aire fresco me ayudara a despejar la angustiosa modorra que parecía invadirme cada vez que dejaba de moverme o de hablar.

La «galería» era tan maravillosa como pueda imaginarse el balcón privado de un crucero de lujo. La barandilla era de vidrio, de modo que desde dentro de la suite parecía que nada te separase del océano. Disponía de dos tumbonas y una mesita, para que por la noche pudieras sentarte allí y disfrutar del sol de medianoche o la aurora boreal, dependiendo del crucero que hubieras reservado. Me quedé un buen rato observando los barquitos que entraban y salían despacio del puerto de Hull, mientras la brisa marina me alborotaba el pelo, y de pronto noté una sensación extraña. Durante un minuto no supe identificar qué era, y entonces caí. El ruido de los motores, que desde hacía una media hora producían un débil ronroneo, había aumentado ligeramente y algo había cambiado respecto al barco. Con un fuerte chirrido, empezamos a virar poco a poco, separándonos del muelle, y nos orientamos hacia mar abierto.

Me quedé allí mientras el barco salía por la bocana y pasaba despacio entre las luces roja y verde que la señalizaban. Noté el cambio de movimiento cuando abandonamos la protección del dique del puerto y nos adentramos en el mar del Norte; el leve batir de las olas dio paso a las grandes ondulaciones del mar abierto.

La costa fue alejándose poco a poco, y los edificios de Hull menguaron y se convirtieron en protuberancias en el horizonte, y luego en una línea oscura que podría haber estado en cualquier sitio. Mientras la veía desaparecer, pensé en Judah y en todo lo que había dejado pendiente. El teléfono me pesaba en el bolsillo, y lo saqué, con la esperanza de tener noticias suyas antes de que saliéramos del radio de cobertura de las antenas del Reino Unido. «Adiós. Buena suerte. *Bon voyage.*»

Pero no recibí nada. La señal se redujo en una barra, y luego en otra, y el teléfono que tenía en la mano seguía en silencio. Mientras la costa de Inglaterra se perdía de vista, lo único que se oía era el ruido del agua al chocar contra el casco.

De: Judah Lewis
Para: Laura Blacklock
Fecha: martes, 22 de septiembre
Asunto: ¿Estás bien?

Hola, Lo, no sé nada de ti desde tu correo del domingo. No sé si nos llegan los mensajes. ¿Recibiste mi respuesta, o el sms que te envié ayer?

Estoy un poco preocupado, y espero que no pienses que estoy por ahí haciendo el imbécil y lamiéndome las heridas. Nada de eso. Te quiero, te echo de menos y pienso en ti.

No te preocupes por lo que pasó el otro día, y mi diente está OK. Creo que agarrará, como dijo el dentista. De todos modos, me estoy automedicando con vodka.

Cuéntame cómo va el crucero o, si estás ocupada, dime algo para que sepa que estás bien.

Te quiero,

J

De: Rowan Lonsdale
Para: Laura Blacklock
cc: Jennifer West
Fecha: miércoles, 23 de septiembre
Asunto: ¿Noticias?

Lo, ¿puedes contestar a mi correo de hace dos días en el que te pedía noticias sobre el crucero? Jenn me ha dicho que no has enviado nada, y confiamos en tener algo mañana como muy tarde, por lo menos un artículo breve.

Por favor, dile a Jenn cuanto antes cómo lo llevas, y ponme en copia en tu respuesta.

Rowan

SEGUNDA PARTE

6

Incluso las duchas de los ricos eran mejores.

Los chorros me golpeaban y me masajeaban desde todos los ángulos, con una ferocidad abrumadora, y al cabo de un rato no sabía muy bien dónde empezaba el agua y dónde terminaba mi cuerpo.

Me enjaboné el pelo, me afeité las piernas y, por último, me quedé bajo el chorro contemplando el mar, el cielo y las gaviotas, que volaban describiendo círculos. Había dejado la puerta del cuarto de baño abierta para poder ver el mar más allá del balcón. El efecto era sencillamente... Bueno, no voy a mentir: estaba bastante bien. Supongo que tenían que darte algo a cambio de las ocho mil libras, o las que fueran, que debían de cobrarte por aquello.

Esa cantidad era casi indecente comparada con mi sueldo, o incluso con el sueldo de Rowan. Me había pasado años babeando con los artículos que enviaba mi jefa desde una villa de las Bahamas o un yate fondeado en las Maldivas, y esperando el día en que yo también tuviera la antigüedad suficiente para conseguir aquel tipo de beneficios extras. Pero, ahora que lo estaba probando, me preguntaba cómo lo aguantaba ella, cómo soportaba asomarse cada dos por tres a un estilo de vida que ninguna persona normal podría permitirse jamás.

Estaba distraída tratando de calcular cuántos meses tendría que trabajar para pagarme una semana en el *Aurora* como pasajera cuando oí algo por debajo del rugido del agua, un ruidito indistinto que no alcancé a ubicar pero que sin ninguna duda provenía de mi dormitorio. Se me aceleró un poco el corazón, pero seguí respirando de forma acompasada y abrí los ojos para cerrar el grifo de la ducha.

Entonces vi que la puerta del cuarto de baño oscilaba hacia mí, como si alguien la hubiera empujado con suavidad.

Se cerró de golpe, con el sólido y firme ruido sordo que hace una puerta maciza del material de la mejor calidad, y me quedé a oscuras en el cuarto de baño caldeado y húmedo como una sauna, con el agua cayéndome en la coronilla y el corazón latiéndome tan fuerte que el sonar del barco debió de registrarlo.

No oía nada aparte del zumbido de la sangre en mis oídos y el rugido del agua de la ducha. Y no veía nada aparte del brillo rojizo de los mandos digitales de los grifos. «Mierda. ¡Mierda!» ¿Por qué no había cerrado por dentro la puerta del camarote?

Noté que las paredes del cuarto de baño se me venían encima; la oscuridad me engullía por completo.

«No te asustes —me dije—. Nadie te ha hecho nada. Nadie ha forzado la puerta. Lo más lógico es que sólo haya sido una camarera que ha venido a abrir la cama, o que la puerta se haya cerrado sola. No te asustes.»

Me obligué a cerrar a tientas los mandos de la ducha. Acto seguido, el agua salió muy fría, y luego tremendamente caliente; pegué un grito, me eché atrás y me golpeé el tobillo contra la pared, pero por fin di con el botón correcto, el chorro se interrumpió y fui a oscuras hacia el interruptor de la luz.

Cuando se encendió, iluminando sin piedad aquel espacio tan reducido, me miré en el espejo: estaba blanca como el papel, con el pelo mojado y adherido al cráneo como la niña de *La señal*.

Mierda.

¿Eso era lo que me esperaba a partir de entonces? ¿Estaba convirtiéndome en alguien que sufría ataques de pánico cuando tenía que volver a casa andando desde el metro o pasar la noche sola, sin su novio?

No, ni de coña. Me negaba a ser así.

Había un albornoz colgado detrás de la puerta; me envolví con rapidez en él e hice una larga y temblorosa inspiración.

Me negaba a ser así.

Abrí la puerta del cuarto de baño. El corazón me latía tan fuerte y tan deprisa que veía chispitas de luz.

«No te asustes», me dije, enérgica.

La habitación estaba vacía. Vacía del todo. Y la puerta estaba cerrada por dentro, y hasta tenía la cadenilla echada. Era imposible que hubiera entrado alguien. Tal vez sólo hubiera oído a alguien en el pasillo. Fuera como fuese, era evidente que había sido el movimiento del barco lo que había hecho que se cerrase la puerta, impulsada por su propio peso. Volví a comprobar la cadenilla, la sopesé en los dedos y su peso y su solidez me tranquilizaron; y entonces, con las piernas temblándome un poco, fui hasta la cama y me tumbé, con el corazón todavía acelerado por la adrenalina, y esperé a que mi pulso recuperase algo cercano a la normalidad.

Imaginé que hundía la cara en el hombro de Judah, y estuve a punto de romper a llorar, pero apreté la mandíbula y me tragué las lágrimas. Judah no era la solución a lo que me estaba pasando. El problema éramos yo y mis ataques de pánico de miedica.

«No ha pasado nada. No ha pasado nada.» Lo repetí al compás de mi respiración entrecortada hasta que empecé a tranquilizarme.

«No ha pasado nada. Y el otro día tampoco pasó nada. Nadie te ha hecho daño.»

«Vale.»

«Joder, necesito una copa.»

En el minibar había tónica, hielo y media docena de botellines de ginebra, whisky y vodka. Puse hielo en un vaso y vacié en él un par de botellines con la mano temblándome todavía ligeramente. Añadí un chorrito de tónica y me lo bebí de un trago.

La ginebra era tan fuerte que me atraganté, pero entonces noté el calor del alcohol esparciéndose por mis células y mis vasos sanguíneos, y enseguida me sentí mejor.

Después de vaciar el vaso me levanté, con esa ligereza en la cabeza y las extremidades, y saqué el móvil del bolso. No había señal, sin duda, estábamos fuera de cobertura, pero en cambio sí había wifi.

Pulsé el icono del correo electrónico y observé, mordiéndome las uñas, cómo iban llegando los mensajes, uno a uno, a la bandeja de entrada. No era tan grave como me temía (al fin y al cabo, era domingo), pero mientras revisaba la lista me di cuenta de que estaba más tensa que una goma elástica a punto de partirse, y al mismo tiempo comprendí qué estaba buscando y por qué. No había ningún mensaje de Judah. Se me hundieron los hombros.

Contesté a unos cuantos mensajes urgentes, marqué los otros como no leídos y a continuación pulsé «redactar».

«Querido Judah», escribí, pero el resto de las palabras no me salían. Me pregunté qué estaría haciendo él en ese momento. ¿Estaría preparando el equipaje? ¿Apretujado en un asiento de clase turista de algún avión? ¿O tumbado en una habitación de hotel anodina, tuiteando, enviando mensajes, pensando en mí...?

Recordé el momento en que le había estrellado la pesada lámpara de metal contra la cara. ¿En qué demonios estaba pensando?

«No estabas pensando —me dije—. Estabas medio dormida. No es culpa tuya. Fue un accidente.»

«Freud afirma que los accidentes no existen —dijo mi vocecilla interior—. A lo mejor es que tú...»

Negué con la cabeza, no quería escuchar.

Querido Judah, te quiero.
Te echo de menos.
Lo siento.

Borré el mensaje y empecé otro nuevo.

Para: Pamela Crew
De: Laura Blacklock
Fecha: domingo, 20 de septiembre
Asunto: Vivita y coleando

Hola, mamá, estoy sana y salva a bordo del barco, que es una auténtica pijada. ¡Te encantaría! No te olvides de ir a recoger a *Delilah* esta noche. Te he dejado su cesto encima de la mesa, y la comida está debajo del fregadero. He tenido que cambiar las cerraduras, pero la vecina de arriba, la señora Johnson, tiene la llave nueva.

¡Muchos besos y GRACIAS!

Lo xx.

Pulsé «enviar»; luego entré en Facebook y le mandé un mensaje a mi mejor amiga, Lissie.

Este barco es una auténtica pasada. Hay bebidas gratis ILIMI-TADAS en el minibar de mi camarote, bueno, quiero decir en mi puta SUITE, lo que no augura nada bueno para mi profesionalidad ni para mi hígado. Nos vemos a la vuelta, si todavía me tengo en pie. Lo xx.

Me serví otro vaso de ginebra y me puse de nuevo con el correo para Judah. Tenía que escribir algo. No podía dejar las cosas tal como estaban. Pensé un momento, y entonces tecleé:

Querido J. Siento haberme comportado como una imbécil antes de irme. Fui increíblemente injusta contigo. Te quiero muchísimo.

Tuve que parar porque las lágrimas me hacían ver la pantalla borrosa. Inspiré hondo un par de veces, temblorosa. Entonces me froté los ojos, enfadada, y terminé:

Mándame un sms cuando llegues. Que tengas buen viaje.

Lo xxx.

Actualicé la bandeja de entrada, esa vez con menos optimismo, pero no entró ningún mensaje. Suspiré y apuré el segundo vaso de ginebra. El despertador que había junto a la cama marcaba las 18.30 h, y eso significaba que había llegado la hora de ponerme el modelito número uno.

Rowan, después de informarme de que el código de vestimenta de las cenas a bordo era «traje de etiqueta» (traducción:

«ridículo»), me había recomendado que alquilara como mínimo siete vestidos de noche para así no tener que ponerme dos veces el mismo. Pero, como no se ofreció a aflojar ni un céntimo, yo había alquilado tres. Si me hubiera dejado hacer las cosas a mi manera, no habría alquilado ninguno.

El que más me gustó de toda la tienda fue el más extravagante: un vestido de tubo largo, de un blanco plateado, con adornos de pedrería con el que, según la dependienta, y lo dijo sin una gota de sarcasmo, parecía Liv Tyler en *El señor de los anillos*. No sé si conseguí disimular la risa, porque mientras me probaba los otros no paró de lanzarme miradas recelosas.

Sin embargo, no tuve valor para empezar con el vestido de pedrería, teniendo en cuenta que lo más probable era que asistiera gente en vaqueros, así que me decidí por el modelo más modesto: un vestido sencillo, largo y ceñido, de raso gris oscuro. Tenía un discreto aplique de lentejuelas en el hombro derecho, y es que por lo visto era imposible librarse por completo de los adornos. Al parecer, la mayoría de los vestidos de noche los diseñaban niñas de cinco años armadas con pistolas de purpurina, pero por lo menos aquél no parecía la explosión de una fábrica de muñecas Barbie.

Me lo pasé por la cabeza y me abroché la cremallera lateral; a continuación, vacié toda la munición de mi neceser de maquillaje. Esa noche iba a tener que recurrir a algo más que un poco de brillo de labios para parecer medianamente humana. Había empezado a embadurnarme el golpe del pómulo con el corrector cuando me di cuenta de que mi rímel no estaba entre todo aquel revoltijo.

Hurgué en el bolso con pocas esperanzas de encontrarlo, mientras trataba de recordar dónde lo había visto por última vez. Y entonces caí en la cuenta: lo llevaba en el bolso, y me lo habían robado junto con todo lo demás. No siempre me pongo rímel, pero, sin las pestañas pintadas, mi maquillaje de ojos difuminado quedaba raro y desproporcionado, como si lo hubiera dejado a medias. Por un momento me planteé improvisar con el delineador de ojos líquido, pero llegué a la conclusión de que era una idea ridícula y busqué una vez más en el bolso, en vano: lo vacié todo encima de la cama, por si lo había recordado mal, o por si tenía otro rímel que hubiera quedado atrapado en el forro. En realidad sabía que no estaba allí, y mientras lo guardaba todo otra vez en el bolso oí un ruido que provenía del camarote de al lado: el rugido de la cisterna presurizada del váter, que era fácil de reconocer a pesar del murmullo de los motores del barco.

Cogí mi tarjeta llavero y salí descalza al pasillo.

En la puerta de madera de fresno de la derecha había una pequeña placa que rezaba: «10: PALMGREN», lo que me hizo pensar que la lista de científicos escandinavos famosos debía de estar agotándose para cuando terminaron de equipar el barco. Llamé con vacilación.

No contestaron. Esperé. Tal vez su ocupante estuviera en la ducha.

Volví a llamar: tres golpes secos y luego, tras una pausa, un último golpe, más fuerte, por si eran duros de oído.

La puerta se abrió de repente, como si la ocupante del camarote hubiera estado esperando al otro lado.

—¿Qué? —preguntó, cuando la puerta ni siquiera se había abierto por completo—. ¿Todo bien? —Y entonces mudó la expresión—. Mierda. ¿Quién eres?

—Soy tu vecina —contesté.

Era una chica joven y guapa, con una melena larga, castaña oscura. Llevaba una camiseta raída de Pink Floyd con agujeros, y sólo por ese detalle ya me cayó simpática.

—Laura Blacklock. Lo. Lo siento, ya sé que es una tontería, pero ¿tienes rímel para prestarme?

Vi un surtido de tubos y tarros de crema encima del tocador, detrás de ella, y la chica llevaba los ojos bastante maquillados, lo que me hizo pensar que iba a tener suerte.

—Ah. —Parecía aturullada—. Vale. Espera.

Desapareció y cerró la puerta, y al cabo de un momento volvió con un tubo de Maybelline y me lo puso en la mano.

—Qué bien, gracias —dije—. Te lo devolveré enseguida.

—Quédatelo —me dijo.

Protesté al instante, pero ella desdeñó mis palabras con un ademán.

—En serio, no lo necesito.

—Limpiaré el cepillo —le aseguré.

Ella negó con la cabeza, impaciente.

—Ya te lo he dicho, no quiero que me lo devuelvas.

—Vale —dije un poco sorprendida—. Gracias.

—De nada.

Me cerró la puerta en las narices.

Regresé al camarote cavilando sobre aquel extraño encuentro. Yo me sentía bastante fuera de lugar en aquel barco, pero ella parecía un pulpo en un garaje. ¿Sería la hija de alguien? Me pregunté si la vería en la cena.

Acababa de aplicarme el rímel prestado cuando llamaron a la puerta. A lo mejor la chica había cambiado de idea.

—Hola —dije en cuanto abrí, tendiendo el tubo de rímel.

Pero fuera había otra chica, una que vestía uniforme de camarera. Llevaba las cejas depiladas en exceso, y eso le daba una expresión de sorpresa permanente.

—Hola —me saludó, con un cantarín acento escandinavo—. Me llamo Karla y soy su camarera personal, junto con Josef. Sólo he venido a recordarle que la presentación que...

—Lo recuerdo —dije con una brusquedad involuntaria—. A las siete en el salón Pippi Calzaslargas o como se llame.

—¡Ah, veo que conoce a los autores escandinavos! —exclamó, y compuso una amplia sonrisa.

—Bueno, los científicos no se me dan tan bien —admití—. Subiré enseguida.

—Estupendo. Lord Bullmer está impaciente por darles a todos la bienvenida a bordo.

Cuando se marchó, busqué en la maleta el chal que acompañaba el vestido (una especie de pañoleta de seda gris que me hizo sentir como una hermana Brontë recién llegada del pasado) y me lo eché sobre los hombros.

Cerré la puerta al salir, me guardé la tarjeta llavero en el sujetador, recorrí el pasillo y subí al salón Lindgren.

7

Blanco. Blanco. Todo era blanco. La madera del suelo. Los sofás de terciopelo. Las largas cortinas de seda cruda. Las paredes impolutas. Me pareció una decoración muy poco práctica para un barco de pasajeros, pero supuse que la habían elegido a propósito.

Otra araña de luces de cristales Swarovski colgaba del techo, y no pude evitar pararme en el umbral, bastante aturdida. No era sólo la luz, que destellaba en los cristales y se refractaba en el techo, sino algo relacionado con las proporciones. La sala parecía una réplica perfecta del salón de un hotel de cinco estrellas, o del *Queen Elizabeth 2*, pero en versión reducida. En ella no había más de doce o quince personas, y sin embargo ocupaban todo el espacio, hasta la lámpara se había empequeñecido para que encajara. Era como asomarse a la puerta de una casa de muñecas, donde todo está reproducido en miniatura y, no obstante, un tanto desproporcionado: las réplicas de los cojines un poquito grandes y rígidos para las butacas diminutas; las copas de vino, del mismo tamaño que la falsa botella de champán.

Estaba recorriendo la sala con la mirada, por si veía a la chica de la camiseta de Pink Floyd, cuando oí una voz débil que me hablaba desde el pasillo.

—Deslumbrante, ¿verdad?

Me di la vuelta y vi al misterioso señor Lederer allí plantado.

—Un poquito —contesté.

Él me tendió la mano.

—Cole Lederer.

Ese nombre me resultó vagamente familiar, pero no pude ubicarlo.

—Laura Blacklock.

Nos estrechamos la mano, y entonces me fijé bien en él. Incluso con unos vaqueros y una camiseta, subiendo con dificultad por la pasarela, era lo que Lissie habría llamado «un regalo para la vista». Ahora vestía esmoquin, y lo llevaba de una forma que me hizo recordar la regla general de Lissie: un esmoquin añadía un 33 % al atractivo de cualquier hombre.

—Bueno —dijo al tiempo que cogía una copa de la bandeja que le ofrecía otra sonriente camarera escandinava—, ¿qué la ha traído al *Aurora*, señorita Blacklock?

—Oh, puedes llamarme Lo. Soy periodista, trabajo para *Velocity*.

—Pues encantado de conocerte, Lo. ¿Puedo ofrecerte una copa?

Cogió otra flauta y me la tendió con una sonrisa. Los botellines que había dejado, vacíos, en mi camarote flotaban ante mis ojos y titubeé un momento, consciente de que estaba a punto de beber demasiado con lo temprano que era, pero no quise parecer maleducada. Tenía el estómago vacío y aún no se me había pasado el efecto de la ginebra, pero una copa más no podía hacerme daño, ¿verdad?

—Gracias —dije al final.

Cuando me la entregó, sus dedos rozaron los míos de una forma que no me pareció del todo accidental. Tomé un sorbo para calmarme.

—¿Y tú? ¿Qué papel tienes aquí?

—Soy fotógrafo —respondió.

De pronto supe de qué me sonaba su nombre.

—¡Cole Lederer! —exclamé.

Me habría dado una bofetada a mí misma. Rowan se le habría echado encima nada más verlo en la pasarela.

—Claro, tú hiciste aquel reportaje tan increíble sobre el deshielo de los casquetes polares para el *Guardian*.

—Así es.

Sonrió sin disimular que le gustaba que lo reconocieran, y a mí me extrañó que todavía se sintiera halagado por eso, pues estaba sólo un par de peldaños por debajo de David Bailey.

—Me han invitado a cubrir este viaje. Ya sabes, fotografías ambientales de los fiordos y esas cosas.

—No es tu especialidad, ¿verdad? —pregunté, extrañada.

—No —admitió—. Últimamente me dedico más a las especies en peligro de extinción y a los hábitats amenazados, y dudo mucho que se pueda afirmar que esta pandilla esté en riesgo de extinción. Parecen todos muy bien alimentados.

Los dos recorrimos la sala con la mirada. Tuve que darle la razón, al menos respecto a los varones. En un rincón había un grupito que parecían capaces de sobrevivir varias semanas gracias a sus reservas de grasa, en caso de que el barco naufragara. Sin embargo, con las mujeres no ocurría lo mismo. Tenían todas un físico esbelto y refinado que delataba sesiones de Bikram yoga y dietas macrobióticas, y no daba la impresión de que pudieran sobrevivir mucho tiempo si el barco se hundía. Bueno, siempre podrían comerse a algún hombre.

Reconocí algunas caras de otras fiestas de periodistas: estaba Tina West, flaca como un galgo y con unas joyas que pesaban más que ella, que dirigía el *Vernean Times* (su lema: «80 días son sólo el principio»); el periodista de viajes Alexander Belhomme, que escribía reportajes y artículos de gastronomía para varias revistas de a bordo de aviones y ferrys y que estaba lustroso y orondo como una morsa, y Archer Fenlan, un renombrado experto en «viajes de aventura extrema».

Archer, que debía de rondar la cuarentena pero, con su rostro curtido y permanentemente bronceado, aparentaba más, basculaba el peso del cuerpo de un pie a otro y era evidente que se sentía incómodo con el esmoquin y la pajarita. No me explicaba qué hacía allí; lo suyo era comer larvas en el Amazonas, pero pensé que tal vez se hubiera tomado un descanso.

No veía a la chica del camarote contiguo al mío por ninguna parte.

—¡Uuu! —dijo una voz detrás de mí.

Me volví con rapidez.

Ben Howard. ¿Qué demonios hacía él allí? Me sonreía detrás de una poblada barba de hípster que no llevaba la última vez que lo había visto.

—Ben —lo saludé con frialdad, tratando de disimular mi impresión—. ¿Cómo estás? ¿Conoces a Cole Lederer? Ben y yo trabajábamos juntos en *Velocity*. Ahora escribe para el... ¿Dónde escribes ahora? ¿En el *Indie*? ¿En el *Times*?

—Cole y yo ya nos conocemos —dijo Ben con naturalidad—. Cubrimos un reportaje sobre Greenpeace. ¿Cómo te va, tío?

—Muy bien —contestó Cole.

Se saludaron con esa especie de medio abrazo que se dan los hombres cuando son demasiado metrosexuales para un simple apretón de manos pero no lo bastante modernos para entrechocar los puños.

—Estás muy guapa, Blacklock —comentó Ben volviéndose hacia mí y mirándome de arriba abajo.

Me dieron ganas de propinarle un rodillazo en los huevos, pero el maldito vestido era demasiado ceñido.

—Aunque... ¿ya has vuelto a practicar artes marciales?

Tardé un momento en entender a qué se refería. Y entonces caí en el cardenal de la mejilla, claro. Era evidente que no tenía tanta pericia con el corrector como yo creía.

El recuerdo fugaz de la puerta golpeándome la cara y del hombre que había entrado en mi apartamento (más o menos de la estatura de Ben y con los mismos ojos oscuros y brillantes) fue tan vívido que se me aceleró el corazón y noté una opresión en el pecho, así que tardé un buen rato en contestar. Me quedé mirándolo sin esforzarme por atenuar la frialdad de mi expresión.

—Lo siento, lo siento —dijo levantando una mano—. No es asunto mío. Joder, cómo me aprieta este cuello. —Tiró de su pajarita—. ¿Cómo has conseguido este bolo? ¿Te han ascendido?

—Rowan está enferma —respondí de manera cortante.

—¡Cole!

Una voz se coló en el incómodo silencio que se había producido, y todos nos volvimos. Era Tina, que avanzaba con desenvoltura por el prístino suelo de roble blanco; su vestido plateado susurraba como la piel de una serpiente. Besó a Lederer en ambas mejillas, entreteniéndose, y nos ignoró a Ben y a mí.

—Cuánto tiempo, cariño —dijo con una voz tomada que delataba su emoción—. ¿Cuándo vas a hacer aquel reportaje que me prometiste para el *Vernean*?

—Hola, Tina —dijo Cole, con una pizca de hastío.

—Déjame presentarte a Richard y a Lars —ronroneó ella, y, entrelazando un brazo con el de Cole, lo arrastró hasta el grupo de hombres que me habían llamado la atención al principio.

Él se dejó llevar y nos miró con una sonrisita de aflicción. Ben lo siguió con la mirada y luego se volvió hacia mí y arqueó una ceja, con tanta gracia que no pude contener la risa.

—Me parece que ya sabemos quién es la reina del baile, ¿verdad? —dijo con ironía, y tuve que asentir con la cabeza—. Pero cuéntame, ¿cómo estás? —continuó—. ¿Sigues con el yanqui?

¿Qué podía responder? ¿«No lo sé»? ¿«Hay muchas posibilidades de que la haya cagado y lo haya perdido»?

—Sigo sin estar disponible —dije por fin, con amargura.

—Lástima. Pero ya sabes que lo que pasa en los fiordos se queda en los fiordos...

—Vete al cuerno, Howard —le solté.

Él levantó las manos y dijo:

—No puedes reprocharme que lo intente.

«Sí puedo», pensé, pero no lo dije. Cogí otra copa de la bandeja que llevaba una camarera y miré alrededor buscando algo para cambiar de tema.

—¿Quiénes son los demás? —pregunté—. Estamos tú, yo, Cole, Tina y Archer. Ah, y Alexander Belhomme. ¿Quiénes son los de ese grupito de allí? —Apunté con la barbilla hacia el grupo con el que estaba hablando Tina.

Había tres hombres y dos mujeres; una de ellas tendría aproximadamente mi edad, pero iba unas cincuenta mil libras mejor vestida, y la otra... Bueno, la otra me sorprendió bastante.

—Son lord Bullmer y sus colegas. Ya sabes, es el dueño del barco y el... testaferro de la empresa, por llamarlo de alguna manera.

Me quedé mirando al grupo y traté de identificar a lord Bullmer a partir de la fotografía que había visto en Wikipedia. Al principio no supe distinguir cuál de ellos era, hasta que uno de los hombres soltó una carcajada, echando la cabeza hacia atrás, y enseguida me di cuenta de que se trataba de él. Era alto, enjuto y nervudo, y por lo bien que le sentaba el traje deduje que debía de estar confeccionado a medida; y estaba muy bronceado, como si pasara mucho tiempo al aire libre. Sus ojos, de un azul intenso, se reducían a rendijas cuando reía, y tenía unas pocas canas en las sienes, pero eran de esas canas que suelen aparecer en el cabello muy negro y que no relacionas con la vejez.

—Qué joven es. Es un poco raro que alguien de nuestra edad tenga título de lord, ¿no te parece?

—Creo que también es vizconde de no sé qué. El dinero es casi todo de su esposa, claro. Es la heredera de la familia Lyngstad, los fabricantes de coches. Sabes a quién me refiero, ¿no?

Asentí. Tal vez mis conocimientos sobre el mundo de la empresa sean escasos, y esa familia es famosa precisamente por su afán por mantener el anonimato, pero hasta yo había oído hablar de la fundación Lyngstad. Cada vez que veías secuencias de algún desastre internacional, su logo aparecía en los camiones y en los paquetes de ayuda humanitaria. De pronto recordé una fotografía que había visto en todos los periódicos el año anterior (y que quizá fuera de Cole), en la que una madre siria, plantada con un bebé en brazos delante de un camión de la marca Lyngstad, levantaba a su hijo hacia el conductor como si fuera un talismán para obligar al vehículo a detenerse.

—¿Es ésa?

Señalé con discreción a la mujer rubia y esbelta que estaba de espaldas a mí, riéndose de algo que había dicho alguien del grupo. Llevaba un vestido de una sencillez apabullante, de seda salvaje rosa, que me hizo sentir como si yo hubiera confeccionado el mío con lo que había encontrado en la caja de disfraces de mi infancia. Ben negó con la cabeza.

—No, ésa es Chloe Jenssen. Ex modelo, está casada con ese tipo rubio, Lars Jenssen. Él es una figura importante del mundo de las finanzas, dirige un gran grupo inversor sueco. Supongo que Bullmer lo ha traído porque lo considera un posible inversor. No, la mujer de Bullmer es la que está a su lado, la del pañuelo en la cabeza.

Vaya... Ella sí me sorprendió. A diferencia del resto de los miembros del grupo, la mujer del pañuelo en la cabeza parecía... Bueno, parecía enferma. Llevaba una especie de túnica-kimono sin forma, de seda gris a juego con sus ojos (una prenda a medio camino entre el vestido de noche y la bata), pero incluso desde donde estaba pude apreciar que llevaba un pañuelo de seda alrededor de la cabeza, y que su piel era pálida y cerosa. Su lividez destacaba tremendamente entre el resto del grupo, y, en comparación, el aspecto saludable de los demás casi parecía obsceno. Me di cuenta de que estaba observándola fijamente y desvié la mirada.

—Ha estado enferma —me explicó Ben, aunque no hacía falta—. Cáncer de mama. Creo que estuvo bastante grave.

—¿Cuántos años tiene?

—Me parece que menos de treinta. Es más joven que él, eso seguro.

Mientras Ben apuraba su copa y se daba la vuelta para buscar a un camarero, se me fueron otra vez los ojos hacia ella. Jamás la habría reconocido por la fotografía que había visto en internet. Tal vez fuera el cutis grisáceo, o el vestido de seda bordado, pero se la veía envejecida, y sin aquella magnífica melena de pelo rubio dorado no parecía la misma mujer.

¿Por qué estaba allí y no en su casa, tumbada en un sofá? Pero luego pensé: ¿y por qué no iba a estar allí? Quizá no le quedaran muchos años de vida. Quizá quisiera disfrutar al máximo del tiempo que le restaba. O quizá... ¿no se me había ocurrido? Sí, quizá estuviera deseando que aquella mujer que también llevaba un vestido gris cesara de observarla con cara de compasión y la dejara en paz.

Volví a desviar la mirada y busqué a alguien menos vulnerable sobre quien especular. En el grupo sólo quedaba una persona de la que no sabía nada: un hombre mayor, alto, con barba entrecana muy bien recortada y una barriga que sólo podía ser el producto de un montón de largas comilonas.

—¿Quién es ese que se parece a Donald Sutherland? —le pregunté a Ben.

Se volvió hacia mí.

—¿Quién? Ah, ése es Owen White. Un inversor británico. Del estilo de Richard Branson, sólo que a escala un poco menor.

—Joder, Ben. ¿Cómo es que sabes tantas cosas? ¿Tienes un conocimiento enciclopédico de la alta sociedad o algo así?

—Bueno, no. —Ben me miró algo perplejo—. Llamé a la oficina de prensa y pedí una lista de invitados, y luego los busqué en Google. Tampoco hay que ser Sherlock Holmes.

Mierda. ¡Mierda! ¿Por qué no lo había hecho yo también? Era lo que habría hecho cualquier buen periodista, y a mí ni siquiera se me había ocurrido. Aunque seguro que Ben no llevaba varios días aturdido por la falta de sueño y el estrés postraumático.

—¿Qué te parece si...?

Lo que Ben iba a decir quedó interrumpido por el «¡cling, cling, cling!» del metal contra una flauta de champán, y lord Bullmer avanzó hasta el centro de la sala. Camilla Lidman dejó la copa y la cucharilla que tenía en las manos e hizo ademán de adelantarse para presentarlo, pero él le hizo una seña y ella retrocedió, modesta, con una sonrisa en los labios.

Un silencio respetuoso y expectante se apoderó de la sala, y lord Bullmer empezó a hablar.

—Gracias a todos por venir y acompañarnos en el viaje inaugural del *Aurora* —empezó. Tenía una voz cálida, con ese tono curiosamente neutro que se esfuerzan por conseguir quienes han estudiado en colegios privados, y sus ojos azules ejercían un magnetismo que hacía casi imposible apartar la mirada de ellos—. Me llamo Richard Bullmer, y mi esposa, Anne, y yo queremos darles la bienvenida a bordo del *Aurora*. Nuestro propósito era convertir este barco nada menos que en un hogar lejos de casa.

—¿Un hogar lejos de casa? —me dijo Ben al oído—. A lo mejor su casa tiene una terraza con vistas al mar y un minibar ilimitado, pero te aseguro que la mía no.

—Creemos que viajar no tiene por qué suponer renunciar a nada —continuó Bullmer—. En el *Aurora*, todo debe ser como ustedes lo deseen, y si no lo es, mi tripulación y yo queremos saberlo. —Hizo una pausa y le dedicó un guiño a Camilla, como admitiendo con pesar que lo más probable era que ella se llevara la peor parte de las quejas—. Aquellos de ustedes que me conocen ya saben que me apasiona Escandinavia: la simpatía de sus gentes —dedicó una rápida sonrisa a Lars y Anne—, su excelente comida —apuntó con la barbilla hacia la bandeja de canapés de gambas con eneldo que pasaba a su lado—, la belleza espectacular de la región, desde los bosques ondulados de Finlandia hasta las islas dispersas del archipiélago sueco, pasando por la majestuosidad de los fiordos de la Noruega natal de mi esposa. Pero creo que, para mí, la característica principal del paisaje escandinavo no está en la tierra, y quizá sea una paradoja, sino en los cielos: extensos y casi prodigiosamente claros. Y son esos cielos los que nos proporcionan lo que para muchos es la cima de la experiencia invernal escandinava: las Luces del Norte, la aurora boreal. Con la naturaleza nunca puedes estar seguro, pero confío en poder compartir con ustedes el majestuoso espectáculo de la aurora boreal durante este viaje. La aurora es algo que todo ser humano debería ver antes de morir. Y ahora, brindemos, por favor, damas y caballeros, por el viaje inaugural del *Aurora Borealis*, y por que la belleza de su homónima no se extinga nunca.

—Por el *Aurora Borealis* —entonamos todos, obedientes, antes de beber de nuestras copas.

Noté que el alcohol acumulado corría por mi cuerpo, atenuándolo todo, hasta mi pómulo todavía dolorido.

—Venga, Blacklock —dijo Ben, al tiempo que dejaba su copa vacía—. Vamos a cotillear un poco.

No me hacía mucha gracia acercarme al grupo con él. Me fastidiaba la posibilidad de que nos tomaran por una pareja, dado nuestro pasado común, pero no estaba dispuesta a que Ben empezara a hacer contactos mientras yo me quedaba rezagada. Así que cedí, y cuando íbamos hacia allí vi que Anne Bullmer le tocaba el brazo a su marido y le decía algo al oído. Él asintió, ella se ciñó un poco la túnica y ambos se dirigieron hacia la puerta; Richard, solícito, llevaba a Anne del brazo. Nos cruzamos en el centro de la sala, y ella compuso una dulce sonrisa que le iluminó el rostro, fino y demacrado, donde aún se adivinaban vestigios de su antigua belleza, y me fijé en que no tenía cejas. Esa carencia, junto con los pómulos prominentes, daba a su cara un extraño parecido con una calavera.

—Les ruego que me disculpen —dijo. Su voz era puro inglés de la BBC, y no pude detectar en ella ni el más leve rastro de acento—. Estoy muy cansada. Me temo que esta noche voy a saltarme la cena. Pero espero verlos mañana.

—Por supuesto —dije con torpeza, e intenté sonreír—. Yo... Yo también lo espero.

—Voy a acompañar un momento a mi esposa a su camarote —anunció Richard Bullmer—. Volveré antes de que sirvan la cena.

Los observé mientras se alejaban caminando despacio, y entonces le dije a Ben:

—Habla un inglés increíble. Nadie diría que es noruega.

—Dudo que pasara mucho tiempo en ese país cuando era más joven. Tengo entendido que estuvo casi toda su infancia en internados suizos. Venga, cúbreme, Blacklock, que voy a atacar.

Cruzó la sala con decisión y por el camino fue cogiendo un puñado de canapés; se acopló al grupito con la aparente naturalidad de un periodista innato.

—Belhomme —le oí decir, en un tono rebosante de esa especie de fingida cordialidad tan típica de los ex alumnos de Eton, algo que yo sabía que no se correspondía en absoluto con sus verdaderos orígenes, pues Ben se había criado en un barrio de viviendas de protección oficial de Essex—. Me alegro de volver a verte. Y usted debe de ser Lars Jenssen. Leí aquella reseña que publicó el *Financial Times* sobre usted. Admiro mucho su compromiso con el medio ambiente. Mezclar los principios y los negocios no es tan fácil como usted logra que parezca.

«¡Puf! Míralo, haciendo contactos como si lo llevara en la sangre.» No era de extrañar que trabajara para el *Times* haciendo periodismo de investigación de verdad, mientras yo seguía atrapada a la sombra de Rowan en *Velocity*. Debería imitarlo. Debería saber entablar conversación con ellos como había hecho Ben. Aquélla era mi gran oportunidad, y yo lo sabía. Entonces, ¿qué hacía allí plantada, sujetando la copa con los dedos congelados, incapaz de moverme?

La camarera pasó a mi lado con una botella de champán y, aun a sabiendas de que era un error, permití que me llenara la copa. Cuando se alejó, di un sorbo temerario.

—Daría cualquier cosa —me dijo una voz al oído.

Me di la vuelta con rapidez y vi a Cole Lederer detrás de mí.

—¿Perdón? —atiné a decir, aunque me sudaban las manos.

Tenía que hacer algo para remediar aquello, en serio.

—Por saber lo que estás pensando —añadió él, con una sonrisa.

—Ah, ya —dije, cabreada conmigo misma, y con él por ser tan cursi.

—Lo siento —se disculpó sin dejar de sonreír—. No sé por qué lo he dicho. Además, suena a frase hecha. Pero es que estabas tan pensativa, mordiéndote el labio...

¿Estaba mordiéndome el labio? Genial. Ya, de paso, ¿por qué no dibujaba en el suelo con la punta de mis manoletinas y agitaba un poco las pestañas?

Intenté recordar en qué estaba pensando, aparte de en Ben y mi escasa habilidad para establecer contactos. Lo único que me vino a la mente fue el hijo de puta que se había colado en mi piso, pero no iba a sacar ese tema allí. Quería que Cole Lederer me respetara como periodista, no que se compadeciera de mí.

—No sé... ¿en política? —dije por fin.

El champán y el cansancio estaban haciendo mella en mí. Mi cerebro no funcionaba correctamente, y empezaba a dolerme la cabeza. Me di cuenta de que me estaba emborrachando, y además no iba a ser una borrachera de las buenas.

Cole me miró con escepticismo.

—¿Y tú en qué pensabas? —le espeté.

Por lo general, cuando nos guardamos nuestros pensamientos es por un motivo: porque no es conveniente revelarlos en público.

—¿Aparte de en mirarte los labios, quieres decir?

Contuve el impulso de poner los ojos en blanco, e intenté conectar con la Rowan que había en mí y que habría coqueteado con él hasta obtener su tarjeta de visita.

—Pues mira —continuó Cole, y se apoyó en la pared cuando el barco remontó una ola, provocando un tintineo del hielo en las cubiteras de champán—, estaba pensando en la que pronto será mi ex mujer.

—Ah. Lo siento —dije.

Me di cuenta de que él también estaba borracho, aunque lo disimulaba bien.

—Se folla a mi padrino de boda. Estaba pensando en cómo me gustaría devolverle el favor.

—¿Cómo? ¿Tirándote a su dama de honor?

—Bueno, a ella... O a cualquiera.

Vaya. Para ser una insinuación, era bastante directa. Volvió a sonreír, y de alguna manera se las ingenió para que la frase sonara simpática, como si estuviera probando suerte y no comportándose como un sórdido ligón.

—Pues no creo que lo tengas muy difícil —dije en tono despreocupado—. Seguro que Tina se presta con mucho gusto.

Cole soltó una risotada, y de pronto me arrepentí un poco y me pregunté cómo me sentiría yo si Ben y Tina estuvieran haciendo chistes parecidos sobre mí y dando por hecho que estaba dispuesta a tirarme a Cole por el bien de mi carrera. Tina sabía utilizar sus encantos. Vale. Tampoco era el crimen del siglo.

—Lo siento —dije, y lamenté no poder retirar mis palabras—. Ha sido cruel.

—Pero cierto —contestó Cole con aspereza—. Tina sería capaz de despellejar a su abuela a cambio de una noticia. Mi única preocupación —bebió otro sorbo de champán y sonrió— sería cómo salir con vida del encuentro.

—Damas y caballeros —dijo una camarera, interrumpiendo nuestras conversaciones—. Si son tan amables de dirigirse al salón Jansson, en breve serviremos la cena.

Empezamos a desfilar. Intuí que alguien me miraba y me di la vuelta para ver quién era. Detrás de mí encontré a Tina, que me observaba con interés inquisitivo.

8

Al personal le costó más de lo que yo había imaginado conseguir que nos trasladáramos al minúsculo comedor contiguo. Yo me esperaba algo práctico, parecido a lo que había visto en los ferrys en que había viajado: hileras de mesas y un mostrador largo. Pero nada de eso: era muy diferente. Podríamos haber estado en la casa de cualquiera, suponiendo que yo conociera a alguien en cuya casa hubiera cortinas de seda cruda y copas de cristal tallado.

Para cuando nos hubimos sentado, yo tenía un intenso dolor de cabeza y estaba impaciente por comer algo o, mejor aún, por tomarme un café, aunque supuse que para eso tendría que esperar hasta el postre. Iba a ser una espera muy larga.

Habían repartido a los invitados en dos mesas de seis, pero quedaba una silla vacía en cada mesa. ¿Sería una de esas sillas la que le correspondía a la chica del camarote número 10? Hice un cálculo mental rápido.

En la mesa número 1 estaban Richard Bullmer, Tina, Alexander, Owen White y Ben Howard. La silla vacía estaba enfrente de Richard Bullmer.

En la mesa número 2 estaban conmigo Lars y Chloe Jenssen, Archer y Cole, que tenía una silla vacía a su lado.

—Puede llevarse esto —le dijo Cole a la camarera que se acercó a la mesa con una botella de vino. Señaló el cubierto sobrante—. Mi mujer no ha podido venir.

—Vaya, le ruego que me disculpe, señor.

Hizo una pequeña reverencia, le dijo algo a otra camarera y retiraron con rapidez el cubierto. De acuerdo, todo aclarado. Pero seguía habiendo una silla vacía en la otra mesa.

—¿Chablis? —preguntó la camarera.

—Sí, por favor.

Cole le acercó la copa. Mientras servían a Cole, Chloe Jenssen se inclinó hacia delante tendiéndome la mano.

—Me parece que no nos han presentado. —Tenía una voz grave y ronca que desentonaba un poco con su delgadez, y un leve acento de Essex—. Me llamo Chloe, Chloe Jenssen, aunque mi apellido profesional es Wylde.

Claro. En cuanto lo dijo reconocí sus famosos pómulos, anchos, la inclinación eslava de sus ojos, el pelo rubio, casi blanco. Incluso sin el maquillaje y la iluminación efectistas, parecía de otro mundo, como si la hubieran sacado de un diminuto pueblo de pescadores de Islandia o de una dacha siberiana. Su aspecto hacía que la historia de su descubrimiento por parte de un cazador de modelos en un supermercado de las afueras pareciera aún más inverosímil.

—Encantada —dije, y le estreché la mano.

Ella tenía los dedos fríos, y me dio un apretón tan fuerte que casi me hizo daño, y además me clavó en los nudillos los enormes anillos que llevaba. De cerca era todavía más guapa, y la belleza austera de su vestido superaba tan claramente la del mío que sentí como si perteneciéramos a planetas diferentes. Dominé el impulso de tirarle del escote.

—Lo Blacklock.

—¡Lo Blacklock! —Soltó una risa gorjeante—. Me encanta. Suena a estrella de cine de los años cincuenta, de aquellas con cinturilla de abeja y pechos que apuntaban hacia arriba.

—Ojalá. —Sonreí a pesar de mi dolor de cabeza galopante. Su jovialidad era contagiosa—. Y él debe de ser su marido, ¿no?

—Sí, éste es Lars.

Lo miró, dispuesta a incluirlo en la conversación y presentármelo, pero él estaba enfrascado en una conversación con Cole y Archer, así que Chloe entornó los ojos en un gesto de hastío y se volvió de nuevo hacia mí.

—¿Esperan a alguien más?

Señalé el espacio sobrante en la otra mesa.

Chloe negó con la cabeza.

—Creo que esa silla era para Anne, ya sabe, la mujer de Richard. No se encuentra bien. Creo que ha decidido cenar en su camarote.

—Ah, claro. —¿Cómo no se me había ocurrido?—. ¿Usted la conoce bien? —pregunté.

Chloe negó con la cabeza.

—No, conozco bastante a Richard, por Lars, pero Anne no suele salir de Noruega. —Bajó la voz y, en tono confidencial, añadió—: Al parecer, se ha recluido mucho; de hecho, me ha sorprendido verla a bordo. Pero supongo que si tienes cáncer te vuelves...

No llegó a terminar la frase porque en aquel momento llegaron cinco platos oscuros, cuadrados, cada uno con una serie de pequeños rectángulos con los colores del arcoíris y con su correspondiente bola de espuma, presentados sobre lo que parecía una capa de briznas de césped. Me di cuenta de que no tenía ni idea de lo que iba a comer.

—Navajas encurtidas en jugo de remolacha —anunció la camarera—, con espuma de hierba bisonte y virutas desecadas de romero marino.

Cuando las camareras se retiraron, Archer cogió su tenedor y tocó uno de los rectángulos, el más fosforescente.

—¿Navajas? —dijo con desconfianza. Su acento de Yorkshire era más evidente al natural que por televisión—. Nunca he sido muy partidario del marisco crudo. Me da escalofríos.

—¿En serio? —Chloe compuso una sonrisa felina, sin despegar los labios, que sugería algo entre el coqueteo y la incredulidad—. Creía que lo suyo era la comida autóctona australiana. Ya sabe: insectos, lagartos y esas cosas.

—Es que si te pagan para que comas porquerías, en tus días libres te apetece un buen bistec —razonó él, y sonrió. A continuación se volvió hacia mí y me tendió la mano—. Archer Fenlan. Me parece que no nos habían presentado.

—Lo Blacklock —dije con la boca llena de algo que esperaba que no fuera baba de caracol, aunque no podía estar segura—.

De hecho, ya nos conocíamos, pero usted no debe de acordarse. Trabajo para *Velocity*.

—Ah, sí. Entonces, ¿trabaja para Rowan Lonsdale?

—Así es.

—¿Le gustó el artículo que escribí para ella?

—Sí, tuvo mucho éxito. Generó un montón de tuits.

«Doce alimentos sorprendentemente deliciosos que no sabías que eran comestibles», o algo parecido. Iba acompañado de una fotografía de Archer asando algo imposible de identificar en una hoguera y sonriendo a la cámara.

—¿No se lo come? —preguntó Chloe, señalando el plato de Archer.

Ella ya tenía el suyo casi vacío, y pasó un dedo por los restos de espuma y se lo lamió.

Archer titubeó un momento, pero luego apartó el plato.

—Creo que de éste paso —dijo—. Esperaré al siguiente.

—Bien hecho —dijo Chloe, y volvió a esbozar aquella sonrisa perezosa.

Detecté un movimiento en su regazo y vi que, por debajo de la mesa, aunque sin llegar a esconderse bajo el mantel, Lars y ella se daban la mano, y que él le acariciaba rítmicamente los nudillos con un pulgar. Era una imagen tan íntima, y al mismo tiempo tan manifiesta, que sentí una ligera conmoción. Tal vez la apariencia de mujer coqueta de Chloe no se correspondiera con la realidad.

Me di cuenta de que Archer me estaba hablando e hice un esfuerzo para dedicarle mi atención.

—Lo siento —dije—. Estaba en la luna. ¿Qué me decía?

—Le preguntaba si quiere que le sirva un poco más. Tiene la copa vacía.

La miré. El chablis había desaparecido, aunque no recordaba habérmelo bebido.

—Sí, por favor.

Mientras él me servía, me quedé observando fijamente la copa, tratando de calcular cuánto había bebido ya. Tomé un sorbo. Chloe se inclinó hacia mí y, en voz baja, dijo:

—Espero que no le moleste que se lo pregunte, pero ¿qué le ha pasado en la mejilla?

Supongo que la sorpresa debió de reflejarse en mi cara, porque Chloe hizo un ademán con la mano como diciendo «olvídalo».

—Lo siento, no me haga caso, no es asunto mío. Es que... Bueno, yo también he tenido alguna relación complicada, nada más.

—¡Ah, no! —Por alguna razón, ese malentendido me abochornó, como si fuera culpa mía, o como si hubiera hablado mal de Judah a sus espaldas, cuando ninguna de las dos cosas era cierta—. No, no es eso. Es que entraron a robar en casa.

—¿En serio? —dijo ella, impresionada—. ¿Estando usted dentro?

—Sí. Por lo visto, cada vez es más frecuente, o eso me dijo la policía.

—¿Y la atacaron? ¡Madre mía!

—No exactamente.

Era extraño, pero me resistía a entrar en detalles, no sólo porque hablar de ello me traía recuerdos desagradables, sino también por una especie de orgullo. Quería que en aquella mesa me vieran como una profesional, una periodista serena y hábil, capaz de afrontar cualquier situación. No quería ofrecer la imagen de una víctima asustada que se refugia en su dormitorio.

Pero ya que había contado el asunto (o por lo menos buena parte de él), no acabar de explicar lo ocurrido era como obtener apoyo y comprensión de modo fraudulento.

—La verdad es que fue un accidente. El ladrón me estampó la puerta en la cara, y me hice daño en el pómulo. No creo que tuviera intención de herirme.

La verdad era que debería haberme quedado en mi habitación, con la cabeza debajo del edredón. Asomarla había sido una estupidez.

—Debería aprender defensa personal —intervino Archer—. Así fue como empecé yo. En los Reales Marines. No es una cuestión de fuerza ni de corpulencia; hasta una chica como usted puede dominar a un hombre si conoce la técnica. Mire, se lo demostraré. —Retiró su silla—. Levántese.

Me levanté, un poco cohibida, y con una destreza extraordinaria él me agarró un brazo y me lo retorció a la espalda, con lo que perdí el equilibrio al instante. Intenté aferrarme a la mesa con la mano que tenía libre, pero la torsión de mi hombro continuaba, tirando de mí hacia atrás, y mis músculos empezaron a protestar. Hice un ruido, entre dolorida y asustada, y con el rabillo del ojo vi el gesto de conmoción de Chloe.

—¡Archer! —exclamó, y a continuación, más alarmada, añadió—: ¡Archer, la está asustando!

Me soltó y me senté en la silla, con las piernas temblorosas, tratando de que no se notara cuánto me dolía el hombro.

—Lo siento —se disculpó Archer, sonriente, arrastrando su silla de nuevo hacia la mesa—. Espero no haberla lastimado. No soy consciente de mi propia fuerza. Pero ¿ve lo que le decía? Es muy difícil librarse de una maniobra así, aunque su atacante sea más corpulento que usted. Si alguna vez quiere que le dé una clase...

Intenté reír, pero me salió una risita falsa.

—Me parece que necesita más vino —dijo Chloe sin rodeos, y me llenó la copa.

Entonces, mientras Archer se volvía para decirle algo a un camarero, añadió en voz baja:

—No le haga caso. Estoy empezando a creer que los rumores acerca de su primera esposa eran ciertos. Y mire, si necesita algo para tapar ese cardenal, venga a mi camarote cuando quiera. Tengo una bolsa llena de potingues, y se me da bastante bien el maquillaje. Vivo rodeada de maquilladores profesionales.

—De acuerdo, gracias —dije, e intenté sonreír.

Me sentía hipócrita y estaba tensa, y, para disimularlo, cogí mi copa y bebí un sorbo.

Después del primer plato, nos cambiamos de asiento y acabé, con cierto alivio, sentada a la otra mesa y sin Archer, entre Tina y Alexander, que mantenían una conversación muy erudita sobre cocinas del mundo por encima de mi cabeza.

—Claro que el único *sashimi* que de verdad no hay que dejar de probar es el de *fugu* —se explayó Alexander, alisándose la servilleta que le cubría la tirante faja del esmoquin—. Su sabor es absolutamente exquisito.

—¿*Fugu*? —dije con la intención de participar en la conversación—. ¿No es ese pez tan venenoso?

—Sí, y eso es justo lo que lo convierte en una verdadera experiencia. Yo nunca he consumido drogas: conozco mis debilidades y sé que en el fondo soy un lotófago, por eso nunca he querido tontear con esas cosas. Pero supongo que el subidón que experimentas después de comer *fugu* es una reacción neuronal parecida. El comensal ha jugado con la muerte y ha ganado.

—¿No dicen —intervino Tina arrastrando un poco las palabras, y dio un sorbo de vino antes de seguir— que el arte de los verdaderos chefs consiste en cortar lo más cerca posible de las partes venenosas del pescado y dejar una pequeña cantidad de toxinas en la carne para que la experiencia resulte más excitante?

—Sí, eso he oído decir —concedió Alexander—. Se supone que el veneno, en pequeñas dosis, actúa como un estimulante, aunque esa técnica en concreto quizá tenga más que ver con el elevado precio del pescado y la reticencia de los cocineros a desperdiciar ni la más mínima pizca de carne.

—¿Y qué potencia tiene el veneno? —pregunté—. Me refiero a la cantidad. ¿Cuánto habría que ingerir?

—Bueno, de eso se trata precisamente —contestó Alexander. Se inclinó hacia delante, y su mirada empezó a brillar de un modo bastante desagradable a medida que iba profundizando en el tema—. Cada una de las partes del pez contiene una carga tóxica diferente, pero si nos referimos a las más venenosas, que son el hígado, los ojos y los ovarios, estamos hablando de una cantidad muy pequeña. Gramos, o ni siquiera eso. Dicen que es unas mil veces más letal que el cianuro. —Se puso un trozo de pescado crudo en la boca y prosiguió mientras masticaba su delicada carne—: Debe de ser una muerte horrible. El cocinero que nos lo preparó a nosotros en Tokio se deleitó describiendo el proceso de envenenamiento: los músculos se paralizan, pero el cerebro queda casi intacto, así que la víctima permanece del todo consciente a lo largo del proceso a medida que los músculos se le atrofian, hasta que no puede respirar. —Tragó, se pasó la lengua por los labios húmedos y sonrió—. Al final se asfixia, ni más ni menos.

Miré las finas tajadas de pescado crudo que tenía en mi plato, y no sé si fue por el vino, por la detallada descripción de Alexander o porque el mar estaba más movido, pero de pronto ya no tenía tanta hambre como antes de la cena. Me puse un trozo en la boca con desgana y mastiqué.

—Háblanos de ti, querida —dijo Tina de pronto.

Me sorprendió que le retirara la atención a Alexander para dedicármela a mí.

—Me han dicho que trabajas con Rowan, ¿no?

Tina había empezado en *Velocity* a finales de los años ochenta, y su camino se había cruzado durante un breve período con el de Rowan, que todavía hablaba de ella y de su legendaria agresividad.

—Exacto. —Me apresuré a tragar la comida que tenía en la boca—. Llevo casi diez años allí.

—Rowan debe de tener muy buen concepto de ti para enviarte a cubrir este viaje. Es todo un logro, diría yo.

Me removí en la silla. ¿Qué podía contestar? ¿«Oh, dudo mucho que me hubiera confiado este trabajo si no hubiera estado ingresada en el hospital»?

—Soy muy afortunada —dije por fin—. Estar aquí supone un auténtico privilegio, y Rowan sabe que estoy deseando demostrar mi valía.

—Pues mi consejo es que lo disfrutes. —Tina me dio una palmadita en el brazo, y noté el frío de sus brazaletes en la piel—. Sólo se vive una vez, ¿no dicen eso?

9

Volvimos a cambiar de asientos un par de veces más, pero nunca llegué a sentarme al lado de Bullmer, así que hasta que nos sirvieron el café y nos dijeron que, si queríamos, podíamos regresar al salón Lindgren no tuve ocasión de acercarme a hablar con él. Estaba cruzando la sala, con una taza de café en la mano en precario equilibrio debido al movimiento del barco, cuando se disparó un flash que me deslumbró; me tambaleé, y estuve a punto de tirarme el café por encima. Por suerte sólo cayeron unas gotas en el bajo de mi vestido alquilado y en el sofá blanco que tenía al lado.

—Sonríe —me dijo una voz al oído.

Y me di cuenta de que el fotógrafo era Cole.

—Mierda, ¿eres idiota? —contesté, enojada, y al instante me arrepentí.

Sólo me faltaba que Cole le contara a Rowan que era una maleducada. Debía de estar más borracha de lo que creía.

—No me refería a ti —añadí con torpeza, tratando de arreglarlo—. Me refería a mí. Al sofá.

Él percibió mi turbación y se rió.

—Buen intento. Pero no te preocupes, no voy a irle con cuentos a tu jefa. Mi ego no es tan frágil.

—Yo no... —balbuceé, pero parecía que Cole me hubiera leído el pensamiento, y no se me ocurrió cómo terminar la frase—. Yo sólo...

—Olvídalo. Bueno, ¿y adónde ibas con tanta prisa, dando zancadas como un cazador que persigue un antílope cojo?

Me fastidiaba admitirlo, pero me dolía la cabeza a causa de la mezcla de cansancio y alcohol, y me pareció más fácil decir la verdad.

—Quería ver si podía hablar con Richard Bullmer. Llevo toda la noche intentándolo, pero todavía no se me ha presentado la oportunidad.

—Y, cuando te habías decidido, voy yo y te chafo los planes —dijo Cole con ojos chispeantes. Volvió a sonreír, y entonces me di cuenta de que eran sus incisivos lo que le daba un aire ligeramente lobuno, rapaz—. Bueno, eso tiene fácil solución. ¡Bullmer!

Me estremecí al ver que Richard Bullmer interrumpía su conversación con Lars y miraba hacia donde estábamos nosotros.

—¿Alguien me ha llamado?

—Sí, yo —dijo Cole—. Ven a hablar con esta chica, ayúdame a reparar el daño que he hecho al tenderle una emboscada.

Bullmer rió, cogió su taza del brazo de la butaca que tenía al lado y vino hacia nosotros. Caminaba con soltura a pesar del ligero balanceo del barco, y me dio la impresión de que estaba en muy buena forma y que tenía un vientre duro como el acero bajo aquel esmoquin de confección impecable.

—Richard —dijo Cole, e hizo una floritura con la mano—, te presento a Lo. Lo, Richard. He querido fotografiarla sin que se diera cuenta cuando iba a abordarte, y ha derramado el café.

Me puse roja como un tomate, pero Bullmer negó con la cabeza y le dijo a Cole:

—Recuerda lo que te dije sobre ser discreto con ese cacharro. —Señaló con la barbilla la voluminosa cámara que Cole llevaba colgada del cuello—. No a todo el mundo le gusta que los paparazzi les tomen fotografías en momentos inoportunos.

—Bah, si les encanta —contestó Cole con desparpajo, y sonrió mostrando los dientes—. Se sienten auténticas celebridades y, además, en un escenario de lo más chic.

—Lo digo en serio —insistió Richard, y a pesar de que sonreía, su voz adoptó un tono más firme—. Sobre todo a Anne.

—Bajó la voz y añadió—: Ya sabes que se ha vuelto un poco tímida desde...

Cole asintió, y la sonrisa desapareció de sus labios.

—Claro, claro. Eso es diferente. Pero a Lo no le importa, ¿verdad que no, Lo?

Me rodeó los hombros con un brazo y me atrajo hacia sí; se me clavó la cámara en el hombro, pero a pesar de todo intenté sonreír.

—No —dije, abochornada—. Claro que no.

—Así me gusta —dijo Bullmer, y me guiñó un ojo.

Fue un gesto extraño, como el que le había visto hacer al dirigirse a Camilla Lidman: no exactamente paternal, aunque podría haberlo sido, sino más bien como si intentara compensar una desigualdad de la que él era consciente y que sabía que resultaba intimidante. «No me consideres un millonario de fama mundial —decía aquel guiño—. Sólo soy un tipo normal y corriente, más accesible de lo que te imaginas.»

Estaba pensando qué podía responder, cuando Owen White le tocó el hombro y Bullmer se dio la vuelta.

—¿En qué puedo ayudarte, Owen? —preguntó.

Antes de que yo pudiera articular palabra, la oportunidad se había esfumado.

—Yo... —conseguí decir.

Él volvió la cabeza y dijo:

—Mire, en estas situaciones siempre es difícil hablar. ¿Por qué no pasa por mi camarote mañana después de las actividades programadas y charlamos un poco con calma?

—Gracias —dije, procurando no parecer patética.

—Estupendo. Es el número uno. ¡La espero!

—Lo siento —dijo Cole en voz baja, y su aliento hizo temblar el pelo detrás de mi oreja provocándome cosquillas—. He hecho lo que he podido. En fin. Es un hombre muy solicitado. ¿Cómo puedo resarcirte?

—No importa —contesté con torpeza.

Él estaba muy cerca de mí, y quise retroceder porque me sentía incómoda, pero la voz de Rowan resonaba dentro de mi cabeza: «¡Contactos, Lo!»

—Cuéntame... Cuéntame algo sobre ti. ¿Cómo es que has venido? Antes has dicho que esto no es tu especialidad.

—Richard y yo somos viejos amigos.

Cole cogió una taza de café de la bandeja de una camarera y bebió un sorbo.

—Estudiamos juntos en Balliol. Me pidió que viniera, y pensé que no podía negarme.

—¿Sois amigos íntimos?

—Yo no diría que íntimos. No solemos movernos en los mismos ambientes. Es lógico si uno es un pobre fotógrafo y el otro está casado con una de las mujeres más ricas de Europa. —Sonrió—. Pero es buena gente. Uno podría pensar que se crió entre algodones, pero eso no es del todo cierto. Lo ha pasado mal, y supongo que eso es lo que lo hace aferrarse aún más a... Bueno, a todo esto. —Abrió un brazo para abarcar las sedas, los cristales y los bruñidos accesorios—. Sabe lo que es perder cosas. Y personas.

Pensé en Anne Bullmer y en cómo Richard la había acompañado a su camarote a pesar de tener un salón lleno de invitados ansiosos por hablar con él. Y pensé que entendía lo que Cole quería decir.

Debían de ser las once cuando por fin regresé al camarote. Estaba borracha. Muy borracha. Aunque era difícil saber cuánto, porque ya estábamos en mar abierto y el continuo movimiento del mar, combinado con el champán... y con el vino... ah, y con los chupitos helados de aquavit... Joder, pero ¿en qué estaba pensando?

Tuve un instante de lucidez cuando llegué a la puerta del camarote y me detuve un momento, apoyada en el marco. Sabía por qué me había emborrachado. Lo sabía muy bien. Porque, si me emborrachaba lo suficiente, dormiría con un tronco. No habría podido con otra noche de sueño interrumpido; allí no.

Pero ahuyenté ese pensamiento y emprendí la tarea de sacar mi tarjeta llavero del sujetador, donde me la había guardado.

—¿Te echo una mano, Blacklock? —propuso una voz pastosa a mi espalda.

La sombra de Ben Howard se proyectó sobre el marco de la puerta.

—No, gracias —contesté, y me di la vuelta para que no viera lo que estaba haciendo.

Una ola golpeó el casco del barco; di una sacudida y me tambaleé. «Lárgate, Ben.»

—¿Estás segura?

Se inclinó sobre mí, mirando con descaro por encima de mi hombro.

—Sí —afirmé, apretando los dientes, rabiosa—, segurísima.

—Porque yo podría ayudarte.

Compuso una sonrisa lasciva y señaló el escote de mi vestido, que yo sujetaba con una mano tratando de evitar que se me cayera.

—Por lo visto no te vendría mal una mano más. O dos.

—Vete al cuerno —dije, cortante.

Tenía algo metido debajo del omóplato izquierdo, algo tibio y duro que bien podía ser una tarjeta. Sólo debía conseguir que mis dedos llegaran un poco más allá...

Ben se me acercó más y, sin que yo me diera cuenta de lo que se disponía a hacer, me metió bruscamente una mano por el escote. Sentí pánico cuando noté sus gemelos deslizarse por mi piel, y entonces sus dedos me agarraron un pecho y apretaron, de un modo que pretendía ser erótico.

No lo fue.

Ni siquiera me lo pensé. Se oyó algo parecido al bufido de un gato, un desgarrón, y mi rodilla lo golpeó en la entrepierna con tanta fuerza que ni siquiera gritó: sólo cayó despacio al suelo, y soltó un gemido débil y quejumbroso.

Y yo rompí a llorar.

Veinte minutos más tarde estaba sentada en la cama de mi camarote, sollozando y limpiándome las manchas de rímel prestado de las mejillas, y Ben estaba en cuclillas a mi lado, rodeándome los hombros con un brazo, y con el otro apretando la cubitera contra sus ingles.

—Lo siento —volvió a decir; aún tenía la voz ronca por el esfuerzo de contener el dolor—. Por favor, Lo, para de llorar, te lo suplico. Lo siento mucho. Me he portado como un imbécil, como un auténtico gilipollas. Me lo merecía.

—No es por ti —dije con la voz entrecortada, aunque no estaba segura de que él fuera a entender mis palabras—. No puedo más, Ben, desde el día del robo estoy... Creo que me estoy volviendo loca.

—¿Qué robo?

Se lo conté entre sollozos. Le conté todo lo que no le había contado a Jude. Lo que había sentido al despertarme y darme cuenta de que había alguien en mi apartamento, de que nadie me oiría si gritaba, de que no tenía forma de pedir ayuda ni posibilidad alguna de defenderme del intruso; de que era vulnerable como jamás había sospechado que pudiera serlo hasta esa noche.

—Lo siento —seguía repitiendo Ben como un mantra, mientras me frotaba la espalda con la mano que tenía libre—. Lo siento muchísimo.

Sus torpes muestras de comprensión sólo consiguieron hacerme sollozar con más ímpetu.

—Mira, cariño...

Oh, no.

—No me llames así.

Me incorporé, me aparté el pelo de la cara y me solté de su abrazo.

—Lo siento, es que... Se me ha escapado.

—Me da igual. Ya no puedes llamarme así, Ben.

—Lo sé —dijo, azorado—. Pero mira, Lo, si he de decirte la verdad, yo nunca...

—No —me apresuré a decir.

—Lo que hice fue una cabronada, Lo, ya lo sé...

—Te he dicho que no. Tú y yo hemos terminado.

Ben negó con la cabeza, pero por un motivo u otro sus palabras habían puesto el punto final a mis lágrimas. A lo mejor fue verlo tan dolorido, afligido y desalentado.

—Pero Lo... —Me miraba lánguido, y la luz de la mesita de noche suavizaba el marrón oscuro de sus ojos—. Lo, yo...

—¡No! —lo dije más alto y con más dureza de la cuenta, pero tenía que hacerlo callar.

No estaba segura de qué intentaba decirme, pero, fuera lo que fuese, sí sabía que yo no podía permitirme que lo dijera. Iba a estar cinco días atrapada en aquel barco con él. No podía dejar que se pusiera en ridículo más de lo que ya lo había hecho, o el viaje se volvería insoportable en cuanto coincidiéramos en público y a la luz del día.

—No, Ben —dije suavizando el tono—. Tú y yo terminamos hace mucho tiempo. Además, te recuerdo que fuiste tú quien quiso romper.

—Ya lo sé —admitió él, compungido—. Ya lo sé. Fui un gilipollas.

—No, no fuiste un gilipollas —dije. Y luego, al sentir que no estaba siendo sincera, añadí—: Vale, sí, lo fuiste. Pero yo tampoco era la persona más fácil del mundo. Mira, eso ahora ya no importa. Somos amigos, ¿no? —Era una exageración, pero Ben asintió—. Vale, pues no lo estropees.

—De acuerdo —concedió.

Se levantó, dolorido, y se enjugó las lágrimas con la manga de la chaqueta del esmoquin. Luego la miró, arrepentido.

—Espero que haya tintorería en el barco.

—Y yo espero que haya costurera.

Señalé el rasgón que recorría todo el costado de mi vestido de seda gris.

—¿Seguro que estarás bien? —me preguntó Ben—. Podría quedarme. Y no me malinterpretes. Podría dormir en el sofá.

—Sí, podrías, desde luego —coincidí, contemplando su amplitud, y entonces negué con la cabeza, al darme cuenta de cómo podía interpretar él mis palabras—. No, no puedes. El sofá es lo bastante grande, pero no puedes, no hace falta. Vuelve a tu camarote. Por favor, Ben, estamos a bordo de un barco en medio del mar. Probablemente no podría estar en un sitio más seguro.

—De acuerdo.

Avanzó hasta la puerta, cojeando un poco, y la entreabrió, pero no llegó a salir.

—Lo siento. En serio.

Yo sabía a qué esperaba, qué esperanzas abrigaba. No buscaba sólo perdón, sino algo más, algo que le asegurara que aquel apretón no había sido del todo indeseado.

Pues ya podía esperar sentado.

—Vete a la cama, Ben —dije, muy cansada y completamente sobria.

Él se demoró un momento más en la puerta, una milésima de segundo más de la cuenta, lo suficiente para que yo me preguntara (y mi estómago diera una sacudida imitando el movimiento del mar) qué haría si Ben decidía no marcharse. Qué haría si cerraba la puerta, se daba la vuelta y entraba otra vez en el camarote. Pero entonces se fue, y yo eché el seguro, me derrumbé en el sofá y me sujeté la cabeza con las manos.

Por fin, no sé al cabo de cuánto rato, me levanté, me serví un whisky del minibar, y me lo pulí en tres tragos. Me estremecí, me sequé los labios, me quité el vestido y lo dejé enroscado en el suelo como una piel recién mudada.

Me quité el sujetador, salí del triste montón de ropa y me dejé caer en la cama. Me sumí en un sueño tan profundo que fue como si me ahogara.

No sé qué fue lo que me despertó, sólo sé que de repente recobré el conocimiento, como si me hubieran clavado una jeringuilla de adrenalina en el corazón. Me quedé paralizada de miedo, con las pulsaciones a doscientos por minuto, y busqué las frases tranquilizadoras que unas horas antes le había repetido a Ben.

«No pasa nada —me dije—. Estás a salvo. Estás en un barco en medio del mar, nadie puede subir ni bajar. No podrías estar en ningún sitio más seguro.»

Estaba agarrando las sábanas como si el *rigor mortis* se hubiera apoderado de mí; obligué a mis dedos a relajarse y los flexioné despacio, hasta notar que el dolor de los nudillos remitía. Me concentré en la respiración, lenta y acompasada, hasta que al final mi corazón la imitó y dejé de notar su frenético latir en el pecho.

El golpeteo en los oídos se redujo. Aparte del rumor rítmico de las olas y el murmullo monótono del motor, que llegaba hasta todos los rincones del barco, no oía nada.

Mierda. ¡Mierda! Tenía que tranquilizarme.

No podía pasarme el resto del viaje automedicándome con alcohol todas las noches, o no podía hacerlo sin sabotear mi carrera y echar por la borda toda posibilidad de conseguir un ascenso en *Velocity*. ¿Qué otro recurso me quedaba? ¿Los somníferos? ¿La meditación? Ninguna de las dos cosas parecía mucho mejor.

Me tumbé sobre un costado, encendí la luz y miré la hora en el teléfono: las 3.04 h. Entonces actualicé el correo electrónico. No tenía ningún mensaje de Judah, pero estaba demasiado desvelada para volver a dormirme. Suspiré, cogí mi libro, que estaba abierto como un pájaro descalabrado en la mesita de noche, y me puse a leer. Intentaba concentrarme en el texto, pero había algo en el fondo de mi cabeza que no me dejaba en paz. No era una simple paranoia. Algo me había despertado, algo que me había dejado tensa y nerviosa como una adicta a la metanfetamina. No podía parar de pensar que había sido un grito, pero ¿por qué?

Estaba pasando una página cuando oí otra cosa, algo que apenas registré por encima del ruido del motor y el golpeteo de las olas, un sonido tan débil que el roce del papel casi lo ahogó.

Era el ruido de la puerta del balcón del camarote contiguo abriéndose con suavidad.

Contuve la respiración y agucé el oído. Y entonces oí un chapuzón.

No fue una simple salpicadura.

No, fue un chapuzón grande.

La clase de chapuzón que hace un cuerpo al caer al agua.

JUDAH LEWIS
24 de septiembre a las 8.50
Hola, amigos, estoy un poco preocupado por Lo. No sé nada de ella desde hace varios días, cuando se fue en viaje de trabajo. ¿Alguien ha tenido noticias suyas? Me extraña que no haya dicho nada. Saludos.
Me gusta   Comentar   Compartir

LISSIE WIGHT ¡Hola, Jude! A mí me mandó un mensaje el domingo, el día 20, ¿no? Me dijo que el barco era alucinante.
Me gusta · Responder   24 de septiembre a las 9.02

JUDAH LEWIS Sí, a mí también me escribió el domingo, pero el lunes no me contestó ni por correo ni por teléfono. Y tampoco ha dicho nada por aquí ni por Twitter.
Me gusta · Responder   24 de septiembre a las 9.03

JUDAH LEWIS ¿Alguien sabe algo? ¿Pamela Crew? ¿Jennifer West? ¿Carl Fox? ¿Emma Stanton? Perdonadme si etiqueto a mucha gente, pero es que esto me extraña mucho, la verdad.
Me gusta · Responder   24 de septiembre a las 10.44

PAMELA CREW Hola, Jude. A mí me mandó un correo el domingo. Me dijo que el barco era precioso. ¿Quieres que le pregunte a su padre si sabe algo?
Me gusta · Responder   24 de septiembre a las 11.13

JUDAH LEWIS Sí, por favor, Pam. No quiero preocuparos, pero lo normal sería que a estas alturas hubiera dicho algo. Es que yo estoy en Moscú, y no sé si ha intentado llamarme por teléfono y no lo ha conseguido.

Me gusta · Responder   24 de septiembre a las 11.21

JUDAH LEWIS Pam, ¿te dijo cómo se llamaba el barco? No lo encuentro.

Me gusta · Responder   24 de septiembre a las 11.33

PAMELA CREW Hola, Judah, lo siento, estaba hablando por teléfono con su padre. Él tampoco sabe nada. Por lo visto, el barco se llama Aurora. Si te enteras de algo, dímelo, ¿vale?

Me gusta · Responder   24 de septiembre a las 11.48

JUDAH LEWIS Gracias, Pam. Intentaré contactar con el barco. Pero si alguien sabe algo, que me envíe un mensaje, por favor.

Me gusta · Responder   24 de septiembre a las 11.49

JUDAH LEWIS ¿Alguien tiene noticias?

Me gusta · Responder   24 de septiembre a las 15.47

JUDAH LEWIS ¿Nadie sabe nada?

Me gusta · Responder   24 de septiembre a las 18.09

TERCERA PARTE

10

Actué sin pensar.

Me precipité hacia el balcón, abrí la puerta corredera y me asomé a la barandilla, buscando con desesperación el rastro de algo (o de alguien) entre las olas. Las luces de las ventanas del barco se reflejaban en la oscura superficie del mar y hacían casi imposible distinguir nada en el oleaje, pero hubo un momento en que me pareció ver algo bajo la cresta de una ola negra: una forma blanca que giraba, como la mano de una mujer arrastrándose bajo la superficie, y luego hundiéndose.

Miré hacia el balcón contiguo al mío.

Una mampara de vidrio esmerilado separaba los balcones, pero me asomé y vi dos cosas.

La primera fue que había una mancha en la barandilla. Una mancha de algo oscuro y oleaginoso. Una mancha que parecía de sangre.

La segunda, más que una imagen, fue un discernimiento, una noción que hizo que se me revolviera el estómago. Quienquiera que hubiera estado allí (quienquiera que hubiera arrojado aquel cuerpo por la borda) debía de haberse percatado de mi alocada carrera hasta el balcón. Con toda seguridad esa persona estaba en el balcón de al lado en el momento en que yo había salido al mío. Seguro que me había oído abrir la puerta. Era muy probable que me hubiese visto la cara.

Me metí corriendo en la habitación, cerré la puerta corredera y comprobé que la puerta del camarote estaba cerrada por dentro. Entonces eché la cadenilla. El corazón me martilleaba en el pecho, pero estaba tranquila, más serena de lo que lo había estado desde hacía una eternidad.

Aquello sí era un peligro real, y estaba reaccionando del modo correcto.

Una vez asegurada la puerta del camarote, volví a la puerta del balcón. No tenía cerradura, sólo un pestillo, pero no podía hacer nada más para cerrarla.

A continuación, cogí el teléfono de la mesita de noche y marqué el cero para hablar con la operadora. Los dedos sólo me temblaban un poco.

—¿Diga? —me contestó una voz cantarina—. ¿En qué puedo ayudarla, señorita Blacklock?

Al principio me desconcertó tanto que supiera que era yo que me quedé en blanco. Pero entonces caí en la cuenta: mi número de camarote debía de aparecer en la pantalla del teléfono. Claro que era yo. ¿Quién más podía llamar desde mi camarote en plena madrugada?

—¡Ho... hola! —atiné a decir. A pesar de que temblaba un poco, mi voz sonó asombrosamente tranquila—. Hola. ¿Con quién hablo, por favor?

—Soy Karla, la camarera de su camarote, señorita Blacklock. ¿Necesita algo? —Por debajo de su tono de voz alegre se coló un deje de preocupación—. ¿Se encuentra bien?

—Sí, sí, estoy bien. Es que... —Me detuve, consciente de lo ridículo que podía sonar lo que iba a decir.

—¿Señorita Blacklock?

—Creo que... —Tragué saliva—. Creo que acabo de ver un asesinato.

—¡Dios mío! —Karla, impresionada, dijo algo en un idioma que no entendí: en sueco, quizá, o tal vez en danés. Entonces se recompuso y me preguntó—: ¿Está usted en peligro, señorita Blacklock?

¿Estaba en peligro? Miré la puerta del camarote. Estaba casi segura de que no podía entrar nadie.

—No, no, creo que estoy a salvo. Ha sido en el camarote contiguo al mío, el número diez. Palmgren. Creo... Creo que alguien ha arrojado un cuerpo por la borda.

Cuando lo dije se me quebró la voz, y de pronto me dieron ganas de reír, o tal vez de llorar. Inspiré hondo y me apreté el puente de la nariz mientras trataba de serenarme.

—Ahora mismo envío a alguien, señorita Blacklock. No se mueva. La llamaré cuando lleguen a su puerta, así sabrá quién es. Espere un momento, por favor, y volveré a llamarla enseguida.

Oí un chasquido; había colgado.

Dejé el auricular en la horquilla y me sentí extrañamente desvinculada de mí misma, casi como si estuviera teniendo una experiencia extracorporal. Me dolía mucho la cabeza, y pensé que debía vestirme antes de que llegaran.

Cogí el albornoz, que estaba colgado detrás de la puerta del cuarto de baño, y entonces me detuve en seco. Cuando me había ido a cenar lo había dejado en el suelo, junto con la ropa que llevaba puesta en el tren. Recordaba haber mirado, antes de salir, el caos del cuarto de baño: ropa por el suelo, artículos de maquillaje esparcidos por el mueble del lavabo, pañuelos de papel manchados de carmín; y que había pensado que ya lo recogería todo a la vuelta.

Ya no había nada. El albornoz estaba colgado, y mi ropa, incluidas las prendas íntimas, habían desaparecido, se las habían llevado, a saber dónde.

Los cosméticos estaban ordenados en fila en el mueble del lavabo, junto con mi cepillo de dientes y mi dentífrico. Dentro de mi neceser sólo habían dejado los tampones y las pastillas, un detalle que, de alguna manera, era peor que el hecho de que hubieran sacado todo lo demás, y que me hizo estremecer.

Alguien había estado en mi camarote. Por supuesto: el servicio de habitaciones consistía en eso, por el amor de Dios. Aun así, alguien había entrado y había tocado mis cosas, mis medias rotas y mi delineador de ojos usado.

¿Por qué me daban ganas de llorar sólo de pensarlo?

Estaba sentada en la cama, con la cabeza entre las manos y pensando en el contenido del minibar, cuando sonó el teléfono; al cabo de un par de segundos, cuando me arrastraba por encima del edredón para descolgar el auricular, llamaron a la puerta.

Descolgué el teléfono.

—¿Diga?

—¿Señorita Blacklock? —Era Karla.

—Sí. Han llamado a la puerta. ¿Tengo que abrir?

—Sí, por favor. Es nuestro jefe de seguridad, Johann Nilsson. La dejo con él, señorita Blacklock, pero, por favor, llámeme si necesita algo más. Llámeme cuando quiera.

Se oyó un chasquido y se cortó la comunicación; volvieron a llamar a la puerta. Me até mejor el cinturón del albornoz y fui a abrir.

Fuera había un hombre a quien no había visto hasta entonces y que llevaba una especie de uniforme. No sé qué me había imaginado; quizá esperase a alguien vestido de policía. Aquello parecía más un uniforme náutico; debía de ser un contramaestre o algo parecido. Tenía unos cuarenta años y era tan alto que tuvo que encorvarse para entrar por la puerta. Llevaba el pelo alborotado, como si acabara de levantarse de la cama, y tenía los ojos de un azul tan increíble que parecía que llevara lentillas de color. Me quedé mirando fijamente aquellos ojos, y de repente me di cuenta de que el hombre me tendía la mano.

—Hola. Usted debe de ser la señorita Blacklock, ¿no? —Su inglés era muy bueno. Sólo se apreciaba un ligero acento escandinavo, tan discreto que cualquiera podría haberlo tomado por escocés o canadiense—. Me llamo Johann Nilsson. Soy el jefe de seguridad del *Aurora*. Tengo entendido que ha visto usted algo que la ha dejado preocupada.

—Sí —afirmé sin vacilar, y de pronto reparé en el hecho de que iba en albornoz y tenía el rímel corrido por las mejillas, mientras que él iba completamente vestido y, encima, con uniforme. Volví a ceñirme el cinturón, esta vez con nerviosismo—. Sí. He visto... He oído... cómo tiraban algo por la borda. Creo... Me ha parecido que era... un cuerpo.

—¿Lo ha visto o lo ha oído? —me preguntó Nilsson, y ladeó la cabeza.

—He oído un chapuzón, un chapuzón muy fuerte. Clarísimo, como si algo cayera por la borda, o como si lo empujaran. He salido corriendo al balcón y he visto algo, algo que parecía un cuerpo, y he visto cómo se hundía.

Nilsson me miraba con gesto serio pero prudente y, a medida que yo hablaba, iba frunciendo más el ceño.

—Y había sangre en la barandilla de vidrio del balcón —añadí.

Al oír eso, tensó los labios y señaló la puerta del balcón con una cabezada.

—¿En su balcón?

—¿La sangre? No. En el del camarote de al lado.

—¿Le importaría enseñármela?

Asentí, volví a ceñirme el cinturón y lo observé descorrer el pestillo.

Fuera, el viento había arreciado y hacía mucho frío. Guié a Nilsson hasta la estrecha terraza, que, con él allí a mi lado, parecía sumamente pequeña. Se diría que ocupaba todo el espacio y un poco más, pero, aun así, una parte de mí se alegraba muchísimo de su presencia. Dudaba que me hubiera atrevido a salir sola al balcón.

—Allí. —Señalé la mampara de separación entre mi balcón y el del camarote número 10—. Asómese y verá a qué me refiero.

Nilsson se asomó inclinándose sobre la barandilla y entonces me miró frunciendo un poco el ceño.

—No veo nada. ¿Le importaría enseñármelo?

—¿Qué quiere decir? Era una mancha enorme, en el vidrio.

Se echó hacia atrás despacio y extendió una mano hacia la barandilla a modo de invitación, y yo lo aparté un poco para poder asomarme. El corazón me latía muy deprisa; no podía evitarlo. No esperaba encontrar al asesino allí, ni recibir un puñetazo en la cara, ni ver pasar una bala rozándome la oreja. Aun así, me sentí tremendamente vulnerable al inclinarme sobre la barandilla sin saber qué podía encontrar al otro lado.

Pero lo que encontré fue... nada.

No había ningún asesino agazapado, a punto de saltar. No había ninguna mancha de sangre. La barandilla de vidrio brillaba bajo la luz de la luna, limpia, impoluta, sin siquiera una sola huella digital.

Miré a Nilsson, consciente de que mi cara debía de reflejar una fuerte conmoción. Negué con la cabeza, intenté decir algo. Él me observaba.

Fue la mirada de lástima de aquellos ojos azules lo que más me dolió.

—Estaba ahí —dije, enojada—. Es evidente que la ha limpiado.

—¿Quién la ha limpiado?

—¡El asesino! ¡El puto asesino, quién va a ser!

—No se sofoque, señorita Blacklock —dijo con amabilidad, y entró en el camarote.

Lo seguí, y él cerró la puerta con cuidado y echó el pestillo; entonces se quedó plantado, con los brazos junto a los costados, como esperando a que yo dijera algo. Me llegó el perfume de su colonia, una fragancia agradable, con un toque a madera. Pero de repente el espacioso camarote parecía pequeño y agobiante.

—¿Qué? —dije por fin; procuré no sonar agresiva, pero fracasé—. Le he dicho lo que he visto. ¿Insinúa que miento?

—Vayamos al camarote contiguo —propuso él con mucha diplomacia.

Volví a tirar de los extremos del cinturón del albornoz, apretándomelo tanto que se me clavaba en el estómago, y entonces lo seguí, descalza, al pasillo. Él llamó con los nudillos a la puerta del camarote número 10, y, como no le abrieron, sacó una llave maestra de su bolsillo y abrió la puerta.

Nos quedamos plantados en el umbral. Nilsson no decía nada, pero yo notaba su presencia detrás de mí mientras contemplaba, boquiabierta, la habitación. Estaba vacía. No sólo no había gente: no había nada.

Ni maletas. Ni ropa. Ni cosméticos en el cuarto de baño. Hasta la cama estaba sin sábanas, con el colchón al aire.

—Había una chica —dije por fin con voz temblorosa. Metí las manos en los bolsillos del albornoz para que él no viera que apretaba los puños—. Había una chica. En esta habitación. Hablé con ella. La vi, hablé con ella. ¡Estaba aquí!

Nilsson no dijo nada. Cruzó la suite, silenciosa y alumbrada por la luna, y abrió la puerta del balcón; miró fuera, examinando la barandilla con una minuciosidad casi insultante. Sin embargo, desde donde yo estaba vi que no había nada. El vidrio brillaba bajo la luz, ligeramente rociado de agua de mar, pero, por lo demás, intacto.

—¡Estaba aquí! —insistí, y me fastidió el deje histérico de mi voz—. ¿Por qué no me cree?

—Yo no he dicho que no la crea.

Nilsson entró en la habitación y echó el pestillo de la puerta corredera. Entonces me guió hasta la puerta del camarote; cuando hubimos salido, la cerró.

—No hace falta que lo diga —dije con aspereza. Habíamos dejado la puerta de mi camarote abierta, y Nilsson me acompañó adentro—. Pero le aseguro que en ese camarote había una chica. Me prestó... ¡Ah!

De pronto me acordé de algo y corrí al cuarto de baño.

—Me prestó un tubo de rímel. Maldita sea, ¿dónde está?

Busqué entre los cosméticos, cuidadosamente ordenados, pero no lo encontré. ¿Dónde podía estar?

—Está aquí —dije, desesperada—. Tiene que estar.

Miré alrededor, frenética, y algo me llamó la atención: un destello rosa chillón detrás del espejo de afeitar abatible que había al lado del lavamanos. Lo saqué de allí: un inocente tubito rosa con el tapón verde.

—¡Aquí está! —Lo blandí como si fuera un arma, triunfante.

Nilsson dio un paso atrás y luego, con cuidado, cogió el tubo de rímel de mi mano.

—Ya lo veo —dijo—, pero, con todo mi respeto, señorita Blacklock, no sé muy bien qué demuestra esto, aparte del hecho de que alguien le ha prestado un tubo de rímel.

—¿Cómo que qué demuestra? ¡Demuestra que esa chica estaba en el camarote! ¡Demuestra que existía!

—Demuestra que vio usted a una chica, sí, pero...

—¿Qué pretende? —lo interrumpí, desesperada—. ¿Qué más quiere de mí? Ya le he contado lo que he oído. Lo que he visto. Le he dicho que en ese camarote había una chica, y ha desaparecido. Compruebe la lista de pasajeros del barco: falta una. ¿Cómo puede ser que no esté preocupado?

—Ese camarote está vacío —dijo él sin alterarse.

—¡Ya lo sé! —le grité, y entonces, al ver la cara de Nilsson, me concentré e hice un esfuerzo tremendo para controlarme—. Ya lo sé, eso mismo es lo que intento decirle, por el amor de Dios.

—No —contestó él con la misma serenidad, la serenidad de un hombre corpulento sin nada que demostrar—. Eso es lo que intento explicarle, señorita Blacklock. El camarote siempre ha estado vacío. En ese camarote no había ningún invitado. Nunca lo ha habido.

11

Me quedé mirándolo con la boca abierta.

—¿Qué quiere decir? —conseguí articular por fin—. ¿Cómo que no había ningún invitado?

—El camarote está vacío —insistió—. Estaba reservado para otro invitado, un inversor llamado Ernst Solberg. Pero tuvo que cancelar su asistencia en el último momento, tengo entendido que por motivos personales.

—Entonces, la chica a la que vi ¿no debería haber estado ahí?

—Quizá fuera una camarera o una limpiadora.

—No, no lo era. Se estaba vistiendo. Estaba utilizando el camarote.

Nilsson no dijo nada. No hacía falta que dijera nada: la pregunta era obvia. Si la chica estaba utilizando aquel camarote, ¿dónde estaban sus cosas?

—Alguien debe de habérselas llevado —argumenté, poco convencida—. Después de verme a mí y antes de que llegara usted.

—¿Usted cree? —inquirió Nilsson en voz baja; no era una pregunta escéptica ni burlona, sino simplemente... una expresión de perplejidad.

Se sentó en el sofá, y los muelles chirriaron bajo su peso; yo me senté en la cama y me tapé la cara con las manos.

Nilsson tenía razón. Era imposible que hubieran vaciado el camarote. No sabía el tiempo exacto que había pasado desde que había hablado con Karla hasta que Nilsson había llamado a mi puerta, pero como mucho habían sido unos minutos. Cinco, siete como máximo. Tal vez menos.

Quienquiera que hubiese estado allí quizá hubiera tenido tiempo de limpiar la sangre del vidrio, pero nada más. Era imposible que pudiera haber vaciado todo el camarote. ¿Qué habría hecho con las cosas? Si las hubiera tirado por la borda, yo lo habría oído. Y no habría tenido tiempo de recogerlas y llevárselas por el pasillo.

—Mierda —dije sin destaparme la cara—. Mierda.

—Señorita Blacklock —dijo Nilsson despacio.

Tuve la premonición de que su siguiente pregunta no iba a gustarme:

—Señorita Blacklock, ¿bebió mucho anoche?

Levanté la cabeza, permitiéndole ver mi arruinado maquillaje y la rabia que se reflejaba en mis adormilados ojos.

—¿Cómo dice?

—Sólo le he preguntado...

No tenía sentido negarlo. En la cena todos me habían visto bebiendo champán, y luego vino, y luego chupitos; era absurdo que pretendiera afirmar que estaba sobria.

—Sí, anoche bebí —admití con antipatía—. Pero si cree que media copa de vino es suficiente para convertirme en una borracha histérica, incapaz de distinguir la realidad de la ficción, se equivoca.

Nilsson permaneció callado, pero dirigió la mirada hacia la papelera que había al lado del minibar, donde se amontonaban varios botellines de whisky y ginebra y una cantidad bastante menor de latas de tónica.

Nos quedamos en silencio. Nilsson no intentó imponerme sus argumentos, pero no hacía falta. Maldije a las limpiadoras.

—Puede que bebiera —dije, conteniendo la rabia—, pero no estaba borracha. No tanto. Sé muy bien lo que vi. ¿Por qué iba a inventármelo?

Me pareció que Nilsson lo aceptaba, y asintió con cierto hastío.

—Muy bien, señorita Blacklock.

Se frotó la cara, y oí el roce de su barba, rubia y rala, contra la palma de su mano. Estaba cansado y, de pronto, no sé por qué, me fijé en que se había abrochado mal los botones de la chaqueta y había dejado un ojal huérfano al final.

—Mire, es muy tarde y está cansada.

—Usted sí que está cansado —le espeté con una dosis considerable de maldad.

Pero él se limitó a asentir sin rencor.

—Sí, estoy cansado. Creo que no podemos hacer nada hasta mañana por la mañana.

—Han tirado a una mujer...

—¡No hay pruebas! —me interrumpió, más alto en esta ocasión, y su voz se impuso a la mía, y por primera vez su tono era de fastidio—. Lo lamento, señorita Blacklock —añadió con más amabilidad—. No debería contradecirla. Pero creo que de momento no hay motivo suficiente para despertar a los otros pasajeros. Le propongo que los dos durmamos un poco —«y que usted se despeje», leí entre líneas—, y por la mañana intentaremos resolver esto. A lo mejor, si la acompaño a conocer a la tripulación del barco, podemos identificar a esa chica a la que usted vio en el camarote. Porque es evidente que no era una pasajera, ¿de acuerdo?

—No estaba en la cena —admití—. Pero ¿y si era un miembro de la tripulación? ¿Y si falta alguien, y estamos perdiendo el tiempo al no dar la alarma?

—Iré a hablar con el capitán y con el contramaestre, y los pondré al corriente de la situación. Pero no me consta que falte ningún miembro de la tripulación; si faltara alguien, nos habríamos dado cuenta. Éste es un barco muy pequeño con una tripulación muy unida: sería muy difícil que una desaparición pasara desapercibida, ni siquiera durante unas horas.

—Es que pienso... —comencé a decir.

Pero él me interrumpió, esta vez con educación y firmeza:

—Señorita Blacklock, no voy a despertar a la tripulación ni a los pasajeros sin un motivo de peso, lo siento. Informaré al capitán y al contramaestre, y ellos tomarán las medidas que crean oportunas. Entretanto, quizá convendría que me facilitara una descripción de la chica a la que vio, y yo revisaré el manifiesto del barco y convocaré a todos los miembros de la tripulación que no estén de servicio y que coincidan con la descripción en el restaurante para tripulantes, mañana después del desayuno, para que usted pueda verlos.

—De acuerdo —me resigné, malhumorada.

Había perdido la batalla. Sabía qué había visto, qué había oído, pero Nilsson no iba a ceder, eso estaba muy claro. ¿Y qué podía hacer yo, allí, en medio del océano?

—Dígame —me animó—, ¿qué estatura tenía? ¿Qué edad? ¿Era de raza blanca, asiática, negra?

—Veintitantos años —respondí—. Mi estatura, más o menos. Blanca, de cutis muy pálido. Hablaba inglés.

—¿Con acento?

Negué con la cabeza.

—No, era inglesa, o si no, completamente bilingüe. Tenía el pelo largo, castaño oscuro... No recuerdo el color de sus ojos. Marrón oscuro, creo. No estoy segura. Más bien delgada, y... guapa. Es lo único que recuerdo.

—¿Guapa?

—Sí, guapa. ¿Sabe a qué me refiero? Facciones proporcionadas. Piel bonita. Iba maquillada. Llevaba los ojos muy pintados. Ah, y llevaba una camiseta de Pink Floyd.

Nilsson lo anotó todo con mucho esmero y se levantó, y los muelles chirriaron como protesta, o quizá de alivio.

—Gracias, señorita Blacklock. Ahora creo que ambos deberíamos dormir un poco.

Se frotó la cara; parecía un gran oso rubio al que hubieran obligado a interrumpir su hibernación.

—¿A qué hora vendrá mañana?

—¿A qué hora le parece bien? ¿Las diez? ¿Las diez y media?

—Más temprano —contesté—. Ya no podré dormir.

Estaba desvelada del todo, y sabía que me sería imposible volver a conciliar el sueño.

—Bueno, mi turno empieza a las ocho. ¿Es demasiado pronto para usted?

—No, perfecto —respondí con firmeza.

Nilsson fue hacia la puerta reprimiendo un bostezo, y lo vi caminar con andares pesados por el pasillo en dirección a la escalera. Entonces cerré y eché el pestillo, me tumbé en la cama y me quedé mirando el mar. Las olas, oscuras y brillantes bajo la luz de la luna, se alzaban como el lomo de una ballena y luego volvían a descender; me tumbé y noté cómo el barco subía y bajaba al compás de las ondulaciones del mar.

No podría dormir. Estaba segura. Oía el zumbido de la sangre en los oídos y el ritmo furioso y entrecortado de mi corazón en el pecho. ¿Cómo iba a relajarme?

Estaba furiosa, aunque no sabía muy bien por qué. ¿Porque el cadáver de una mujer, en ese mismo momento, estaba hundiéndose en la negrura del mar del Norte, y lo más probable era que nunca lo encontraran? ¿O, en parte, por algo mucho más insignificante: el hecho de que Nilsson no me hubiera creído? «A lo mejor tiene razón», me susurró aquella vocecilla desagradable.

Me venían a la mente imágenes fugaces: yo muerta de miedo en la ducha porque la corriente de aire había cerrado una puerta. Atacando a Judah para defenderme de un intruso inexistente. «¿Estás completamente segura? No se puede decir que seas la testigo más fiable del mundo. Y, a fin de cuentas, en realidad, ¿qué has visto?»

«He visto la sangre —me dije con seguridad—. Y ha desaparecido una chica. Explícame eso.»

Apagué la luz y me tapé con el edredón, pero no me dormí. Me quedé tumbada de lado, mirando el mar, que subía y bajaba en medio de un silencio extraño e hipnótico al otro lado de los cristales gruesos, a prueba de tempestades. Y pensé: «En este barco hay un asesino. Y soy la única que lo sabe.»

12

—¡Señorita Blacklock!

Volvieron a llamar con los nudillos, y oí el ruido de una llave maestra y el golpe de la puerta al abrirse un centímetro y tensar la cadenilla de seguridad.

—Señorita Blacklock, soy Johann Nilsson. ¿Está usted bien? Son las ocho. Me pidió que la llamara.

«¿Qué?» Me incorporé con esfuerzo y al instante me dolió la cabeza. ¿Por qué demonios había pedido que me llamaran a las ocho?

—¡Un momento!

Tenía la boca seca, como si hubiera tragado cenizas; cogí el vaso de agua de la mesita y bebí un poco, y, mientras lo hacía, me asaltaron los recuerdos de la noche anterior.

El ruido que me había despertado en plena madrugada.

La sangre en la barandilla de vidrio.

El cuerpo.

El chapuzón.

Al bajar las piernas de la cama noté los movimientos del barco, y de pronto me dieron unas fuertes arcadas.

Corrí al cuarto de baño y conseguí colocarme sobre la taza del váter justo a tiempo para que el chorro de vómito cayera en la porcelana blanca. Toda la cena de la noche anterior.

—¿Señorita Blacklock?

«Lárgate.»

Las palabras no llegaron a salir de mi boca, pero seguro que el ruido del vómito fue suficiente para transmitir el significado, porque la puerta se cerró con mucho cuidado y pude incorporarme y examinarme en el espejo sin que nadie me viera.

Mi aspecto daba pena. Tenía restos del maquillaje de ojos por las mejillas, vómito en el pelo, y los ojos hinchados y enrojecidos. El moratón del pómulo era la guinda.

Esa mañana el mar estaba más agitado, y todo lo que había alrededor del lavabo se movía y tintineaba. Me ceñí el albornoz, regresé a la habitación y abrí un poco la puerta, sólo lo justo para poder mirar.

—Necesito darme una ducha —dije, lacónica—. ¿Le importa esperar?

Y cerré. Volví al cuarto de baño, tiré de la cadena y limpié el asiento del váter para eliminar todo rastro de vómito. Pero cuando me enderecé no fue mi cara pálida y desolada lo que atrajo mi mirada, sino el tubo de rímel Maybelline, que montaba guardia junto al lavabo. Cuando estaba así, de pie, agarrada al mueble, respirando entrecortadamente, el barco volvió a balancearse, y todo lo que había en el mueble se deslizó y el tubo cayó al suelo, hizo un ruido débil y rodó hasta la papelera. Metí la mano y lo saqué, encerrado en el puño.

Era la única prueba tangible de que aquella chica existía y de que no estaba volviéndome loca.

Al cabo de diez minutos estaba vestida con unos vaqueros y una camisa blanca impecable que quienquiera que hubiera abierto mi maleta había planchado, y tenía la cara pálida pero limpia. Retiré la cadenilla de seguridad, abrí la puerta y encontré a Nilsson hablando por una radio mientras esperaba con paciencia en el pasillo. Al verme, levantó la cabeza y apagó el aparato.

—Lo siento mucho, señorita Blacklock —dijo—. Quizá no debería haberla despertado, pero anoche insistió tanto...

—No pasa nada —dije, apretando los dientes y sin vocalizar mucho.

No era mi intención sonar tan cortante, pero si abría demasiado la boca quizá volviera a vomitar. Por suerte, el movimiento del barco me proporcionaba una coartada para el estómago revuelto. Marearse con facilidad no era muy chic, pero no era tan poco profesional como ser considerada una alcohólica.

—He hablado con la tripulación —me informó Nilsson—. No nos consta que falte nadie, pero le sugiero que baje conmigo a las dependencias del personal para ver si la mujer con la que habló ayer está allí. Quizá eso la tranquilice.

Iba a protestar diciendo que aquella chica no era miembro de la tripulación, a menos que las limpiadoras hicieran las habitaciones vestidas con camisetas de Pink Floyd y poca cosa más, pero me lo pensé mejor. Quería echar un vistazo por la cubierta inferior.

Lo seguí por el pasillo, tambaleándome, hasta una pequeña puerta de servicio que había junto a la escalera. Tenía una cerradura con teclado numérico en la que Nilsson introdujo con rapidez un código de seis dígitos, y la puerta se abrió. Desde fuera, yo habría asegurado que detrás de aquella puerta había un armario de la limpieza, pero de hecho había un pequeño rellano apenas iluminado y una escalera estrecha que llevaba hacia las profundidades del barco. Mientras descendíamos por ella me di cuenta de que ya debíamos de estar por debajo de la línea de flotación, o casi, y eso me produjo cierto desasosiego.

Llegamos a un pasillo estrecho que no se parecía nada a los de la parte del barco reservada a los pasajeros. Todo era diferente: el techo era más bajo, hacía más calor y las paredes estaban más juntas y pintadas de un beige deprimente. Estaba iluminado con fluorescentes tenues, y su extraño parpadeo enseguida cansaba la vista.

Había puertas a derecha e izquierda: ocho o diez camarotes apretujados en el mismo espacio que, en la cubierta de arriba, ocupaban sólo dos. Pasamos por delante de una puerta entreabierta y vi un camarote sin ventanas, iluminado con la misma luz tenue de fluorescente, y a una mujer asiática sentada en una litera; estaba poniéndose las medias y tenía que encogerse para caber en el reducido espacio que dejaba la litera superior. Se sobresaltó al ver pasar a Nilsson, y al verme a mí puso cara de susto, como un conejo sorprendido por los faros de un coche. Al principio se quedó inmóvil; luego dio una sacudida, estiró una pierna y cerró la puerta de una patada. En aquel espacio tan reducido, el ruido sonó con la potencia de un disparo.

Me ruboricé como un mirón pillado en pleno acto y apreté el paso para alcanzar a Nilsson.

—Por aquí —dijo por encima del hombro.

Y nos metimos por una puerta con un rótulo que rezaba: «CANTINA.» Al menos esa habitación era más grande, y mi sensación de claustrofobia se redujo un poco. El techo también era bajo y tampoco había ventanas, pero la estancia daba a un pequeño comedor que parecía una versión en miniatura de la cantina de un hospital. Sólo había tres mesas, en cada una de las cuales debían de caber unas doce personas, pero las superficies de fórmica, los pasamanos para agarrarse, de acero, y el intenso olor a cocina de rancho se combinaban para realzar la diferencia entre esa cubierta y la de arriba.

Camilla Lidman estaba sentada, sola, a una de las mesas, tomando café y revisando una especie de hoja de cálculo en un portátil. Al fondo de la habitación había cinco chicas sentadas alrededor de otra mesa comiendo pastelitos. Cuando entramos, levantaron la cabeza.

—*Hej, Johann* —dijo una de ellas, y añadió algo en sueco, o quizá en danés: no habría sabido distinguirlos.

—Hablemos en inglés, por favor —les pidió Nilsson—, porque tenemos una invitada. La señorita Blacklock busca a una mujer a la que vio en el camarote número diez, el Palmgren. Dice que era blanca, con el pelo largo y oscuro, de treinta años como mucho, y que hablaba inglés perfectamente.

—Bueno, estamos Birgitta y yo —dijo una de las chicas sonriendo, y apuntó a su amiga, que estaba sentada enfrente—. Me llamo Hanni. Pero me parece que no he estado en el Palmgren. Yo trabajo sobre todo detrás de la barra. ¿Y tú, Birgitta?

Yo negué con la cabeza. Tanto Hanni como Birgitta tenían la tez clara y el pelo oscuro, pero ninguna era la chica del camarote, y aunque Hanni hablaba un inglés excelente, tenía un marcado acento escandinavo.

—Yo soy Karla, señorita Blacklock —dijo una de las dos chicas rubias—. Nos conocimos ayer, no sé si se acuerda. Y anoche hablamos por teléfono.

—Sí, claro —dije, distraída.

Sin embargo, como estaba demasiado entretenida escudriñando las caras de las otras chicas, no le presté mucha atención. Karla y la cuarta de las chicas que estaban sentadas a la mesa eran rubias, y la quinta tenía aspecto mediterráneo y el pelo muy corto, casi a lo chico. Pero lo más importante era que ninguna coincidía con mi recuerdo de aquella cara impaciente y expresiva.

—No es ninguna de vosotras —dije—. ¿Hay alguien más que encaje con la descripción? ¿Y las limpiadoras? ¿O la tripulación de puente?

Birgitta arrugó el ceño y le dijo algo en sueco a Hanni.

Hanni negó con la cabeza y, en inglés, dijo:

—Los tripulantes de puente son casi todos hombres. Hay una mujer, pero es pelirroja y creo que tiene cuarenta o cincuenta años. Pero Iwona, una de las limpiadoras, sí podría coincidir con su descripción. Es polaca.

—Voy a buscarla —se ofreció Karla.

Se levantó, sonriente, y salió con cierta dificultad de detrás de la mesa.

—También está Eva —añadió Nilsson, pensativo, mientras Karla salía de la sala—. Es una de las terapeutas del spa —explicó dirigiéndose a mí.

—Me parece que está arriba, en el spa —dijo Hanni—. Preparándolo todo. Pero tiene más de treinta años, quizá cuarenta.

—Después subiremos a hablar con ella —dijo Nilsson.

—No te olvides de Ulla —intervino la chica del pelo corto, que hablaba por primera vez.

—Ah, sí —dijo Nilsson—. ¿Está de servicio? Ulla es una de las camareras asignadas a los camarotes de proa y a la suite Nobel —añadió.

—Sí —afirmó la chica—, pero me parece que su turno acaba dentro de poco.

—Señorita Blacklock —dijo una voz a mi espalda.

Cuando me di la vuelta vi a Karla presentándome a una colega suya, una mujer bajita y gruesa de más de cuarenta años, con el pelo teñido de negro y algunas canas en las raíces.

—Ésta es Iwona.

—¿Usted necesita algo? —preguntó Iwona con un acento polaco muy marcado—. ¿Tiene un problema?

Negué con la cabeza.

—Lo siento mucho... —No sabía si debía dirigir mi respuesta a Iwona, a Nilsson o Karla—. Ella... No, usted no es la mujer a la que vi. Pero quiero que sepan... No se trata de que esa mujer haya hecho nada malo. Tampoco ha robado, ni nada por el estilo. Estoy preocupada por ella porque... la oí gritar.

—¿Gritar?

Hanni arqueó mucho sus finas cejas, que casi desaparecieron bajo el flequillo, e intercambió una mirada con Karla, que abrió la boca para decir algo; pero justo entonces Camilla Lidman habló por primera vez detrás de nosotros.

—Estoy segura de que la mujer a la que usted busca no es de la tripulación, señorita Blacklock.

Cruzó la habitación y se quedó de pie junto a la mesa, y le puso una mano en el hombro a Hanni.

—Si alguien hubiera tenido algún motivo para alarmarse, lo habría dicho. Somos muy... ¿Cómo se dice? Estamos muy unidos.

—Nos llevamos todos muy bien —corroboró Karla.

Miró brevemente a Camilla Lidman y luego volvió a mirarme a mí, sonriendo, aunque sus cejas, arqueadas y depiladas en exceso, daban a su expresión cierto aire de ansiedad, por lo que sus palabras no resultaron muy convincentes.

—Somos una tripulación muy feliz.

—No importa —dije.

Me di cuenta de que no iba a conseguir nada de aquellas chicas. Había sido un error mencionar el grito, porque ahora habían cerrado filas. Y quizá tampoco había sido acertado hablar con ellas en presencia de Camilla y Nilsson.

—No se preocupe. Iré a hablar con... ¿Eva? Y con Ulla. Gracias por atenderme. Y si oyen algo, cualquier cosa, estoy en el camarote número nueve, el Linnaeus. Pueden venir a verme cuando quieran.

—No hemos oído nada —me aseguró Hanni—. Pero si nos enteramos de algo se lo diremos, desde luego. Que pase un buen día, señorita Blacklock.

—Gracias.

Cuando me volví, el barco dio una sacudida, y las chicas, risueñas, soltaron grititos de alarma y sujetaron sus tazas de café. Me tambaleé, y si Nilsson no me hubiera agarrado por el brazo, me habría caído.

—¿Está usted bien, señorita Blacklock?

Asentí, pero lo cierto era que me había hecho daño al agarrarme, y tenía el brazo dolorido. Aquel movimiento repentino había reavivado mi dolor de cabeza y lamenté no haberme tomado una aspirina antes de salir del camarote.

—Me gusta que el *Aurora* sea un barco pequeño, y no uno de esos monstruos que hacen cruceros por el Caribe, pero la contrapartida es que el impacto de las olas grandes se nota más que en un barco de mayor tamaño. ¿Seguro que se encuentra bien?

—Sí, estoy bien —atajé, frotándome el brazo—. Vamos a hablar con Eva.

—Antes pasaremos por la cocina —dijo Nilsson—. Luego podemos subir al spa a hablar con Eva, para terminar en el salón de desayunos. —Tenía una lista de la tripulación en la mano e iba tachando nombres—. Así las habremos visto a todas, a excepción, quizá, de un par de miembros de la tripulación de puente y algunas auxiliares de pasaje a las que podemos buscar al final.

—Muy bien —me limité a decir.

En realidad, estaba deseando salir de allí: quería estar lejos de aquellas paredes claustrofóbicas y aquellos pasillos asfixiantes, lejos de la luz grisácea y de la sensación de estar encerrada, atrapada por debajo de la línea de flotación. Me asaltó una imagen breve pero espantosa del barco chocando contra algo, del agua entrando en el espacio reducido, de bocas abiertas buscando un poco de aire que respirar.

Pero ahora no podía abandonar. Hacerlo equivaldría a admitir la derrota y darle la razón a Nilsson. Lo seguí por un pasillo hacia la proa del barco. Notaba que el suelo se balanceaba bajo mis pies, al mismo tiempo que se intensificaba el olor a comida. Distinguí el olor a beicon y aceite caliente, y otro más mantecoso a cruasanes recién hechos, pero también a pescado hervido, a salsa de carne y a algo dulce. Esa combinación hizo que se me llenara la boca de saliva, pero no en el buen sentido, y volví a apretar los dientes y me agarré al pasamanos de la pared mientras el barco remontaba otra ola y descendía hasta su seno dejándome el estómago atrás.

Estaba preguntándome si sería demasiado tarde para proponerle a Nilsson que diéramos media vuelta cuando se detuvo ante una puerta de acero con dos ventanitas de cristal y empujó para abrirla. Varias cabezas tocadas con gorro blanco se volvieron, y sus caras reflejaron una educada sorpresa al verme detrás del jefe de seguridad.

—*Hej, alla!* —saludó Nilsson, luego dijo otra frase en sueco y se volvió hacia mí—: Lo siento, todos los miembros de la tripulación de cubierta y de puente hablan inglés, pero no el personal de cocina. Les estoy explicando a qué hemos venido.

Los cocineros sonrieron y asintieron con la cabeza, y uno de los chefs vino hacia nosotros y me tendió la mano.

—Hola, señorita Blacklock —dijo en un inglés excelente—. Me llamo Otto Jansson. Mis ayudantes la atenderán con mucho gusto, aunque no todos dominan el inglés. Pero yo puedo traducir. ¿Qué necesita saber?

No pude decir nada. Tragué saliva y me quedé mirando la mano que me tendía, cubierta por un guante de cocinero blancuzco, de látex, mientras oía el zumbido de mi sangre en los oídos.

Alcé la vista y vi sus ojos, azules y cordiales, y luego volví a mirar aquel guante y el vello negro que se transparentaba, apretado contra la goma, y pensé: «No puedes gritar. No puedes gritar.»

Jansson se miró la mano, como si tratara de identificar lo que yo miraba fijamente; rió y se quitó el guante con la otra.

—Perdóneme, siempre me olvido de que los llevo puestos. Son para manipular la comida.

Tiró el guante, flácido y descolorido, a la basura, y a continuación estrechó mi mano, resignada y lánguida, y le dio un apretón firme; noté sus dedos tibios y un tanto impregnados del polvo de la parte interior del guante de látex.

—Busco a una chica —dije, consciente de que estaba siendo brusca, pero me sentía demasiado nerviosa para mostrarme más educada—. Con el pelo castaño oscuro, de mi edad o un poco más joven. Guapa, con el cutis claro. No tenía acento: debía de ser inglesa o completamente bilingüe.

—Lo siento —se disculpó Jansson, y parecía de veras compungido—. Creo que ninguna de mis ayudantes encaja con esa descripción, aunque, si quiere, puede dar una vuelta para ver si alguna es la chica a la que busca. Aquí sólo trabajan dos mujeres, y ninguna de ellas habla muy bien inglés. Jameela está allí, en el pasaplatos, e Ingrid está donde las ensaladas, detrás de esa parrilla de allí. Pero ninguna encaja con su descripción. ¿No podría ser una camarera?

Estiré el cuello para ver a las dos mujeres a las que se había referido, y comprobé que tenía razón. Ninguna se parecía ni lo más mínimo a la chica a la que yo había visto. Aunque tenía la cabeza agachada y estaba encorvada de espaldas a mí, estaba segura de que Jameela era la asiática del camarote de la tripulación. Debía de ser paquistaní o bangladesí, pensé, y además era muy bajita: no mediría más de metro y medio. Ingrid, por otra parte, era escandinava, debía de pesar unos noventa kilos y medía casi quince centímetros más que yo. Al ver que la miraba, puso los brazos en jarras y me plantó cara, casi con agresividad, aunque me di cuenta de que era injusto que pensara eso: era su estatura lo que hacía que su pose pareciera amenazadora.

—No importa —dije—. Perdone que lo haya molestado.

—*Tack, Otto* —dijo Nilsson, y añadió algo en sueco que hizo reír al cocinero.

Éste le dio una palmada en la espalda a Nilsson y dijo algo que, a su vez, debió de resultarle muy gracioso al jefe de seguridad, porque soltó una carcajada que hizo que le temblara la barriga. Levantó una mano y, dirigiéndose al resto del personal, dijo «*Hej då!*», y me condujo hacia el pasillo.

—Lo lamento —dijo por encima del hombro, mientras me guiaba hacia la escalera—. La lengua oficial en el barco es el inglés, y la norma es no hablar otros idiomas delante de nuestros invitados británicos, pero me ha parecido que, dadas las circunstancias... —No terminó la frase.

Yo asentí con la cabeza.

—No pasa nada. Mejor que todos se sintieran cómodos y entendieran bien lo que les estaban preguntando.

Estábamos pasando otra vez por delante de los camarotes de la tripulación. Eché algún vistazo con discreción a las puertas que estaban abiertas, y volvió a sorprenderme que aquellas dependencias fueran tan lúgubres y estrechas. No podía imaginar que alguien pudiera pasar semanas, incluso meses, en aquellas habitaciones sin ventanas. Quizá Nilsson, que iba delante, se percatara de mi silencio, porque siguió diciendo:

—Son muy pequeños, ¿verdad? Pero en el barco sólo viajamos una docena de trabajadores, sin contar a la tripulación de puente, así que no necesitamos mucho espacio. Y le aseguro que estos camarotes son mucho mejores que los de otros barcos de la competencia.

Me callé lo que estaba pensando: que no era el espacio en sí lo que me llamaba la atención, sino el contraste con las habitaciones amplias y luminosas de la cubierta de pasajeros. En realidad, aquellos camarotes no eran peores que los de muchos ferrys con los que yo había cruzado el Canal; de hecho, eran más espaciosos que algunos de ellos. Lo triste era la ilustración gráfica de la brecha entre los ricos y los pobres, una versión moderna del «arriba y abajo».

—¿Todos comparten camarote? —pregunté al pasar por uno oscuro donde alguien estaba vistiéndose con la puerta entreabierta, mientras su compañero de litera roncaba.

Nilsson negó con la cabeza.

—Los subalternos sí: las limpiadoras, las camareras más jóvenes, etcétera. Pero el personal de categoría superior tiene camarotes individuales.

Habíamos llegado a la escalera por la que se accedía a la cubierta principal, y subí despacio, detrás de las anchas espaldas de

Nilsson y agarrándome al pasamanos. El hombre abrió la puerta que separaba la zona de pasajeros de la de tripulación; pasamos por ella y, una vez en el otro lado, la cerró y me dijo:

—Lamento que no haya ido muy bien. Confiaba en que alguna de las chicas fuera la mujer a la que usted vio, y en que así se quedara más tranquila.

—Mire...

Me froté la cara; noté la aspereza de la cicatriz, y el dolor de cabeza, que empezaba a empeorar.

—No estoy segura de...

—Todavía tenemos que hablar con Eva —me interrumpió Nilsson con decisión.

Se dio la vuelta y me guió por el pasillo hacia otra escalera.

Daba la impresión de que el barco avanzaba con dificultad, dando bandazos de una gran ola a la siguiente. Volvió a llenárseme la boca de saliva, y tragué; noté un sudor frío en la espalda, bajo la camisa. Estaba a punto de rendirme y regresar a mi camarote. No era sólo el dolor de cabeza: aún tenía que acabar de leer el dosier de prensa y empezar a redactar el artículo que Rowan me pediría en cuanto regresara. Me agobiaba pensar que, seguramente, Ben, Tina, Alexander y todos los demás estarían tomando notas, enviando textos, buscando información sobre Bullmer en Google y escogiendo fotografías.

Pero me armé de valor. Si quería que Nilsson me tomara en serio, debía llegar hasta el final. Y, aunque yo quería un ascenso en *Velocity*, había cosas más importantes.

Encontramos a Eva en la recepción del spa, una habitación bonita y tranquila de la cubierta superior, casi acristalada por completo, con largas cortinas que la corriente de aire agitó cuando abrimos la puerta. Las paredes de vidrio daban a la cubierta principal, y por ellas entraba una luz cegadora que contrastaba con la de la conejera beige y apenas iluminada de la cubierta de tripulación.

Una mujer atractiva de cuarenta y tantos años, morena, con unos grandes pendientes de aro, levantó la cabeza al vernos entrar.

—¡Johann! —exclamó con cordialidad—. ¿En qué puedo ayudarte? Y usted debe de ser...

—Lo Blacklock —dije, y le tendí la mano.

Me sentía mucho mejor tras salir de las dependencias de la tripulación, y la brisa marina alivió mis náuseas y mi sudor frío.

—Buenos días, señorita Blacklock —dijo Eva, sonriente.

Me estrechó la mano con firmeza, y noté sus dedos, huesudos pero fuertes. Hablaba un inglés excelente, casi tan impecable como el de la chica del camarote, pero no era ella. Era mucho mayor, y su cutis, cuidadosamente hidratado, delataba el ligero desgaste de la piel expuesta en exceso al sol.

—¿En qué puedo ayudarla?

—Lo siento —me disculpé—. Estoy buscando a una persona, y las chicas de abajo han comentado que quizá fuera usted, pero ya veo que no.

—La señorita Blacklock vio a una mujer anoche —intervino Nilsson—. En el camarote contiguo al suyo. Una chica de veintitantos años, con el cabello largo, castaño oscuro, y la piel clara. La señorita Blacklock oyó unos ruidos que la preocuparon, y estábamos intentando determinar si podría tratarse de un miembro de la tripulación.

—Me temo que no era yo —dijo Eva, pero con amabilidad; en su tono no detecté la actitud algo defensiva y corporativa que habían mostrado las chicas de la cubierta de tripulación. Rió un poco—. La verdad es que hace tiempo que dejé atrás los veinte. ¿Ha hablado con las camareras? Hanni y Birgitta son morenas y tienen más o menos esa edad. Y Ulla también.

—Sí, ya hemos hablado con ellas —dijo Nilsson—. Y ahora vamos a ver a Ulla.

—No ha hecho nada malo —aclaré—. Me refiero a esa mujer. Estoy preocupada por ella. Si se le ocurre quién podría ser...

—Siento mucho no poder ayudarla —lo dijo dirigiéndose a mí, y parecía apenada de verdad, mucho más preocupada que ninguna de las otras personas con las que habíamos hablado hasta ese momento. Fruncía un poco las cejas, depiladas con esmero—. Se lo aseguro. Si me entero de algo...

—Gracias —dije.

—Gracias, Eva —dijo también Nilsson.

Y nos volvimos hacia la puerta.

—De nada.

Eva nos acompañó.

—Nos vemos luego, señorita Blacklock.

—¿Luego?

—A las once. Hoy es la sesión de spa para mujeres. Lo tiene en el programa.

—Ah, sí, gracias. Hasta luego, pues.

Me di la vuelta y me sentí culpable por no haber leído el programa que tenía en el camarote, y me pregunté qué más me habría perdido.

Salimos del spa por la puerta que daba a la cubierta principal; la puerta, al abrirse, se me fue de la mano por culpa del fuerte viento y golpeó el tope de goma colocado allí con ese propósito. Nilsson la cerró, y yo me dirigí a la barandilla del barco, temblando de frío.

—¿Tiene frío? —preguntó Nilsson, alzando la voz para hacerse oír por encima del rugido del viento y el ruido de los motores.

Negué con la cabeza.

—No. Bueno, sí, pero necesito un poco de aire fresco.

—¿Todavía está mareada?

—No, aquí no. Pero me duele la cabeza.

Me quedé de pie, sujetándome a la fría barandilla de hierro pintado, y me incliné para ver, más allá de los balcones con barandilla de vidrio de los camarotes de popa, las aguas batidas de la estela del barco y la vasta extensión de mar, inconcebiblemente frío y profundo. Pensé en la cantidad de agua que había debajo de nosotros, brazas y brazas de negrura, y en la oscuridad y el silencio que reinaban allí abajo; y pensé que algo, o alguien, podía pasarse días descendiendo por aquellas negras profundidades antes de reposar en un lecho marino completamente oscuro.

Pensé en la chica de la noche anterior, en lo fácil que sería que alguien (Nilsson, Eva, cualquiera) se me acercara por detrás, me diera un empujoncito...

Me estremecí.

Pero ¿qué había pasado? No podía habérmelo imaginado. El grito y el chapuzón tal vez sí. Pero la sangre no. La sangre no podía habérmela imaginado.

Inspiré hondo y llené los pulmones del limpio aire del mar del Norte, me di la vuelta y sonreí con aspecto resuelto a Nilsson, al mismo tiempo que sacudía la cabeza para apartar los mechones de pelo con los que el viento me había tapado la cara.

—¿Dónde estamos?

—En aguas internacionales —respondió Nilsson—. Camino de Trondheim, me parece.

—¿Trondheim? —Traté de recordar la conversación de la noche anterior—. Creía que lord Bullmer había dicho que primero iríamos a Bergen.

—Tal vez haya habido un cambio de planes. Sé que a lord Bullmer le haría mucha ilusión que todos ustedes pudieran ver la aurora boreal. A lo mejor es que esta noche van a darse unas condiciones particularmente buenas, y por eso ha querido dirigirse más al norte. Quizá haya sido una sugerencia del capitán: puede que haya motivos climatológicos por los que sea mejor hacer esta ruta. No tenemos un itinerario fijo. Estamos de sobra preparados para satisfacer los antojos de nuestros pasajeros. A lo mejor anoche, durante la cena, alguien mostró especial interés en llegar a Trondheim.

—¿Qué hay en Trondheim?

—¿En la misma Trondheim? Bueno, tiene una catedral famosa. Y hay zonas de la ciudad que son muy bonitas. Pero su mayor atractivo son los fiordos. Eso y el hecho de que la ciudad está mucho más al norte que Bergen, desde luego, y por lo tanto hay más posibilidades de ver la aurora. Pero tal vez tengamos que ir aún más al norte, hasta Bodø, o incluso hasta Tromsø. En esta época del año todavía no se sabe con certeza.

—Entiendo.

Sus palabras, por alguna razón, me inquietaron. Una cosa era saber que formabas parte de un viaje organizado. Y otra muy diferente darte cuenta de que sólo eras un pasajero indefenso y que el timón lo llevaba otro.

—Señorita Blacklock...

—Llámeme Lo, por favor —lo interrumpí.

—Lo... —El semblante de Nilsson, por lo general relajado, denotaba aflicción—. No quiero que piense que no la creo, Lo, pero mirándolo con frialdad...

—¿Si todavía estoy segura? —terminé yo.

Él asintió. Suspiré con tristeza y volví a pensar en mis dudas de la noche anterior y en que la pregunta que Nilsson no había llegado a formular se hacía eco de la vocecilla fastidiosa y desagradable que sonaba dentro de mi cabeza. Me lié los dedos con el bajo de la camisa antes de continuar.

—La verdad es que no lo sé. Era tarde, y tienes razón: había bebido. Es posible que me equivocara respecto al grito y el chapuzón. Incluso respecto a la sangre: supongo que podría haber sido un efecto óptico, aunque estoy bastante segura de que la vi. Pero la mujer del camarote... A ella es imposible que me la imaginara. Es imposible. La vi, hablé con ella. Si no está aquí... Es decir, si no está en el barco, ¿dónde está?

Hubo un largo silencio.

—Bueno, aún no hemos hablado con Ulla —dijo por fin—. Según su descripción, no creo que sea ella, pero al menos deberíamos descartarlo. —Sacó la radio y empezó a pulsar botones—. A usted no sé, pero a mí me vendría bien un café. Podemos pedirle a Ulla que se reúna con nosotros en el salón de desayunos.

El salón de desayunos era la misma sala donde habíamos cenado la noche anterior, pero las dos mesas largas se habían convertido ahora en media docena, más pequeñas. Cuando Nilsson abrió la puerta, no había nadie dentro, excepto un camarero joven de pelo pajizo peinado con raya al lado. Se me acercó con una sonrisa en los labios.

—¿Señorita Blacklock? ¿Le apetece desayunar?

—Sí, por favor —respondí sin prestarle atención, y recorrí la sala con la mirada—. ¿Dónde me siento?

—Donde usted quiera. —Extendió un brazo señalando las mesas vacías—. La mayoría de los otros pasajeros han preferido desayunar en sus camarotes. ¿Quizá junto a la ventana? ¿Tomará té o café?

—Café, por favor. Con leche. Sin azúcar.

—Tráeme otra taza a mí, por favor, Bjorn —dijo Nilsson. Luego miró más allá del hombro del chico y añadió—: Ah, hola, Ulla.

Me di la vuelta y vi a una muchacha bellísima, con un grueso moño negro, que cruzaba la sala hacia nuestra mesa.

—Hola, Johann —lo saludó.

Su acento zanjaba la cuestión, pero antes de que abriera la boca yo ya sabía que no era la chica del camarote. Tenía una belleza muy singular; su cutis, destacado contra el negro de su pelo, era blanco y perfecto como la porcelana. La chica del camarote era muy guapa, pero carecía de aquel encanto delicado, clásico, que recordaba un cuadro renacentista. Además, Ulla debía de medir más de metro ochenta; la chica del camarote tenía más o menos mi estatura, muy inferior a la de Ulla. Nilsson me interrogó con la mirada, y negué con la cabeza.

Bjorn regresó con dos tazas en una bandeja y un menú para mí, y Nilsson carraspeó.

—¿Por qué no te tomas un café con nosotros, Ulla?

—Gracias —dijo ella, pero lo rechazó con una inclinación de la cabeza. El moño le osciló ligeramente en la nuca—. Ya he desayunado. Pero me sentaré un momento.

Se sentó en una silla frente a nosotros y nos miró, sonriente y expectante. Nilsson volvió a carraspear.

—Señorita Blacklock, ésta es Ulla. Es la camarera de los camarotes de proa, y por tanto de los Bullmer, los Jenssen, Cole Lederer y Owen White. Ulla, la señorita Blacklock está buscando a una chica a la que vio ayer. No aparece en la lista de pasajeros, por lo que pensamos que podría formar parte de la tripulación, pero de momento no la hemos encontrado. Señorita Blacklock, ¿quiere describir a la chica que vio?

Recité la breve descripción por enésima vez.

—¿Se le ocurre quién puede ser? —Me di cuenta de que mi tono de voz empezaba a ser suplicante—. ¿Alguien que pueda coincidir con esa descripción?

—Bueno, yo soy morena, eso es evidente —dijo Ulla riendo—. Pero no era yo, y por lo demás no estoy segura. Está Hanni, que también es morena, y Birgitta...

—Ya las he conocido —la interrumpí—. No es ninguna de las dos. ¿Alguien más? ¿Limpiadoras? ¿Tripulación de puente?

—No, en la tripulación de puente... no hay nadie que coincida con esa descripción —respondió Ulla, pensativa—. En el spa está Eva, pero es demasiado mayor. ¿Ha hablado con el personal de cocina?

—No importa.

Estaba empezando a desesperarme. Aquello parecía una pesadilla recurrente en la que entrevistaba a una persona tras otra; y, entretanto, el recuerdo de la chica de la melena oscura iba disolviéndose, debilitándose, y se me filtraba entre los dedos como el agua. Cuantas más caras veía (y todas coincidían en algo con la que yo recordaba, pero ninguna en todo), más me costaba aferrarme a la imagen que conservaba en la cabeza.

Y, sin embargo, aquella chica tenía algo muy peculiar, algo que yo estaba segura de poder reconocer si volvía a verla. No eran sus facciones, agraciadas pero bastante corrientes. Tampoco era el pelo, ni la camiseta de Pink Floyd. Era algo intrínseco: la vivacidad, el nervio de su expresión al asomarse con brusquedad al pasillo, su sorpresa al ver mi cara.

¿De verdad podía ser que estuviera muerta?

La alternativa no era mucho más atractiva. Porque, si no estaba muerta, sólo quedaba otra posibilidad (y de repente no sabía si era mejor o peor), y era que yo estuviera volviéndome loca.

13

Cuando llegó la comida, Ulla y Nilsson se excusaron y me quedé desayunando y mirando por la ventana.

Allí arriba, con vistas a la cubierta y el mar, se me pasó en parte el mareo y conseguí comer lo suficiente para que mis extremidades recuperaran la energía y las molestas náuseas disminuyeran. Se me ocurrió que, seguramente, la razón por la que me había encontrado tan mal era, en gran medida, la bajada de azúcar. Siempre me siento rara y débil con el estómago vacío.

Aunque me encontraba físicamente mejor gracias a la comida y las vistas al mar, no podía dejar de pensar en lo sucedido la noche anterior y repasaba una y otra vez la conversación con la chica, su gesto de sorpresa, el fastidio con que me había puesto el rímel en la mano. No tenía ninguna duda de que allí estaba pasando algo. Era como cuando entras en el cine con la película ya empezada y tienes que esforzarte para averiguar quiénes son los personajes. Ella estaba haciendo algo y yo la había interrumpido. Pero ¿de qué se trataba?

Fuera lo que fuese, lo más probable es que estuviera relacionado con su desaparición. Y pensara lo que pensase Nilsson, yo no me creía que ella estuviera limpiando el camarote. Nadie limpiaría un camarote con una camiseta de Pink Floyd que apenas le tapara el trasero. Además, no parecía del servicio de limpieza. El sueldo de una limpiadora no alcanza para llevar unas uñas y un pelo como los suyos. El brillo de aquella melena densa y oscura revelaba años de mascarillas hidratantes y reflejos oscuros carísimos. ¿Espionaje industrial? ¿Una polizona? ¿Una aventura amorosa? Recordé la frialdad en la mirada de Cole mientras hablaba de su ex mujer, y las palabras tranquilizadoras pero estereotipadas de Camilla Lidman en la cubierta de tripulación. Pensé en la tremenda fuerza de Nilsson, en la desagradable insistencia de Alexander en hablar de venenos y muertes violentas durante la cena; pero todas esas posibilidades se me antojaban inverosímiles.

Lo que me atormentaba era su rostro. Cuanto más me esforzaba en recordarlo, más se desdibujaba. Podía evocar con facilidad otros detalles: su estatura, el color de pelo, cómo llevaba las uñas; pero sus facciones... Nariz recta, estrecha, cejas oscuras y bien depiladas... Y ya está. Sabía cómo no era: gorda, madura, con granos. Decir cómo sí era me costaba mucho más. Tenía una nariz... normal. Una boca normal. No tenía los labios carnosos, ni finos, ni en forma de corazón, ni de arco. Era simplemente normal. No había en ella nada característico que yo pudiera señalar.

Podría haber sido yo.

Yo sabía lo que quería Nilsson. Que olvidara lo que había oído, aquel grito, el furtivo deslizamiento de la puerta del balcón, y aquel chapuzón espantoso, aparatoso, fluido.

Quería que empezara a cuestionar mi propio relato de lo ocurrido. Me estaba tomando en serio, pero sólo para que yo comenzara a dudar de mí misma. Me estaba dejando hacer todas las preguntas que quisiera, todas las preguntas que fueran necesarias para convencerme de mi propia falibilidad.

Hasta cierto punto, no podía reprochárselo. Aquél era el viaje inaugural del *Aurora*, y el barco estaba lleno de periodistas, fotógrafos y personas influyentes. No podía haber peor momento para que algo saliera mal. Me imaginé los titulares: «PASAJE A LA MUERTE: APARECE AHOGADA LA PASAJERA DE UN CRUCERO DE LUJO EN SU VIAJE INAUGURAL.» Como jefe de seguridad, Nilsson se la jugaba. Si se producía cualquier incidente estando él de guardia, durante el primer viaje en el que participaba, perdería su empleo.

Y peor aún: la publicidad que generaría una muerte sin resolver podía hacer naufragar toda la empresa. Una cosa así podía hundir el *Aurora* incluso antes de su botadura oficial, y si eso sucedía, todo el personal se arriesgaba a perder el trabajo, desde el capitán hasta Iwona, la limpiadora.

Era consciente de ello.

Pero había oído algo. Algo que me había despertado de repente, con el corazón latiéndome a doscientas pulsaciones por minuto, con las palmas de las manos sudorosas y con la convicción de que, muy cerca, otra mujer estaba en graves apuros. Podía ponerme en la piel de aquella chica y darme cuenta, en sólo un instante, de lo increíblemente frágil que podía ser la vida, de lo delgadas que eran en realidad las paredes de la seguridad.

Y, dijera lo que dijese Nilsson, si no le había sucedido nada, ¿dónde estaba? El grito, la sangre... Todo eso podía ser producto de mi imaginación. Pero ella... Sabía que no me la había imaginado. Y tampoco podía haberse esfumado sin la intervención de nadie.

Me froté los ojos, y al notar los residuos arenosos del maquillaje que me había puesto para la cena, pensé en lo único que demostraba que todo aquello no eran imaginaciones mías: el tubo de rímel Maybelline. Por mi mente iban pasando pensamientos descabellados, uno tras otro.

Me lo llevaría a Inglaterra metido en una bolsa de plástico y pediría que buscaran huellas dactilares. No, mejor aún, que le hicieran un análisis de ADN. De los cepillos de rímel podían tomarse muestras de ADN, ¿no? En «CSI Miami» habrían basado toda una acusación en una sola pestaña que hubiera quedado allí atrapada. Seguro que podían hacer algo.

Aparté de la mente la imagen de mí misma entrando en la comisaría de policía de Crouch End con un tubo de rímel en una bolsa y exigiendo un sofisticado examen forense a un agente que casi no podía reprimir la sonrisa. Alguien me creería. Alguien tendría que creerme. Y si no... lo encargaría yo por mi cuenta y lo pagaría de mi bolsillo.

Saqué el teléfono, dispuesta a buscar en Google «análisis de ADN particular precio», pero antes siquiera de que se hubiera abierto la página de inicio comprendí que era un disparate. No iba a conseguir un análisis de ADN mínimamente profesional a través de una empresa de internet especializada en cónyuges adúlteros. Además, ¿qué información aportarían los resultados si no tenía nada con que compararlos?

En lugar de eso, me puse a revisar el correo electrónico, pero no tenía ningún mensaje de Judah. Ni de Judah ni de nadie. No había cobertura, pero por lo visto estaba conectada a la red wifi del barco, así que lo actualicé. No pasó nada. Salió el pequeño icono de actualización y dio vueltas y vueltas, hasta que apareció el mensaje «ninguna red disponible».

Suspiré, me guardé el teléfono en el bolsillo y me quedé mirando los arándanos que tenía en el plato. Me había comido las tortitas, que estaban deliciosas, pero ya no tenía apetito. Parecía imposible, surrealista: había presenciado un asesinato, o como mínimo lo había oído, y sin embargo allí estaba, esforzándome por comerme unas tortitas y tomarme un café, mientras un asesino andaba suelto y yo no podía hacer nada. ¿Sabría el asesino que lo había oído y que había informado de lo ocurrido? Con el revuelo que había montado y las pesquisas que había hecho por todo el barco, si la noche anterior no se había enterado, a estas alturas seguro que ya sí.

El barco remontó otra ola de costado; aparté el plato y me levanté.

—¿Desea algo más, señorita Blacklock? —me preguntó Bjorn.

Di un respingo y me volví. Había aparecido como por arte de magia por una puerta disimulada en los paneles de la pared del fondo. Era casi imposible verla si uno no sabía de su existencia. ¿Habría estado observándome desde allí todo el rato? ¿Habría alguna especie de mirilla en aquella puerta?

Negué con la cabeza e hice lo que pude para sonreír mientras caminaba por el suelo ligeramente inclinado.

—No, gracias, Bjorn. Gracias por todo.

—Que pase un buen día. ¿Tiene algo planeado? La vista desde el jacuzzi de la cubierta superior es espectacular.

De pronto me vi en el jacuzzi, sola, y una mano con un guante de látex que me hundía la cabeza en el agua...

Volví a negar.

—Me parece que tengo que ir al spa. Pero creo que antes pasaré por mi camarote a descansar un poco. Estoy derrotada. Anoche no dormí bien.

—Claro. Me lo imagino. ¡A lo mejor necesita un poco de D+R!

—¿D+R?

—¿No se dice así? D+R, descanso y relajación.

—¡Ah! —Me sonrojé—. Descanso y relajación. Sí, claro. Lo siento, ya le digo que estoy muy cansada...

Seguí andando despacio hacia la puerta, y de pronto se me puso la piel de gallina al pensar que quizá hubiera unos ojos ocultos observando nuestra conversación. Al menos en mi camarote tendría la seguridad de estar sola.

—¡Que descanse!

—Gracias, lo haré —dije.

Salí por la puerta... y me di de bruces con Ben Howard, que me miraba con cara de sueño.

—¡Blacklock!

—Hola, Howard.

—Anoche... —empezó a decir, abochornado.

Negué con la cabeza. No pensaba tener aquella conversación en presencia del educado Bjorn, que sonreía desde el fondo de la sala.

—No quiero hablar de eso —dije, cortante—. Los dos estábamos borrachos. ¿Acabas de levantarte?

—Sí. —Reprimió un gran bostezo—. Cuando salí de tu camarote me encontré a Archer y acabamos jugando al póquer con Lars y Richard Bullmer hasta las tantas.

—Ah. —Me mordisqueé el labio y le pregunté—: ¿A qué hora te acostaste?

—Ni idea. Creo que sobre las cuatro.

—Lo digo porque... —empecé, pero entonces me interrumpí.

Nilsson no me creía. Estaba llegando a un punto en que casi ni yo misma me creía. Pero Ben... Él sí lo haría, ¿no?

Pensé en el tiempo que habíamos pasado juntos, en cómo habíamos terminado... Y de pronto ya no estaba tan segura.

—No importa —dije—. Ya te lo contaré más tarde. Ve a desayunar.

—¿Estás bien? —me preguntó cuando yo ya me marchaba—. Tienes muy mala cara.

—Vaya, muchas gracias.

—No, quiero decir... que parece que no hayas pegado ojo.

—Es que no lo he pegado.

Trataba de no ser desagradable, pero la ansiedad y el agotamiento hacían que me mostrara más brusca de la cuenta. Entonces el barco remontó otra ola y dije:

—Y el mar está muy movido para mi gusto.

—¿Ah, sí? Por suerte, yo nunca me mareo —dijo con cierta suficiencia. Contuve el impulso de soltarle algún corte, y entonces añadió—: No te preocupes, mañana por la mañana llegaremos a Trondheim.

—¿Mañana?

Mi voz debió de traslucir consternación, porque Ben me miró fijamente y me preguntó:

—Sí. ¿Por qué? ¿Qué pasa?

—Creía... Tenía entendido que hoy... —No terminé la frase.

Ben se encogió de hombros y dijo:

—Es que está bastante lejos.

—No importa —respondí.

Necesitaba volver a mi habitación, reflexionar sobre todo aquello, tratar de discernir qué había visto y qué no.

—Me voy al camarote... a descansar.

—Claro, claro. Hasta luego, Blacklock —dijo Ben en tono despreocupado.

Sin embargo, sus ojos, mientras me veían marchar, sí denotaban preocupación.

Creí que me dirigía a la escalera de la cubierta de pasajeros, pero en algún momento debí de equivocarme porque acabé en la biblioteca, una versión en miniatura de una biblioteca de casa campestre, con sus paredes revestidas de madera, sus lámparas de lectura con pantalla verde y sus estanterías escalonadas.

Suspiré. No sabía en qué punto me había equivocado, ni si encontraría algún camino más rápido que no implicara volver sobre mis pasos y encontrarme otra vez a Ben. Parecía imposible perderse en un barco tan pequeño, pero los camarotes estaban distribuidos de forma desconcertante, como piezas de un rompecabezas diseñadas para aprovechar al máximo el espacio, y circular por aquel laberinto aún resultaba más complicado por el efecto del movimiento del barco, que dificultaba la orientación.

Por si fuera poco, allí no había ni planos ni ningún tipo de señalización, como sí ocurría en los ferrys; supuse que lo hacían a propósito para que tuvieras la impresión de encontrarte en una vivienda particular que, simplemente, compartías con un montón de gente rica.

Había dos salidas, y más o menos al azar abrí la puerta que daba a la cubierta. Como mínimo, fuera sabría con certeza hacia dónde estaba orientada. Nada más salir y notar el viento en la cara, oí una voz ronca, de fumadora, a mi lado.

—¡Querida! ¡Te has levantado, menudo milagro! ¿Cómo te encuentras?

Me volví. Era Tina, estaba de pie bajo una marquesina de vidrio para fumadores, con un cigarrillo entre los dedos.

Dio una calada profunda.

—No estás muy fina, ¿no?

Contuve el impulso de volverme y largarme de allí. Se suponía que debía hacer contactos. No podía dejar que una resaca que me había buscado yo solita frustrara mi objetivo. Compuse una sonrisa y confié en que resultara convincente.

—No mucho. Anoche me pasé bebiendo.

—Bueno, me impresionó bastante el saque que tienes —comentó ella con una sonrisa un tanto burlona—. Como me dijo una vez mi antiguo jefe, cuando yo hacía mis pinitos en el *Express*, en aquella época en la que todavía se estilaban las comidas con sobremesa... «Si aguantas la bebida mejor que tu entrevistado, ya estás en el buen camino para conseguir tu primera primicia.»

La miré a través de la nube de humo del cigarrillo. En mi oficina se rumoreaba que había ido ascendiendo en la profesión a base de trepar sobre las espaldas de un sinfín de compañeras más jóvenes, y luego, después de superar el famoso techo de cristal, se había llevado la escalera. Recordé que en una ocasión Rowan había dicho: «Tina es de esas mujeres que cree que cada partícula de estrógeno de la sala de juntas representa una amenaza para su existencia.»

Sin embargo, esos comentarios no acababan de encajar con la mujer que tenía frente a mí. Conocía por lo menos a una antigua colega que aseguraba deberle su carrera a Tina, y entonces, al mirarla y ver sus ojos risueños y maquillados en exceso, me pregunté qué debió de suponer ser periodista y mujer en aquellos años y tratar de ascender en un mundillo controlado por hombres. Ya era difícil en la actualidad... Quizá Tina no tuviera la culpa de no haber podido llevarse con ella a todas las otras mujeres de la oficina.

—Ven, querida, y te contaré un pequeño secreto. —Me hizo señas para que me acercara, y sus anillos tintinearon al chocar en sus esqueléticos dedos—. Una copa de lo mismo que te la ha provocado y, después, un polvo bien largo.

Sólo había una respuesta que no empezara con un «¿Cómooo...?», y era un silencio evasivo. Tina volvió a soltar aquella risa ronca de fumadora.

—Vaya, te he escandalizado.

—No, qué va. Es que... bueno, no hay muchos candidatos.

—Pues anoche me pareció que aquel chico tan sexy, Ben Howard, y tú hacíais buenas migas —dijo arrastrando las palabras.

Contuve un estremecimiento.

—Ben y yo mantuvimos una relación hace años —dije con decisión—. Y no tengo ningunas ganas de repetir.

—Me parece muy sensato, querida. —Me dio unas palmaditas en el brazo, y sus anillos resonaron en mi piel—. Como dicen los afganos: «Un hombre no debe bañarse dos veces en el mismo lago.»

No supe qué responder a eso.

—¿Cómo te llamabas? —preguntó de pronto—. Louise, ¿no?

—Lo. En realidad es la abreviatura de Laura.

—Encantada de conocerte, Lo. Y trabajas con Rowan en *Velocity*, ¿verdad?

—Sí, exacto —confirmé—. Escribo reportajes. —Y entonces me sorprendí a mí misma al añadir—: Pero confío en cubrir su baja de maternidad cuando la coja. Por eso, en parte, es por lo que he venido a este crucero, creo. Querían ponerme a prueba. Ver cómo me desenvolvía.

Aunque, si aquello era una prueba, me encaminaba a un fracaso absoluto. Seguro que acusar a mis anfitriones de encubrir una muerte no era exactamente lo que *Velocity* esperaba.

Tina le dio otra calada al cigarrillo, escupió una hebra de tabaco y me escrutó con la mirada.

—Un encargo de mucha responsabilidad. Pero es buena señal que quieras progresar. ¿Y qué harás cuando ella vuelva?

Me dispuse a decir algo, pero me contuve. ¿Qué iba a hacer? ¿«Volver a mi trabajo de siempre»? Estaba pensando cómo responder, cuando Tina se me adelantó:

—Llámame algún día, cuando volvamos al trabajo. Siempre busco nuevos colaboradores autónomos, y me interesan los jóvenes espabilados con ambición.

—Estoy en nómina —me lamenté.

Sabía que Tina acababa de hacerme un cumplido, y no pretendía menospreciarlo, pero estaba segura de que mi cláusula de exclusividad no me permitiría aceptar un segundo empleo.

—Como quieras —dijo, y se encogió de hombros.

El barco se balanceó mientras lo decía, y me agarré a la barandilla metálica.

—Maldita sea, se me ha apagado el cigarrillo. No tendrás un mechero, ¿verdad? Me he dejado el mío en el salón.

—No, no fumo.

—¡Vaya!

Tiró la colilla por la borda, y ambas vimos que el viento se la llevaba y la hacía desaparecer mucho antes de tocar las agitadas aguas. Tendría que haber aprovechado para darle mi tarjeta o, por lo menos, sondearla con sutileza sobre lo que *Vernean* tenía preparado para los números siguientes y sobre lo que le había sonsacado a lord Bullmer. Era lo que habría hecho Rowan. Seguro que a esas alturas Ben ya habría conseguido un contrato como autónomo, y le habría importado un cuerno la cláusula de exclusividad.

Pero en aquel momento (justo cuando Nilsson debía de estar hablando con el capitán y desmontando mi historia) mi carrera profesional no parecía tan importante. En todo caso, tal vez debería haberla interrogado para saber dónde había estado la noche anterior. Al fin y al cabo, Ben había estado jugando al póquer con Lars, Archer y Bullmer, por lo que no quedaba mucha gente que pudiera haber estado en el camarote contiguo al mío. ¿Tenía Tina fuerza suficiente para tirar a una mujer por la borda? La observé con disimulo mientras ella empezaba a renquear por la cubierta rociada de agua salada en dirección a la puerta, con los finos tacones resbalando ligeramente en el suelo de metal pintado. Estaba flaca como un galgo, con más nervio que músculo, pero supuse que aquellos brazos enjutos debían de tener bastante fuerza, y el retrato que había hecho Rowan de ella era el de una mujer cuya crueldad compensaba con creces su débil físico.

—¿Y tú? —pregunté, y la seguí hacia la puerta—. ¿Te lo pasaste bien anoche?

Al oír eso, se detuvo en seco y se quedó sujetando la pesada puerta con una mano, los dedos agarrados al metal y los tendones del dorso de la mano marcados como cables de hierro. Ladeó la cabeza y me miró.

—¿Cómo dices?

Tenía la cabeza echada hacia delante, como un velocirraptor, y me taladraba con la mirada.

—Yo... —me interrumpí, sorprendida por la ferocidad de su reacción—. Yo no... Sólo quería saber...

—Bueno, pues será mejor que no quieras saber tanto y te guardes tus insinuaciones. Una chica lista como tú debería tener cuidado y no buscarse enemigos en la profesión.

Entonces soltó la puerta, que se cerró de golpe detrás de ella.

Me quedé de pie en la cubierta, perpleja, viendo cómo su espalda se alejaba a través del cristal de la puerta rociado de agua salada y preguntándome qué demonios había sucedido.

Negué con la cabeza y me recompuse. No tenía sentido que intentara averiguarlo en ese momento. Debía volver al camarote y proteger la única prueba que quedaba.

Había cerrado la puerta con llave antes de salir con Nilsson, pero, mientras bajaba con cuidado la escalera que conducía a la cubierta de pasajeros y veía a las limpiadoras tirando de sus aspiradores y empujando sus carritos llenos de toallas y sábanas, me di cuenta de que no me había acordado de colgar el letrero de «NO MOLESTAR».

Entré en la suite y vi que la habían limpiado minuciosamente, hasta el último rincón. Habían fregado el baño y limpiado las ventanas, donde no quedaba ni rastro de agua salada; incluso mi ropa sucia y mi vestido de noche roto habían desaparecido por arte de magia.

Sin embargo, no me interesaba nada de todo eso. Fui derecha al cuarto de baño y encontré los cosméticos y los tubos de maquillaje ordenados en el mueble del lavabo.

¿Dónde estaba?

Aparté el carmín y el brillo de labios, la pasta de dientes, la crema hidratante, la leche limpiadora, un blíster de pastillas empezado... pero no estaba allí. No vi ningún destello rosa y verde. ¿Debajo de la encimera, quizá? ¿En la papelera? Nada.

Salí a la habitación y abrí, uno tras otro, los cajones y busqué debajo de las sillas. ¿Dónde estaba? ¿Dónde?

Pero ya sabía la respuesta antes de derrumbarme en la cama y sentarme, con la cabeza entre las manos. Mi tubo de rímel, mi único vínculo con aquella chica, había desaparecido.

Harringay Echo, sábado, 26 de septiembre
DESAPARECE UNA TURISTA LONDINENSE EN UN CRUCERO NORUEGO

Los amigos y familiares de la londinense Laura Blacklock están «cada vez más preocupados». La desaparición de Blacklock (32), que reside en West Grove, en el distrito de Harringay, fue denunciada por su pareja, Judah Lewis (35), durante unas vacaciones de la periodista a bordo del crucero de lujo *Aurora Borealis*.

El señor Lewis, que no acompañaba a la señorita Blacklock en ese viaje, explicó que había empezado a extrañarse al ver que la señorita Blacklock no contestaba a sus mensajes desde el crucero y comprobar que sus posteriores intentos de ponerse en contacto con ella fracasaban.

Un portavoz del *Aurora Borealis*, que zarpó de Hull el pasado domingo para realizar su viaje inaugural, confirmó que no habían vuelto a ver a Blacklock desde que el 22 de septiembre hicieron una excursión programada a Trondheim. La empresa explicó que al principio habían creído que la pasajera había decidido acortar el viaje. El viernes, al no regresar la señorita Blacklock al Reino Unido, su pareja dio la alarma y se hizo evidente que su marcha no había sido planificada.

Pamela Crew, la madre de la mujer desaparecida, afirmó que no era en absoluto propio de su hija no haberse puesto en contacto con nadie, y ha pedido que cualquiera que crea haber visto a la señorita Blacklock, también conocida como Lo, informe cuanto antes a las autoridades.

CUARTA PARTE

14

Procuré que el pánico no se apoderase de mí.

Alguien había estado en mi camarote.

Alguien que lo sabía.

Alguien que sabía lo que había visto, y lo que había oído, y lo que había dicho.

Habían reabastecido el minibar, y sentí una necesidad repentina y visceral de beber, pero aparté de mi mente ese pensamiento y empecé a pasearme por el camarote, que el día anterior me había parecido tan grande y ahora parecía aprisionarme.

Alguien había estado allí. Pero ¿quién?

El impulso de gritar, de huir, de esconderme debajo de la cama y no volver a salir era arrollador, pero no había forma de escapar, al menos hasta que llegáramos a Trondheim.

Esa certeza hizo que mis pensamientos dejaran de correr, atolondrados, en todas direcciones, y me quedara quieta, de pie, con las manos encima del tocador, los hombros caídos, mirando en el espejo mi rostro pálido y demacrado. No se debía sólo a la falta de sueño. Tenía unas ojeras muy marcadas a causa del cansancio, pero lo que hizo que me detuviera fue algo que vi en mis ojos: una mirada de miedo, como la de un animal que ha quedado acorralado tras una larga persecución.

Se oyó un rumor en el pasillo; me sobresalté, y entonces recordé que las limpiadoras estaban haciendo las habitaciones. Inspiré hondo y me enderecé, y de una sacudida me eché el pelo detrás de los hombros. Entonces abrí la puerta y me asomé al pasillo, donde seguía oyéndose el ruido de un aspirador. Iwona, la camarera polaca a la que me habían presentado abajo, en la cubierta de tripulación, estaba limpiando el camarote de Ben con la puerta abierta de par en par.

—¡Perdone! —la llamé, pero no me oyó. Me acerqué un poco más—. ¡Perdone!

Dio un respingo y se volvió hacia mí, con una mano en el pecho.

—¡Disculpar! —dijo, jadeando, y pisó el interruptor del aspirador para apagarlo. Llevaba un uniforme azul marino, como el resto de las limpiadoras, y estaba acalorada—. Yo caigo de susto.

—Lo siento —me disculpé—. No pretendía asustarla. Sólo quería preguntarle si ha limpiado mi habitación.

—Sí, he limpiado. ¿Algo no es limpio?

—No, está todo muy limpio, todo muy bien. Pero quería saber... si ha encontrado un rímel.

—¿Rímel? —Negó con la cabeza, sin comprender—. ¿Qué es?

—Rímel. Para los ojos, así.

Hice como si me lo aplicara, y se le iluminó el rostro.

—¡Ah! Sí, yo sé —dijo, y entonces añadió algo que sonó como «tush do resh».

No sabía si significaba «rímel» en polaco o «lo he tirado a la basura», pero asentí enérgicamente.

—Sí, sí, un tubo rosa y verde. Como...

Saqué mi teléfono con la intención de buscar «Maybelline» en Google, pero el wifi seguía sin funcionar.

—Bueno, no importa. Pero es rosa y verde. ¿Lo ha visto?

—Sí, he visto anoche cuando limpiar.

Mierda.

—¿Y esta mañana no?

—No. —Parecía preocupada—. ¿No está en cuarto de baño?

—No.

—Lo siento. No he visto. Puedo preguntar a Karla, camarera, si es posible... ¿comprar nuevo?

Sus tropiezos y su gesto atribulado me hicieron comprender, de pronto, que debía de parecer una chiflada acusando a una limpiadora de haberle robado un rímel usado. Negué con la cabeza y le toqué un brazo.

—Lo siento. No importa. No se preocupe, por favor.

—Pero ¡sí importa!

—No, en serio. Debo de haber sido yo. Me lo habré olvidado en algún bolsillo.

Sin embargo, yo sabía la verdad. El rímel había desaparecido.

Regresé al camarote. Cerré la puerta por dentro y eché la cadenilla; luego descolgué el auricular del teléfono, pulsé el cero y pedí que me pasaran con Nilsson. Tuve que esperar un buen rato con la música ambiental de fondo, hasta que oí una voz femenina que parecía la de Camilla Lidman.

—¿Señorita Blacklock? Gracias por la espera. Le paso.

Se oyó un chasquido, luego un crepitar y a continuación una voz grave de hombre.

—¿Diga? Soy Johann Nilsson. ¿En qué puedo ayudarla?

—El rímel ha desaparecido —le espeté sin preámbulos.

Se produjo un silencio. Me lo imaginé rebuscando en su archivador mental.

—El rímel —dije, impaciente—. Se lo expliqué anoche. El rímel que me prestó la chica del camarote número diez. Esto demuestra mis argumentos, ¿no lo entiende?

—No, no lo entiendo...

—Alguien ha entrado en mi camarote y se lo ha llevado —hablé despacio, tratando de controlarme. Tenía la extraña impresión de que si no hablaba con calma y mucha claridad, me pondría a gritar—. ¿Por qué iba a hacerlo, si no tenía nada que ocultar?

Se produjo un silencio más largo.

—¿Nilsson?

—Ahora voy —dijo por fin—. ¿Está usted en su camarote?

—Sí.

—Tardaré unos diez minutos. Estoy con el capitán. Iré enseguida, en cuanto acabe aquí.

—Hasta ahora —dije, y colgué el auricular, más enfadada que asustada, aunque no sabía muy bien si lo estaba conmigo misma o con Nilsson.

Me paseé otra vez por el camarote, repasando lo ocurrido la noche anterior, con la cabeza abarrotada de imágenes, sonidos y miedos. De todas las sensaciones que me asaltaban, la que no podía superar era la de violación: alguien había estado en mi habitación. Alguien había aprovechado que yo estaba ocupada con Nilsson para entrar y hurgar entre mis objetos personales y llevarse la única prueba que respaldaba mi teoría.

Pero ¿quién tenía acceso a una llave? ¿Iwona? ¿Karla? ¿Josef?

Llamaron a la puerta; me di la vuelta con rapidez y fui a abrir. Nilsson, plantado en el pasillo, parecía un oso entre malhumorado y cansado. Sus ojeras no eran tan acentuadas como las mías, pero iban por el mismo camino.

—Alguien se ha llevado el rímel —repetí.

Y él asintió.

—¿Puedo entrar?

Me aparté para dejarlo pasar.

—¿Puedo sentarme?

—Claro.

Cuando se sentó, el sofá chirrió ligeramente; yo ocupé la silla de enfrente, la del tocador. Nos quedamos en silencio. Yo esperaba a que empezara él; quizá él estuviera haciendo lo mismo, o tal vez no sabía cómo empezar. Se apretó el puente de la nariz, un gesto delicado que resultaba un tanto cómico tratándose de un hombre tan corpulento.

—Señorita Blacklock...

—Lo —lo corregí.

Él suspiró y comenzó otra vez.

—De acuerdo, Lo. He hablado con el capitán. No falta ningún miembro de la tripulación, ya lo hemos comprobado. También hemos hablado con todos los tripulantes y nadie ha visto nada sospechoso relacionado con ese camarote, y eso nos lleva a la conclusión...

—¡Eh! —lo interrumpí, acalorada, como si, de alguna manera, impedir que dijera lo que se disponía a decir pudiera influir en la conclusión a la que habían llegado el capitán y él.

—Señorita Blacklock...

—No. No, no puede hacerme esto.

—¿Qué quiere decir?

—Primero me llama «señorita Blacklock», me asegura que comprende mis preocupaciones y que merezco todo su respeto, bla, bla, bla, y luego pasa de mí, como si yo fuera una histérica que no vio lo que vio.

—Yo no... —empezó a protestar, pero lo interrumpí de nuevo. Estaba demasiado furiosa para escucharle.

—No pueden ser las dos cosas. O me cree, o no me cree. ¡Eh, no, espere!

Me quedé atónita. No me explicaba cómo no se me había ocurrido antes.

—¿Y las cámaras de vigilancia? ¿No hay circuito cerrado de televisión?

—Señorita Blacklock...

—Podría revisar las grabaciones del pasillo. Saldrá la chica. ¡Tiene que salir!

—¡Señorita Blacklock! —dijo, más alto—. He hablado con el señor Howard.

—¿Qué?

—He hablado con el señor Howard —repitió con hastío—. Ben Howard.

—¿Y? —dije, pero el corazón me latía desbocado—. ¿Qué tiene que ver Ben con esto?

—Su camarote está al otro lado del camarote vacío. He ido a hablar con él para preguntarle si había oído algo, si podía corroborar su versión acerca del chapuzón.

—Él no estaba en su camarote. Estaba jugando al póquer.

—Sí, lo sé. Pero me ha contado...

«Oh, Ben —pensé, y noté un vacío en el estómago—. Ben, traidor. ¿Qué has hecho?»

Sabía lo que le había contado. Lo sabía por la expresión de Nilsson, pero no pensaba rendirme con tanta facilidad.

—¿Qué? —dije sin disimular mi enfado.

Pensaba obligarlo a hacerlo bien. Nilsson iba a tener que decírmelo, sílaba a sílaba, por mucho que le doliera.

—Me ha contado lo del hombre que entró en su piso. Lo del robo.

—Eso no tiene nada que ver con lo que está pasando aquí.

—Bueno... —Carraspeó y se cruzó de brazos, y luego cruzó las piernas.

La imagen de un hombre de su tamaño, sentado incómodo en el borde de un sofá y deseando que se lo tragara la tierra resultaba ridícula. No dije nada. Verlo morirse de vergüenza era una experiencia casi deliciosa. «Lo sabes —pensé con crueldad—, sabes que te estás portando como un imbécil.»

—El señor Howard me ha explicado que usted... que no duerme bien desde... la noche del robo —consiguió decir.

Continué en silencio. Me quedé quieta como una estatua y fría como el hielo, furiosa con Nilsson, pero sobre todo con Ben. Era la última vez que le confiaba algo. ¿Cómo era posible que todavía no hubiera aprendido la lección?

—Y luego está lo del alcohol —continuó. Su rostro claro, ahora contraído, reflejaba turbación—. No conviene... mezclarlo con...

No terminó. Desvió la mirada hacia la puerta del cuarto de baño, donde estaba mi patético montoncito de objetos personales.

—¿Con qué? —pregunté con una voz fría y cortante, muy impropia de mí.

Nilsson miró al techo, y su bochorno se hizo aún más evidente.

—Con... los antidepresivos —dijo, casi en un susurro, y volvió a dirigir la mirada hacia el blíster de pastillas, usado y arrugado, que había junto al lavabo; luego me miró de nuevo a mí, profundamente contrito.

Sin embargo, ya estaba dicho. Y lo que estaba dicho no podía retirarse, y ambos lo sabíamos.

Guardé silencio, pero las mejillas me ardían como si me hubieran dado una bofetada. Así que era eso. Ben Howard se lo había contado todo, el muy desgraciado. Apenas había hablado unos minutos con Nilsson. Una sola conversación, y en ese tiempo no sólo no había respaldado mi historia, sino que había largado todos los detalles de mi vida que tenía a mano y me había hecho quedar como una neurótica poco fidedigna y químicamente desequilibrada.

Pues sí, tomo antidepresivos. ¿Y qué?

Llevo años tomando esas pastillas y mezclándolas con alcohol. Lo que tenía eran ataques de ansiedad, no ideas delirantes.

Pero, aunque hubiera tenido una psicosis en toda regla, eso no significaba que no hubiera visto lo que había visto, con pastillas o sin ellas.

—Así que ya está —dije por fin, con voz tensa y monótona—. Cree que, porque tomo unas cuantas pastillas, soy una paranoica y una chiflada que no distingue la realidad de la ficción, ¿no? ¿Sabe que hay cientos de miles de personas que toman la misma medicación que yo?

—Eso no es lo que pretendía decir. En absoluto —replicó Nilsson, avergonzado—. Pero el hecho es que no tenemos ninguna prueba que apoye su hipótesis, y, con todo mi respeto, señorita Blacklock, lo que usted cree que pasó se parece mucho a su propia experien...

—¡No! —grité. Me levanté y contemplé desde arriba su cuerpo encogido, a pesar de que, de pie, me sacaba más de un palmo—. Ya se lo he dicho: no puede hacerme esto. No puede tratarme con gentileza y luego despreciar lo que le he contado. Sí, llevo días durmiendo mal. Sí, bebí. Sí, entraron a robar en mi piso. Pero nada de eso tiene que ver con lo que vi.

—Pero ése es el problema, ¿no? —Se levantó también, molesto, con las mejillas coloradas—. Usted no vio nada. Vio a una chica, y en este barco hay muchas chicas, y después oyó un chapuzón. Y a partir de eso ha sacado conclusiones que son muy similares a la experiencia traumática por la que pasó hace unos días: es el típico caso de dos más dos, cinco. Esto no justifica una investigación criminal, señorita Blacklock.

—Largo —le espeté.

El hielo que envolvía mi corazón se estaba derritiendo. Notaba que estaba a punto de dejar paso a algo muy estúpido.

—Señori...

—Largo. ¡Márchese!

Fui muy decidida hasta la puerta y la abrí de par en par. Me temblaban las manos.

—¡Fuera! —insistí—. Ahora mismo. A menos que quiera que llame al capitán y le cuente que estaba sola, que le pedí de forma reiterada que saliera de mi camarote y que usted se negó. ¡SALGA AHORA MISMO DE MI CAMAROTE, JODER!

Nilsson, con el cuello encogido, caminó hasta la puerta. Allí se detuvo un instante, como si se dispusiera a hablar, pero quizá vio algo en mi rostro, o en mis ojos, porque cuando levantó la cabeza y nuestras miradas se encontraron, se encogió un poco más y se dio la vuelta.

—Adiós —dijo—, señorita...

No esperé a oír más. Le cerré la puerta en las narices, y entonces me tiré en la cama y me puse a llorar desconsoladamente.

15

No hay ninguna razón, al menos sobre el papel, por la que necesite estas pastillas para vivir. Tuve una infancia estupenda, unos padres cariñosos, el lote completo. Nunca me pegaron ni me maltrataron, y siempre saqué unas notas excelentes. Sólo recibí amor y apoyo. Pero no fue suficiente, a saber por qué.

Mi amiga Erin dice que todos tenemos demonios dentro, voces que nos susurran que no somos buenos, que si no conseguimos ese ascenso o sacamos un sobresaliente en ese examen revelaremos al mundo la clase de inútiles que somos en realidad. Quizá sea cierto. Quizá los míos, sencillamente, tengan voces más potentes.

Pero dudo que sea tan sencillo. La depresión que sufrí al salir de la universidad no tenía nada que ver con los exámenes ni con la autoestima; era algo más inexplicable, más químico, algo que ningún tratamiento psicológico podría arreglar.

Tratamientos cognitivo-conductuales, terapia, psicoterapia... nada de todo eso funcionó tan bien como las pastillas. Lissie dice que le da escalofríos pensar que sus emociones puedan equilibrarse mediante química; la idea de tomar algo que podría alterar cómo es ella en realidad. Pero yo no lo veo así; para mí es como llevar maquillaje: no es un disfraz, sino una forma de ser más como yo soy en verdad, menos cruda. Una forma de ser mi mejor yo.

Ben me vio sin ese maquillaje. Y me dejó. Estuve furiosa con él mucho tiempo, pero al final me di cuenta de que no podía culparlo. El año que cumplí veinticinco fue bastante malo. Si hubiera podido dejarme a mí misma, lo habría hecho. Sin embargo, eso no justificaba lo que acababa de hacerme.

—¡Abre la puerta!

Dejó de oírse el ruido de un teclado, y entonces se oyó el arrastrar de una silla. La puerta del camarote se abrió un poco.

—¿Sí?

La cara de Ben apareció en el resquicio, y al verme adoptó una expresión de sorpresa.

—¡Lo! ¿Qué haces aquí?

—¿Tú qué crees?

Tuvo el detalle de mostrarse un poco avergonzado.

—Ah, eso.

—Sí, eso.

Lo aparté y entré en la habitación.

—Has hablado con Nilsson —dije, cortante.

—Mira...

Levantó una mano en un gesto apaciguador, pero yo no pensaba dejarme apaciguar.

—No me vengas con cuentos. ¿Cómo has podido, Ben? ¿Cuánto has tardado en largarlo todo: la crisis nerviosa, los medicamentos, el hecho de que estuve a punto de perder mi empleo? ¿Se lo has contado todo? ¿Le has contado que había días que no podía ni vestirme, que no podía ni salir de casa?

—¡No! Claro que no. Por favor, ¿cómo has podido pensar eso?

—Entonces, ¿qué? ¿Sólo lo de las pastillas? ¿Y que entraron a robar en mi casa, y unos cuantos detalles jugosos más para dar a entender que no se puede confiar en mí?

—¡No! ¡Nada de eso!

Fue hasta la puerta del balcón y se volvió hacia mí; se pasó las manos por el pelo y se lo dejó de punta.

—Yo sólo... Mierda, se lo conté sin darle importancia. No sé cómo. Hace bien su trabajo.

—¡Tú eres el periodista! ¿No se te ocurrió decir «sin comentarios»?

—Sin comentarios —replicó, quejumbroso.

—No tienes ni idea de lo que has hecho.

Tenía los puños apretados, y las uñas se me clavaban en la palma de las manos. Me obligué a aflojar los dedos y me las froté, doloridas, en los vaqueros.

—¿A qué te refieres? Espera, necesito un café. ¿Quieres uno?

Lo que quería era mandarlo a la mierda. Pero lo cierto era que me apetecía un café. Asentí con la cabeza.

—Con leche y sin azúcar, ¿no?

—Sí.

—Hay cosas que no han cambiado —dijo, mientras llenaba el depósito de agua de la cafetera exprés e introducía una cápsula.

Lo fulminé con la mirada.

—Hay muchas cosas que han cambiado, y tú lo sabes. ¿Cómo has podido contarle eso a Nilsson?

—No lo sé, Lo.

Volvió a hundir las manos en su pelo alborotado y se tiró de las raíces como si a base de estirar fuera a sacar alguna excusa de su cabeza.

—Me ha abordado cuando volvía de desayunar, me ha parado en el pasillo y ha empezado a decir que estaba preocupado por ti, que habías oído ruidos por la noche... Yo tenía resaca, no entendía de qué me estaba hablando. Al principio pensé que se refería al robo. Entonces ha empezado a decir que estabas delicada... Joder, Lo, lo siento. Cualquiera diría que he ido a buscarlo y he echado abajo su puerta para hablar con él. ¿Qué demonios ha pasado?

—No importa.

Cogí el café que me ofrecía. Estaba demasiado caliente para bebérmelo, y me puse la taza en el regazo.

—Claro que importa. Es evidente que te ha afectado mucho. ¿Sucedió algo anoche?

Un 95 % de mí quería mandar a Ben Howard a la mierda y decirle que había perdido mi confianza por hablar sin reparo con Nilsson de mi vida privada y poner en tela de juicio mi fiabilidad como testigo. Por desgracia, el 5 % restante se mostraba muy enérgico.

—Yo...

Tragué saliva, debatiéndome entre si debía contarle a alguien más lo que había pasado o no. Si se lo contaba a Ben, quizá él pudiera sugerirme algo que a mí no se me había ocurrido. Al fin y al cabo, era periodista. Y, aunque me doliera admitirlo, muy respetado.

Inspiré hondo y le relaté la historia que le había contado a Nilsson la noche anterior, en esta ocasión atropelladamente, desesperada por comprobar que mi teoría resultaba convincente.

—Te lo aseguro, Ben: esa chica estaba allí —concluí—. ¡Tienes que creerme!

—¡Vale, vale! —exclamó él, atónito—. Claro que te creo.

—¿Sí?

Estaba tan sorprendida que casi rompo el tablero de cristal de la mesa al dejar la taza de café.

—¿En serio?

—Pues claro. Que yo sepa, tú no te inventas cosas.

—Pues Nilsson no me cree.

—Entiendo por qué Nilsson no quiere creerte —dijo Ben—. Ya sabemos que los crímenes en cruceros son un asunto muy peliagudo.

Asentí. Conocía tan bien como él (tan bien como cualquier periodista de viajes) los rumores que abundaban sobre los barcos de crucero. No es que los dueños de esos barcos sean más criminales que los empresarios de cualquier otra rama de la industria turística, pero sí es cierto que existe una zona gris alrededor de los crímenes cometidos en el mar.

El *Aurora* no era como otros barcos sobre los que yo había escrito, que más que barcos parecían ciudades flotantes, pero su situación legal también era ambigua en aguas internacionales. Incluso en casos de desapariciones bien documentadas, las cosas tienden a barrerse debajo de la alfombra. Sin una jurisdicción policial clara que tome las riendas, muchas veces la investigación queda en manos de los servicios de seguridad de a bordo, contratados por el propio crucero y que no pueden permitirse el lujo de incomodar a los dueños, aunque quisieran.

Me froté los brazos; de repente tenía frío, a pesar del aire viciado y caldeado del camarote. Había ido a ver a Ben para reprenderlo con la intención de sentirme mejor; lo último que esperaba era que él comprendiera mi inquietud.

—Lo que más me preocupa... —dije despacio, y me interrumpí.

—¿Qué es?

—Esa chica... me prestó un rímel. Así fue como la conocí. Yo no sabía que el camarote estaba vacío y llamé a la puerta para preguntar si podían prestarme uno.

—Ya... —Ben bebió otro sorbo de café. Su cara, detrás de la taza, denotaba desconcierto; era evidente que no entendía a dónde quería ir a parar—. ¿Y?

—Pues que... ha desaparecido.

—¿Qué? ¿El rímel? ¿Qué quieres decir con que ha desaparecido?

—Que ya no está. Alguien se lo ha llevado de mi camarote mientras yo estaba con Nilsson. Estaría dispuesta a obviar todo lo demás, pero, si no está pasando nada raro, ¿por qué se iban a llevar el rímel? Era el único objeto tangible que yo tenía para demostrar que había alguien en ese camarote, y ahora ha desaparecido.

Ben se levantó, fue hasta el balcón y corrió las cortinas de gasa, aunque me pareció un gesto extravagante, innecesario. Tuve la impresión extraña, pasajera, de que Ben no quería llevarme la contraria y de que estaba pensando qué podía decir.

Entonces se dio la vuelta y, circunspecto, se sentó en el borde de la cama.

—¿Quién más lo sabía?

—¿Lo del rímel?

Era una buena pregunta, y me provocó cierta desilusión que a mí no se me hubiera ocurrido hacérmela.

—Pues... supongo que nadie, aparte de Nilsson.

No era un pensamiento muy tranquilizador. Nos quedamos mirándonos un buen rato, y en los ojos de Ben vi reflejadas una serie de preguntas incómodas que de pronto se arremolinaban en mi cabeza.

—Pero él estaba conmigo —dije por fin—. Mientras se llevaban el rímel.

—¿Todo el rato?

—Bueno, más o menos... No, espera, ha habido un momento. Cuando he ido a desayunar. Y luego he estado hablando con Tina.

—Entonces podría haberlo cogido él.

—Sí —concedí—. Podría haberlo cogido.

¿Era él quien había entrado en mi camarote? ¿Por eso sabía lo de mi medicación y que no era aconsejable mezclarla con alcohol?

—Mira —dijo Ben—, creo que deberías ir a hablar con Richard Bullmer.

—¿Con lord Bullmer?

—Sí. Ya te he dicho que anoche estuve jugando al póquer con él y parece buena gente. Y no tiene sentido marear más a Nilsson: Bullmer es el responsable último. Mi padre siempre decía: «Si tienes una queja, sube hasta arriba del todo.»

—Ya, pero no estamos hablando de un servicio de reclamaciones, Ben.

—No importa. Pero es que Nilsson... esto no es bueno para él, ¿no? Y si hay alguien en este barco que pueda exigirle responsabilidades es Bullmer.

—Pero ¿crees que lo hará? ¿Le pedirá responsabilidades? Él tiene tantos motivos como Nilsson para correr un velo sobre esto. O más incluso. Como dices, esto podría pasarle una factura muy cara, Ben. Si esto llega a saberse, el futuro del *Aurora* peligrará. ¿Quién coño está dispuesto a pagar decenas de miles de libras para hacer un viaje de lujo en un barco donde ha muerto una chica?

—Seguro que hay un nicho de mercado —dijo Ben con una sonrisa un tanto socarrona.

Me estremecí.

—Mira, no pierdes nada yendo a hablar con él —insistió—. Al menos sabemos dónde estuvo toda la noche, mientras que de Nilsson no podemos decir lo mismo.

—¿Estás seguro de que ninguno de los que estaban contigo salió del camarote?

—Del todo. Estábamos en la suite de los Jenssen. Sólo había una puerta, y yo la veía desde donde estaba sentado. Algunos se levantaron para ir al cuarto de baño, pero todos utilizaron el de la suite. Chloe estuvo un rato leyendo, hasta que fue a acostarse en el dormitorio contiguo. El camarote sólo tiene una salida: la puerta de la habitación principal de la suite. No salió nadie, como mínimo, hasta las cuatro de la madrugada. Puedes descartar a los cuatro hombres que estábamos allí, y a Chloe.

Arrugué el entrecejo y conté a los pasajeros con los dedos.

—O sea... tú, Bullmer... Archer... Lars... y Chloe. Quedan Cole, Tina, Alexander, Owen White y lady Bullmer. Aparte de la tripulación.

—¿Lady Bullmer? —Ben arqueó una ceja—. ¿No te pasas un poco?

—¿Por qué? —dije, a la defensiva—. A lo mejor no está tan enferma como parece.

—Sí, claro, ha fingido cuatro años de cáncer con recaídas y de quimio y radioterapia extenuantes sólo para tener una coartada en el asesinato de una desconocida.

—No hace falta que te pongas sarcástico. Sólo estaba contando a los pasajeros.

—Vale, pero de todas formas creo que los pasajeros sólo son una pista falsa —dijo Ben—. No puedes perder de vista el hecho de que Nilsson y tú erais los únicos que sabíais lo del rímel. Si no lo cogió él, como mínimo le ordenó a alguien que lo cogiera.

—Ya... —dije, y me interrumpí.

Notaba una sensación desagradable, parecida a la culpabilidad, hormigueando en mi nuca.

—¿Qué pasa?

—Estaba... intentando pensar. En cuando Nilsson me llevó a hablar con la tripulación. No lo recuerdo con exactitud... pero es posible que lo mencionara.

—Joder, Lo. —Ben me clavó la mirada—. ¿Lo mencionaste o no? Es un detalle fundamental.

—Ya lo sé —respondí, malhumorada.

El barco se balanceó, y volví a sentir náuseas: las tortitas que aún no había digerido se me revolvieron en el estómago. Traté de recordar lo que habíamos hablado en la cubierta de tripulación, pero me costaba mucho. Tenía una resaca tremenda, y estaba aturdida por la luz artificial y claustrofóbica de aquellos camarotes estrechos y sin ventanas. Cerré los ojos; mientras notaba cómo el sofá se inclinaba y se tambaleaba, intenté reproducir mentalmente la cantina y las caras agradables y sin maquillar de las chicas, vueltas hacia mí. ¿Qué demonios les había dicho?

—No me acuerdo —confesé por fin—. No me acuerdo, de verdad. Pero es posible que lo mencionara. Creo que no, pero tampoco puedo asegurar con rotundidad que no lo dijera.

—Mierda. Bueno, pues eso amplía de forma considerable las posibilidades.

Asentí con sobriedad.

—Oye —continuó Ben—, a lo mejor algún otro pasajero ha visto algo. A alguien entrando o saliendo del camarote vacío, o a quien te ha robado el rímel entrando en el tuyo. ¿Quién hay en los camarotes de popa?

—Hum... —Los conté ayudándome de los dedos—. A ver, yo en el nueve, tú en el ocho. Alexander está... creo que en el seis.

—Tina en el cinco —dijo Ben, concentrado—. La vi entrar anoche. Eso significa que Archer debe de estar en el siete. Vale. ¿Qué te parece si montamos un interrogatorio puerta a puerta?

—Muy bien.

No sé por qué (quizá fuera la rabia, o saber que alguien me creía, o el simple hecho de tener un plan), pero ya me sentía un poco mejor. Hasta que vi la hora en el ordenador de Ben.

—Mierda, no puedo. Ahora no. Tengo esa maldita reunión de mujeres en el spa.

—¿A qué hora acaba?

—Ni idea. Pero supongo que antes de comer. ¿Qué programa tenéis los hombres?

Ben se levantó y hojeó un folleto que había encima de la mesa.

—Visita al puente de mando. Muy sexista, como debe ser: a los chicos les dan tecnología y a las chicas, aromaterapia. Ah, no, espera: mañana por la mañana también hay spa para los hombres. A lo mejor sólo es una cuestión de espacio. —Cogió un taco de notas y un bolígrafo del tocador—. Yo también tengo que irme, pero veamos qué podemos averiguar esta mañana, y si quieres volvemos a quedar aquí después de comer para interrogar al resto de los pasajeros. Luego podemos ir a ver a Bullmer con todo lo que tengamos. A lo mejor decide desviar el barco de su ruta para que la policía local suba a bordo.

Asentí. Nilsson no me había tomado en serio, pero si encontrábamos algo que corroborara mi teoría (aunque sólo fuera alguien que también hubiera oído el chapuzón), sería mucho más difícil que Bullmer se negara a hacerme caso.

—No puedo parar de pensar en ella —dije cuando llegamos a la puerta.

Ben se detuvo con la mano en el pomo.

—¿Qué quieres decir?

—En esa chica, la chica del camarote Palmgren. En lo que debió de sentir cuando él la atacó, en si estaría viva cuando se precipitó al mar. No puedo dejar de pensar en cómo debió de ser, el impacto del agua fría, la visión del barco alejándose...

¿Habría gritado cuando la sepultaron las olas? ¿Habría intentado pedir socorro cuando el agua salada le inundó los pulmones, cuando su pecho trató de resistir mientras el frío hacía mella en su cuerpo y el oxígeno iba desapareciendo de su sangre, cuando empezó a hundirse cada vez más...?

Y en su cadáver, blanco como el papel, a la deriva en la fría y silenciosa negrura de las profundidades del mar, los peces mordisqueándole los ojos, el pelo flotando, arrastrado por las corrientes, como un chorro de humo negro... En todo eso también pensaba, aunque no lo dije.

—No hagas eso —me aconsejó Ben—. No te dejes llevar por tu imaginación, Lo.

—Yo sé lo que se siente —dije mientras él abría la puerta—. ¿No lo entiendes? Sé lo que ella debió de sentir cuando alguien la atacó en plena noche. Por eso necesito descubrir quién le ha hecho esto.

Y porque, si no lo descubría, quizá yo fuera la siguiente víctima.

16

Chloe y Tina ya estaban esperando en el spa cuando llegué.

Tina, inclinada sobre el mostrador, leía algo en el portátil que Eva había dejado abierto detrás, y Chloe estaba cómodamente arrellanada en una butaca *vintage* con un lujoso tapizado de piel, jugando con el móvil. Me sorprendió ver que, sin maquillaje, parecía otra persona: a la luz del día, los grandes ojos sombreados y los pómulos marcados que la noche anterior me habían llamado la atención parecían descoloridos los unos y planos los otros.

Me sorprendió mirándola por el espejo y sonrió.

—¿Te estás preguntando qué ha pasado con el maquillaje? Por lo visto, me ha tocado una sesión de masaje facial, así que me lo he quitado. Ya te lo dije: soy una artista.

—Ah, no, yo no... —Noté que me ponía colorada.

—El truco consiste en saber delinear.

Chloe hizo girar la silla para ponerse de cara a mí y me guiñó un ojo.

—En serio: te cambiará la vida. Con lo que tengo en el camarote, podría convertirte en cualquiera, desde Kim Kardashian hasta Natalie Portman.

Estuve a punto de contestar con una broma cuando detecté con el rabillo del ojo un movimiento, y me sorprendió ver que uno de los espejos de cuerpo entero que había detrás del mostrador se movía, oscilando hacia dentro. ¿Otra puerta? En serio, ¿cuántas entradas secretas tenía aquel barco?

Tina levantó la vista del ordenador cuando Eva entró por el resquicio de la puerta sonriendo con educación.

—¿Necesita algo, señorita West? —preguntó—. Guardamos nuestras listas de clientes y otra información confidencial en ese portátil, así que me temo que no podemos autorizar a los huéspedes a utilizarlo. Si necesita un ordenador, Camilla Lidman estará encantada de llevarle uno a su camarote.

Tina se enderezó con torpeza y volvió a colocar el aparato en su posición original.

—Perdona, querida. —Tuvo el detalle de aparentar que estaba un poco avergonzada—. Estaba... buscando el listado de tratamientos.

Era una excusa bastante pobre, dado que el dosier de prensa incluía una lista completa.

—No se preocupe, le imprimiré una copia —se ofreció Eva. No lo dijo con frialdad, pero miró a Tina con cierto recelo—. Ofrecemos el clásico repertorio de masajes y terapias, limpiezas de cutis, pedicuras, etcétera. Las manicuras y los tratamientos capilares los hacemos en esta sala. —Señaló la butaca en la que se había sentado Chloe.

Estaba preguntándome dónde debían de hacer el resto de los tratamientos, puesto que en el spa sólo había una butaca y, que yo hubiera visto, no había más espacio en la cubierta superior (el jacuzzi y la sauna ocupaban casi todo el resto del espacio), cuando se abrió la puerta de la cubierta y entró Anne Bullmer, cosa que me sorprendió. Tenía mejor aspecto que la noche anterior, el cutis menos amarillento y la cara menos demacrada, pero mostraba unas marcadas ojeras bajo los ojos oscuros, como si no hubiera dormido.

—Lo siento —dijo, con la voz entrecortada, y trató de sonreír—. Me cuesta mucho subir la escalera.

—¡Venga! —Chloe se levantó de inmediato e intentó apartarse hacia un rincón vacío de la habitación—. Puede sentarse aquí.

—No hace falta —dijo Anne.

Chloe quiso insistir, pero Eva, sonriente, intervino en su educado diálogo.

—De todas formas, ya nos vamos a las cabinas de tratamiento, señoras. ¿Quiere sentarse aquí, lady Bullmer? Señorita West, señorita Blacklock y señora Jenssen, ¿les parece bien que bajemos?

¿Bajar? No tuve tiempo de averiguar a qué se refería, porque entonces abrió la puerta de espejo que había detrás del mostrador (sólo tocó el marco con un dedo, y la puerta osciló con suavidad hacia dentro), y empezamos a descender en fila india por una escalera estrecha y oscura.

El contraste, después de la luz y el espacio de la recepción, era muy acusado, y me puse a parpadear mientras mis ojos intentaban adaptarse a la falta de claridad. Repartidas a intervalos por la escalera había velitas eléctricas en unos soportes, pero el resplandor titilante y amarillento que proyectaban no hacía sino intensificar la oscuridad del entorno, y cuando el barco remontó una ola, sentí una breve oleada de vértigo. Quizá se debiera a que no alcanzaba a ver el final de la escalera por la que descendíamos, o tal vez a que me di cuenta de que el más leve empujoncito de Chloe, que iba detrás de mí, me haría caer encima de Tina y Eva. Si me partía la crisma, nadie sospecharía que no se había tratado de un simple tropiezo en la oscuridad.

Por fin, tras un descenso que parecía interminable, llegamos a un pequeño vestíbulo. Se oía ruido de agua, proveniente de una fuentecita que había en un hueco de la pared, de esas que dejan caer un chorrito continuo sobre una esfera de piedra. El sonido pretendía ser relajante, y seguramente lo habría sido en tierra firme, pero a bordo de un barco el efecto era un tanto diferente. Empecé a pensar en vías de agua y salidas de emergencia. ¿Estábamos por debajo de la línea de flotación? No había ventanas.

Comencé a notar una opresión en el pecho y apreté los puños. «No te asustes. Por lo que más quieras, no tengas un ataque de pánico aquí abajo.»

«Uno. Dos. Tres...»

Me di cuenta de que Eva estaba diciendo algo e intenté concentrarme en sus palabras, en lugar de hacerlo en el techo, bajísimo, o en el espacio, apretado y mal ventilado. Quizá me sintiera mejor cuando entráramos en las cabinas de tratamiento, donde no estaríamos tan hacinadas.

—...tres cabinas de tratamiento aquí abajo —iba diciendo Eva—. Más la butaca de arriba, así que me he tomado la libertad de escoger unas terapias que podamos hacer de forma simultánea.

«Por favor, por favor, por favor, que la mía sea la de arriba.» Sin darme cuenta, estaba clavándome las uñas en la palma de las manos.

—Señorita West, para usted he elegido una sesión de aromaterapia en la sala uno, con Hanni —dijo Eva, consultando su lista—. Señora Jenssen, para usted una limpieza de cutis en la sala dos, con Klaus. Supongo que no le importa que sea un chico, ¿verdad? Señorita Blacklock, para usted fangoterapia en la sala tres, con Ulla.

Noté que empezaba a respirar más deprisa.

—¿Y lady Bullmer? —preguntó Chloe, mirando a su alrededor—, ¿dónde está?

—Arriba. Se va a hacer la manicura.

—Esto... —dije mostrando timidez—. Supongo que no... ¿No podría quedarme yo también arriba y hacerme la manicura?

—Lo siento —dijo Eva, que parecía compungida de verdad—. Es que arriba sólo hay una butaca. Si quiere, puedo reservarle hora para la manicura esta tarde, después de la sesión de fangoterapia. ¿O prefiere algún otro tratamiento? También podemos ofrecerle *reiki*, masaje sueco, masaje tailandés, reflexología... Y disponemos de un tanque de flotación. Si nunca lo ha probado, se lo recomiendo: es increíblemente relajante.

—¡No! —salté.

Tina y Chloe me miraron; de pronto me di cuenta de que había subido mucho la voz y, avergonzada, añadí en un tono más suave:

—No, gracias. La flotación... no es lo que más me relaja.

Sólo de imaginarme allí tumbada, dentro de un ataúd de plástico cerrado y lleno de agua...

—No se preocupe —dijo Eva, sonriente—. Bueno, ¿están todas preparadas? Las cabinas de tratamiento están al final del pasillo. Cada una tiene su propia ducha. También encontrarán toallas y albornoces.

Asentí, aunque apenas había oído sus instrucciones, y en cuanto se dio la vuelta para volver a subir, seguí a Chloe y Tina por el pasillo, confiando en que mi creciente temor no se reflejara en mi cara. Lo conseguiría. No podía dejar que mis fobias me impidieran hacer bien mi trabajo. «Hola, Rowan. No, no probé el spa porque estaba en una cubierta inferior y no tenía ventanas. Lo siento.» Ni hablar. Seguro que me encontraría mejor en cuanto abandonáramos aquel pasillo estrecho y entráramos en las cabinas de tratamiento.

Había abrigado esperanzas de que la sesión de spa me brindara una oportunidad para hablar con Tina, Anne y Chloe, y para sondearlas sobre lo que habían hecho la noche anterior, pero cuando Chloe se metió en su cabina, la puerta se cerró y me di cuenta de que me había equivocado.

Al otro lado del pasillo, Tina se había parado delante de una puerta con un letrero que rezaba «CABINA DE TRATAMIENTO 1», yo esperé a que entrara para seguir avanzando, pero ella se dio la vuelta y, con una mano en el picaporte, me miró y dijo:

—Querida... Creo que antes, cuando hemos hablado, he sido un poco brusca contigo.

Al principio no supe a qué se refería, pero luego lo entendí: nuestro encuentro en la cubierta y su respuesta airada a mi pregunta. ¿Por qué se había mostrado tan susceptible respecto a lo que había hecho la noche anterior?

—No sé qué decir. La resaca... No poder fumar... Pero eso no justifica que te hablara mal.

Su lenguaje corporal ponía en evidencia que estaba mucho más acostumbrada a exigir disculpas que a ofrecerlas.

—No pasa nada —dije, un tanto tensa—. Te entiendo perfectamente, yo tampoco estoy muy fina por las mañanas. No le des más vueltas, de verdad. —Pero era mentira, y me sonrojé un poco.

Tina alargó una mano y me dio un apretón en el brazo; lo interpreté como un gesto cariñoso de despedida, pero noté el frío de sus anillos en la piel, y cuando entró en su cabina y cerró la puerta, dejé que el escalofrío que había estado reprimiendo recorriera todo mi cuerpo.

A continuación, respiré hondo y llamé a la puerta de la cabina de tratamiento número 3.

—¡Pase, señorita Blacklock! —dijo una voz desde dentro.

La puerta se abrió y vi a Ulla allí de pie, sonriente, con un uniforme blanco. Entré en la cabina y miré alrededor. Era pequeña, pero no tan estrecha como el pasillo, y como dentro sólo estábamos Ulla y yo, no me sentía tan constreñida. La opresión que notaba en el pecho se redujo un poco.

La habitación estaba iluminada con las mismas velitas eléctricas parpadeantes que había visto en la escalera, y en el centro había una camilla elevada, cubierta de film transparente. A los pies descansaba una sábana doblada.

—Bienvenida al spa, señorita Blacklock —dijo Ulla—. Hoy disfrutará de una sesión de fangoterapia. ¿La ha probado alguna vez?

Negué con la cabeza, sin decir nada.

—Es una experiencia muy placentera y muy buena para desintoxicar la piel. Para empezar, quítese la ropa, por favor, túmbese en la camilla y tápese con la sábana.

—¿Me dejo la ropa interior puesta? —pregunté, tratando de aparentar familiaridad con los spas.

—No, el barro la mancharía —contestó Ulla.

Mi rostro debía de reflejar mis emociones, porque Ulla se agachó y sacó de un armario algo que parecía una manopla arrugada.

—Si lo prefiere, tenemos braguitas desechables. Hay quien las utiliza y quien no, así que haga lo que le resulte más cómodo. La dejo para que se desvista. La ducha está aquí, por si le apetece.

Señaló una puerta que había a la izquierda de la camilla y salió de la cabina caminando hacia atrás, con una sonrisa en los labios; cerró la puerta con suavidad, y yo empecé a quitarme la ropa, una capa tras otra, sintiéndome cada vez más incómoda. Dejé las prendas amontonadas en la silla, junto con los zapatos, y entonces, completamente desnuda, me puse las braguitas de papel y me subí a la camilla. El plástico se me adhirió a la piel, una sensación nada agradable, y me tapé con la sábana blanca hasta la barbilla.

Nada más tumbarme, llamaron a la puerta y oí la voz de Ulla. Su regreso parecía tan calculado que me pregunté si habría alguna cámara en la cabina.

—¿Puedo pasar, señorita Blacklock?

—Sí —contesté con voz ronca.

Ulla entró con un cuenco lleno de algo que parecía barro caliente, y di por hecho que lo era.

—Póngase boca abajo, por favor —dijo Ulla con suavidad.

Me di la vuelta como pude. No resultó nada fácil, porque el plástico que cubría la camilla se me pegaba a la piel; además, se me resbaló la sábana, pero Ulla la pescó y volvió a colocármela con mucha habilidad. Tocó algo que había al lado de la puerta y la habitación se llenó de débiles sonidos de ballenas y romper de olas. De nuevo me asaltó la imagen nada tranquilizadora de la presión que ejercía el agua contra el otro lado del delgado casco metálico del barco.

—¿Podría...? —dije, cohibida, con la cara pegada a la camilla—. ¿No hay otra música?

—Por supuesto.

Ulla pulsó algo y se oyeron campanas tibetanas y campanillas de viento.

—¿Mejor así?

Asentí, y entonces ella dijo:

—Bueno, si está preparada...

El tratamiento fue sorprendentemente balsámico, en cuanto conseguí relajarme un poco. Hasta me acostumbré a la sensación de que una desconocida me embadurnara de barro el cuerpo casi desnudo. Cuando íbamos por la mitad me di cuenta, de pronto, de que Ulla me estaba diciendo algo.

—Lo siento —dije, adormilada—, ¿qué ha dicho?

—Si quiere darse la vuelta... —murmuró ella.

Y me puse boca arriba; el barro me resbaló por la piel y cayó en el plástico. Ulla me tapó otra vez la parte superior del cuerpo con la sábana, y empezó a masajearme la parte delantera de las piernas.

Fue subiendo por mi cuerpo de manera metódica, y terminó extendiéndome el barro por la frente, las mejillas y los párpados cerrados; entonces volvió a hablar, en voz baja y tono sedante.

—Ahora voy a envolverla, señorita Blacklock, para que el barro haga efecto, y regresaré dentro de media hora para ayudarla a destaparse y para que se duche. Si necesita algo, tiene un timbre a su derecha. —Acercó mi mano al botón que había en uno de los lados de la camilla—. ¿Está cómoda?

—Sí, cómoda —contesté, somnolienta.

La elevada temperatura de la cabina y el débil sonido de las campanillas resultaban sumamente soporíferos. Me costaba recordar todo lo que había pasado la noche anterior. Me costaba que me importara. Lo único que deseaba era dormir.

Noté el film transparente ciñéndose a mi cuerpo, y luego otra cosa, más pesada y caliente, encima del plástico (una toalla, supuse). Tenía los ojos cerrados, pero me percaté de que la luz de la cabina se había atenuado.

—Estaré ahí fuera —dijo Ulla.

Oí el débil chasquido de la puerta al cerrarse. Paré de combatir el cansancio y dejé que el calor y la oscuridad se desplomaran sobre mi cabeza.

Soñé con la chica, iba a la deriva por las frías profundidades del mar del Norte, donde no llegaban los rayos del sol. Soñé con sus risueños ojos, blancos y henchidos de agua salada; con su piel suave, que estaba arrugada y empezaba a desprenderse; con su camiseta, desgarrada por el roce con las rocas, desintegrándose en jirones.

Sólo quedaba su largo pelo negro, que flotaba como frondas de algas oscuras, y se liaba en las conchas y en las redes de pesca, y aparecía en la orilla como madejas de cuerda deshilachada, lacio y sin vida, y el estruendo de las olas al romper en los guijarros me llenaba los oídos.

Al despertar sentí una intensa inquietud que enseguida se tornó pavor. Tardé un rato en recordar dónde estaba, y aún más

167

en darme cuenta de que el rugido que oía no formaba parte del sueño, sino que era real.

Bajé de la camilla, un poco temblorosa y preguntándome cuánto rato llevaba allí tumbada. La toalla caliente se había enfriado y el barro que me cubría la piel se había secado y agrietado. Me pareció que el ruido provenía de la ducha del cuarto de baño.

El corazón me golpeaba con fuerza en el pecho cuando me acerqué a la puerta, que estaba cerrada, pero me armé de valor: giré el picaporte y la abrí de par en par, y me vi envuelta en una nube de vapor. Tosí mientras avanzaba a tientas para cerrar el grifo de la ducha, y acabé empapada. ¿Había entrado Ulla y había abierto la ducha? Pero ¿por qué no me había despertado?

Mientras el chorro de agua se reducía a un goteo que, tras un breve borboteo, acabó cesando, volví a tientas hasta la puerta, con el pelo tapándome la cara y chorreando, y busqué el interruptor de la luz con una mano.

Lo pulsé y el cuarto de baño se iluminó. Y entonces lo vi.

Escritas con letras de unos quince centímetros de altura, en el espejo empañado estaban las palabras: «NO TE METAS.»

BBC News, lunes, 28 de septiembre
LAURA BLACKLOCK, CIUDADANA BRITÁNICA
DESAPARECIDA: PESCADORES DANESES
ENCUENTRAN CADÁVER

Unos pescadores daneses que faenaban en el mar del Norte, frente a las costas noruegas, han encontrado el cadáver de una mujer.

La policía noruega ha solicitado a Scotland Yard que colabore en su investigación a raíz del hallazgo de un cadáver que unos pescadores daneses sacaron con sus redes a primera hora de la mañana del lunes, lo que dio peso a las especulaciones sobre la posibilidad de que la fallecida fuera la periodista británica Laura Blacklock (32), que desapareció la semana pasada durante unas vacaciones en Noruega. Un portavoz de Scotland Yard ha confirmado que les han pedido que colaboren en la investigación, aunque ha declinado hacer declaraciones sobre la posible relación del caso con la desaparición de la señorita Blacklock.

Según la policía noruega, se trata del cadáver de una mujer joven de raza blanca, y todavía se está trabajando en su identificación.

Judah Lewis, el compañero de Laura Blacklock, rechazó hacer declaraciones cuando lo llamamos por teléfono a su casa de Londres, y se limitó a decir que estaba «destrozado por la desaparición de Laura».

QUINTA PARTE

17

Me quedé paralizada durante un segundo. Quieta, contemplando las letras, que goteaban, con el corazón acelerado, hasta que creí que iba a vomitar. En mis oídos resonaba un extraño rugido, y sollozos, o gemidos de un animal asustado; era un sonido horrible, a medio camino entre el miedo y el dolor, y una parte de mí, una parte extraña y desconectada, sabía que quien hacía aquellos ruidos era yo.

Entonces fue como si la habitación se moviera y las paredes se inclinaran hacia dentro, y comprendí que estaba sufriendo un ataque de pánico y que iba a desmayarme a menos que lograra salir a un lugar seguro. Conseguí llegar hasta la camilla arrastrando los pies; me quedé en posición fetal y traté de controlar la respiración. Me acordé de la cantinela de mi terapeuta cognitivo-conductual: «Calma, respiración consciente, Lo, y relajación progresiva: de músculo en músculo. Respiración calmada... Relajación consciente... Calma... Y consciencia... Consciencia... Y calma.»

Siempre lo había odiado. Nunca me había ayudado a superar los ataques de pánico, y mucho menos ahora, cuando sí lo había provocado algo real.

«Calma... Y consciencia.» Me parecía oír su engolada voz de tenor, y, por algún extraño mecanismo, la rabia, que recordaba muy bien, me apuntaló y me infundió la fuerza suficiente para controlar las inspiraciones superficiales y aceleradas y, por fin, para incorporarme. Me pasé las manos por el pelo mojado y miré alrededor para ver dónde había un teléfono.

Como era de esperar, encontré uno en el aparador, junto a un paquete vacío de arcilla. Me temblaban las manos y las tenía cubiertas de barro seco, así que me costó trabajo coger el auricular y marcar el cero, pero al final lo logré, y cuando oí una voz con acento escandinavo que decía «Dígame, ¿en qué puedo ayudarla?», no contesté, me quedé quieta con un dedo suspendido sobre las teclas.

Y entonces colgué.

El mensaje ya no estaba. Desde la camilla alcanzaba a ver el espejo del cuarto de baño, y como había cerrado la ducha y el ventilador del extractor estaba en marcha, el vaho había desaparecido casi por completo. Lo único que quedaba eran un par de rastros de agua que partían de la base de las dos «T» del «TE METAS», nada más.

Nilsson no me creería ni por asomo.

Después de ducharme y vestirme, salí y volví a recorrer el pasillo. Las puertas de las otras dos cabinas estaban abiertas, y al pasar miré en su interior, pero no había nadie, todo estaba preparado para atender a la siguiente clienta. ¿Cuánto rato había dormido?

Cuando subí la escalera y llegué a la recepción del spa, vi que allí sólo quedaba Eva, sentada ante el mostrador tecleando algo en el portátil. Al verme aparecer por la puerta disimulada en la pared, levantó la cabeza y me sonrió.

—¡Hola, señorita Blacklock! ¿Le ha gustado el tratamiento? Hace un rato Ulla ha bajado a retirarle el envoltorio, pero dormía usted profundamente. Me ha dicho que volvería al cabo de un cuarto de hora. Espero que no se haya desorientado al despertar y encontrarse sola.

—No pasa nada —dije, cortante—. ¿Hace mucho que se han marchado Chloe y Tina?

—Hará unos veinte minutos.

Señalé la puerta que tenía detrás, que había vuelto a cerrarse y no se veía a menos que conocieras el secreto del espejo.

—¿Ésa es la única entrada al spa?

—Depende de lo que entienda por entrada —respondió ella, evidentemente confundida por la pregunta—. Es la única entrada, pero no es la única salida. Abajo hay una salida de incendios que lleva a los camarotes de la tripulación, pero es... ¿cómo se llama? ¿De vía única? Sólo se abre hacia fuera. Además, está conectada a una alarma, así que no le recomiendo que la utilice, ¡porque provocaría una evacuación! ¿Por qué me lo pregunta?

—No, por nada.

Había cometido una equivocación al contárselo todo a Nilsson esa mañana. No pensaba caer otra vez en el mismo error.

—Están sirviendo la comida en el salón Lindgren —comentó Eva—, pero no se preocupe, no se ha perdido nada: es un bufet, así que los pasajeros pueden servirse cuando quieran. Ah, y casi se me olvida —añadió cuando ya me había dado la vuelta para marcharme—. ¿Ha hablado con el señor Howard?

—No. —Me detuve en seco cuando ya tenía una mano en el picaporte—. ¿Por qué?

—Ha venido a buscarla. Le he explicado que se estaba haciendo un tratamiento y que no podría hablar con él en persona, pero ha bajado y le ha dejado un mensaje a Ulla. ¿Quiere que vaya a ver si lo encuentro?

—No —contesté—. Iré yo a buscarlo. ¿Ha bajado alguien más?

—No. Lo habría visto, porque no me he movido de aquí. Señorita Blacklock, ¿seguro que todo va bien?

No contesté. Me di la vuelta y salí del spa. Notaba un sudor frío en la piel, bajo la ropa, y un gélido terror extendiéndose en mi interior.

En el salón Lindgren sólo encontré a Cole, sentado a una mesa con su cámara de fotos delante, y a Chloe, en otra, mirando por la ventana mientras, distraída, pinchaba hojas de lechuga con el tenedor y se las metía en la boca. Cuando entré, Chloe levantó la cabeza y señaló la silla que tenía a su lado.

—¡Hola! El spa ha sido genial, ¿verdad?

—Supongo —dije, al tiempo que arrastraba una silla, y entonces me di cuenta de lo raro y descortés que debía de haber resultado mi respuesta y me corregí—: Quiero decir: sí, ha estado muy bien. Me ha encantado el tratamiento. Lo que pasa es que... no me gustan los espacios cerrados. Tengo un poco de claustrofobia.

—¡Vaya! —Mudó la expresión—. Ahora entiendo por qué estabas tan tensa abajo. Creía que tenías resaca.

—Bueno... —Solté una risita falsa—. Eso es probable que también.

¿Podía haber sido ella la del spa? Era evidente que sí. Pero Ben había sido categórico respecto a la noche anterior: Chloe no había salido de la habitación.

¿Y Tina? Pensé en su fuerza, en su cuerpo nervudo y en su agresiva reacción a mi pregunta sobre dónde había estado la noche anterior, y la creí perfectamente capaz de arrojar a alguien por la borda.

¿Podía haber sido Ben? Él había bajado al spa y, al fin y al cabo, la única confirmación que yo tenía de su coartada era su propia palabra.

Me dieron ganas de gritar. Aquello estaba volviéndome loca.

—Oye —le dije a Chloe, fingiendo indiferencia—, anoche estuviste jugando al póquer, ¿verdad?

—No, yo no jugaba. Pero estuve allí, sí. Al pobre Lars lo desplumaron, aunque él puede permitírselo. —Rió con desgana.

Cole la miró desde la otra mesa y le sonrió.

—Sé que te parecerá raro que te lo pregunte, pero... ¿viste salir a alguien del camarote?

—No sabría decírtelo, la verdad —contestó Chloe—. Al cabo de poco me fui al dormitorio. Una partida de póquer es lo más aburrido del mundo, si no participas. Cole también estuvo un rato, ¿verdad, Cole?

—Sólo una media hora —confirmó Cole—. Como dice Chloe, el póquer no es un deporte para espectadores. Recuerdo que Howard sí salió. Fue a buscar la cartera.

De pronto se me secó la boca, y Cole continuó:

—¿Por qué quieres saberlo?

—No importa. —Intenté sonreír y cambié de tema antes de que Cole me exigiera una respuesta—. ¿Cómo van las fotos?

—Échales un vistazo, si quieres.

Me lanzó la cámara con tanta tranquilidad que se me escapó un grito ahogado. Casi se me cae de las manos.

—Si pulsas el «play» que hay detrás, podrás irlas pasando. Puedo enviarte copias de todas las que quieras.

Empecé a pasar las imágenes, y a retroceder en el tiempo hasta el inicio del viaje: fotografías ambientales de nubes y gaviotas revoloteando, de la partida de póquer, de Bullmer riendo y recogiendo las fichas de Ben y de Lars lamentándose al poner encima de la mesa una pareja de doses junto al trío de cincos de Ben. Una de las de la noche anterior, un primer plano de Chloe, casi me cortó la respiración. Cole la había retratado justo en el instante en que ella miraba hacia la cámara. Se alcanzaba a ver el finísimo vello de su mejilla, dorado bajo la luz de las lámparas, y la sonrisa que tiraba de la comisura de su boca; la fotografía tenía algo tan tierno y tan íntimo que sólo por mirarla me sentí una intrusa. Miré a Chloe, casi sin darme cuenta, y me pregunté si habría algo entre ella y Cole. Entonces ella levantó la cabeza y me miró.

—¿Qué pasa? ¿Has encontrado alguna mía?

Negué con un gesto y me apresuré a pasar unas cuantas fotos hacia atrás antes de que ella pudiera mirar la pequeña pantalla por encima de mi hombro. Apareció una en la que salía yo: era la fotografía que Cole me había tomado cuando me había pillado desprevenida y me había hecho derramar el café. Cole había disparado en el preciso instante en que yo levantaba la cabeza, alarmada, y la expresión de mis ojos me hizo estremecer.

Pulsé el botón para continuar.

El resto eran más fotografías del barco: una de Tina en la cubierta mirando fijamente a la cámara, con ojos de rapaz; una de Ben subiendo con una mochila enorme por la pasarela. Volví a acordarme de la gran maleta de Cole. ¿Qué llevaba en ella? «Material fotográfico», había dicho él, pero hasta el momento yo sólo lo había visto utilizar aquella cámara compacta.

Se habían acabado las fotografías del barco, y habían empezado otras tomadas en una reunión social. Cuando me disponía a devolver la cámara, sentí que el corazón se me aceleraba de pronto, y me quedé inmóvil. En la pantalla aparecía una imagen de un hombre comiéndose un canapé.

—¿Quién es? —preguntó Chloe por encima de mi hombro. Y añadió—: Espera, ese que está al fondo hablando con Archer ¿no es Alexander Belhomme?

Sí, era él. Pero yo no miraba ni a Alexander ni a Archer. Yo observaba a la camarera que aguantaba la bandeja de los canapés.

Estaba de perfil, sin mirar a la cámara, y el pelo, oscuro, se le había soltado del pasador y le tapaba la mejilla.

Sin embargo, estaba segura, casi del todo segura, de que era la mujer del camarote número 10.

18

Devolví la cámara con cuidado, con las manos temblorosas, y me pregunté si debía decir algo. Aquello era una prueba, una prueba irrefutable, de que Cole, Archer y Alexander habían estado en la misma habitación que la mujer a quien yo había visto. ¿Debía preguntar a Cole si la conocía?

Me quedé allí sentada, atormentada por las dudas, mientras él apagaba la cámara y empezaba a guardarla.

Mierda. ¡Mierda! ¿Tenía que decir algo o no?

No sabía qué hacer. Era posible que Cole ignorara la importancia de la fotografía que había tomado. La chica estaba casi fuera del encuadre, y la cámara enfocaba a otra persona, un hombre a quien yo no conocía.

Si Cole tenía algo que esconder, sería una estupidez tremenda por mi parte revelar lo que acababa de ver. Él lo negaría, y a continuación, seguramente, borraría la fotografía.

Por otra parte, era muy probable que Cole no supiera quién era aquella chica, y quizá no tuviera inconveniente en proporcionarme la imagen. Pero si sacaba el tema en ese momento, delante de Chloe, y cuando podía haber alguien más escuchando...

Me acordé de cómo había aparecido Bjorn por aquella puerta disimulada en la pared a la hora del desayuno, y miré, sin querer, por encima del hombro. Lo peor que podía pasarme era que aquella fotografía acabara igual que el tubo de rímel. No pensaba cometer dos veces el mismo error. Si al final decidía hablar con Cole, debía hacerlo en privado. La fotografía había estado a salvo en su cámara hasta ese momento, y seguro que podía seguir estándolo un poco más.

Me levanté, y de pronto me temblaron las rodillas.

—No... no tengo mucha hambre —le dije a Chloe—. Y he quedado con Ben Howard.

—Ay, se me había olvidado —dijo entonces—. Ha preguntado por ti. Me lo he encontrado cuando salía del spa. Me ha dicho que tenía que contarte algo importante.

—¿Te ha dicho adónde iba?

—A su camarote a trabajar un poco, creo.

—Gracias.

Bjorn volvió a aparecer, como un mago, de detrás de la puerta oculta.

—¿Quiere que le traiga algo de beber, señorita Blacklock?

—No, gracias. Acabo de recordar que he quedado con alguien. ¿Podrías llevarme un sándwich a mi suite?

—Por supuesto.

Dio una cabezada, y yo salí del salón pidiendo disculpas con un gesto a Cole y Chloe.

Iba deprisa por el pasillo que conducía a los camarotes de popa cuando, al doblar una esquina, tropecé literalmente con Ben. Chocamos con tanta fuerza que se me cortó la respiración.

—¡Lo! —Me agarró por un brazo—. Te he buscado por todas partes.

—Ya lo sé. ¿Qué hacías en el spa?

—¿No me has oído? Buscarte.

Lo escudriñé con la mirada: su rostro era la viva imagen de la inocencia, y sus ojos, por encima de la barba oscura, me miraban con interés y alarma. ¿Podía confiar en él? No tenía ni idea. Unos años atrás, antes de que él me abandonara, habría afirmado que lo conocía muy bien. Ahora ya sabía que no podía confiar del todo en mí misma, y mucho menos en otra persona.

—¿Has entrado en mi cabina de tratamiento? —le pregunté a bocajarro.

—¿Qué? —Por un momento pareció desconcertado—. No, claro que no. Me han dicho que ibas a hacer una sesión de fangoterapia. He pensado que no querrías que te molestara. Me han dicho que buscara a una tal Ulla, pero no la he encontrado, así que te he pasado una nota por debajo de la puerta y he vuelto a subir.

—Yo no he visto ninguna nota.

—Pues te he dejado una. ¿Qué pasa, Lo?

Sentía una mezcla de miedo y frustración que amenazaba con hacer estallar mi pecho. ¿Cómo podía saber si Ben estaba diciéndome la verdad? Habría sido una tontería inventarse lo de la nota: aunque Ben hubiera escrito el mensaje en el espejo, ¿por qué mentirme y decirme que me había dejado una nota? Quizá fuera verdad que me la había dejado, y yo, con el susto, no la había visto.

—Alguien más me ha dejado otro mensaje —dije por fin—. Escrito en el espejo empañado del baño, mientras me hacían el tratamiento. Decía «no te metas».

—¿Qué? —La conmoción se reflejó en su sonrosado rostro. Abrió la boca. Si estaba actuando, era la mejor actuación que yo le había visto hacer jamás—. ¿En serio?

—Sí.

—Pero... pero ¿no has visto entrar a nadie? ¿Tiene alguna otra puerta ese cuarto de baño?

—No. Tienen que haber entrado por la cabina. Me he... —Me avergonzaba decirlo, no sé por qué, pero levanté la barbilla y me negué a mostrarme arrepentida—. Me he dormido. El spa sólo tiene una entrada, y Eva dice que no ha bajado nadie, excepto Tina y Chloe. Y tú.

—Y el personal del spa —me recordó Ben—. Además, seguro que allí abajo tiene que haber una salida de emergencia.

—Sí, hay una salida, aunque la puerta sólo se abre hacia fuera. Lleva a las dependencias de la tripulación, pero desde el otro lado no se puede abrir. Lo he preguntado.

Ben no parecía convencido.

—Pero tampoco debe de ser imposible que alguien la abra desde fuera, ¿no?

—No, pero tiene una alarma. Si la hubieran abierto, habrían empezado a sonar sirenas por todas partes.

—Bueno, supongo que alguien que conozca un poco el sistema podría manipular la configuración de la alarma. Pero Eva no ha estado allí todo el rato.

—¿Qué quieres decir?

—Cuando he vuelto a subir, no estaba. Sólo estaba Anne Bullmer, esperando a que se le secara el esmalte de las uñas. Eva se había marchado. Así que, si afirma que ha estado allí todo el rato, no dice la verdad.

Dios mío. Me imaginé allí tumbada, desnuda en el envoltorio de film transparente bajo la toalla, y pensé que alguien, cualquiera, podría haber entrado, haberme tapado la boca con una mano y haberme envuelto la cabeza con plástico...

—Vale, ¿y para qué querías verme? —pregunté, tratando de aparentar normalidad.

Ben parecía nervioso.

—Ah, sí. Bueno, ya sabes que nosotros hemos ido a visitar el puente y eso, ¿no?

Asentí.

—Archer estaba intentando enviarle un mensaje a alguien, creo, y se le ha caído el teléfono. Yo se lo he recogido, y resulta que tenía abierta la agenda de contactos.

—¿Y?

—Sólo decía «Jess», pero la fotografía era de una chica que se parecía mucho a la que tú has descrito. Veintitantos años, pelo largo y castaño, ojos oscuros... Y un detalle sorprendente: llevaba una camiseta de Pink Floyd.

Noté que una gota de sudor frío me resbalaba por la espalda. Recordé a Archer en la cena de la noche anterior, cómo se reía mientras me retorcía el brazo a la espalda, y el tono de reproche de Chloe: «Estoy empezando a creer que los rumores acerca de su primera esposa eran ciertos.»

—¿Era a ella a quien intentaba mandar un mensaje? —pregunté.

—No lo sé. Es posible que haya pulsado alguna tecla sin querer cuando se le ha caído el teléfono.

Automáticamente, saqué el teléfono con la intención de buscar en Google «Jess Fenlan», pero la barra de búsqueda no acababa de salir. Aún no había internet, y mis correos electrónicos no se estaban cargando.

—¿Tienes internet? —le pregunté a Ben.

—No, por lo visto hay algún problema con el rúter. Supongo que estos problemillas son inevitables en los viajes inaugurales, pero es un palo. Archer ha protestado mucho durante la comida; le ha montado un pollo a la pobre Hanni. La chica casi se ha echado a llorar. En fin, Hanni ha ido a hablar con Camilla Comosellame, y según parece pronto estará arreglado. Bueno, espero que así sea, porque tengo que enviar un artículo.

Fruncí el ceño mientras volvía a guardarme el teléfono en el bolsillo. ¿Podía haber sido Archer quien había escrito aquel mensaje en el espejo empañado? Pensé en su fuerza física, en aquella pizca de crueldad que había vislumbrado en su sonrisa la noche anterior, y me estremecí sólo de pensar que pudiera haber pasado a mi lado de puntillas mientras yo dormía.

—Hemos bajado a la sala de máquinas —continuó Ben, como si me hubiera leído el pensamiento—. Está tres plantas más abajo. Seguro que hemos pasado bastante cerca de esa salida de emergencia del spa que tú has mencionado.

—¿Te habrías dado cuenta si alguien se hubiera separado del grupo? —pregunté.

Ben negó con la cabeza.

—Lo dudo mucho. En la cubierta de máquinas no había sitio para tanta gente, íbamos entrando y saliendo de uno en uno de espacios muy reducidos. No nos hemos reagrupado hasta que hemos vuelto a subir.

De pronto sentí una claustrofobia horrible, y casi me dieron náuseas, como si la agobiante opulencia del barco me estrujara.

—Necesito salir —dije—. No aguanto más.

—Lo...

Ben alargó una mano hacia mi hombro, pero yo me aparté y fui tambaleándome hasta la puerta de la cubierta. Tuve que empujar con fuerza para abrirla y vencer el ímpetu del viento.

El viento me golpeó en la cara, y fui renqueando hasta la barandilla. Me asomé y noté las cabezadas del barco. Las olas, de un gris oscuro, se extendían como un desierto: millas y millas de mar, hasta el horizonte; no se veía tierra por ninguna parte, ni siquiera otros barcos. Cerré los ojos y vi el icono de búsqueda de internet girando y girando inútilmente. Era imposible pedir ayuda.

—¿Estás bien? —oí a mis espaldas, y el viento arrastró las palabras.

Ben me había seguido. Apreté los párpados; me alcanzó una rociada de agua salada que golpeó el costado del barco, y sacudí la cabeza.

—Lo...

—No me toques —dije con rabia.

Entonces el barco remontó una ola más grande que las anteriores; se me contrajo el estómago y vomité por encima de la barandilla. Tras varias arcadas, ya sólo devolvía bilis. Me lloraban los ojos. Y, con una especie de placer malvado, vi que mi vómito había salpicado el casco y un ojo de buey. «Ahora la pintura ya no está tan impoluta», pensé mientras me limpiaba los labios con la manga.

—¿Estás bien? —insistió Ben detrás de mí.

Me agarré con fuerza a la barandilla. «No seas borde, Lo...» Me di la vuelta con esfuerzo, asentí y dije:

—Ya me encuentro un poco mejor. Nunca he sido una gran navegante.

—Pobre Lo.

Me rodeó con un brazo y me atrajo hacia sí, y yo contuve el impulso de apartarme y dejé que me abrazara. Necesitaba que Ben estuviera de mi parte. Necesitaba que confiara en mí, y que creyera que yo confiaba en él.

Me llegó un olorcillo a humo de cigarrillo y oí el taconeo de unos zapatos por la cubierta.

—Mierda.

Me enderecé y logré apartarme de Ben de un modo que pareció casi involuntario.

—Es Tina, ¿entramos? Ahora no tengo ganas de hablar con ella.

No en ese momento, con restos de lágrimas en las mejillas y vómito en la manga. Aquélla no era la imagen de la persona profesional y ambiciosa que yo pretendía proyectar.

—Claro —dijo Ben, solícito.

Y aguantó la puerta para que yo pasara en el preciso instante en que Tina doblaba la esquina.

En el pasillo, de pronto, hacía un calor sofocante y reinaba un profundo silencio que contrastaba con el rugido del viento. Nos quedamos callados observando a Tina, que caminó decidida hasta la barandilla y se inclinó sobre ella, recibiendo el azote del vendaval muy cerca de donde unos momentos antes yo había vomitado.

—Si quieres que te sea sincero —dijo Ben, contemplando la espalda de Tina a través del cristal—, yo apostaría por ella. Es una bruja. Es fría como un témpano.

Lo miré, sorprendida. En ocasiones, Ben se había mostrado hostil con sus compañeras de trabajo, pero yo nunca había detectado un desprecio tan claro en su voz.

—¿Por qué lo dices? ¿Porque es ambiciosa?

—No sólo por eso. Tú nunca has trabajado con ella, pero yo sí. He conocido a muchos trepas, pero ella juega en una liga superior. Estoy seguro de que sería capaz de matar por una noticia o un ascenso, y casi siempre es con otras mujeres con quien se ensaña. No soporto a las mujeres así. Son las peores enemigas de su propio género.

Guardé silencio. En sus palabras y en su tono había algo muy cercano a la misoginia, pero al mismo tiempo, aunque me costara aceptarlo, se parecían tanto a lo que había dicho Rowan que consideré que no podía desestimarlas sólo por eso.

Tina estaba abajo conmigo, en el spa, cuando había aparecido el mensaje. Y luego estaba aquella actitud defensiva que había mostrado horas antes, esa misma mañana.

—Le he preguntado qué hizo anoche —dije a regañadientes—. Ha sido muy raro: se ha puesto muy agresiva. Me ha dicho que no me convenía buscarme enemigos.

—Ah, bueno —dijo Ben, y sonrió, pero no fue una sonrisa agradable, sino que había algo bastante malvado en ella—. No esperes que Tina lo admita, pero resulta que anoche estuvo con Josef.

—¿Con Josef? ¿El camarero? ¿Lo dices en serio?

—Me lo ha contado Alexander durante la visita de hoy. Vio a Josef salir de puntillas del camarote de Tina a primera hora, en un estado... bueno, digamos que *déshabillé*.

—Hostia.

—Sí, hostia. Quién iba a pensar que la dedicación de Josef a la comodidad de los pasajeros pudiera llegar tan lejos. La verdad es que él no es mi tipo, pero a lo mejor podría convencer a Ulla para que hiciera lo mismo.

No me reí. No podía reírme sabiendo que aquellas habitaciones estrechas y oscuras estaban sólo un par de cubiertas por debajo de donde nos encontrábamos en ese momento.

¿Hasta dónde podía llegar un empleado para huir de aquel confinamiento?

Pero entonces Tina, que seguía fumando junto a la barandilla, se dio la vuelta y nos vio a Ben y a mí dentro. Tiró la colilla por la borda y me guiñó un ojo antes de marcharse por donde había venido. De pronto me sentí ruin al pensar en cómo aquellos hombres se habían reído a sus espaldas de su pequeña aventura.

—¿Y Alexander qué, por cierto? —pregunté en tono acusador—. Su camarote está en la popa, como los nuestros. ¿Qué hacía espiando a Tina en plena noche?

—¿Es una broma? —dijo Ben tras soltar una risotada—. Debe de pesar ciento cincuenta kilos. No me lo imagino levantando a una mujer adulta y lanzándola al mar.

—No participó en la partida de póquer, de modo que no tenemos ni idea de dónde estaba. Lo único que sabemos es que rondaba por los pasillos de madrugada.

Recordé que también aparecía en la fotografía que había visto en la cámara de Cole, y me dio un escalofrío.

—Es como una morsa, Lo. Está delicado del corazón. ¿Alguna vez lo has visto subir la escalera? O mejor dicho: ¿lo has oído? Parece una locomotora de vapor, y cuando está a punto de llegar arriba empiezas a temer que la palme y se te caiga encima. No me lo imagino forcejeando con alguien e imponiéndose.

—A lo mejor ella estaba muy borracha. O drogada. Seguro que cualquiera podría arrojar por la borda a una mujer inconsciente. Sólo sería cuestión de equilibrar bien el peso.

—Pero, si estaba inconsciente, ¿cómo se explica que oyeras un grito? —preguntó Ben.

De pronto sentí que la rabia se apoderaba de mí.

—Mira, ¿sabes qué? Estoy harta de que todo el mundo me interrogue y me sondee, como si yo debiera tener las respuestas a todo esto. No lo sé, Ben. Ya no sé qué pensar, ¿vale?

—Vale —concedió él—. Lo siento, no quería decir eso. Sólo pensaba en voz alta. Alexander...

—¿Hablando de mí a mis espaldas? —dijo una voz en el pasillo.

Ambos nos dimos la vuelta. Noté que me sonrojaba. ¿Cuánto rato llevaba Alexander allí? ¿Habría oído mis especulaciones?

—Ah, hola, Belhomme —lo saludó con naturalidad Ben. No parecía en absoluto turbado—. Sí, justo hablábamos de usted.

—Eso me ha parecido.

Alexander, que jadeaba ligeramente, llegó a nuestro lado. Me di cuenta de que Ben tenía razón. Cualquier pequeño esfuerzo lo dejaba casi sin aliento.

—Espero que bien...

—Por supuesto —dijo Ben—. Estábamos hablando de la cena de esta noche, y Lo me comentaba cuánto sabe usted de gastronomía.

No supe qué decir, admirada de lo bien que mentía Ben. Había mejorado mucho desde la época en que estábamos juntos. ¿O siempre había sido un astuto impostor, y yo no me había dado cuenta?

Entonces vi que Ben y Alexander esperaban a que yo dijera algo, y balbuceé:

—Ah, sí. ¿Se acuerda, Alexander? Me estuvo hablando del *fugu*.

—Sí, ya lo creo. Una delicia. Yo opino que todos tenemos la obligación de sacarle todo el jugo a la vida, ¿ustedes no? Porque, si no, se reduce a un breve, desagradable y cruel interludio hasta la muerte.

187

Compuso una gran sonrisa, un tanto falsa, y se colocó bien un libro que llevaba bajo el brazo. Me fijé y vi que era una novela de Patricia Highsmith.

—¿Adónde va? —le preguntó Ben con desenvoltura—. Creo que todavía faltan unas horas para la cena.

—No se lo cuenten a nadie —respondió Alexander en tono confidencial—, pero este bronceado no es del todo natural.

Se tocó la mejilla, y, ahora que lo había mencionado, vi que estaba muy moreno.

—Voy al spa a darme un retoque. Dice mi mujer que cambio mucho con un poco de color.

—No sabía que estuviera casado —dije, con la esperanza de que no se notara mucho mi sorpresa.

Alexander asintió con la cabeza.

—Sí, es la penitencia por mis pecados. Treinta y ocho años. ¡Creo que te caen menos por asesinato!

Soltó una risa un poco crispante, y me estremecí. Si no había oído lo que estábamos diciendo antes de que llegara, era un comentario extraño. Y si nos había oído, era de muy mal gusto.

—Que vaya bien en el spa —dije sin convicción.

Él volvió a sonreír y dijo:

—Espero que sí. ¡Nos vemos en la cena!

Se disponía a marcharse cuando, de pronto, llevada por un impulso que no supe entender, dije:

—Espere, Alexander...

Se dio la vuelta y me miró arqueando una ceja. Noté que flaqueaba, pero continué.

—Ya sé... Ya sé que esto le parecerá un poco raro, pero anoche oí unos ruidos que venían del camarote número diez, el que está al final de la cubierta de pasajeros. Se supone que está vacío, pero ayer había una mujer allí. Y resulta que ahora no la encontramos. ¿Usted vio u oyó algo anoche? ¿Un chapuzón? ¿Cualquier otro ruido? Ben dice que estaba levantado.

—Sí, estaba levantado —admitió Alexander, cortante—. No duermo muy bien. Es lo normal, a mi edad, y cuando duermo en una cama que no es la mía lo acuso aún más. Así que salí a la cubierta para dar un paseíto nocturno. Y a la ida y a la vuelta vi unas cuantas idas y venidas. Nuestra querida amiga Tina recibió la visita de un solícito auxiliar de pasaje. También vi al apuesto señor Lederer paseándose por aquí. No sé qué hacía fuera de su territorio. Su camarote está en el otro extremo del barco. Confieso que me pregunté si habría ido a visitarla a usted.

Arqueó una ceja, y me puse muy colorada.

—Pues no, no venía a visitarme a mí. ¿Cree que es posible que se dirigiera al camarote número diez?

—No me fijé —respondió Alexander como si lo lamentara—. Sólo lo vi doblar una esquina. Tal vez regresara a su camarote a preparar una coartada para sus crímenes, ¿no?

—¿Qué hora era? —preguntó Ben.

Alexander frunció los labios.

—Hum... Creo que las cuatro o las cuatro y media.

Ben y yo nos miramos. Yo me había despertado a las 3.04 h. Por tanto, lo más probable era que el hecho de que hubieran visto a Josef a las cuatro descartara a Tina, quien presuntamente había estado en su camarote toda la noche. Pero Cole... ¿Qué motivo podía tener él para pasearse por aquella parte del barco a esas horas?

Volví a acordarme de la enorme maleta de material que le había visto subir por la pasarela.

—¿Y quién era la mujer a la que vi salir de su suite? —preguntó entonces Alexander con picardía, mirando a Ben.

Ben parpadeó.

—¿Cómo? ¿Seguro que no se confunde de camarote?

—¿El suyo no es el número ocho?

—Sí —confirmó Ben con una risita nerviosa—. Pero le aseguro que en mi camarote no había nadie más que yo.

—¿Ah, no? —Alexander volvió a arquear una ceja y luego se rió—. Bueno, si usted lo dice... Estaba oscuro. A lo mejor me confundo de suite. —Volvió a colocarse bien el libro que llevaba bajo el brazo—. Bueno, si no tienen más preguntas, amigos...

—N-no... —respondí a regañadientes—. Al menos de momento. ¿Le importa que vaya a buscarlo si se me ocurre algo más?

—Claro que no. Así pues, *adieu* hasta la hora de la cena, a la que acudiré bronceado como un joven Adonis y pringado como un pavo de Navidad. ¡Chau!

Se alejó resoplando por el pasillo. Ben y yo lo vimos doblar la esquina.

—Todo un personaje, ¿eh? —dijo Ben cuando Alexander se hubo perdido de vista.

—Sí, total. ¿Crees que es todo teatro? ¿O de verdad es así siempre?

—No tengo ni idea. Me imagino que al principio sólo interpretaba a un personaje, y que ha acabado creyéndoselo.

—¿Y su mujer? ¿La conoces?

—No. Pero, por lo visto, es cierto que existe. Creo que es la hija de un conde alemán, y al parecer, en su época fue un bellezón. Tienen una casa espectacular en South Kensington llena de obras de arte originales: un Rubens y un par de Tizianos, unas cosas absolutamente increíbles. Salió en la revista *Hello!* hace poco, y durante un tiempo circuló el rumor de que en realidad eran obras que habían robado los nazis. Los de la IFAR les dieron un toque, pero creo que las sospechas eran infundadas.

—No tengo claro si nos ha dicho algo útil o no. —Me froté la cara con ambas manos y traté de librarme del cansancio que empezaba a pesar sobre mí como una nube negra—. Lo que ha dicho de Cole es un poco raro, ¿no te parece?

—Bueno, sí. Supongo. Pero si lo vio alrededor de las cuatro, ¿sirve de algo? Y la verdad, empiezo a pensar que a lo mejor se inventa cosas para impresionarnos. Eso que ha dicho de que en mi camarote había una chica es mentira. Tú me crees, ¿no?

—Pues...

Se me hizo un nudo en la garganta. Estaba tan cansada. Tan cansada. Pero no podía descansar. Joder, menos mal que ese viaje tenía que darle un empujón a mi carrera. Si seguía así, iba a acabar con una agenda llena de enemigos, no de contactos.

—Sí, claro —atiné a decir.

Ben me miró como tratando de discernir si estaba siendo sincera.

—Vale —dijo por fin—. Porque te juro que en mi camarote no había nadie. A menos que entrara alguien mientras yo estaba fuera, claro.

—¿Crees que nos ha oído? —le pregunté, más para cambiar de tema que porque quisiera saberlo—. Me refiero a antes. Ha aparecido tan de pronto... Alguien tan grueso como él no debe de tenerlo fácil para aparecer con tanto sigilo.

—Lo dudo —dijo Ben—. Y, de todas formas, no me parece que sea un tipo rencoroso.

No dije nada, pero no estaba muy de acuerdo con él. A mí me parecía que Alexander era, precisamente, la clase de persona que podía guardarte rencor, y que incluso disfrutaba con ello.

—¿Qué más quieres hacer? —me preguntó Ben—. ¿Quieres que te acompañe a buscar a Bullmer?

Negué con la cabeza. Necesitaba volver al camarote y comer algo. Además, no estaba segura de querer que Ben me acompañara a hablar con lord Bullmer.

19

La puerta de mi camarote estaba cerrada con llave, pero dentro, encima del tocador, había una bandeja con un sándwich y una botella de agua mineral. A juzgar por las gotas de condensación que resbalaban por el cristal de la botella, el almuerzo ya llevaba un rato allí.

No tenía hambre, pero no había comido nada desde el desayuno, y lo poco que había comido lo había vomitado, así que me senté y me obligué a comer. El bocadillo era de gambas y huevo duro, hecho con un pan de centeno muy compacto, y mientras masticaba contemplaba el movimiento ascendente y descendente del mar al otro lado de la ventana, un movimiento incesante y en consonancia con los pensamientos desasosegantes que se sucedían por mi mente.

Cole, Alexander y Archer habían estado con aquella chica en la misma habitación: de eso estaba casi convencida. Ella no miraba hacia la cámara, y a mí me costaba recordar sus facciones, que el día anterior sólo había visto fugazmente por el resquicio de la puerta de su camarote, pero el sobresalto que había sentido al ver aquella fotografía había sido como una descarga eléctrica: tenía que fiarme de mi intuición.

Archer, por lo menos, tenía una coartada, aunque estaba empezando a darme cuenta de que ésta se basaba por completo en el testimonio de Ben, y él tenía sus propios motivos para querer blindarla. Y, se mirara como se mirase, me había mentido deliberadamente. De no haber sido por el comentario fortuito de Cole, no me habría enterado de que Ben había salido del camarote.

Pero Ben... ¿Ben? No podía ser. Si en aquel barco había alguien en quien yo podía confiar tenía que ser él, ¿no?

Ya no estaba segura.

Me tragué el último trozo de pan, me limpié los dedos con la servilleta y me levanté; de inmediato noté el balanceo del barco bajo mis pies. Mientras comía, había aparecido bruma, y la habitación estaba más oscura, así que encendí la luz antes de comprobar mi teléfono. No había nada. Actualicé el correo con pocas esperanzas de encontrar un mensaje de alguien, de quien fuera. Ni siquiera me atrevía a pensar en Judah y en lo que debía de significar su silencio.

Cuando apareció la notificación de «No se pudo conectar», sentí un vacío en el estómago, una mezcla de miedo y alivio. Alivio porque cabía la posibilidad, aunque fuera remota, de que Judah hubiera intentado ponerse en contacto conmigo, de que su silencio no significara lo que yo temía. Pero, por otra parte, miedo porque, cuanto más tiempo llevábamos sin conexión a internet, más sólidas eran mis sospechas de que alguien, de forma intencionada, trataba de impedir que yo me conectara. Y eso estaba empezando a preocuparme de verdad.

La puerta del camarote número 1 era de madera blanca, igual que las demás, pero era evidente que la suite Nobel, que ocupaba toda la proa del barco y a la que se accedía por un pasillo despejado, debía de ser especial.

Llamé con prudencia. No sé muy bien si esperaba que me abriera Richard Bullmer o quizá una empleada, y ninguna de las dos cosas me habría sorprendido; sin embargo, me quedé perpleja cuando se abrió la puerta y me encontré ante Anne Bullmer.

Era obvio que había llorado; tenía los ojos enrojecidos y unas marcadas ojeras, y aún tenía rastros de lágrimas en las descarnadas mejillas.

Parpadeé: estaba totalmente en blanco, y no recordaba ni una sola palabra de la petición que había preparado y ensayado con tanto esmero. Las frases resbalaban por mi mente, cada una más inapropiada y absurda que la anterior: «¿Se encuentra bien?» «¿Qué ocurre?» «¿Puedo ayudarla en algo?»

No dije nada de eso y me limité a tragar saliva.

—¿Sí? —dijo ella con un deje desafiante.

Se cogió una orilla de la bata de seda, se enjugó las lágrimas, y entonces levantó la barbilla.

—¿Necesita algo?

Volví a tragar saliva, y entonces contesté:

—Bueno... Sí, espero. Siento molestar, debe de estar cansada después de la sesión de spa de esta mañana.

—No mucho —repuso, bastante brusca.

Me mordí el labio. Quizá hacer referencia a su enfermedad no había sido muy diplomático.

—De hecho, he venido a ver si podía hablar...

—¿Con Richard? Lo siento, está ocupado. ¿Puedo ayudarla yo?

—Creo... que no —respondí, desconcertada.

Y entonces me pregunté si debía disculparme y marcharme, o quedarme y explicárselo. Me sentía mal por haberla molestado, pero parecía igual de inadecuado llamar a la puerta y luego marcharme sin más. Parte de mi zozobra se debía a sus lágrimas: ¿debía irme y dejarla en paz con sus problemas, o quedarme y ofrecerle consuelo? Por otra parte, su rostro demacrado y liso era muy perturbador. Ver pugnar por su vida a alguien como Anne Bullmer, una mujer tan afortunada, que parecía inexpugnable en cualquier otro aspecto, con todos los privilegios que podía comprar el dinero (los medicamentos más modernos, los mejores médicos y tratamientos disponibles), resultaba estremecedor.

Tuve ganas de salir corriendo, pero, al mismo tiempo, pensar todo eso me obligaba a quedarme donde estaba.

—Pues lo siento —dijo—. ¿Es muy urgente? ¿Quiere que le comente de qué se trata?

—Es que...

Me retorcí los dedos. ¿Qué podía decirle? ¿Cómo iba a contarle mis sospechas a una mujer tan frágil y angustiada?

—Me prometió una entrevista —dije, acordándome del comentario que él había hecho de pasada después de la cena. Al fin y al cabo, no era mentira—. Me propuso que viniera al camarote esta tarde.

—Ah. —Su rostro se relajó—. Lo siento. Debe de haberlo olvidado. Creo que ha ido al jacuzzi con Lars y algunos más. Supongo que durante la cena podrá hablar con él.

Yo no estaba dispuesta a esperar tanto, pero no se lo dije.

—¿Y... a usted? ¿La... veré en la cena? —pregunté, y me odié a mí misma por trabarme tanto. «Por favor, Lo. Está enferma, no es una leprosa.»

—Espero que sí. Hoy me encuentro un poco mejor. Me canso mucho, pero procuro que mi cuerpo no me gane a menudo, porque sería como capitular.

—¿Todavía está en tratamiento? —pregunté.

Ella negó con la cabeza, y el pañuelo de seda que se la cubría hizo frufrú.

—Ahora no. He terminado la última tanda de quimioterapia, al menos de momento. Cuando volvamos me harán radioterapia, y luego supongo que ya veremos.

—Bueno, mucha suerte —dije, y al momento me arrepentí, porque aquel comentario inocente parecía convertir su supervivencia en una especie de juego de azar—. Y... gracias.

—De nada.

Cerró la puerta, y yo di media vuelta y me dirigí hacia la escalera que llevaba a la cubierta superior. Me ardía la cara de vergüenza.

Aún no había visto el jacuzzi, pero me imaginaba dónde debía de estar: en la cubierta superior, encima del salón Lindgren, al lado del spa. Subí por la escalera forrada de tupida moqueta hacia la cubierta del restaurante, esperando aquella sensación de luz y amplitud que había experimentado antes, pero me había olvidado de la bruma. Cuando llegué ante la puerta por la que se salía a la cubierta, sólo vi un muro gris detrás del cristal que envolvía el barco, de modo que apenas alcanzabas a ver de un extremo a otro de la cubierta, lo que producía una sensación extraña de amortiguamiento.

La bruma había hecho descender la temperatura y me había humedecido el vello de los brazos, y mientras dudaba al abrigo del umbral, temblando y tratando de orientarme, oí el sonido largo y lastimero de una sirena de niebla.

Resultaba difícil reconocer las cosas en medio de aquella blancura grisácea, y tardé unos minutos en encontrar la escalera por la que se accedía a la cubierta superior, pero al final comprendí que tenía que estar a mi derecha, un poco más allá, hacia la proa del barco. No entendía cómo a alguien podía apetecerle meterse en un jacuzzi con aquel tiempo, y durante un momento me pregunté si Anne Bullmer se habría equivocado. Pero al rodear la galería acristalada del restaurante oí risas, y cuando miré hacia arriba vi luces entre la niebla, por encima de mi cabeza. Por lo visto, había gente lo bastante chiflada para desnudarse al aire libre con aquel frío.

Lamenté no haber cogido una chaqueta, pero no tenía sentido ir a buscarla, así que crucé los brazos en torno al torso y subí los resbaladizos y vertiginosos escalones hasta la cubierta superior, guiándome por el sonido de las voces y las risas.

Hacia la mitad de la cubierta había una mampara de vidrio; la rodeé, y entonces los vi: Lars, Chloe, Richard Bullmer y Cole, sentados en el jacuzzi más gigantesco que jamás había visto. Debía de tener unos tres metros de ancho, y estaban todos con la cabeza y los hombros apoyados en el borde. Del agua, burbujeante, salía un vapor tan denso que tardé unos segundos en discernir quién había allí dentro.

—¡Señorita Blacklock! —exclamó Richard Bullmer, efusivo, y su voz se oyó con claridad por encima del rugido de los chorros—. ¿Ya se ha recuperado de anoche?

Sacó del agua un brazo musculoso y bronceado, humeante y con la piel de gallina al entrar en contacto con el aire frío, y le estreché la mano, mojada, y luego volví a cruzar los brazos; noté que el calor de su apretón se desvanecía enseguida, sustituido por el frío del viento en mis manos húmedas.

—¿Has venido a darte un baño? —me preguntó Chloe, riendo, y agitó una mano para invitarme a entrar en aquel caldero borboteante.

—No, gracias —contesté, y reprimí un escalofrío—, hace un poco de frío.

—¡Aquí se está muy bien, se lo aseguro! —exclamó Bullmer, y me guiñó un ojo—. Jacuzzi caliente, ducha fría...

Señaló una ducha de exterior que había al lado del jacuzzi, con una gran alcachofa de efecto lluvia suspendida sobre el plato. No había mando de control de temperatura, sólo un botón de acero con el centro azul, y al verlo me estremecí.

—... y luego directamente a la sauna.

Señaló con el pulgar una cabaña de madera semioculta tras la mampara. Estiré el cuello y vi una puerta de vidrio empañada y, detrás, por los surcos que dejaban en ella las gotas al resbalar, adiviné el resplandor de un brasero.

—Otra ducha y vuelta a empezar, tantas veces como lo aguante el corazón.

—No, gracias. No me va mucho —dije con torpeza.

—No lo descartes sin haberlo probado —intervino Cole, que sonrió mostrando unos incisivos puntiagudos—. Te aseguro que pasar de la sauna a la ducha de agua fría ha sido una experiencia increíble. Lo que no te mata te hace más fuerte, ¿no?

Me estremecí.

—Gracias, pero me parece que paso.

—Como quieras —dijo Chloe, sonriente.

Estiró un brazo lánguido, del que cayeron unas gotas que mojaron la cámara de Cole, que estaba en el suelo, y cogió una copa helada de champán de una mesita que habían colocado junto al jacuzzi.

—Verá... —Inspiré hondo y me dirigí a lord Bullmer, tratando de ignorar las miradas atentas de los demás—. Lord Bullmer...

—Llámeme Richard —me interrumpió.

Me mordí el labio y asentí, e intenté ordenar mis ideas.

—Richard, quería hablar con usted de una cosa, pero me parece que no es el mejor momento. ¿Puedo ir a verlo luego a su camarote?

—¿Por qué retrasarlo? —dijo Bullmer, y se encogió de hombros—. Si una cosa he aprendido en los negocios es que ahora casi siempre es el mejor momento. Lo que parece prudencia por lo general acaba resultando ser cobardía, y siempre hay alguien que llega antes que tú.

—Bueno... —titubeé, y me detuve, sin saber qué hacer.

No quería hablar delante de los demás, pero aquello de que «siempre hay alguien que llega antes que tú» no era nada tranquilizador.

—Tómese algo —propuso Bullmer.

Pulsó el botón que había en el borde del jacuzzi y de pronto una chica apareció de no sé dónde. Era Ulla.

—¿Sí, señor? —preguntó con formalidad.

—Champán para la señorita Blacklock.

—Enseguida, señor.

Y desapareció.

Inspiré hondo. No había alternativa. Bullmer era el único que podía desviar el barco, y si yo no aprovechaba ese momento, quizá ya no tuviera otra ocasión. Era mejor hablar ya, con público, que arriesgarme a... Me clavé las uñas en la palma de la mano, negándome a pensar en esa posibilidad.

Abrí la boca. «No te metas», murmuró una vocecilla en mi cabeza, pero me obligué a hablar.

—Lord Bullmer...

—Richard.

—Richard. No sé si ha hablado con su jefe de seguridad, Johann Nilsson. ¿Ha ido a verlo?

—¿Nilsson? No. —Bullmer arrugó el ceño—. Él informa al capitán, no a mí. ¿Por qué me lo pregunta?

—Verá... —empecé.

Pero entonces apareció Ulla a mi lado con una bandeja en la que había una copa de champán y una botella en una cubitera.

—Bueno... gracias —titubeé.

No creía que beber fuera lo más acertado en ese momento, después de los comentarios mordaces que me había hecho Nilsson y con las secuelas de la resaca de la noche anterior; además, parecía un comportamiento inadecuado para acompañar lo que me disponía a decir. Pero volví a sentir que me hallaba en una situación disparatada: era la invitada de Bullmer y la representante de *Velocity*, y se suponía que debía impresionar a toda aquella gente con mi profesionalidad y embelesarla con mis encantos; y en lugar de eso estaba a punto de lanzar una acusación gravísima contra su tripulación y sus invitados. Lo mínimo que podía hacer era aceptar el champán y poner buena cara.

Cogí la copa y di un pequeño sorbo mientras trataba de ordenar mis pensamientos. El champán, un poco amargo, me hizo estremecer, y estuve a punto de esbozar una mueca antes de darme cuenta de lo grosero que eso le parecería a Bullmer.

—Es que... no es fácil.

—Nilsson —me animó Bullmer—. Me ha preguntado si había hablado con él.

—Sí. Anoche tuve que llamarlo. Oí... ruidos, ruidos que venían del camarote contiguo al mío. El número diez —concreté, y entonces hice una pausa.

Richard me escuchaba, pero también los otros tres, y Lars con un ansia especial. Bueno, ya que no tenía alternativa, quizá pudiera aprovecharme de aquella situación. Recorrí el corro de caras con la mirada tratando de evaluar sus reacciones, en busca de algún rastro de nerviosismo o culpabilidad. Lars fruncía los labios, rojos y húmedos, escéptico, y Chloe abría mucho sus verdes ojos, que denotaban curiosidad sincera. Cole era el único que parecía preocupado.

—Palmgren, sí —dijo Bullmer. Fruncía el ceño y parecía no entender adónde quería yo llegar—. Creía que ese camarote estaba vacío. Solberg canceló, ¿no?

—Salí al balcón —dije, tomando carrerilla. Volví a mirar a los otros invitados—. Me asomé y allí no había nadie, pero vi sangre en la barandilla de vidrio.

—Madre mía —dijo Lars. Ahora sonreía sin disimulo, y ni siquiera intentaba ocultar su incredulidad—. Esto parece sacado de una novela.

¿Estaba tratando de desautorizar mi relato deliberadamente, de desconcertarme? ¿O ésa era sólo su actitud habitual? No habría sabido decirlo.

—Siga, siga —dijo Lars con algo parecido al sarcasmo—. Estoy en ascuas por saber cómo acaba esto.

—Su jefe de seguridad me dejó entrar —le dije a Richard con un poco más de decisión y soltura—. Pero el camarote estaba vacío. Y la sangre de la barandilla ya no...

Se oyó un tintineo, y luego una salpicadura, y me interrumpí. Todos nos dimos la vuelta y miramos a Cole, que sostenía algo por encima del borde del jacuzzi. Le sangraba la mano, y la sangre resbalaba de sus dedos y manchaba la madera clara del suelo.

—Creo que estoy bien —dijo, vacilante—. Lo siento, Richard, no sé qué he hecho, pero se me ha caído la copa de champán y...

Mantuvo en alto unos cuantos cristales manchados de sangre. Chloe tragó saliva y cerró los ojos.

—¡Uf! —Tenía la tez de un blanco verdoso—. Ay, Lars...

Richard dejó su copa y se levantó del jacuzzi, y su cuerpo casi desnudo humeó al entrar en contacto con el aire frío. Cogió un albornoz blanco del montón que había en el banco. Al principio no habló y se limitó a mirar como si nada la mano de Cole, que seguía derramando sangre sobre la cubierta, y luego le lanzó una mirada a Chloe, que parecía a punto de desmayarse. Entonces dio una serie de órdenes, como si fuera un cirujano dirigiendo a sus ayudantes en el quirófano.

—Cole, deja esos cristales, por favor. Voy a llamar a Ulla para que te cure. Lars, ayuda a Chloe a tumbarse, se ha quedado blanca como el papel. Si hace falta, dale un valium. Eva tiene las llaves del botiquín. Y usted, señorita Blacklock... —Se volvió hacia mí y se interrumpió; me pareció que escogía con mucho cuidado sus palabras mientras se ataba el cinturón del albornoz—. Señorita Blacklock, espéreme en el restaurante, por favor. Voy a solucionar esto, y luego quiero que me cuente todo lo que vio y oyó anoche.

20

Al cabo de una hora, entendía a la perfección por qué Richard Bullmer había llegado tan alto en la vida.

No se limitó a escuchar toda mi historia; me interrogó sobre cada detalle, me hizo concretar horas y pormenores, me sonsacó datos que yo ni siquiera creía saber, como la forma exacta de la mancha de sangre de la barandilla y el hecho de que, más que una salpicadura, fuera un borrón.

No llenó mis lagunas con especulaciones, ni intentó llevarme por un terreno en concreto, ni persuadirme sobre detalles de los que yo no estaba segura. Se limitó a hacerme una pregunta tras otra mientras tomaba sorbos de café solo, mirándome con sus ojos azules y brillantes: ¿A qué hora? ¿Cuánto rato? ¿Dónde? ¿Fuerte o flojo? ¿Qué aspecto tenía? Mientras hablaba, su acento coloquial, un poco forzado, desapareció, y asomó entonces la entonación circunspecta propia de los ex alumnos de Eton. Estaba absolutamente concentrado, dedicándole toda su atención a mi historia, y su semblante no delataba emoción alguna.

Si hubiera pasado alguien por la cubierta y hubiera mirado por la ventana, no habría tenido forma de saber que yo acababa de contarle algo que podía significar un duro golpe para su negocio, además de revelarle la posible presencia de un psicópata a bordo de aquel pequeño barco. A medida que desarrollaba mi relato, yo esperaba encontrar alguna resonancia de la consternación de Nilsson, o del corporativismo de las camareras; sin embargo, aunque observaba con mucha atención a Bullmer, no advertí ninguna de las dos cosas, ni rastro alguno de acusación o censura. A juzgar por la escasa emoción que él revelaba, podríamos haber estado tratando de resolver un crucigrama, y la verdad es que me impresionó su imperturbabilidad, aunque no estaba segura de cómo debía yo reaccionar ante ella. Enfrentarme al escepticismo y el disgusto de Nilsson no había sido nada agradable, pero al menos su reacción parecía humana. Con Bullmer, en cambio, no tenía ni idea de cuáles eran sus sentimientos. ¿Estaba furioso, asustado, o se limitaba a disimular muy bien? ¿De verdad tenía tanta sangre fría como aparentaba? A lo mejor, pensé mientras Bullmer me hacía repetir otra vez la conversación que había tenido con la chica, aquella sangre fría era sencillamente la característica necesaria para conseguir lo que él había conseguido: sobreponerse por sus propios medios a las dificultades y alcanzar una posición de la que dependen cientos de puestos de trabajo e inversiones de millones de libras.

Por fin, después de repasar mi narración y analizarla desde todos los ángulos, y cuando yo ya no tenía más detalles que aportar, Bullmer se quedó pensativo un momento, cabizbajo y con el ceño fruncido. Entonces le echó un vistazo al Rolex que llevaba en la bronceada muñeca y dijo:

—Gracias, señorita Blacklock. Me temo que de momento no podemos hacer nada más, y creo que el personal tiene que empezar a poner la mesa para la cena. Lo siento, comprendo que tiene que haber sido una experiencia angustiante y aterradora para usted. Si me lo permite, me gustaría hablar de lo ocurrido con Nilsson y con el capitán Larsen para asegurarme de que estamos haciendo todo lo que podemos, y seguramente nos veremos mañana a primera hora para decidir cómo proceder a continuación. Entretanto, espero que pueda relajarse lo suficiente para disfrutar de la cena, y del resto de la velada, a pesar de lo que ha sucedido.

—¿Cómo proceder? —pregunté—. Tengo entendido que nos dirigimos a Trondheim, pero ¿hay algún sitio más cerca donde podamos parar? Creo que debería informar de esto a la policía cuanto antes.

—Sí, es posible que haya algún puerto más cercano —confirmó Bullmer, poniéndose en pie—. Pero llegaremos a Trondheim mañana por la mañana, de modo que no creo que valga la pena cambiar de planes. Si paramos en algún otro sitio más pequeño en plena noche, tal vez resulte más difícil encontrar una comisaría. Pero hablaré con el capitán para saber cuál es la forma más apropiada de actuar. Tal vez la policía noruega no pueda intervenir si el incidente tuvo lugar en aguas británicas o internacionales. Es una cuestión de jurisdicción legal, ¿me explico?, no de su interés por investigar el caso. Así que dependerá.

—¿Y si es así? ¿Y si estábamos en aguas internacionales?

—Este barco lleva bandera de las islas Caimán. Tengo que hablar con el capitán para saber cómo podría afectar eso a la situación.

Noté un vacío en el estómago. Había leído informes de investigaciones llevadas a cabo en barcos con bandera de Bahamas y cosas parecidas: un único policía enviado desde la isla para realizar un informe somero y archivar el caso cuanto antes, y eso sólo cuando se tenía la certeza de que había desaparecido alguien. ¿Qué podía pasar en este caso si la única prueba que demostraba la existencia de la chica ya había desaparecido?

Sin embargo, me sentí mejor después de haber hablado con Bullmer. Al menos él parecía creerme, y se había tomado en serio mi historia, no como Nilsson. Antes de retirarse me tendió la mano, y cuando sus penetrantes ojos azules se clavaron en los míos, sonrió por primera vez. Era una sonrisa extrañamente asimétrica que le levantaba un lado de la cara más que el otro, pero lo favorecía y le daba un aire entre compasivo e irónico.

—Hay otra cosa que no le he dicho y que creo que debería saber —añadí de pronto.

Bullmer arqueó las cejas y bajó la mano.

—¿De qué se trata?

—Yo... —Tragué saliva.

No quería decírselo, pero Bullmer iba a hablar con Nilsson, y de todas formas se enteraría. Era mejor que se lo contara yo.

—Esa noche... la noche que pasó eso... yo había bebido. Y también tomo antidepresivos. Los tomo desde que tenía unos

veinticinco años. Tuve... una crisis. Y me parece que Nilsson...
—Volví a tragar saliva.

Bullmer arqueó las cejas un poco más.

—¿Insinúa que Nilsson puso en duda la veracidad de su historia porque usted se medica contra la depresión?

La franqueza de sus palabras me hizo estremecer, pero asentí con la cabeza.

—No de forma explícita, pero sí. Comentó que hay medicamentos que no se pueden mezclar con alcohol, y creo que pensó...

Bullmer no dijo nada, sólo me observó sin inmutarse, y mis palabras salieron en tropel, casi como si tratara de defender a Nilsson.

—Es que justo antes de venir a este crucero entraron a robar en mi casa. Un hombre... entró en mi piso y me atacó. Nilsson se enteró, y creo que eso lo llevó a pensar... bueno, no que me lo hubiera inventado, pero que... quizá exagerara un poco.

—Me avergüenza tremendamente que un miembro de la tripulación de este barco la haya hecho sentir así —dijo Bullmer. Me tomó una mano y me la apretó con fuerza—. Le ruego que me crea, señorita Blacklock: le doy toda la credibilidad a su relato.

—Gracias —dije.

Sin embargo, esa única palabra no expresaba mi alivio al saber que, por fin, alguien me creía. Y no cualquiera, sino Richard Bullmer, el propietario del *Aurora*. Si había alguien que pudiera resolver aquello era él.

De regreso a mi camarote, me froté los ojos, irritados de cansancio, y luego saqué el móvil del bolsillo para ver la hora. Casi las cinco. ¿Cómo podía haber pasado tan rápido el tiempo?

Abrí el correo electrónico sin pensar e intenté actualizarlo, pero aún no había conexión, y sentí una profunda inquietud. ¿No estaba durando muchísimo aquel corte? Debería habérselo mencionado a Bullmer, pero ya era demasiado tarde. Se había ido deslizándose por una de aquellas inquietantes salidas disimuladas detrás de una mampara, y supuse que iría a hablar con el capitán o a llamar a tierra por radio.

¿Y si Jude me había mandado un correo? O si me había llamado, aunque no creía que estuviéramos bastante cerca de la costa para que hubiera cobertura. ¿Seguiría pasando de mí? Durante un momento sentí sus manos en la espalda, mi cabeza apoyada en su pecho, el tacto de su camiseta tibia en mi mejilla, y lo añoré con una intensidad tan abrumadora que casi me derrumbé bajo su peso.

Al menos ya sabía que al día siguiente llegaríamos a Trondheim. Una vez allí, nadie podría impedir que tuviera acceso a internet.

—¡Lo! —me llamó una voz a mis espaldas.

Me di la vuelta y vi que Ben se acercaba por el estrecho pasillo. No era muy corpulento y, sin embargo, daba la impresión de ocupar por completo el espacio, como si, por un efecto de perspectiva como los de *Alicia en el país de las maravillas*, el pasillo pareciera encogerse hasta desaparecer, al tiempo que Ben crecía y crecía a medida que se iba acercando.

—Hola, Ben. —Intenté que el tono alegre de mi voz resultara convincente.

—¿Cómo ha ido? —Siguió andando a mi lado y avanzamos hacia nuestros camarotes—. ¿Has hablado con Bullmer?

—Sí, y me parece que ha ido bien. Al menos me cree.

No mencioné lo que había empezado a pensar nada más irse Richard: que no había llegado hasta donde había llegado a base de mostrar todas sus cartas. Yo había salido de nuestro encuentro mucho más tranquila, pero al repasar lo que habíamos hablado me di cuenta de que no me había prometido nada; es más, en realidad, no había dicho nada que, citado fuera de contexto, apoyara incondicionalmente mi historia. Había pronunciado muchos «si todo esto es cierto» y «si lo que usted dice...»; nada muy concreto, pensándolo bien.

—Me alegro —dijo Ben—. ¿Vamos a desviarnos de la ruta?

—No lo sé. Por lo visto opina que no se ganaría nada cambiándola ahora, y que sería mejor llegar a Trondheim lo antes posible, mañana por la mañana.

Ya estábamos delante de los camarotes, y saqué la tarjeta llavero del bolsillo.

—Bueno, espero que la cena no sea otro banquete de ocho platos como el de ayer —comenté, mientras abría la puerta—.

Me gustaría dormir lo suficiente para estar despejada y sonar coherente mañana, cuando hable con la policía de Trondheim.

—Entonces, ¿sigues con ese plan? —me preguntó Ben.

Apoyó una mano en el marco de la puerta, de modo que yo no podía ni marcharme ni cerrarla, aunque pensé que lo había hecho sin querer.

—Sí. Iré a la comisaría en cuanto atraquemos.

—¿No depende de lo que diga el capitán sobre la posición del barco?

—Es probable. Me parece que ahora mismo Bullmer está hablando de eso con él. Pero, sea como sea, quiero que quede constancia de lo que ha pasado, aunque la policía no pueda investigarlo.

Cuanto antes se registrase mi declaración en algún archivo oficial, más segura me sentiría.

—Claro —dijo Ben con naturalidad—. Bueno, pase lo que pase mañana, con la policía partes de cero. Cíñete a los hechos: sé clara y concisa y expón las cosas con frialdad, como has hecho con Bullmer. Te creerán. No tienes ningún motivo para mentir. —Bajó el brazo y dio un paso hacia atrás—. Si necesitas algo, ya sabes dónde estoy, ¿vale?

—Vale. —Sonreí, cansada.

Cuando estaba a punto de cerrar la puerta, él volvió a poner una mano en el marco, de modo que yo no podría haberla cerrado sin pillarle los dedos.

—Ah, casi me olvido —dijo como de pasada—. ¿Te has enterado de lo de Cole?

—¿Lo de la mano?

No había vuelto a pensar en ello, pero entonces me acordé y recuperé las imágenes, de una claridad asombrosa: el lento goteo de la sangre en el suelo de la cubierta, el rostro verdoso de Chloe.

—Pobre hombre. ¿Van a tener que darle puntos?

—No lo sé, pero no es sólo eso. Al tirar la copa, tiró también su cámara al jacuzzi. Está furioso, dice que no entiende cómo pudo dejarla tan cerca del borde.

—¿De verdad?

—Sí. Dice que supone que al objetivo no le pasará nada, pero que el cuerpo y la tarjeta SD se han jodido.

Noté que la habitación se movía un poco, como si todo se desenfocara y volviera a enfocarse, y de pronto me asaltó la imagen de la fotografía de la chica en aquella pequeña pantalla: una fotografía que seguramente se había perdido para siempre.

—Mujer, no pongas esa cara —dijo Ben riendo—. Seguro que está asegurada. Lo malo es que ha perdido un montón de fotos. En la comida nos las ha estado enseñando. Tenía algunas muy buenas. Había una muy bonita que te hizo a ti anoche, por cierto.

Se interrumpió y alargó una mano para tocarme la barbilla.

—¿Estás bien?

—Sí, sí.

Aparté la cara y luego intenté componer una sonrisa convincente.

—Es que... creo que nunca volveré a hacer un crucero. No es lo mío, de verdad. No sé: el mar, los espacios reducidos... Estoy deseando llegar a Trondheim.

El corazón me martilleaba en el pecho, y lo único que quería era que Ben apartara el brazo y se marchara. Necesitaba pensar. Necesitaba tranquilizarme y pensar.

—¿Te... importa?

Le señalé la mano, que seguía apoyada en el marco de la puerta, y Ben rió y se enderezó.

—¡Claro! Perdona, no debería entretenerte. Seguro que quieres arreglarte para la cena, ¿verdad?

—Exacto. —Mi voz sonó falsa y demasiado fuerte.

Ben apartó la mano, y yo, disculpándome con una sonrisa, entré y cerré la puerta.

Una vez dentro, eché el pestillo y me dejé caer hasta el suelo, con la espalda contra la puerta; acerqué las rodillas al pecho y apoyé en ellas la frente. Tenía los ojos cerrados, pero veía una imagen. A Chloe alargando la mano para coger su copa de champán, y el agua resbalándole por el brazo y mojando la cámara de Cole, que estaba en el suelo.

Era imposible que ni Cole ni nadie hubiera tirado la cámara dentro del jacuzzi, porque la cámara no estaba en el borde. Alguien había aprovechado el revuelo que habían provocado mis declaraciones y la copa rota, y había cogido la cámara del suelo y la había tirado al agua. Y yo no tenía forma de saber quién había sido. Podía haber pasado en cualquier momento, incluso después de que todos nos hubiéramos marchado de la cubierta. Podría haber sido cualquier invitado o miembro de la tripulación, o incluso el propio Cole.

Sentí que las paredes se me venían encima; noté un calor asfixiante y que me faltaba el aire, y comprendí que tenía que salir de allí.

En el balcón, vi que la bruma seguía envolviendo el barco, pero di grandes bocanadas de aire frío, y a medida que el aire me llenaba los pulmones, fui saliendo de mi estupor. Necesitaba pensar. Sentía que tenía todas las piezas del rompecabezas ante mí, y que si me esforzaba conseguiría unirlas. Lo malo era que me dolía muchísimo la cabeza.

Me incliné sobre la barandilla, como había hecho la noche anterior, y recordé aquel momento: el ruido de la puerta del balcón abriéndose sigilosamente, el fuerte chapuzón rompiendo el silencio, la mancha de sangre en el vidrio, y de pronto tuve la certeza absoluta de que no me lo había imaginado. No me había imaginado nada. Ni el rímel, ni la sangre, ni la cara de la chica del camarote número 10. Y, sobre todo, no me la había imaginado a ella. Y por eso, por ella, no podía tirar la toalla. Porque yo sabía qué significaba estar en su lugar: despertar en medio de la noche y ver que había alguien en tu habitación, y saber que iba a pasar algo horrible y que no podrías hacer nada para impedirlo.

De pronto sentí un frío muy intenso, desproporcionado para el mes de septiembre, y me acordé de que estábamos muy al norte, casi en el círculo polar ártico. Temblaba sin control. Saqué el teléfono del bolsillo y volví a mirar si tenía cobertura, sosteniéndolo tan alto como podía, como si así fuera a mejorar la señal, pero no apareció ni una sola raya del icono.

Un día. Al día siguiente llegaríamos a Trondheim, y, pasara lo que pasase, pensaba desembarcar y acudir enseguida a la comisaría de policía más cercana.

21

Esa noche, mientras me maquillaba para ir a cenar, tenía la impresión de estar aplicándome pintura de guerra, pintando, capa tras capa, una máscara de calma y serenidad que me permitiría sobrellevar aquel trance.

Una parte de mí (una buena parte de mí) quería acurrucarse debajo del edredón. La idea de charlar sobre temas triviales con un grupo de personas entre las que podía haber un asesino, o ingerir la comida servida por alguien que la noche anterior podía haber matado a una mujer, era aterradora y absolutamente surrealista.

Sin embargo, otra parte más obstinada se negaba a rendirse. Mientras me aplicaba ante el espejo del cuarto de baño el rímel que me había prestado Chloe, me sorprendí escudriñando mi reflejo en busca de la chica rabiosa e idealista que, quince años atrás, había empezado la carrera de periodismo, y recordando mis sueños de dedicarme al periodismo de investigación y cambiar el mundo. En lugar de eso, había acabado escribiendo sobre viajes en *Velocity* para pagar las facturas y, casi a mi pesar, el trabajo había empezado a gustarme: incluso habían comenzado a atraerme los beneficios extras y había empezado a fantasear con parecerme a Rowan y dirigir mi propia revista. Eso no era nada malo: no me avergonzaba de lo que escribía; había aceptado el empleo que había encontrado, como hacía la mayoría de la gente, y había intentado desempeñarlo de la mejor manera posible. Pero ¿cómo podía mirar a los ojos a la chica del espejo si no tenía valor para salir allí fuera e investigar una historia que se estaba desarrollando delante de mis narices?

Pensé en todas las mujeres a las que había admirado, mujeres que escribían desde zonas de guerra repartidas por todo el mundo, que habían denunciado regímenes corruptos, que habían ido a la cárcel por proteger a sus fuentes, que habían arriesgado la vida para descubrir la verdad. No me imaginaba a Martha Gellhorn obedeciendo la orden de «no te metas», ni a Kate Adie escondiéndose en una habitación de hotel porque la asustaba lo que pudiera encontrar fuera.

«NO TE METAS.» Las letras que había visto en el espejo estaban grabadas en mis retinas. Mientras acababa de maquillarme aplicándome un poco de brillo de labios, eché el aliento en el espejo y escribí una palabra en la película de vaho que tapaba mi reflejo: «NO.»

Además, mientras salía del cuarto de baño, cerraba la puerta y me ponía los zapatos de vestir, otra parte de mí, más pequeña y más egoísta, me susurró que me sentiría más segura si estaba acompañada. Nadie podría hacerme daño en una sala llena de testigos.

Estaba acabando de ponerme bien el vestido cuando llamaron a la puerta.

—¿Quién es? —pregunté.

—Soy Karla, señorita Blacklock.

Abrí la puerta. Karla estaba fuera, sonriendo con aire de sorpresa y ligero nerviosismo.

—Buenas noches, señorita Blacklock. Sólo quería recordarle que la cena se servirá dentro de diez minutos, y que, si lo desea, antes puede pasar por el salón Lindgren, donde se está ofreciendo un cóctel.

—Gracias —dije.

Y cuando ella ya se disponía a marcharse, casi instintivamente añadí:

—¿Karla?

—¿Sí?

Se dio la vuelta; tenía las cejas arqueadas, lo que daba a su rostro redondeado una expresión que rayaba en la alarma.

—¿Necesita algo más?

—Bueno, no. Es que... —Inspiré hondo; no sabía cómo expresarlo—. Esta mañana, cuando hemos hablado en la cubierta de tripulación, he tenido la impresión de que a lo mejor había algo más que te habría gustado contarme. De que a lo mejor no querías hablar delante de la señorita Lidman. Sólo quería decirte que mañana voy a ir a Trondheim a contarle a la policía lo que vi, y que si hay algo, cualquier cosa, que quieras decirme, ahora sería un buen momento. Yo no tendría que revelar mi fuente de información. —Volví a pensar en Martha Gellhorn y Kate Adie, y en el tipo de periodista en el que siempre había soñado convertirme—. Soy periodista —añadí, adoptando el tono más convincente que pude—. Ya lo sabes. Los periodistas protegemos a nuestras fuentes, forma parte del trato.

Karla se limitó a retorcerse los dedos y no dijo nada.

—Karla...

Durante un instante creí ver lágrimas en sus ojos azules, pero ella pestañeó y desaparecieron.

—Yo no... —dijo, y luego masculló algo en su idioma.

—No pasa nada —la animé—. Puedes contármelo. Te prometo que quedará entre tú y yo. ¿Le temes a alguien?

—No, no es eso —contestó, compungida—. Estoy triste por usted. Johann dice que se lo ha inventado, que es una... ¿Cómo se dice? Paranoica, y que... se inventa historias para ser el centro de atención. Pero yo no lo creo. A mí me parece una buena persona y que cree que lo que dice es cierto. Pero nosotros necesitamos conservar nuestro empleo, señorita Blacklock. Si la policía confirma que ha pasado algo malo en este barco, nadie querrá viajar con nosotros, y quizá no sea fácil encontrar otro empleo. Yo necesito este dinero, tengo un hijo pequeño, Erik, que está en casa con mi madre, y ella depende del dinero que le envío. Que alguien haya permitido que una amiga suya utilice un camarote vacío, por ejemplo... eso no significa que la hayan asesinado, ¿no?

Se dio la vuelta.

—Espera un momento. —Alargué una mano hacia su brazo para detenerla—. ¿Qué insinúas? ¿Había una chica allí dentro? ¿Alguien la dejó entrar a escondidas?

—Yo no digo nada. —Se soltó—. Lo único que le pido es que, por favor, señorita Blacklock, si no ha pasado nada, no complique las cosas.

Y entonces echó a correr por el pasillo, introdujo el código en la puerta de servicio y desapareció.

Camino del salón Lindgren, fui repasando la conversación que acababa de tener con Karla y tratando de entender qué significaba. ¿Habría visto a alguien en el camarote, o sospechado que había alguien dentro? ¿O sólo se debatía entre su simpatía por mí y el temor a lo que podía pasar si lo que yo decía resultaba ser cierto?

Antes de entrar en el salón miré con disimulo mi teléfono, con la vana esperanza de que ya estuviéramos lo bastante cerca de la costa para que hubiera cobertura, pero seguíamos sin señal. Estaba guardándomelo de nuevo en el bolso cuando se me acercó Camilla Lidman.

—¿Quiere que se lo guarde, señorita Blacklock? —me preguntó indicando mi bolso.

—No, gracias.

Mi teléfono estaba configurado para pitar cuando se conectara a alguna red. Si emitía la señal, quería tenerlo cerca para poder actuar cuanto antes.

—Muy bien. ¿Puedo ofrecerle una flauta de champán?

Señaló la bandeja que había encima de la mesita, junto a la entrada, y yo asentí y cogí una. Sabía que debía mantenerme sobria y pensar en lo que me esperaba al día siguiente, pero una copa de champán no podía hacerme daño.

—Aprovecho para informarle, señorita Blacklock —continuó—, de que la charla sobre las Luces del Norte programada para esta noche se ha cancelado.

Me quedé mirándola, atónita, y me di cuenta de que otra vez se me había olvidado leer el programa.

—Iba a tener lugar una presentación sobre las Luces del Norte después de la cena —me explicó al ver mi gesto de sorpresa—. Una charla de lord Bullmer acompañada de las fotografías del señor Lederer, pero por desgracia lord Bullmer ha tenido que ocuparse de una emergencia y el señor Lederer se ha lastimado la mano, así que la hemos aplazado hasta mañana, cuando el grupo regrese de Trondheim.

Volví a asentir y recorrí la sala con la mirada para ver quién más faltaba.

Como acababa de comunicarme Camilla, no estaban ni Bullmer ni Cole. Tampoco vi a Chloe, y cuando le pregunté a Lars por ella, me dijo que no se encontraba bien y que se había quedado en su camarote. Anne sí estaba, aunque la vi muy pálida, y cuando se le resbaló la túnica tras llevarse la copa a los labios, me percaté de que tenía un moratón en la clavícula. Se dio cuenta de que lo había visto y de que había desviado rápidamente la mirada, y soltó una risa tímida.

—Ya lo sé, es horrible, ¿verdad? Resbalé en la ducha, pero es que ahora enseguida me salen cardenales, parece peor de lo que es en realidad. Es otro efecto secundario de la quimioterapia.

Cuando fuimos a ocupar nuestros asientos, Ben me señaló la silla que tenía a su lado, enfrente de Archer, pero fingí que no lo había visto y me senté en la primera silla que encontré, al lado de Owen White. Él estaba soltándole un largo discurso a Tina sobre sus intereses financieros y su papel en la sociedad de inversión para la que trabajaba. Con un oído escuchaba su conversación y, con el otro, las del resto de la mesa. Al cabo de un momento me di cuenta de que habían cambiado de tema y de que Owen le hablaba a Tina en voz baja, como si no quisiera que los demás lo oyeran.

—...no, si le soy sincero —iba diciéndole—. No estoy seguro de que las condiciones sean las idóneas: es un nicho de inversión muy específico. Pero supongo que Bullmer no tendrá ningún problema en encontrar inversores. Y, además, él dispone de sus propios recursos o, mejor dicho, Anne dispone de ellos, así que puede permitirse esperar a que suba a bordo la persona adecuada. Es una pena que Solberg no haya podido venir, porque esto encaja muy bien con su ámbito de actuación.

Tina asintió, y entonces pasaron a hablar de otros temas: destinos de vacaciones en los que ambos habían estado, la composición de los cubos de gelatina verde fosforescente del plato que acababan de servirnos, flanqueados por unos montoncitos de algo que pensé que podían ser algas. Paseé la mirada por el comedor. Archer le decía algo a Ben y reía a carcajadas. Parecía borracho; ya llevaba la pajarita torcida. Anne, sentada a la misma mesa, hablaba con Lars. No había ni rastro de las lágrimas que yo había visto en sus mejillas aquella tarde, pero aprecié cierta angustia en su expresión, y su sonrisa, mientras asentía a algo que le decía Lars, me pareció forzada.

—¿Cavilando sobre nuestra anfitriona? —oí que decían en voz baja desde el otro lado de la mesa, y al volverme vi a Alexander tomando un sorbo de su copa—. Es todo un enigma, ¿verdad? Parece tan frágil, y sin embargo dicen que es el poder oculto detrás del trono de Richard. El puño de hierro bajo el guante de seda, podríamos decir. Supongo que tener tanto dinero desde una edad a la que la mayoría de los niños todavía comen papilla fortalece el carácter.

—¿La conoce mucho? —pregunté.

—No, no la conozco —respondió Alexander—. Richard se pasa la vida volando, pero ella casi nunca sale de Noruega. Para mí es inconcebible; como sabe, vivo para viajar, y no me explico que alguien pueda confinarse en un país tan pequeño e insignificante como Noruega teniendo a su disposición todas las grandes capitales del mundo y sus restaurantes. ¡Renunciar a probar las esferificaciones de El Bulli, o la espectacular fusión de culturas del Gaggan de Bangkok! Me imagino que debe de ser una reacción contra la educación que recibió. Creo que sus padres murieron en un accidente de avión cuando ella tenía ocho o nueve años, y luego sus abuelos la pasearon por todos los internados de Europa. Supongo que si has pasado la infancia así, de mayor decides hacer todo lo contrario.

Cogió el tenedor, y nos disponíamos a empezar a comer cuando oímos un ruido cerca de la puerta; alcé la mirada y vi a Cole, que venía hacia la mesa con andares vacilantes.

—¡Señor Lederer! —lo saludó una camarera, que se apresuró a coger una silla para añadirla a nuestra mesa—. Señorita Blacklock, le importa que...

214

Me desplacé un poco, y ella puso la silla en la cabecera de la mesa para Cole, que se dejó caer con pesadez en ella. Llevaba una mano vendada y daba la impresión de haber bebido.

—No, no tomaré champán —le dijo a Hanni, que se le había acercado con una bandeja—. Prefiero un whisky.

Hanni asintió y se marchó presurosa, y Cole se recostó en la silla y se pasó una mano por la cara sin afeitar.

—Siento lo de tu cámara —dije con cautela.

Él arrugó el ceño, y comprendí que ya estaba muy borracho.

—Es una puta pesadilla —dijo—. Y lo peor es que es culpa mía. Debería haber hecho copias.

—¿Se han perdido todas las fotos? —pregunté.

—Ni idea —contestó, encogiéndose de hombros—. Pero supongo que sí. Conozco a un tipo en Londres que a lo mejor consigue salvar algo, pero he probado la tarjeta en el ordenador y ni siquiera la lee.

—Lo siento mucho. —El corazón me latía muy deprisa. No estaba segura de que fuera muy sensato, pero supuse que ya no tenía nada que perder, así que añadí—: ¿Sólo tenías fotografías de este viaje? Porque cuando nos las enseñaste me pareció ver alguna de otro sitio.

—Ah, sí, es que iba alternando las tarjetas. Por eso, en ésa había unas cuantas fotos que tomé hace un par de semanas en el Magellan.

Conocía el Magellan, un club muy exclusivo de Piccadilly, sólo para hombres, fundado como lugar de reunión para diplomáticos y lo que el club describía como «viajeros distinguidos». Las mujeres no podían ser socias, pero estaba permitido llevar a invitadas, y yo había ido en lugar de Rowan a un par de actos celebrados allí.

—¿Eres socio? —pregunté.

—Qué va —dijo riendo—. No es nada de mi estilo. No me haría socio aunque me aceptaran, cosa que me extrañaría mucho. Cualquier sitio donde no me dejen entrar con vaqueros es demasiado estirado para mi gusto. Prefiero mil veces el Frontline. Pero Alexander sí es socio. Y creo que Bullmer también. Ya sabes cómo funciona eso: tienes que ser un pijo o estar podrido de pasta, y, afortunadamente, yo no encajo en ninguna de esas dos categorías.

Su última frase coincidió con una pausa en el resto de las conversaciones, y la dijo en voz muy alta y arrastrando las palabras; vi que algunas cabezas se volvían, y Anne le lanzó una mirada a la camarera y le hizo una señal que sin duda venía a decir: «Sírvele la comida antes que el whisky.»

—Y entonces, ¿qué hacías allí? —pregunté sin subir mucho la voz, como si pretendiera moderar el volumen de la suya por ósmosis.

—Unas fotos para *Harper's.*

Le llevaron el plato, y empezó a pinchar la comida al azar y a engullir aquellos bocados de frágil arquitectura sin saborearlos siquiera.

—Creo que era no sé qué lanzamiento. No me acuerdo ¡Joder! —Se miró la mano vendada, con la que le costaba sujetar el tenedor—. Me hace un daño del copón. Mañana no pienso ir a ver la catedral de Trondheim, iré al médico a que me miren esto y a que me den unos analgésicos como Dios manda.

Después de cenar nos llevamos el café al salón contiguo, y acabé sentada al lado de Owen White; ambos contemplábamos la niebla por la ventana alargada. Él me saludó educadamente con una cabezada, pero no parecía tener ninguna prisa por iniciar una conversación. Intenté pensar qué haría Rowan en mi situación. ¿Cautivarlo? ¿O no hacerle caso e ir a hablar con alguien que pudiera serle más útil a *Velocity*? ¿Con Archer, por ejemplo?

Miré por encima del hombro a Archer y vi que estaba borrachísimo y que había acorralado a Hanni en un rincón; ella tenía la espalda contra la ventana, y él, tan corpulento, le cerraba el paso sin ninguna dificultad. Hanni tenía una cafetera en una mano, y sonreía con educación pero con cierto recelo. Dijo algo y señaló la cafetera, sin duda utilizándola como excusa para marcharse, pero él rió y le rodeó los hombros con su grueso brazo, con un aire entre jocoso y posesivo que me puso la piel de gallina.

Hanni dijo algo más que no alcancé a oír, y entonces se escabulló de él con astucia. Durante un momento, el rostro de Archer reflejó una mezcla de cólera y estupidez, pero entonces se repuso y fue a hablar con Ben.

Me volví hacia Owen White y suspiré, pero sin saber si era un suspiro de alivio por Hanni o de renuencia a tratar con gente grosera, aunque fuera por el bien de mi carrera.

Owen, en cambio, me tranquilizaba: parecía inofensivo, si bien me di cuenta, mientras observaba con disimulo su perfil reflejado en el cristal de la ventana, opaco por el efecto de la niebla, de que en realidad no tenía ni idea de si podía o no servirle de algo a *Velocity*. Ben me había dicho que era inversor, pero White se había mostrado tan reservado en lo que llevábamos de viaje que yo no tenía una idea clara de a qué se dedicaba. Quizá fuera el ángel inversor perfecto para el grupo, en el caso de que algún día el propietario de *Velocity* decidiera dedicarse a otro ámbito más lucrativo. Fuera como fuese, no me apetecía ir hasta el otro extremo de la sala.

—Esto... —dije, cohibida— me parece que no nos han presentado formalmente. Me llamo Laura Blacklock. Soy periodista de viajes.

—Owen White —se limitó a decir él, pero su tono no expresaba rechazo; me dio la impresión de que en realidad era un hombre de pocas palabras.

Me tendió la mano, y yo se la estreché con torpeza con la izquierda, en la que sostenía un pastelillo, pues me pareció menos arriesgado que hacerlo con la derecha, en la que tenía una taza de café caliente.

—Dígame, ¿qué lo trae al *Aurora*, señor White?

—Trabajo para un grupo inversor —me contestó, y tomó un buen sorbo de café—. Creo que Bullmer confiaba en que yo pudiera recomendar el *Aurora* como oportunidad inversora.

—Pero... a juzgar por lo que estaba diciéndole a Tina, ¿no lo hará? —dije con cautela.

Me pregunté si sería de mala educación admitir que había escuchado una conversación ajena, aunque no hubiera podido hacer nada para evitarlo. Él asintió, y no me pareció que se hubiera ofendido.

—Así es. Debo reconocer que en realidad no es mi especialidad, pero me halagó que me lo pidieran, y soy demasiado sobornable para desaprovechar la ocasión de hacer un crucero gratis. Como le decía antes a Tina, es una pena que Solberg no haya podido venir.

—Se suponía que tenía que ocupar el camarote número diez, ¿verdad? —pregunté.

Owen White asintió. De pronto reparé en que no estaba muy segura de quién era el ausente Solberg, ni de por qué no había venido.

—¿Usted lo... conoce? Me refiero a Solberg.

—Sí, lo conozco bastante. Nos dedicamos a lo mismo. Él tiene su base en Noruega, mientras que mi oficina central está en Londres, pero nos movemos en un mundo muy pequeño. Acabas conociendo a todos tus competidores. Me imagino que en el periodismo de viajes debe de pasar lo mismo.

Sonrió y se metió un pastelillo en la boca, y yo sonreí también para corroborar su comentario.

—Entonces, si esto encaja más en la especialidad de Solberg, ¿por qué no ha venido? —pregunté.

Owen White no respondió, y al principio creí que había ido demasiado lejos, que había sido demasiado directa, pero entonces él tragó, y me di cuenta de que lo único que pasaba era que tenía problemas con su pastelillo.

—Es que le entraron a robar —dijo con la boca llena, y volvió a tragar—. En su casa, creo. Se llevaron su pasaporte, pero me parece que ésa sólo es una de las razones por las que no ha venido. Tengo entendido que su mujer y sus hijos estaban en casa y sufrieron una conmoción considerable. Y digan lo que digan de las empresas escandinavas... —hizo otra pausa y volvió a tragar, esta vez con verdadero heroísmo— saben poner a la familia por delante del trabajo. Dios mío, le aconsejo que no pruebe el *nougat* a menos que tenga una dentadura excelente, creo que a mí se me ha soltado un empaste.

—¡No te habrás comido un *nougat*! —exclamó una voz a mis espaldas, mientras yo intentaba procesar lo que acababa de oír.

Me volví y vi que Alexander venía hacia nosotros.

—Owen, no me digas que te has comido un *nougat*.

—Sí. —Owen dio un sorbo de café y se lo paseó por la boca al tiempo que hacía una mueca—. Y créeme: me arrepiento.

—Esas cosas deberían llevar una advertencia sobre la salud dental, como mínimo. ¡Mire! —añadió, señalándome—. Lo que hace falta es un artículo de investigación: las revelaciones de *Velocity* sobre las turbias relaciones de Richard Bullmer con la industria de la cosmética dental. Entre esto y el otro incidente, supongo que los futuros pasajeros de este crucero lo tendrán muy difícil para conseguir un seguro médico, ¿no le parece?

—¿El otro incidente? —salté.

Y traté de recordar qué le había contado a Alexander. Estaba segura de que a él no le había revelado todos los pormenores del accidente. ¿Le habría contado Lars la conversación que habíamos tenido en el jacuzzi?

—¿A qué otro incidente se refiere?

—¿Cómo? —Alexander abrió exageradamente los ojos, muy teatral—. Pues a la mano de Cole, ¿a qué quiere que me refiera?

Después del café, el grupo empezó a dispersarse. Owen desapareció con discreción, sin despedirse, mientras que Lars se despidió a lo grande, haciendo un chiste sobre Chloe. Bullmer seguía sin aparecer, igual que Anne.

—¿Vienes al bar a tomar algo? —me propuso Tina, mientras yo dejaba mi taza vacía en una mesita—. Alexander va a tocar algo en el piano de media cola.

—Pues... no sé —dije.

Todavía estaba dándole vueltas al comentario que había hecho Owen White mientras tomábamos café sobre el robo del que había sido víctima Solberg. ¿Qué podía significar?

—Creo que voy a acostarme.

—¿Y tú, Ben? —dijo Tina, persuasiva.

Ben me miró.

—No sé. ¿Quieres que te acompañe a tu camarote, Lo?

—No hace falta, gracias —contesté.

Me di la vuelta y me marché. Aún no había llegado a la puerta cuando una mano me cogió la muñeca. Era Ben.

—Oye —me dijo en voz baja—. ¿Qué ocurre?

—Ben... —Miré más allá de él, a los otros invitados, que reían y charlaban ajenos a todo mientras las camareras recogían—. No hagamos un numerito. No ocurre nada.

—Entonces, ¿por qué has estado tan rara durante la cena? Has visto que te había guardado sitio y has pasado totalmente de mí.

—No pasa nada.

Notaba una dolorosa presión en las sienes, como si la rabia que llevaba conteniendo toda la noche estuviera pasándome factura.

—No te creo. Venga, Lo, suéltalo ya.

—Me mentiste —le espeté con un susurro furioso, antes de pararme a pensar si era una acusación sensata.

Ben se quedó de piedra.

—¿Qué dices? ¡No es verdad!

—¿Seguro? Entonces, ¿no saliste del camarote para nada mientras jugabais al póquer?

—¡No!

En ese momento fue él quien miró por encima del hombro a los otros invitados. Tina nos observaba; Ben se volvió y, bajando la voz, añadió:

—No, no salí. ¡Bueno, espera! Salí un momento a buscar la cartera. Pero eso no es mentirte.

—¿Ah, no? Dijiste categóricamente que nadie había salido del camarote. Y luego me entero por Cole de que no sólo saliste tú, sino que podría haber salido cualquiera mientras tú no estabas allí.

—Pero eso es diferente —masculló—. Mira, no sé cuándo salí, pero fue al principio de la noche, y no a la hora de la que tú hablabas.

—Entonces, ¿qué necesidad tenías de mentirme?

—¡No te mentí! Es que ni lo pensé. Joder, Lo...

No lo dejé terminar. Me solté de la mano con la que me agarraba la muñeca, salí a toda prisa por la puerta que daba al pasillo y lo dejé allí plantado, mirándome boquiabierto.

Estaba tan ocupada pensando en Ben que, al doblar la esquina, choqué contra alguien. Era Anne. Estaba apoyada en la pared, como armándose de valor para algo, aunque no habría sabido decir si para volver a la fiesta o para llegar hasta su camarote. Parecía sumamente cansada, tenía la tez grisácea y los cercos alrededor de los ojos se le veían más oscuros que nunca.

—¡Ay, lo siento! —me disculpé, y entonces, al acordarme del cardenal que tenía en la clavícula, añadí—: No le habré hecho daño, ¿verdad?

Me sonrió, y aparecieron unas finas arrugas alrededor de su boca, pero la sonrisa no llegó a sus ojos.

—Estoy bien, sólo algo cansada. A veces... —Tragó saliva y se le quebró un poco la voz, con lo que su acento dejó de sonar tan pijo—. A veces se me hace todo una montaña. No sé si me explico... Es agotador.

—Claro —dije, comprensiva.

—Si me disculpa, voy a acostarme —dijo.

Yo asentí y me di la vuelta para encaminarme hacia la escalera que llevaba a los camarotes de popa.

Estaba llegando a la puerta de mi suite cuando oí una voz furiosa detrás de mí.

—¡Lo! Espera, Lo, no puedes hacer acusaciones tan graves y marcharte como si nada.

Mierda: era Ben. Estuve tentada de colarme en mi camarote y cerrarle la puerta en las narices, pero me obligué a darme la vuelta y encararlo. Me quedé con la espalda contra la pared de madera.

—No he hecho ninguna acusación. Sólo he repetido lo que me han contado.

—¡Perdona, pero has insinuado que sospechas de mí! ¡Lo, nos conocemos desde hace más de diez años! ¿No te das cuenta de lo mal que me ha sentado que me acuses de mentirte?

Parecía dolido de verdad, pero me negué a ablandarme. Cuando estábamos juntos, aquélla había sido la táctica favorita de Ben: desviar la discusión sobre cualquier cosa que me hubiera molestado hacia el hecho de que había herido sus sentimientos y me había comportado de forma irracional. Una y otra vez, acababa pidiéndole perdón por haberlo molestado, y mis sentimientos quedaban en segundo plano; y siempre, de paso, terminábamos olvidándonos del motivo que había provocado el desacuerdo. No pensaba volver a caer en lo mismo.

—No he dicho nada que deba sentarte mal —dije, controlando mi tono de voz—. Sólo expongo unos hechos.

—¿Hechos? ¡No seas ridícula!

—¿Ridícula? —Me crucé de brazos—. ¿Qué quieres decir?

—Pues que estás paranoica —dijo, acalorado—. ¡Ves peligros por todas partes! A lo mejor Nilsson... —se interrumpió.

Apreté con fuerza mi delicado bolsito de noche, y noté el bulto del teléfono bajo las resbaladizas lentejuelas.

—Continúa. A lo mejor Nilsson... ¿qué?

—Nada.

—¿A lo mejor Nilsson tenía razón? ¿A lo mejor me imagino cosas?

—Yo no he dicho eso.

—Pero es lo que estás insinuando, ¿no?

—Sólo te pido que des un paso atrás y te mires, Lo. Que mires esto de forma objetiva, quiero decir.

Hice un esfuerzo para controlar mi mal genio y sonreí.

—Ya soy objetiva. Pero no te preocupes: con mucho gusto daré un paso atrás.

Y dicho eso, abrí la puerta de mi camarote, entré y le di con ella en las narices.

—¡Lo! —le oí gritar, y luego aporreó la puerta. Silencio, y luego otra vez—: ¡Lo!

No contesté. Eché el pestillo y puse la cadenilla. Por aquella puerta no iba a entrar nadie si no era derribándola. Y mucho menos Ben Howard.

—¡Lo! —Volvió a golpear con los puños—. ¿Quieres hacer el favor de hablarme, Lo? Esto se te está yendo de las manos. Al menos, dime qué piensas contarle a la policía mañana. —Hizo una pausa para darme tiempo a contestar—. ¿Me estás escuchando, o ni eso?

No le hice caso. Tiré el bolso encima de la cama, me quité el vestido de noche y entré en el cuarto de baño. Cerré la puerta y abrí los grifos de la bañera para no oír la voz de Ben. Cuando por fin me sumergí en el agua caliente y cerré los grifos, lo único que oía era el débil murmullo del ventilador del extractor. Di gracias a Dios. Ben debía de haber desistido.

Me había dejado el móvil en el dormitorio, de modo que no sabía qué hora era cuando salí de la bañera, pero tenía las yemas de los dedos arrugadas y estaba adormilada; sin embargo, era una sensación agradable, distinta de aquel agotamiento mezclado con nerviosismo de los últimos días. Mientras me lavaba los dientes, me secaba el pelo y me envolvía con el albornoz blanco, pensaba en lo bien que iba a dormir esa noche, y en el relato lógico y cuidadosamente ensayado que iba a hacer ante la policía al día siguiente.

Y luego... Dios, casi me mareé de alivio al pensarlo. Entonces cogería un autocar, o un tren, o cualquier otro medio de transporte que hubiera disponible en Trondheim, y me dirigiría al aeropuerto más cercano, donde tomaría un avión para volver a mi casa.

Abrí la puerta del cuarto de baño y contuve la respiración, temiendo que volvieran a empezar los gritos y los porrazos de Ben, pero no oí nada. Más tranquila, fui hasta la puerta sin hacer ruido, caminando descalza por la tupida moqueta de color claro, y, tras levantar la tapita de la mirilla, eché un vistazo. No había nadie. Al menos, nadie a quien yo pudiera ver, pues a pesar de la lente de ojo de pez, sólo veía una parte del pasillo. O Ben estaba tumbado en el suelo justo delante de la puerta o se había marchado.

Suspiré y cogí el bolso de noche que había dejado encima de la cama para consultar la hora en el teléfono y poner la alarma para el día siguiente. No pensaba esperar a que me despertara Karla: quería estar levantada y bajar del barco lo antes posible.

Pero mi teléfono no estaba en el bolso.

Lo puse boca abajo y lo sacudí, pero no sirvió de nada: era un bolso de noche, pequeño y ligero, y era imposible que un objeto más pesado que una postal hubiera quedado escondido en su interior. Tampoco estaba encima de la cama. ¿Se me habría caído al suelo?

Intenté no ponerme nerviosa y pensar.

Podía habérmelo dejado encima de la mesa, en el comedor, pero no lo había sacado, y además recordaba a la perfección haberlo notado dentro del bolso mientras discutía con Ben. Y habría echado en falta su peso cuando había tirado el bolso encima de la cama.

Miré en el cuarto de baño, por si me lo había llevado allí sin darme cuenta, pero tampoco estaba.

Empecé a buscar más minuciosamente: tiré el edredón al suelo, aparté la cama hacia un lado... Y entonces fue cuando la vi.

Había una huella, una huella húmeda, en la moqueta, al lado de la puerta del balcón.

Me quedé paralizada.

¿La habría dejado yo al salir de la bañera?

Sabía que era imposible. Me había secado los pies en el cuarto de baño y no me había acercado para nada a aquella ventana. Fui hasta allí, me agaché para tocar la forma fría y húmeda con la yema de los dedos y comprobé que era la huella de un zapato. Se apreciaba la forma del talón.

Sólo había una posibilidad.

Me levanté, abrí la puerta corredera y salí al balcón. Me incliné sobre la barandilla y miré hacia el balcón vacío que había a la izquierda del mío. La mampara de vidrio esmerilado que separaba los dos balcones era muy alta, y lisa, pero si te lo proponías (si no tenías miedo a la altura ni te importaba el riesgo de resbalar y morir ahogado) podías saltarla.

Temblaba de forma compulsiva, porque el albornoz no podía protegerme del frío viento del mar del Norte, pero había una cosa más que debía intentar, aunque si resultaba que estaba equivocada iba a lamentarlo mucho y a sentirme muy estúpida.

Con cuidado, deslicé la puerta del balcón y dejé que se cerrara.

Entonces intenté abrirla. Y se abrió, suave como la seda.

Entré y repetí la operación, y entonces comprobé el pestillo. Tal como sospechaba, no había manera de cerrar la puerta del balcón para impedir que alguien entrara desde fuera. En realidad, ahora que lo pensaba, parecía lógico. Los únicos que podían estar en el balcón eran los ocupantes del camarote. No podían arriesgarse a que, por accidente, alguien se quedara encerrado fuera con mal tiempo, sin poder entrar y dar la alarma, o a que un niño dejara a su padre o su madre allí fuera en un momento de rebeldía y que luego no supiera abrir el pestillo.

Además, ¿qué peligro podía haber? El balcón daba al mar: era imposible acceder a él desde el exterior.

Pero sí: existía una posibilidad. Si eras muy temerario y muy estúpido. Ahora lo entendía. Ni todos los cerrojos, ni los pestillos, ni los letreros de «NO MOLESTAR» del mundo servirían de nada si la galería ofrecía una ruta fácil a cualquiera que tuviera acceso al camarote vacío y suficiente fuerza en el tren superior para pasar al otro lado.

En mi camarote no estaba segura. Nunca lo había estado.

Ya dentro de la suite, me puse los vaqueros, las botas y mi sudadera con capucha favorita. Entonces comprobé el pestillo de la puerta del camarote y me acurruqué en el sofá, abrazada a un almohadón.

Sabía que ya no podría dormir.

Cualquiera podía entrar en el camarote vacío. Y, desde allí, sólo había que trepar a la mampara de vidrio que separaba los dos balcones y entrar en el mío. Cualquier miembro de la tripulación podía abrir el camarote vacío con su tarjeta maestra. Y en cuanto a los invitados...

Pensé en la distribución de los camarotes. A mi derecha estaba el de Archer, ex marine, con un torso poderoso que me hizo estremecer cuando lo recordé. Y a mi izquierda... A mi izquierda estaba el camarote vacío, y el siguiente era el de Ben Howard.

Ben. Que había puesto en duda mi historia, deliberadamente, cuando Nilsson había ido a hablar con él.

Ben, que me había mentido respecto a su coartada.

Y que se había enterado de lo de las fotografías de la cámara de Cole antes que yo. Recordé sus palabras como si pertenecieran a un sueño: «En la comida nos las ha estado enseñando. Tenía algunas muy buenas...»

Ben Howard. El único pasajero de aquel barco en quien yo creía que podía confiar. Pensé en el teléfono y en lo imprudente que había sido robármelo mientras yo estaba en la bañera. Había arriesgado mucho para llevárselo, y la pregunta era: ¿por qué? ¿Por qué ahora? Pero creía saberlo.

La respuesta era Trondheim. Mientras en el barco no hubiera conexión a internet, el autor del crimen no tenía nada que temer. Para llamar por teléfono, tendría que haber hablado primero con Camilla Lidman. Pero una vez que empezáramos a acercarnos más a la costa...

Abracé el almohadón contra el pecho y pensé en Trondheim, y en Judah, y en la policía.

Sólo tenía que aguantar hasta el amanecer.

Por favor, lee las reglas del foro antes de iniciar un hilo y sé prudente si vas a publicar cualquier cosa que pueda ser difamatoria y/o perjudicial para casos que siguen abiertos. Las publicaciones que infrinjan estas normas serán eliminadas.

Lunes, 28 de septiembre, 10.03 h: británica desaparecida

iamsherlocked: Hola, chicos, ¿alguien más sigue el caso de esta tal Lorna Blacklock? Parece ser que han encontrado un cadáver.

TheNamesMarpleJaneMarple: Me parece que se llama Laura Blacklock. Sí, yo lo sigo. Muy trágico, y por desgracia no muy inusual, leí no sé dónde que en estos últimos años han desaparecido 160 personas que viajaban en cruceros, y se han resuelto muy pocos casos.

iamsherlocked: Sí, yo también leí algo parecido. En el Daily Fail he visto que su ex también iba a bordo del barco. Le han hecho una entrevista muy larga y patética en la que dice lo preocupado que está. Dice que cree que se ha marchado de forma voluntaria. ¿No os parece un poco sospechoso? ¿No dicen que a una tercera parte de las mujeres las matan sus ex, sus parejas o algo parecido?

TheNamesMarpleJaneMarple: ¿«A una tercera parte de las mujeres las matan sus ex, sus parejas o algo parecido»? Supongo que te refieres a que una tercera parte de las mujeres asesinadas mueren a manos de una pareja o un ex, ¡no a una tercera parte de todas las mujeres! Pero sí, esa proporción suena convincente. Y luego está el novio, claro. En su declaración hay algo que no acaba de encajar, y por lo visto estaba fuera del país cuando sucedió... hum... Muy conveniente. No debe de ser tan difícil coger un avión y plantarse en Noruega, ¿no?

AnonInsider: Soy un asiduo de WD (aunque he cambiado de nombre porque no quiero revelar mi identidad), y de hecho tengo cierta información sobre este caso, soy amigo de la familia. No quiero hablar demasiado para que no me identifiquen y para no vulnerar la intimidad de la familia, pero os aseguro que Judah está completamente destrozado por la desaparición de Lo, y yo tendría mucho cuidado y no insinuaría lo contrario, o eliminarán este hilo.

TheNamesMarpleJaneMarple: Anon, tus afirmaciones resultarían más convincentes si revelaras tu identidad, pero de todas formas nada de lo que yo he dicho hasta ahora puede considerarse difamatorio. Lo que he dicho es que, personalmente, su declaración no me parece convincente. ¿Eso es difamatorio?

AnonInsider: Mira, MJM, no me interesa discutir esto contigo, pero conozco muy bien a la familia. Fui al colegio con Laura y te aseguro que estás errando el tiro. Por si no lo sabes, Lo tiene problemas graves. Lleva años medicándose para la depresión y siempre ha sido un poco... bueno, supongo que la palabra es «inestable». Creo que la policía tirará por ese camino.

iamsherlocked: ¿Insinúas que puede haber sido un suicidio?

AnonInsider: La verdad es que yo no soy nadie para especular sobre la investigación policial, pero sí, eso es lo que leo entre líneas. Si te fijas, en la prensa han tenido mucho cuidado de no describirlo como una investigación de asesinato.

JudahLewis01: Un amigo me habló de este foro y me he registrado para publicar esto, y a diferencia de Anon, éste es mi auténtico nombre. Anon, no tengo ni idea de quién eres, y la verdad es que por mí te puedes ir a la mierda. Sí, Lo toma medicación (aunque es para la ansiedad, no para la depresión, y si de verdad fueras amigo suyo, lo sabrías), pero lo mismo les pasa a, literalmente, centenares de miles de personas, y la idea de que eso la convierta de forma automática en una persona «inestable», como tú dices, o suicida, es ofensiva de cojones. Sí, yo estaba fuera del país. Estaba en Rusia, trabajando. Y sí, han encontrado un cadáver, pero no se ha confirmado que sea Lo, de modo que de momento todavía estamos hablando de una investigación de una persona desaparecida, y ésa es la razón por la que no has visto que en ningún sitio hablen de investigación de asesinato. ¿Os importaría recordar que estáis hablando de una persona real y no escribiendo vuestro episodio particular de *Se ha escrito un crimen*? No sé quiénes son los administradores de esta mierda de foro, pero voy a denunciar este hilo.

iamsherlocked: «A diferencia de Anon, éste es mi verdadero nombre», lo siento, pero eso lo dices tú, no podemos comprobarlo.

MrsRaisin (administrador): Hola a todos, lamento decir que estamos de acuerdo con el señor Lewis: este hilo está derivando hacia especulaciones muy desagradables, de modo que vamos a eliminarlo. Evidentemente, no queremos que dejéis de comentar las noticias que aparecen en la prensa, pero tendréis que hacerlo en otra parte, y ateneos a los hechos contrastados, por favor.

InspektörWallander: ¿Y qué hay de ese blog noruego de rastreadores de frecuencias policiales que ha informado de una identificación positiva del cadáver de Laura?

MrsRaisin (administrador): Cerramos el hilo.

SEXTA PARTE

22

Me habían encerrado. No sabía muy bien dónde ni cómo, pero tenía una vaga idea.

Me encontraba en una habitación sin ventanas, pequeña y sofocante, y estaba tumbada en una litera, con los ojos cerrados, con los brazos envolviéndome la cabeza y tratando de no dejarme llevar por el pánico que crecía en mi interior.

Debía de haber repasado mentalmente lo sucedido unas mil veces a través de la niebla del miedo, cada vez más espesa: había oído, una y otra vez, sentada en el borde del sofá, esperando a que amaneciera y llegáramos a Trondheim, cómo llamaban a mi puerta..

No fueron unos golpes demasiado fuertes, pero aun así resonaron como disparos en el camarote en silencio. Di una sacudida con la cabeza, y el almohadón resbaló de mis manos y cayó al suelo; el corazón me latía desbocado. Joder. Me di cuenta de que estaba aguantando la respiración y me obligué a exhalar, largo y despacio, y luego a inhalar contando los segundos.

Volví a oírlo: no eran unos golpes enérgicos, sino más bien un «toc, toc, toc», seguido de una pausa larga y un «toc» final añadido en el último momento y un poco más fuerte que los anteriores. Al oír ese último «toc» me levanté de golpe y, con tanto sigilo como pude, me acerqué a la puerta.

Puse una mano ahuecada sobre la mirilla para que la luz no delatara mi presencia, y deslicé la tapita de acero que la cubría.

Entonces, cuando ya tenía la cara lo bastante cerca de la puerta para que desde fuera no se apreciara la luz grisácea del amanecer que entraba por la ventana, levanté los dedos y miré por el ojo de pez.

No sé a quién esperaba ver. A Nilsson, quizá. A Ben. Ni siquiera me habría sorprendido ver a Bullmer.

Sin embargo, jamás se me habría pasado por la cabeza que vería a la persona que estaba de pie en el pasillo.

Era ella.

Era la mujer del camarote número 10. La chica desaparecida. Y estaba allí plantada, como si nada hubiera pasado.

Me quedé quieta un momento, jadeando como si acabara de recibir un puñetazo en el estómago. Estaba viva. Nilsson tenía razón, y yo estaba equivocada, desde el principio.

Entonces se dio la vuelta y echó a andar por el pasillo hacia la puerta de servicio por la que se accedía a la cubierta de tripulación. Tenía que hablar con ella. Tenía que alcanzarla antes de que desapareciera por aquella puerta que yo no podría abrir.

Quité la cadenilla y el pestillo, y abrí la puerta de par en par.

—¡Eh! —grité—. ¡Eh, espera! ¡Necesito hablar contigo!

No se detuvo. Ni siquiera volvió la cabeza, ya había llegado ante la puerta de servicio y estaba introduciendo el código. No me lo pensé dos veces. Lo único que sabía era que no volvería a permitir que desapareciera sin dejar rastro. Corrí hacia ella.

Cuando la chica ya estaba saliendo por la puerta yo aún iba por la mitad del pasillo, pero llegué a tiempo y conseguí agarrar el borde de la puerta antes de que se cerrara del todo. Me pillé los dedos, pero pude abrirla y colarme por ella.

Detrás estaba oscuro: la bombilla que había al final de la escalera estaba fundida.

O la habían aflojado, pero eso no lo pensé hasta más tarde.

Al cerrarse la puerta detrás de mí, me detuve un segundo y traté de orientarme y ver dónde estaba el último escalón. De pronto, una mano me agarró por el pelo, otra me retorció un brazo a la espalda y unas piernas se enredaron con las mías en la oscuridad. Hubo un breve intervalo de jadeos, terror y desesperación; yo clavé las uñas a alguien en la piel, mientras con la mano que tenía libre trataba de llegar detrás de mí y asir la mano delgada pero fuerte que me agarraba por el pelo; entonces, esa mano tiró con más fuerza, retorciéndome dolorosamente la cabeza para, a continuación, estampármela contra la puerta. Oí el crujido de mi cráneo contra el marco metálico, y luego, nada.

Me desperté sola, tumbada en una litera y tapada con una manta fina. Tenía un dolor de cabeza horrible, pulsante, que hacía que la débil luz de la habitación titilara y que alrededor de cada bombilla se produjera un extraño efecto de halo. En la pared de enfrente había una cortina; temblando, bajé de la litera y, tambaleándome y arrastrando los pies, fui hasta ella. Pero cuando me enderecé, sujetándome a la litera superior, y aparté la tela fina de color naranja, vi que detrás no había ninguna ventana, sólo una pared de plástico de color crudo, con un ligero estampado que imitaba el relieve de un papel pintado.

Se me venían las paredes encima, la habitación se estrechaba cada vez más, y empecé a respirar más deprisa. «Uno. Dos. Tres. Inspira.»

Mierda. Los sollozos crecían en mis entrañas y amenazaban con asfixiarme desde dentro.

«Cuatro. Cinco. Seis. Espira.»

Estaba atrapada. Por favor. Por favor. Por favor.

«Uno. Dos. Tres. Inspira.»

Apoyándome en la pared con una mano, fui avanzando, vacilante, hacia la puerta, pero antes de intentarlo ya sabía que sería inútil: estaba cerrada con llave.

Me negué a pensar qué podía significar eso y probé suerte con la otra puerta, que estaba en la pared de al lado, pero ésta se abría a un cuarto de baño minúsculo y vacío salvo por una araña muerta, hecha una bola, en el lavabo.

Volví trastabillando hasta la primera puerta y lo intenté una vez más: empujé con todas mis fuerzas, sacudí la puerta en el marco, tiré del picaporte con tanto ímpetu que empecé a jadear y a ver puntitos de luz que estallaban en mi campo de visión, y al final me dejé caer al suelo. No. No, no podía ser. ¿De verdad me habían encerrado?

Me levanté y miré alrededor por si veía algo con que forzar la puerta, pero no había nada: todo estaba clavado o atornillado al suelo, o era de tela. Lo probé de nuevo con el picaporte, mientras intentaba no pensar que estaba atrapada en una celda de uno por dos metros sin ventanas, y por debajo de la línea de flotación, con unas mil toneladas de agua a sólo unos centímetros de mí, detrás de una fina pared de acero. Pero la puerta no se movió: lo único que cambió fue mi dolor de cabeza, que siguió aumentando hasta que, a trompicones, volví a la litera y me tumbé en ella como pude. Traté de no pensar en la presión que ejercía el agua sobre mí y de concentrarme en mi dolorido cráneo. Notaba unas pulsaciones fuertes en las sienes. ¿Cómo podía ser tan tonta? Había salido corriendo de mi camarote y me había metido de cabeza en la trampa.

Intenté pensar. Debía conservar la calma y mantener la mente a flote por encima de la creciente marea del miedo. Emplear el sentido común. No perder el control. Tenía que conseguirlo. ¿Qué día era? Me resultaba imposible saber cuánto tiempo había transcurrido. Tenía las piernas y los brazos entumecidos, como si llevara bastante rato en la misma postura en la litera, pero no estaba muerta de sed, aunque tenía un poco. Si hubiera llevado más de unas pocas horas inconsciente, me habría despertado con una deshidratación grave. Así que, según mis cálculos, seguramente aún era martes.

Y en ese caso... Ben sabía que mi intención era desembarcar en Trondheim. Iría a buscarme, ¿no? No permitiría que el barco volviera a zarpar sin mí.

Pero entonces me di cuenta de que el motor seguía en marcha, y noté el subir y bajar de las olas bajo el casco. O no nos habíamos detenido, o ya habíamos salido del puerto.

Mierda. Habíamos vuelto a zarpar. Todos darían por hecho que yo me había quedado en Trondheim. Si se les ocurría buscarme, lo harían en el sitio equivocado.

Ojalá no me doliera la cabeza y mis pensamientos no tropezaran unos con otros. Ojalá las paredes no se me echaran encima, como si estuviera en un ataúd, y no me impidieran pensar ni respirar.

Pasaportes. No sabía si Trondheim era un puerto muy grande, pero debía de haber algún tipo de aduana o control de pasaportes. Y tendría que haber alguien de la tripulación en la pasarela, comprobando qué pasajeros bajaban y subían. No podían arriesgarse a zarpar y dejar a alguien en tierra. En algún sitio quedaría registrado que yo no había desembarcado. Alguien se daría cuenta de que seguía allí.

Tenía que aferrarme a eso.

Pero era difícil, cuando allí la única luz procedía de las bombillas que parpadeaban y perdían intensidad a cada momento, y cuando daba la impresión de que el aire iba agotándose cada vez que yo respiraba. Era difícil, muy difícil.

Cerré los ojos para aislarme de aquellas paredes amenazadoras y aquella luz claustrofóbica e intermitente, y me tapé con la fina manta. Intenté concentrarme en algo. En el tacto de la almohada, lisa y blanda, bajo mi mejilla. En el sonido de mi respiración.

Sin embargo, la imagen que seguía apareciendo en mi mente era la de la chica, plantada en el pasillo, tan tranquila, con una mano en la cintura, y luego, su contoneo al echar a andar hacia la puerta de servicio.

¿Cómo podía ser?

¿Había estado todo el tiempo escondida en el barco? ¿En aquella habitación, quizá? Pero yo sabía, sin necesidad de abrir los ojos y mirar alrededor, que allí no había habido nadie. Se notaba que aquel cuartucho no había estado habitado: no había manchas en la moqueta, ni cercos de café en el estante de plástico, ni restos de olor a comida, sudor o aliento humanos. Hasta la araña hecha un ovillo en el lavabo revelaba su escaso uso. Era imposible que aquella chica tan llena de energía y vitalidad hubiera permanecido escondida en aquella habitación sin dejar ninguna huella. No sabía dónde podía haber estado, pero allí no.

Aquella habitación parecía una tumba. Quizá fuera eso: mi tumba.

23

No estaba segura de cuándo, pero debí de quedarme dormida, agotada por el dolor de cabeza y el rugido del motor del barco, porque me despertó un chasquido.

Me incorporé con brusquedad y, al hacerlo, me golpeé la cabeza contra la litera de arriba; volví a tumbarme, gimiendo y agarrándome la cabeza mientras oía latir la sangre en mis oídos, un molesto zumbido en el fondo del cráneo.

Me quedé acostada, con los párpados apretados para aliviar el dolor; cuando se redujo lo suficiente, me tumbé sobre un costado y abrí otra vez los ojos. Escudriñé la habitación, bañada por una débil luz fluorescente.

En el suelo había una bandeja y un vaso lleno de algo que me pareció zumo.

Cogí el vaso y lo olfateé. Parecía zumo de naranja, y a eso olía, pero no me atreví a bebérmelo. Me levanté, dolorida, y abrí la puerta del pequeño cuarto de baño; tiré el zumo por el desagüe y llené el vaso de agua del grifo. El agua estaba tibia y olía a rancio, pero tenía tanta sed que me habría bebido cualquier cosa. Me bebí el vaso de un trago, volví a llenarlo y empecé a beberme el siguiente, más despacio, mientras regresaba a la litera.

Me dolía mucho la cabeza y lamenté no poder tomarme un analgésico, pero lo peor era que me encontraba muy mal: estaba débil y temblaba, como si incubara una gripe. Seguro que era por el hambre: llevaba horas en ayunas y debía de tener el nivel de azúcar por los suelos.

Una parte de mí deseaba tumbarse y dejar que mi cabeza descansara, pero me rugía el estómago. Me obligué a examinar el plato de comida que había en el suelo. Parecía completamente normal: albóndigas con salsa, puré de patatas y guisantes y, al lado, un panecillo. Sabía que necesitaba comer, pero sentí el mismo asco que me había impulsado a tirar el zumo. No me parecía prudente comerme lo que me había proporcionado alguien que me había encerrado en una celda por debajo del nivel del mar. Aquello podía llevar cualquier cosa. Raticida. Somníferos. O algo peor. Y yo no tenía más remedio que comérmelo.

De pronto, la idea de meterme aunque sólo fuera una cucharada de salsa en la boca me produjo pánico y mareo, y me dieron ganas de tirarlo todo por el desagüe, como había hecho con el zumo, pero cuando me disponía a levantarme y recoger el plato me di cuenta de una cosa, y volví a sentarme con las piernas temblorosas.

No tenían ninguna necesidad de envenenarme. ¿Para qué? Si querían matarme, bastaba con que me dejaran morir de hambre.

Intenté concentrarme.

Si quienquiera que me había llevado allí hubiera deseado matarme, ya lo habría hecho. ¿No?

Vale. Podrían haberme golpeado otra vez, más fuerte, o tapado la cara con una almohada cuando había perdido el conocimiento, enfundado la cabeza en una bolsa de plástico. Y no lo habían hecho. Se habían tomado la molestia de arrastrarme hasta allí.

Así que no pretendían matarme. O, al menos, no de momento. Un guisante. Un solo guisante envenenado no podía matarte, ¿no?

Lo pinché con el tenedor y lo examiné. Parecía completamente normal. No había rastros de ningún tipo de polvo, ni me pareció que tuviera un color raro.

Me lo metí en la boca y lo hice rodar un poco, despacio, tratando de detectar algún sabor extraño. No advertí ninguno.

Me lo tragué.

No pasó gran cosa. Tampoco esperaba que ocurriera nada: no entendía demasiado de venenos, pero no debía de haber muchos que te mataran en unos segundos, y debían de ser difíciles de obtener.

Pero sí pasó algo: se me abrió el apetito.

Cogí unos cuantos guisantes más y me los comí, al principio con parsimonia y luego más deprisa a medida que la comida me hacía sentirme mejor. Ensarté una albóndiga con el tenedor. Su olor y su sabor me parecieron también normales, y me recordaron a la comida de rancho, cocinada a gran escala para mucha gente.

Al final dejé el plato vacío. Me quedé sentada esperando a que alguien viniera a recogerlo.

Y esperé.

Y esperé.

El tiempo es muy elástico: eso es lo primero que comprendes cuando te encuentras sin luz natural, sin reloj, sin posibilidad alguna de comparar la duración de un segundo con la del siguiente. Intenté contar (contar los segundos, contar los latidos de mi corazón), pero llegué a dos mil y pico y luego perdí la cuenta.

Me dolía la cabeza, pero lo que más me preocupaba era el temblor y la debilidad de mis piernas. Al principio pensé que era por la falta de azúcar; después de comer empecé a temer que me hubieran puesto algo en la comida, pero luego hice memoria e intenté recordar cuándo me había tomado la pastilla por última vez.

Recordaba haber sacado una del blíster el lunes por la mañana, justo después de hablar con Nilsson. Pero no había llegado a tomármela. Algo (no sé qué estúpida necesidad de demostrar que no dependía químicamente de aquellas inocentes bolitas blancas) me lo había impedido. La había dejado encima del mueble del cuarto de baño; no había querido tomármela, pero tampoco me había atrevido a tirarla.

No me había propuesto dejar de tomármela. Sólo lo había hecho para demostrar... no sé qué. Que controlaba la situación, supongo. Había sido una especie de inútil «jódete» a Nilsson.

Sin embargo, la discusión con Ben me había distraído. Más tarde había ido al spa, y luego había pasado aquello en la ducha...

Calculé que hacía como mínimo cuarenta y ocho horas que no me tomaba la pastilla. Quizá más, incluso sesenta horas. Ese pensamiento me hizo sentir incómoda. O, mejor dicho, algo más que incómoda. Me aterraba.

Tuve mi primer ataque de pánico a los... No estoy segura. ¿Trece años, quizá? ¿Catorce? Sé que era adolescente. Llegó... y pasó, y me dejó muy asustada y confundida, pero nunca se lo conté a nadie. Creía que esas cosas sólo les pasaban a los bichos raros. La gente normal no se ponía a temblar de repente, ni le costaba respirar, ¿verdad?

Durante un tiempo me encontré bien. Terminé la enseñanza secundaria. Empecé a prepararme para los exámenes de final de bachillerato. Y fue entonces cuando las cosas comenzaron a ponerse feas de verdad. Volví a tener ataques de pánico, primero uno, y luego un par. Al cabo de un tiempo, controlar la ansiedad se había convertido en un trabajo de jornada completa, y las paredes empezaron a aprisionarme.

Fui a hablar con un psicoterapeuta, o mejor dicho con varios. La primera fue una especialista en terapia catártica que mi madre encontró en el listín telefónico, una mujer de gesto serio, con gafas y pelo largo, que pretendía que yo le revelara algún secreto misterioso que sería la clave para resolver todo aquello, sólo que yo no tenía ninguno. Durante un tiempo, me planteé inventarme alguno, aunque sólo fuera para ver si me hacía sentir mejor. Pero mi madre se enfadó con ella (y con sus facturas) antes de que a mí se me ocurriera algo interesante.

Luego vino la terapeuta progre con su grupo de chicas, que cubrían todo el espectro, desde la anorexia hasta las autolesiones. Y, por último, Barry, el terapeuta cognitivo-conductual que me recomendó mi médico de cabecera, y que me enseñó a respirar y a contar, y me provocó una alergia crónica a los hombres calvos con voz de tenor suave y comprensiva.

Pero ninguno me sirvió. O ninguno me sirvió del todo. Aun así, aguanté lo suficiente para aprobar los exámenes, y luego fui a la universidad y me encontraba un poco mejor, y parecía que todo aquello... que lo había superado al madurar, al igual que la música de NSYNC o el brillo de labios. Que se había quedado en mi antiguo dormitorio, en casa de mis padres, junto con el resto del bagaje de mi infancia. Lo pasé muy bien en la universidad. Cuando salí de allí con mi flamante título estaba dispuesta a comerme el mundo. Conocí a Ben, conseguí un empleo en *Velocity* y tenía un apartamento en Londres: daba la impresión de que todo encajaba.

Y entonces fue cuando me derrumbé.

Una vez intenté dejar las pastillas. Estaba contenta con mi vida, había superado la ruptura con Ben (no quería volver a saber nada de él). Mi médico de cabecera me redujo la dosis a veinte miligramos diarios, y luego a diez, y entonces, como lo llevaba muy bien, a diez miligramos en días alternos, hasta que al final dejé de tomarlas.

Tardé dos meses en venirme abajo. En ese tiempo había adelgazado doce kilos y estaba a punto de perder mi empleo en *Velocity*, aunque ellos no sabían por qué había dejado de ir a la oficina. Al final, Lissie llamó a mi madre, que me llevó otra vez al médico de cabecera; éste se encogió de hombros y dijo que quizá fuera síndrome de abstinencia y que quizá no era el momento más adecuado para dejar las pastillas. Me recetó cuarenta miligramos diarios otra vez (la dosis original), y al cabo de pocos días ya me encontraba mejor. Acordamos que volveríamos a intentarlo más adelante, pero ese momento no se presentó, sencillamente.

Ahora sí que no era el momento adecuado. Allí no. Encerrada en una caja de acero, dos metros por debajo del nivel del mar.

Intenté acordarme de cuánto había tardado la vez anterior: cuánto había tardado en empezar a sentirme fatal. Creía recordar que no había tardado mucho. ¿Cuatro días? Quizá incluso menos.

De hecho, notaba que el pánico empezaba a hormiguear por mi piel y a lanzarme breves y gélidas descargas eléctricas.

«Morirás aquí.»

«Nadie se va a enterar.»

«Dios mío. Dios mío Dios mío Dios mío...»

Se oyó un ruido en la puerta, y paré. Paré de respirar, de pensar, de asustarme; me quedé inmóvil, con la espalda apoyada en la litera. ¿Debía saltar? ¿Atacar?

El picaporte empezó a girar.

El corazón me latía a toda velocidad. Me levanté y retrocedí hasta la pared del fondo. Sabía que debía pelear, pero no podía, no sin saber quién iba a entrar por aquella puerta.

Por mi cabeza iban sucediéndose imágenes. Nilsson. El cocinero con los guantes de látex. La chica de la camiseta de Pink Floyd con un cuchillo en la mano.

Tragué saliva.

Y entonces una mano se coló por el resquicio de la puerta y cogió el plato, en un abrir y cerrar de ojos, y la puerta volvió a cerrarse. Se apagó la luz, y el camarote quedó sumido en una oscuridad absolutamente impenetrable.

«Mierda.»

No podía hacer nada. Me quedé tumbada, a oscuras, durante lo que me parecieron horas, pero que quizá fueran días, o minutos, perdiendo el conocimiento y recobrándolo, confiando en ver algo cada vez que volvía a abrir los ojos, aunque sólo fuera una fina raya de luz por debajo de la puerta, algo que demostrara que de verdad estaba allí, que de verdad existía y no me había perdido sin más en el infierno de mi propia imaginación.

Al final debí de quedarme dormida del todo, porque desperté sobresaltada, con el corazón acelerado, palpitándome en desorden. El camarote seguía a oscuras, y yo permanecí tumbada, temblando y empapada de sudor, agarrada a la litera como si fuera un bote salvavidas, mientras regresaba del sueño más espantoso que recordaba haber tenido jamás.

En el sueño, la chica de la camiseta de Pink Floyd estaba en el camarote, a oscuras, pero aun así yo podía... no exactamente verla, pero sí notar su presencia. Sabía que estaba allí, de pie en medio de la estancia, y no podía moverme, la oscuridad me oprimía, como si fuera un ser vivo sentado encima de mi pecho. Ella estaba cada vez más cerca, hasta que se quedó a sólo unos centímetros de distancia; la camiseta le rozaba la parte superior de los largos y torneados muslos.

Sonreía, y con un solo movimiento sinuoso se quitaba la camiseta. Estaba flaca como un galgo; era toda costillas, clavículas y caderas huesudas; las articulaciones del codo eran más anchas que el antebrazo, y las muñecas, nudosas como las de un crío. Se miraba, y entonces se quitaba el sujetador, despacio, como si hiciera un estriptis, sólo que sus movimientos no resultaban en absoluto eróticos, pues sus pequeños pechos y el hueco de su barriga no eran nada sexis.

Yo seguía tumbada en la litera, respirando de forma entrecortada, paralizada por el miedo, y ella no se detenía. Seguía desnudándose. Se quitaba las bragas, que se deslizaban por sus estrechas caderas y quedaban en el suelo, junto a sus pies. Y luego el pelo, que se arrancaba tirando de las raíces. A continuación, se arrancaba también las cejas, primero una y después la otra, y los labios. Tiraba su nariz al suelo. Se quitaba las uñas, una a una, despacio, como si fueran unos guantes de vestir, y caían con un débil repiqueteo, seguido del de sus dientes: cling... cling... cling... uno tras otro. Y, por último, lo más espeluznante: comenzaba a arrancarse la piel, como si se quitara un vestido de noche muy ceñido, hasta quedar reducida a una masa ensangrentada de músculos, huesos y tendones, como un conejo desollado.

Se ponía a cuatro patas y empezaba a arrastrarse hacia mí, con la boca sin labios extendida, componiendo una parodia horrible de una sonrisa.

Cada vez estaba más cerca, y aunque yo me apartaba, acababa chocando contra la pared del fondo de la litera y ya no podía retroceder más.

Al respirar, por mi garganta salían gemidos. Intentaba hablar, pero estaba muda. Intentaba moverme, pero el miedo me paralizaba.

Ella abría la boca, y yo sabía que iba a decir algo, pero entonces se metía una mano dentro y se sacaba la lengua.

· · ·

Me desperté jadeando y sacudiéndome, horrorizada; la oscuridad me oprimía como un puño.

Tuve ganas de gritar. El pánico se acumulaba en mí como la lava de un volcán, presionaba hacia arriba e intentaba superar las barreras de la garganta comprimida y los dientes apretados. Y entonces pensé, como si delirase: «¿Qué es lo peor que puede pasar si grito? ¿Que alguien me oiga? Pues que me oigan. Que me oigan, y a lo mejor vienen a sacarme de aquí.»

Así que solté el grito que había estado acumulándose en mi interior, creciendo e hinchándose y pugnando para salir.

Y grité, y grité, y grité.

No sé cuánto tiempo estuve allí tumbada, temblando, asiendo con los puños la almohada delgada y flácida, con las uñas clavadas en el colchón desnudo.

Lo único que sé es que al final se hizo el silencio en el pequeño camarote, y ya sólo se oían el rugido del motor y mi propia respiración, ronca y áspera.

No había venido nadie.

Nadie había llamado a la puerta para preguntar qué pasaba, ni para amenazar con matarme si no me callaba. Nadie había hecho nada. Era como si estuviera en el espacio, gritándole al vacío.

Me temblaban las manos y no podía quitarme de la cabeza a la chica del sueño, aquel cuerpo desesperado, húmedo y en carne viva que se arrastraba hacia mí e intentaba agarrarme.

¿Qué había hecho? Dios mío, ¿por qué lo había hecho, por qué había seguido insistiendo, por qué no me había callado? Me había convertido a mí misma en objetivo al negarme a guardar silencio sobre lo que había sucedido en aquel camarote. Y sin embargo... ¿qué había pasado?

Tumbada en la litera, tapándome los ojos con ambas manos en la asfixiante oscuridad, traté de entenderlo. La chica estaba viva. Lo que yo había oído, lo que creía haber visto, había sido cualquier cosa menos un asesinato.

La chica tenía que haber estado en el barco todo el tiempo, porque no habíamos hecho escala en ningún puerto. Ni siquiera nos habíamos acercado lo suficiente a la costa para verla desde el barco. Pero ¿quién era y por qué se escondía? ¿Y de quién era la sangre que yo había visto en la barandilla?

Intenté pasar por alto mi dolor de cabeza y pensar con sentido común. ¿Formaría parte de la tripulación? Parecía lo lógico, puesto que tenía acceso a la puerta de servicio. Pero entonces recordé que Nilsson había marcado el código estando yo a sus espaldas. No había intentado ocultar el teclado. Si hubiera querido, yo podría haberme fijado en los números que marcaba y haberlos recordado; habría sido muy fácil. Y en la cubierta inferior ya no había más puertas con cerradura electrónica.

Sin embargo, había entrado en el camarote vacío, y para eso hacía falta una tarjeta llavero, ya fuera la de un pasajero, programada para abrir esa puerta en concreto, o la tarjeta maestra de un miembro de la tripulación, que abriera las de todos los camarotes. Pensé en las limpiadoras a las que había visto en sus cuchitriles, en la cubierta inferior, y en la cara de susto con que me habían mirado antes de cerrar la puerta. ¿Por cuánto estarían dispuestas a vender una tarjeta maestra? ¿Por cien coronas? ¿Por mil? Ni siquiera necesitarían venderla: estaba segura de que había sitios donde podías hacer copias de una tarjeta llavero. Bastaba con que la prestaran durante un par de horas, sin hacer preguntas. Pensé en Karla, quien prácticamente me había dicho que aquellas cosas se hacían, que alguien podía haberle prestado el camarote a algún amigo.

Pero no tenía por qué ser el caso. También podían haber robado la tarjeta llavero, o haberla comprado en internet; yo no tenía ni idea de cómo funcionaban aquellas cerraduras electrónicas. Quizá no hubiera nadie más implicado.

¿Y si ese culpable al que yo estaba buscando entre la tripulación o el pasaje no existía, y todos eran inocentes? Pensé en las acusaciones que le había lanzado a Ben, en las sospechas que tenía respecto a Cole, y a Nilsson, y a todos, y me dieron náuseas.

Aun así, el hecho de que aquella chica existiera y estuviera viva no descartaba de un plumazo que hubiera alguien más implicado. Cuanto más lo pensaba, más segura estaba de que alguien la había ayudado a moverse por las cubiertas superiores, había escrito aquel mensaje en el espejo del spa, había tirado la cámara de Cole al jacuzzi, me había robado el teléfono. Ella sola no podía haberlo hecho todo. Si hubiera estado paseándose por el barco, alguien habría visto y reconocido a la chica de la que yo llevaba dos días hablando.

Me dolía la cabeza de tanto pensar. ¿Por qué? Ésa era la pregunta para la que no tenía respuesta. ¿Por qué tomarse tantas molestias para esconderse a bordo del barco e impedir que yo siguiera haciendo preguntas? Si la chica hubiera muerto, el encubrimiento habría tenido sentido. Pero estaba vivita y coleando. De modo que lo importante, la clave, debía de ser su identidad. ¿Era la esposa de alguien? ¿La hija? ¿La amante? ¿Alguien que necesitaba salir del país sin que le hicieran preguntas?

Pensé en Cole y en su ex mujer, en Archer y en su misteriosa Jess. Pensé en cómo había desaparecido aquella fotografía de la cámara.

Nada tenía sentido.

Me di la vuelta; notaba la oscuridad como algo sólido a mi alrededor. No sabía dónde me encontraba, pero estaba convencida de que era en las profundidades del barco. El motor se oía mucho más allí que en la cubierta de pasajeros, e incluso más que en la cubierta de tripulación, si no recordaba mal. Tenía que estar en algún otro sitio, quizá en la cubierta de máquinas, muy por debajo de la línea de flotación, en lo más hondo del casco.

Cuando lo pensé, sentí que el terror volvía a apoderarse de mí: notaba el peso de toneladas y toneladas de agua sobre mi cabeza y mis hombros, y presionando las paredes del casco; y el aire del camarote, que circulaba y circulaba, mientras yo me ahogaba en mi propio pánico...

Me temblaban las piernas, pero bajé con cuidado de la litera y avancé despacio, con los brazos extendidos delante del cuerpo, aterrorizada pensando en qué más podía haber allí conmigo, en aquella oscuridad absoluta. Mi imaginación rescató horrores de mis pesadillas infantiles: telarañas gigantescas que se me enredaban en el rostro; hombres que tendían los brazos para atraparme; o la propia chica, sin párpados, sin labios, sin lengua. Pero otra parte de mí sabía que allí no había nadie más, porque en un espacio tan reducido podría haber oído, olido o sentido a otro ser humano.

Tras avanzar muy despacio durante un instante, mis dedos encontraron la puerta, y me acerqué hasta ella a tientas. Lo primero que probé fue el picaporte, pero, tal como había imaginado, estaba cerrada con llave. Busqué una mirilla, pero no la había, o al menos no supe encontrarla. Además, no recordaba haber visto ninguna. Lo que sí recordaba, y fue eso lo que busqué a continuación, era un interruptor plano de color beige al lado de la puerta. Mis dedos toparon con él y lo accioné, nerviosa.

No pasó nada.

Volví a pulsarlo, pero esta vez sin esperanzas porque ya sabía qué habían hecho. Debía de haber algún tipo de interruptor general en el pasillo, un fusible o un diferencial. La puerta ya estaba cerrada cuando se había apagado la luz, y además, en todos los camarotes donde había estado había visto algún tipo de luz de emergencia: nunca te quedabas del todo a oscuras, aunque se apagaran las luces. Aquello, en cambio, era diferente: aquello era una oscuridad total y absoluta que sólo podía producirse si cortaban por completo la electricidad.

Volví a la litera y me tapé con la manta. Me temblaban los músculos y no sabía si era de pánico o por aquella especie de mareo o fiebre que había notado antes. Sentía un vacío que cada vez se extendía más por mi cabeza, como si la oscuridad del camarote se hubiera colado en mi cráneo y estuviera filtrándose en mis sinapsis, atenuándolo y amortiguándolo todo excepto el pánico que se diseminaba por todo mi ser.

«No, por favor. No te rindas. Ahora no.»

No podía. No quería. No pensaba dejarla ganar.

De pronto, la rabia que me invadía era algo a lo que podía aferrarme, algo concreto en medio de la negrura silenciosa de aquella cajita. La muy zorra. Qué traidora. Menuda solidaridad entre mujeres. Yo había luchado por ella, había arriesgado mi credibilidad, soportado las dudas de Nilsson y los interrogatorios de Ben, y todo eso ¿para qué? Para que ella pudiera traicionarme, estamparme la cabeza contra el marco de acero de una puerta y encerrarme en aquel puto ataúd.

Fuera cual fuese el plan, ella formaba parte de él.

Era ella, evidentemente, quien me había tendido una emboscada en el pasillo. Y cuanto más lo pensaba, más convencida estaba de que la mano que había recogido la bandeja de la comida también era suya, una mano delgada, ágil, fuerte. Una mano capaz de arañar, abofetear y golpear la cabeza de una persona contra la pared.

Tenía que haber algún motivo que justificara todo aquello; nadie pondría en marcha aquel montaje tan complicado sin un motivo. ¿Habría fingido la chica su propia muerte? ¿Querían que yo viera lo que había pasado? Pero, de ser así, ¿por qué tomarse tantas molestias para simular que la chica nunca había estado allí? ¿Por qué vaciar el camarote, limpiar la sangre, hacer desaparecer el rímel y desmentir todo lo que yo había contado sobre aquella noche? No. Ella no quería que la vieran. En aquel camarote había pasado algo y, fuera lo que fuese, yo no debería haberlo visto.

Seguí tumbada en la litera, machacando mi maltrecho cerebro para entenderlo, pero, cuanto más me esforzaba por hacer encajar los datos que tenía, más se parecía aquello a un rompecabezas con demasiadas piezas para caber en el marco.

Analicé las hipótesis con las que podían concordar el grito, la sangre y el encubrimiento. ¿Una pelea? Un puñetazo en la nariz, un grito de dolor, un chorro de sangre; alguien que salía al balcón, se inclinaba sobre la barandilla y dejaba una mancha de sangre en el vidrio... Ninguna muerte. Y si la chica era una especie de polizona, eso tal vez explicara por qué lo habían encubierto: por qué la habían llevado a otro sitio y habían limpiado la sangre.

Sin embargo, había elementos de la escena que no encajaban. Si la pelea no había sido planeada, si no había habido premeditación, ¿cómo podían haber vaciado el camarote tan deprisa? Yo había visto a la chica allí mismo unas horas antes, aquel mismo día, y la habitación estaba llena de ropa y objetos personales. Si la pelea no respondía a un plan, era imposible que hubieran vaciado y limpiado la suite en los pocos minutos que yo había tardado en llamar a Nilsson.

No: lo que había sucedido allí, fuera lo que fuese, estaba planeado. Habían vaciado el camarote de antemano, lo habían limpiado minuciosamente. Y yo estaba empezando a sospechar que no era casualidad que fuera el camarote número 10 el que no estaba ocupado. No: habían dejado un camarote vacío a propósito, y tenía que ser el número 10. Palmgren era el último camarote del barco; más allá no había ningún otro desde donde pudiera verse algo que se alejaba flotando y desaparecía en la espuma de la estela del *Aurora*.

Había muerto alguien. Estaba segura. Sólo que no era aquella chica. Pero entonces, ¿quién?

Di vueltas y vueltas, a oscuras, aguzando el oído por si percibía algún sonido distinto del rugido del motor y tratando de responder a las preguntas que me atormentaban. Mi mente se espesaba y se emborronaba, pero siempre llegaba a la misma pregunta: ¿quién? ¿Quién había muerto?

24

Volví a despertar al oír el mismo chasquido metálico que la vez anterior, y se encendieron las luces. Parpadearon un momento, y el zumbido de las bombillas de bajo consumo al empezar a calentarse se oyó por encima del ruido del motor y se mezcló con el chirrido de mis oídos. Me incorporé con el corazón acelerado, mirando alrededor desconcertada, y volqué algo que había en el suelo, junto a la cama.

Había perdido la oportunidad.

Maldita sea, había vuelto a perder la oportunidad.

Necesitaba averiguar qué estaba pasando, qué pensaban hacer conmigo, por qué me tenían allí encerrada. ¿Cuánto tiempo llevaba en aquel camarote? ¿Era de día? ¿O sólo era la hora a la que a la chica, o a quienquiera que fuese mi captor, le venía bien volver a dar la electricidad?

Traté de recapitular. Me habían agredido a primera hora de la mañana del martes. Como mínimo ya debía de ser miércoles por la mañana, seguramente más tarde. Desde luego, yo tenía la impresión de llevar allí mucho más de veinticuatro horas.

Fui al cuarto de baño y me eché agua en la cara. Cuando me estaba secando me sacudió una oleada de vértigo, y la cabeza empezó a darme vueltas y toda la habitación se estremeció y osciló. De pronto sentí que me caía, extendí las manos para sujetarme al marco de la puerta y cerré los ojos para protegerme de aquella sensación de precipitarme a una gran velocidad y a gran profundidad en aguas insondables.

Al final el vértigo remitió, y volví a la litera. Me senté y me quedé con la cabeza entre las rodillas, sacudida por un escalofrío tras otro. ¿Se había movido el barco? Me encontraba muy por debajo de la línea de flotación, y no era fácil distinguir el mareo del movimiento de las olas. Allí, el movimiento se percibía de forma muy diferente: no era un subir y bajar rítmico, sino un lento balanceo que se mezclaba con el rugido constante del motor y producía una sensación extraña e hipnótica.

Junto a la cama había una bandeja con un bollo y un cuenco de cereales que se había derramado. Debía de ser eso lo que había volcado al despertar e incorporarme con brusquedad. Cogí el cuenco y me obligué a comer una cucharada. No tenía hambre, pero desde el lunes por la noche sólo había comido unas albóndigas. Para salir de allí tendría que pelear, y para pelear necesitaba comer.

Sin embargo, lo que de verdad necesitaba no era comida, sino mis pastillas. Sentía la necesidad feroz, física, que recordaba haber experimentado la última vez que dejé de tomarlas. Sólo que en esta ocasión sabía que las cosas no mejorarían sin ellas, como me había repetido la vez anterior para animarme. Iban a empeorar.

«Y a lo mejor ni siquiera estás aquí para verlo», dijo mi desagradable vocecilla interior. Los cereales se me atascaban en la garganta, y de pronto no podía tragar. Estaba deseando que volviera a entrar la chica del camarote número 10. De repente, mi mente creó una imagen vívida y de una violencia exuberante: agarraba a la chica por el pelo, como ella me había agarrado a mí, le estampaba el pómulo contra el afilado borde metálico de la litera y veía chorrear la sangre, percibía su olor, crudo e intenso en aquel camarote minúsculo y mal ventilado. Me acordé de nuevo de la mancha de sangre en la barandilla, y deseé con toda el alma, con toda mi crueldad, que fuera de la chica.

«Te odio», pensé. Tragué, a pesar de que me dolía la garganta, comiéndome a la fuerza los cereales pastosos a medio masticar. Cogí otra cucharada y, con dedos temblorosos, me la metí en la boca. «No sabes cuánto te odio. Espero que te ahogues.» Los cereales parecían de cemento, y me asfixiaba cada vez que intentaba tragar. Pero seguí insistiendo, hasta que el cuenco quedó medio vacío.

No sabía si podría hacerlo, pero tenía que intentarlo.

Cogí la delgada bandeja de melamina y la golpeé contra el borde metálico de la litera. Rebotó, y me aparté justo a tiempo. De pronto me acordé del día del robo, vi la puerta golpeándome el pómulo, y tuve que cerrar los ojos un momento y sujetarme a la litera.

Opté por otro método: apoyé la bandeja en el borde metálico de la litera y puse una rodilla encima de un extremo y las manos en el otro. Entonces apoyé todo el peso de mi cuerpo sobre los brazos. Al principio no pasó nada, pero empujé más fuerte, hasta que la bandeja se partió por la mitad, produciendo un ruido parecido a un disparo, y caí encima de la litera. Ya tenía lo que quería: dos trozos de plástico, no tan afilados como una navaja, pero cada uno con un borde lo bastante agudo para causar cierto daño.

Cogí los dos trozos, busqué la mejor forma de sujetarlos y los comparé, y entonces, asiendo el que parecía más intimidante como arma, fui hasta la puerta y me puse en cuclillas, apoyada en la pared, junto al marco.

Y esperé.

Aquel día se me hizo eterno. En una o dos ocasiones noté que se me cerraban los ojos, como si mi cuerpo, agotado por el miedo y la adrenalina, intentara desconectarse; pero me obligué a abrirlos. «¡No te duermas, Lo!»

Empecé a contar. Esa vez no lo hacía para combatir el pánico, sino sólo para mantenerme despierta. «Uno. Dos. Tres. Cuatro.» Cuando llegué a mil, cambié y empecé a contar en francés. «Un. Deux. Trois...» Y luego, de dos en dos. Hacía juegos mentales: como el fizz-buzz, ese juego infantil en el que tienes que decir «fizz» por cada cinco o múltiplo de cinco, y «buzz» por cada siete. «Uno. Dos. Tres. Cuatro. Fizz.» Me temblaban las manos.

«Seis. Buzz. Ocho. Nueve. Diez. No, espera, eso tenía que haber sido un "fizz".»

Meneé la cabeza, impaciente, me froté los doloridos brazos y volví a empezar. «Uno. Dos...»

Y entonces lo oí: un ruido en el pasillo. Un portazo. Contuve la respiración.

Estaban acercándose. Se me aceleró el corazón y se me contrajo el estómago.

Una llave en la cerradura...

Y entonces la puerta se abrió poco a poco, sólo un resquicio, y salté.

Era ella.

Vio que me lanzaba hacia la abertura e intentó cerrar la puerta, pero yo fui más rápida. Metí un brazo, y la puerta me lo aprisionó, aplastándolo con fuerza contra el marco. Grité de dolor, pero la puerta rebotó y conseguí meter la mitad del cuerpo por la abertura, al mismo tiempo que clavaba el trozo de bandeja en el brazo con el que forcejeaba la chica; pero en lugar de retroceder, como yo había previsto, ella se precipitó al interior de la habitación y me empujó contra la pared de plástico, y me corté en el brazo con la bandeja. Me enderecé, con la sangre resbalándome por el dorso de la mano, pero ella reaccionó más deprisa: se lanzó contra la puerta, la cerró con llave y se quedó apoyada en ella y con la llave encerrada en el puño.

—Déjame salir. —Mi voz parecía el gruñido de un animal, no sonó del todo humana.

La chica negó con la cabeza. Tenía la espalda contra la puerta y la cara manchada de sangre, mi sangre; y estaba asustada, pero al mismo tiempo llena de júbilo, se lo noté en los ojos. Tenía la sartén por el mango y lo sabía.

—Te mataré —la amenacé. Lo dije en serio. Levanté el trozo de bandeja ensangrentado—. Te cortaré el cuello.

—Cómo vas a matarme —contestó ella; su voz era tal como la recordaba, tenía un deje de desdén y desafío—. Si apenas puedes mantenerte en pie, imbécil.

—¿Por qué? —pregunté, con una especie de gemido de niña pequeña—. ¿Por qué haces esto?

—Porque nos has obligado —dijo ella con rabia—. No parabas de hurgar. Por mucho que yo te lo advirtiera. Si te hubieras quedado callada y no hubieras contado lo que viste en ese maldito camarote...

—¿Qué vi? —pregunté.

Ella negó con la cabeza e hizo una mueca de desprecio.

—Vaya, debes de pensar que soy más estúpida de lo que parezco. ¿Quieres que te maten, o qué?

Negué con la cabeza.

—Vale. Entonces, ¿qué quieres?

—Quiero salir de aquí —contesté.

Me senté en la litera dejándome caer, porque creía que las piernas no me aguantarían mucho más.

Ella volvió a negar con la cabeza, esta vez con contundencia, y de nuevo vi aquella pizca de miedo en sus ojos.

—Él no me dejará.

¿Él? Se me puso la piel de gallina. Esa palabra era la primera prueba concreta que tenía de que alguien había estado ayudando a la chica. ¿Quién era él? Pero no me atrevía a preguntárselo, todavía no. Antes necesitaba otra cosa más importante.

—Pues entonces, mis pastillas. Dame mis pastillas.

La chica me lanzó una mirada inquisitiva.

—¿Las que tenías al lado del lavabo? Eso a lo mejor sí puedo hacerlo. ¿Por qué las quieres?

—Son antidepresivos —contesté de mala gana—. No hay que... No puedes dejarlos de golpe.

—Ah, ya. —Me miró con gesto de curiosidad—. Por eso tienes tan mala cara. No lo entendía. Creía que te había golpeado demasiado fuerte en la cabeza. Vale. Te las puedo traer. Pero a cambio tienes que prometerme una cosa.

—¿Qué?

—Que no volverás a atacarme. Te traeré las pastillas si te portas bien, ¿vale?

—Vale.

Se enderezó, recogió la bandeja y el cuenco y me tendió la mano para que le diera los trozos de la bandeja rota. Titubeé un momento, pero se los entregué.

—Ahora voy a abrir la puerta —me advirtió—, no hagas ninguna tontería. Detrás de ésta hay otra, y se abre con un código. No llegarías muy lejos. Así que nada de estupideces, ¿vale?

—Vale —repetí a regañadientes.

Se marchó, y yo me quedé sentada en la litera, con la mirada perdida, pensando en lo que acababa de decirme.

Él.

Así que tenía un cómplice a bordo. Esa única palabra significaba que podía descartar a Tina, Chloe, Anne y a dos terceras partes de la tripulación.

¿Quién era él? Fui repasándolos mentalmente.

Nilsson.

Bullmer.

Cole.

Ben.

Archer.

En otra columna puse a los menos probables: Owen White, Alexander y los miembros de la tripulación.

Daba vueltas y vueltas a los candidatos, pero siempre iba a parar al mismo factor: el spa y el mensaje «NO TE METAS». Sólo un hombre había estado allí, sólo un hombre podía haber escrito aquellas palabras: Ben.

Tenía que dejar de centrarme en los motivos. No disponía de suficiente información para dar respuesta al «por qué».

En cambio, el «cómo»... Había muy pocas personas a bordo que hubieran tenido la oportunidad de escribir el mensaje. Sólo había una puerta para entrar en el spa, y Ben era el único varón que yo sabía con certeza que la había cruzado.

Muchas cosas encajaban. La rapidez con la que me había desacreditado ante Nilsson. El hecho de que hubiera intentado entrar en mi camarote aquella última noche, pues sabía que yo estaba en el cuarto de baño, por lo que era posible que se hubiera llevado mi teléfono.

El hecho de que su camarote estuviera al otro lado del camarote vacío y que, a pesar de eso, él no hubiera visto ni oído nada.

El hecho de que me hubiera mentido sobre su coartada, la partida de póquer.

Y el hecho de que hubiera insistido tanto en que no me empeñara en seguir investigando.

El ruidito de las piezas del rompecabezas al encajar debería haberme producido satisfacción, pero no fue así. Porque ¿de qué me servían las respuestas allí abajo? Tenía que salir.

25

Estaba tumbada de lado, con la vista fija en la pared de plástico de color crudo, cuando llamaron a la puerta.

—Pasa —dije sin ánimo.

Entonces casi me reí al reparar en lo estúpido que era guardar las formas en una situación como aquélla. ¿Para qué decir «pasa» cuando el otro podía hacer lo que le diera la gana?

—Soy yo —dijo la voz desde el otro lado—. Nada de tonterías con la bandeja, ¿vale? O será la última vez que te traigo una pastilla.

—Vale.

Procuré no parecer demasiado impaciente, pero me incorporé y me tapé con la fina manta. No me había duchado desde que había entrado allí, y olía a miedo y a sudor.

La puerta se abrió un poco, y la chica deslizó una bandeja de comida empujándola con el pie, y luego entró sin abrir la puerta del todo y, una vez dentro, cerró con llave.

—Toma.

Me tendió una mano. En la palma había un solo comprimido blanco.

—¿Una? —pregunté, incrédula.

—Una. A lo mejor puedo traerte un par más mañana. Si te portas bien.

Acababa de proporcionarle un arma de chantaje excelente, pero asentí y cogí la pastilla de su mano. Ella se sacó un libro del bolsillo; de hecho, era mío, lo había cogido de mi camarote: *La campana de cristal.*

No era el que yo habría elegido, dadas las circunstancias, pero era mejor que nada.

—He pensado que tal vez te apetecería leer algo; yo me volvería loca si no tuviera nada que hacer. —Desvió la mirada hacia la pastilla, y entonces añadió—: Sin ánimo de ofender.

—Gracias —dije.

Se dio la vuelta y añadí:

—Espera.

—¿Qué?

—Yo...

De pronto no sabía cómo preguntárselo. Encerré la pastilla en el puño. Mierda.

—¿Qué...? ¿Qué me va a pasar?

Al oír eso, ella mudó la expresión y se puso a la defensiva, como si una cortina se desplegara para tapar una ventana.

—Eso no depende de mí.

—¿De quién depende? ¿De Ben?

Soltó una risa burlona y dijo:

—Que aproveche.

Al darse la vuelta para salir, se vio reflejada en el espejito de la puerta del cuarto de baño.

—Mierda, tengo sangre en la cara. ¿Por qué no me lo has dicho? Si se entera de que me has atacado...

Entró en el baño para lavarse. Pero no se limpió sólo la sangre. Cuando salió, me quedé atónita. Había bastado un gesto para que supiera quién era.

Al lavarse la cara se había borrado sin darse cuenta un extremo de una ceja, lo cual me permitió vislumbrar una frente lisa que reconocí al instante.

La mujer del camarote número 10 era Anne Bullmer.

26

Estaba tan asombrada que no atinaba a decir nada. Me quedé inmóvil, con la boca abierta.

Al ver mi cara de sorpresa, la chica volvió a mirarse en el espejo y entonces se dio cuenta de lo que había hecho. Puso cara de fastidio, pero, sin darle mucha importancia, salió del camarote y dejó que la puerta se cerrara sola a sus espaldas. Oí una llave en la cerradura y luego otra puerta que se cerraba más allá.

Anne Bullmer.

¿Anne Bullmer?

Parecía imposible que pudiera ser la misma mujer demacrada, pálida y prematuramente envejecida a la que yo había visto y con la que había hablado. Y, sin embargo, su rostro era inconfundible. Los mismos ojos oscuros. Los mismos pómulos, altos y marcados. Lo único que no entendía era cómo no me había dado cuenta antes.

Si no hubiera presenciado aquella transformación, jamás habría creído que el pelo y las cejas perfiladas con esmero pudieran cambiarle tanto la cara. Sin esos dos detalles, su aspecto resultaba extrañamente anodino, común; era imposible no pensar en la muerte y la enfermedad cuando veías aquel cutis ceroso, y el pañuelo alrededor de la cabeza no hacía sino enfatizar aquella fragilidad, pues le subrayaba la delgadez del cuello.

Pero las cejas, negras y pulcras, y la brillante mata de pelo castaño oscuro transformaban todo aquello hasta el punto de hacerla irreconocible. Con ellas, se veía una mujer joven, sana, viva.

Me di cuenta de que las otras veces que había hablado con Anne Bullmer había estado tan cautivada por los elementos que acompañaban su enfermedad que, en realidad, nunca había mirado a la mujer que ocultaban. Es más: me había propuesto no mirarla. Sólo me había fijado en la ropa, holgada y envolvente; en la ausencia de cejas; en la frente asombrosamente lisa bajo aquellos delicados pañuelos...

El pelo tenía que ser postizo, de eso estaba segura. Aquellos finos pañuelos de seda no podían esconder una cabellera castaña tupida.

Pero ¿estaba enferma? ¿Sana? ¿Moribunda? ¿Fingía? No tenía sentido. Recordé lo que me había contado Ben: cuatro años de quimio y radioterapia. ¿Podías fingir todo eso, por mucho que tuvieras médicos privados a sueldo y que llevaras un estilo de vida que te permitiera cambiar cada pocos meses de país y de sistema sanitario? Quizá sí.

Al menos eso explicaría una cosa: cómo había subido a bordo y qué había sido de ella después de que yo oyera aquel chapuzón en plena noche. Se había quitado la peluca, sin más, se había puesto el pañuelo y había retomado su vida como Anne Bullmer. También explicaría que tuviera acceso a todas las zonas del barco: a las tarjetas maestras y a las áreas reservadas a la tripulación, y a aquella pequeña celda secreta, escondida en la panza del *Aurora*. Si tu marido era el propietario, podías entrar donde quisieras.

Aun así, lo que más me desconcertaba era el motivo. ¿Por qué ponerse una peluca y una camiseta de Pink Floyd y pasarse la tarde encerrada en un camarote vacío? ¿Qué hacía allí? Y si tan secreto era, ¿por qué me había abierto?

En cuanto me formulé mentalmente esa pregunta, me asaltó una imagen de mí misma llamando a la puerta (un, dos, tres, pausa, y un último golpe), y recordé que entonces la puerta se había abierto como si alguien hubiera estado esperando detrás. Era una forma rara de llamar, una forma peculiar. Era la forma de llamar que utilizarías si hubieras acordado un código. ¿Y si, de un modo del todo accidental, yo hubiera encontrado una señal convenida para que la chica que estaba en el camarote, Anne Bullmer, abriera la puerta?

Ojalá hubiera dado un par de golpes con los nudillos, como haría cualquier persona, o incluso uno solo. Entonces nunca habría sabido que ella estaba allí, y nadie habría tenido que encerrarme y silenciarme.

Silenciarme. Ese pensamiento inquietante quedó atrapado en mi cabeza, resonando como un eco.

Debían silenciarme. Pero ¿durante cuánto tiempo? Debían encerrarme allí hasta que... ¿hasta qué? ¿Hasta que hubiera pasado determinado límite?

¿O... para siempre?

La cena consistía en pescado blanco con una salsa cremosa y patatas hervidas. La salsa, fría, se había espesado por los bordes, pero yo estaba hambrienta. Antes de empezar a comer miré la pastilla que tenía en la mano sin saber qué hacer. Era la mitad de mi dosis normal. Podía tomármela entera ahora, o partirla y empezar a acumular una reserva por si... ¿por si qué? No podría huir, y si Anne decidía dejar de administrarme las pastillas, se me acabarían mucho antes de que ella se apiadara de mí.

Al final me la tragué entera, tras considerar que necesitaba compensar el déficit. Podía empezar a partirlas por la mitad al día siguiente, en caso de que me pareciera conveniente. Me sentí mejor casi de inmediato, aunque sabía, como es lógico, que no podía ser por la pastilla. No se absorbía tan deprisa, y tardaba un poco en hacer efecto en el organismo. El alivio que estaba experimentando tenía que ser debido sólo al efecto placebo. Sin embargo, a aquellas alturas no me importaba: me contentaba con cualquier cosa.

Luego empecé a picotear la cena. Sentada en la litera, masticando despacio las patatas frías y pegajosas para que no resultaran tan poco atractivas, volví a organizar las piezas del rompecabezas que tanto me había costado reunir.

Ahora ya sabía qué significaba aquella risa burlona.

Pobre Ben. Me sentí culpable por haberme precipitado al juzgarlo, y luego me invadió un arrebato de rabia. El comentario fortuito de Anne que revelaba la participación de un cómplice masculino había acaparado tanto mi atención que no se me ocurrió pensar que podría haber sido ella quien bajara corriendo la escalera del spa, mientras en teoría se le secaba el esmalte de las uñas, y escribiera aquellas palabras. «Qué estúpida eres, Lo.»

Pero Ben también era estúpido. Si no se hubiera pasado años menospreciando mis sentimientos y si no hubiera levantado la liebre con Nilsson en lugar de apoyar mi historia, quizá yo no habría sacado conclusiones precipitadas.

Ahora ya sabía quién era «él». No podía ser otro que Richard Bullmer. Era el dueño del barco. Y, de todos los hombres que había a bordo, me parecía que era quien mejor podía cometer un asesinato. Sin duda mejor que el obeso y quisquilloso Alexander, o que Nilsson, con su torpeza de oso.

Sólo había un problema: que no se había cometido ningún asesinato. ¿Cómo podía ser que tuviera que seguir recordándomelo? ¿Por qué me costaba tanto entenderlo? «Porque estás aquí —me dije—. Porque, vieras lo que vieses y pasara lo que pasase en ese camarote, fue lo bastante importante para que te encierren aquí y te impidan ir a Trondheim a hablar con la policía.» ¿Qué había ocurrido? Tenía que ser algo tan comprometedor que sencillamente no podían arriesgarse a que yo hablara de ello. ¿Sería contrabando? ¿Estarían lanzándole algo por la borda a un cómplice?

«La siguiente serás tú, idiota», me dijo la vocecilla, y me asaltó una imagen de mí misma hundiéndome en aguas profundas, y fue como recibir una descarga eléctrica en el cráneo.

Hice una mueca de asco y me obligué a tragar otro bocado glutinoso de patata. El barco se balanceó y se me revolvió el estómago.

¿Qué iba a pasarme? Sólo había dos posibilidades: que me soltaran o que me mataran. Y lo cierto era que la primera ya no parecía muy probable. Sabía demasiado. Sabía lo de Anne. Sabía que no estaba tan enferma como fingía estar, ni mucho menos.

Y no podían arriesgarse a que yo saliera y contara mi historia, la historia de un secuestro, una detención ilegal, y de maltrato físico. Aunque ¿me creería alguien?

Me palpé la mejilla y comprobé que aún tenía sangre coagulada en la herida que me había hecho cuando Anne me había estampado contra el marco de la puerta. De pronto me sentí asquerosa: sucia, sudada y manchada de sangre. Si seguía con el mismo horario, Anne tardaría horas en volver.

Encerrada en aquel ataúd de dos metros no podía hacer gran cosa para mejorar mi aspecto, pero al menos podía mantenerme limpia.

El chorro de la ducha no tenía nada que ver con el de mi suite. Aun con el grifo abierto al máximo, sólo caía un hilo de agua tibia, pero me quedé allí debajo hasta que se me arrugaron las yemas de los dedos. La sangre seca que tenía en la mano se disolvió, y cerré los ojos y dejé que la tibieza del agua me recorriera todo el cuerpo y se filtrara hasta mis músculos.

Cuando salí de la ducha me sentía mejor, me sentía más yo misma, como si, al limpiarse, mi cuerpo se hubiera despojado de parte del miedo y la violencia que habían marcado los días pasados. Fue cuando volví a vestirme cuando me di cuenta de lo mal que estaba. Mi ropa apestaba (hablando en plata) y estaba manchada de sangre.

Me tumbé de nuevo en la litera y cerré los ojos; me concentré en el murmullo constante del motor y me pregunté dónde debíamos de estar. Era miércoles por la noche, o quizá incluso jueves por la mañana. Me parecía recordar que sólo faltaban poco más de veinticuatro horas de viaje. Y luego, ¿qué? El viernes por la mañana, cuando el barco llegara a Bergen, los otros pasajeros desembarcarían y con ellos desaparecerían mis últimas esperanzas de que alguien descubriera qué había ocurrido.

Seguramente estaría a salvo durante veinticuatro horas. Pero después... Dios mío, no quería ni pensarlo.

Me tapé los ojos y escuché la sangre circular por mi cabeza. ¿Qué debía hacer? ¿Qué podía hacer?

Si Anne no me había mentido, hiriéndola a ella no conseguiría nada. Había otra puerta cerrada al otro lado de la del camarote, y más códigos que marcar para salir. Durante un minuto me pregunté: si conseguía llegar al pasillo, ¿encontraría una alarma contra incendios y podría accionarla antes de que Anne se diera cuenta? Aun así, dudaba mucho que me saliera con la mía. Por lo que había visto, Anne era fuerte y ágil, y lo más probable era que yo no pudiera llegar tan lejos.

No. Mi mejor opción era muy sencilla: tenía que ganarme a Anne.

Pero ¿cómo? En realidad, ¿qué sabía de ella?

Intenté pensar: su ingente fortuna, su triste infancia en los internados europeos. No era de extrañar que yo hubiera tardado tanto en establecer la conexión. La mujer flaca y de mirada triste de las túnicas de seda gris y los pañuelos de marca... Sí, más o menos encajaba con lo que me habían contado de ella. Pero no podía vincular ni una sola palabra de lo que me había dicho Ben con la chica de la camiseta de Pink Floyd, con aquellos ojos oscuros de mirada socarrona y rímel barato. Era como si hubiera dos Annes. La misma estatura, el mismo peso; pero ahí terminaba el parecido.

Y de pronto... se me ocurrió una cosa. Dos Annes.

Dos mujeres.

La túnica de seda gris que hacía juego con sus ojos...

Abrí los ojos y bajé las piernas de la litera, maldiciéndome por mi estupidez. Claro. ¡Claro! Si no hubiera estado medio muerta de miedo, presa del pánico y con aquel dolor de cabeza insoportable, me habría dado cuenta. ¿Cómo podía ser que no se me hubiera ocurrido antes?

Claro que había dos Annes.

Anne Bullmer estaba muerta. Desde la noche que habíamos zarpado de Inglaterra.

La chica de la camiseta de Pink Floyd estaba vivita y coleando, y desde ese momento se había hecho pasar por ella.

La misma estatura, el mismo peso, los mismos pómulos prominentes; lo único que no coincidía eran los ojos, pero habían decidido asumir el riesgo de dar por hecho que nadie recordaría los rasgos de una mujer a la que acababan de conocer. Nadie de los que estábamos a bordo conocía a Anne antes de empezar el viaje. Por si fuera poco, Richard le había pedido a Cole que no le tomara fotografías. Ahora entendía el motivo. No era para proteger a una mujer acomplejada por su aspecto, sino para que no existieran imágenes comprometedoras que, más adelante, pudieran hacer sospechar a parientes y amigos de su esposa.

Cerré los ojos y me tiré del pelo, tan fuerte que me dolió, tratando de entender qué podía haber pasado.

Richard Bullmer (porque tenía que haber sido él) había subido a la chica del camarote número 10 a bordo sin que nadie se enterara. Ella ya estaba en aquel camarote antes de que el resto de los pasajeros embarcáramos.

El día que zarpamos, ella estuvo esperando un aviso, la señal de Richard para que vaciara el camarote y se preparara. Recordé lo que había visto detrás de ella: una túnica de seda extendida encima de la cama, maquillaje, bandas de cera Veet en el cuarto de baño. Joder, ¿cómo podía haber sido tan estúpida? Se había estado afeitando y depilando el vello para hacerse pasar por una enferma de cáncer. Pero, en lugar de ser Richard quien fue a llamar a la puerta de la forma que habían acordado, había sido yo quien, sin querer, había dado la señal, así que la chica me había abierto y me había visto a mí en lugar de a él.

¿Qué demonios debió de pensar? Recordé la cara de susto y fastidio que había puesto, y cómo había intentado cerrar la puerta antes de que yo se lo impidiera. Estaba impaciente por librarse de mí, aunque procuraba actuar de la forma menos sospechosa posible. Era preferible que yo recordara a una desconocida prestándome un tubo de rímel a que empezara a contar historias de que otra pasajera me había cerrado la puerta en las narices.

Y había estado a punto de funcionar. A punto.

¿Se lo contó a Richard cuando él llegó? No estaba segura, pero habría jurado que no. Él se había comportado de un modo muy natural durante la cena de la primera noche; había sido el anfitrión perfecto. Además, había sido ella quien había cometido un error garrafal, y él no parecía la clase de hombre a quien no te importara confesar que habías metido la pata. Lo más probable era que ella hubiera cruzado los dedos, confiando en que no ocurriera nada.

Entonces la chica había recogido sus cosas, había vaciado el camarote y se había limitado a esperar. Aquella primera noche, después de las copas, habían llevado a la verdadera Anne, a saber cómo, al camarote número 10. ¿Estaba viva, y le habían contado algún cuento chino para llevarla hasta allí? ¿O ya estaba muerta?

En realidad, no importaba cómo, porque el final era el mismo. Mientras Richard estaba en el camarote de Lars preparando su coartada con una partida de póquer ininterrumpida, la chica del camarote número 10 había arrojado a Anne por la borda, confiando en que nunca encontraran el cadáver.

Y se habrían salido con la suya si yo, asustada y traumatizada por el robo del que acababa de ser víctima, no hubiera oído el chapuzón y hubiera llegado a una conclusión que, de tan errónea, era casi acertada del todo.

Así pues, ¿quién era ella? ¿Quién era aquella chica que me había golpeado, me había dado de comer y me había encerrado como si yo fuera un animal?

No tenía ni idea. Pero sí sabía una cosa: que era mi única esperanza de salir de allí con vida.

27

Pasé horas y horas despierta, intentando decidir qué podía hacer. Ni Judah ni mis padres me esperaban hasta el viernes, y hasta entonces no tendrían ningún motivo para sospechar que me hubiera sucedido nada. Pero los otros pasajeros pensarían que yo no había regresado al barco. ¿Habrían dado la alarma? ¿O Bullmer les habría dado alguna excusa para justificar mi ausencia? ¿Les habría dicho que había tenido que quedarme en Trondheim, quizá? ¿Que había decidido regresar a mi casa de repente?

No estaba segura. Pensé en quién podía estar lo bastante preocupado para hacer preguntas. No abrigaba muchas esperanzas de que Cole, Chloe ni la mayoría de los demás le dieran mucha importancia. No me conocían. No tenían los datos de contacto de ningún familiar mío. Lo más lógico era que se creyeran cualquier cosa que Bullmer les contara.

¿Y Ben? Él me conocía bien, lo suficiente para saber que largarme de Trondheim a primera hora de la mañana sin decir nada no era propio de mí. Pero no estaba segura. En otras circunstancias, quizá se hubiera puesto en contacto con Judah o con mis padres para transmitirles su inquietud, pero, tal como habíamos acabado, no era lo más probable. Casi lo había acusado de ser cómplice de un asesinato y, más allá de su comprensible enfado, seguramente no le habría sorprendido que yo desapareciera del barco sin despedirme de él.

Del resto de los pasajeros, Tina parecía la única por la que podía apostar, y crucé los dedos para que, al ver que yo no regresaba, se pusiera en contacto con Rowan. Sin embargo, no dejaba de ser una posibilidad muy remota, teniendo en cuenta que mi vida dependía de ella.

No. Debía tomar las riendas de la situación.

Aunque no había pegado ojo, sabía qué tenía que hacer, y cuando llamaron a la puerta estaba preparada.

—Pasa —dije.

La puerta se abrió un poco, y la chica, cautelosa, asomó la cabeza por el resquicio. Me vio tranquilamente sentada en la litera, limpia y con el libro en el regazo.

—Hola —la saludé.

Dejó la bandeja de la comida en el suelo. Esta vez iba vestida de Anne, con el pañuelo incluido y sin las cejas perfiladas con lápiz, pero no se movía como Anne, sino como la chica a la que yo había visto antes: soltó la bandeja con impaciencia y se enderezó sin una pizca de la elegancia reposada que aparentaba cuando se hacía pasar por la mujer de Richard.

—Hola —dijo, y su voz también sonó diferente: las consonantes, antes cristalinas, estaban elididas y debilitadas—. ¿Ya te lo has acabado?

Señaló el libro con un gesto de la cabeza.

—Sí. ¿Puedes cambiármelo por otro?

—Supongo que sí. ¿Qué quieres que te traiga?

—No importa. Lo que sea. Elige tú.

—Vale.

Me tendió una mano, y yo le devolví *La campana de cristal*. Entonces me preparé para lo que debía hacer a continuación.

—Lo siento —dije, cohibida—. Lo de la bandeja.

Ella sonrió mostrando unos dientes blancos y rectos, y en sus ojos vi un destello de picardía.

—No pasa nada. No te lo reprocho: yo habría hecho lo mismo. Pero esta vez he traído una más blanda. Ya sabes, gato escaldado...

Miré el desayuno que había dejado en el suelo. La bandeja dura de melamina había sido sustituida por otra de plástico antideslizante, como las que usan en los bares para servir las bebidas.

—Supongo que no puedo quejarme. —Forcé una sonrisa—. Me lo he ganado.

—Tienes la pastilla en el platillo. Y recuerda: pórtate bien, ¿vale?

Asentí, y ella se dio la vuelta. Tragué saliva. Tenía que impedir que se marchara; debía decir algo, cualquier cosa para evitar que me condenaran a otro día y otra noche allí, sola.

—¿Cómo te llamas? —pregunté a la desesperada.

Se volvió, y vi recelo en su mirada.

—¿Cómo dices?

—Ya sé que no eres Anne. Me he acordado. Los ojos. La primera noche me fijé en que Anne tenía los ojos grises. Tú no los tienes grises. El resto es muy convincente. Debo reconocer que eres muy buena actriz.

Me miró con asombro, y durante un momento creí que iba a salir, cerrar de un portazo y dejarme encerrada otras doce horas. Me sentí como un pescador que cobra un pez enorme con una caña muy pequeña; tenía todos los músculos en tensión, pero trataba de no dar sacudidas y de que no se notara el esfuerzo que estaba haciendo.

—Si me he equivocado... —empecé a decir con cautela.

—Cállate —me ordenó, fiera como una leona.

Su rostro se había transformado por completo, y denotaba una ira salvaje; sus oscuros ojos estaban llenos de rencor y desconfianza.

—Lo siento —me disculpé con humildad—. Yo no... Oye, ¿qué más da? No voy a moverme de aquí. ¿A quién quieres que se lo cuente?

—Mierda —dijo con rabia—. ¿No entiendes que estás cavando tu propia tumba?

Asentí. Pero ya hacía varios días que lo sabía. Aunque la chica quisiera creer otra cosa, y aunque yo quisiera creer otra cosa, de aquel camarote sólo iba a salir de una forma.

—Dudo que Richard deje que me marche —dije—. Lo sabes, ¿no? Así que no importa mucho que me digas tu nombre.

Su rostro, enmarcado por el caro pañuelo de seda, estaba blanco como el papel. Cuando por fin habló, lo hizo con rabia.

—Lo jodiste todo. ¿Por qué no te metías en tus asuntos?

—¡Sólo intentaba ayudar! —contesté.

Grité más de la cuenta, sin proponérmelo. Tragué saliva y, en voz más baja, añadí:

—Yo sólo intentaba ayudarte, ¿no lo entiendes?

—¿Por qué? —dijo ella, a medio camino entre una pregunta y un grito de frustración—. ¿Por qué? No me conocías de nada. ¿Por qué tenías que meterte?

—¡Porque sé lo que significa estar en tu lugar! Yo sé... Yo sé qué significa despertar en plena noche y temer por tu vida.

—Pero ése no es mi caso —dijo con brusquedad.

Dio unos pasos por el estrecho camarote. De cerca, pude apreciar que empezaban a crecerle de nuevo las cejas.

—Nunca fue mi caso.

—Pero lo será —dije, y le sostuve la mirada para que no la desviara. No podía arriesgarme a que dejara de ser consciente de lo que estaba haciendo—. Cuando Richard tenga el dinero de Anne, ¿qué crees que será lo siguiente que hará? Protegerse.

—¡Cállate! No tienes ni idea de lo que dices. Él es bueno. Está enamorado de mí.

Me levanté y quedamos a la misma altura. Nos mirábamos a los ojos, nuestras caras estaban muy cerca la una de la otra.

—Eso es una gilipollez y lo sabes —dije.

Me temblaban las manos. Si aquello salía mal, quizá la chica cerrara la puerta con llave y no volviera, pero yo tenía que ingeniármelas para que se enfrentara a la situación real, por su bien y por el mío. Si se marchaba ahora, lo más probable era que ambas acabáramos muertas.

—Si estuviera enamorado de ti, no te pegaría ni te obligaría a hacerte pasar por su difunta esposa. ¿Para qué crees tú que ha montado toda esta farsa? ¿Para estar contigo? Esto no tiene nada que ver contigo. Si tuviera que ver contigo, Richard se habría divorciado y no habría ocultado vuestra relación; pero entonces ella se habría quedado con el dinero. Anne era la heredera de una dinastía de multimillonarios. Las personas como ella no se arriesgan a casarse sin un contrato prematrimonial.

—¡Cállate! —Se tapó las orejas y sacudió la cabeza—. No sabes de qué hablas. ¡Ninguno de los dos queríamos vernos en esta situación!

—¿En serio? ¿Crees que es una casualidad que Richard se enamorara de una chica que tiene un parecido tan asombroso con Anne? Lo planeó desde el principio. Para él sólo eres una herramienta para conseguir su objetivo.

—No sabes lo que dices —me espetó.

Se dio la vuelta, fue hasta donde habría estado la ventana si hubiera habido una y luego volvió. Ya no quedaba ni pizca de la serena lasitud de Anne en su semblante, que sólo denotaba miedo y rabia.

—Quería librarse de la esposa controladora y quedarse con todo el dinero. Supongo que se le ocurrió al enfermar Anne, y de pronto se dio cuenta de que le gustaba la idea: un futuro sin Anne, pero con su dinero. Y cuando los médicos le dijeron que estaba curada, él no quiso renunciar, ¿no es eso? Y entonces te vio a ti y empezó a tramar el plan. ¿Dónde te conoció? ¿En un bar? No, espera. —Me acordé de la foto de la cámara de Cole—. En su club, ¿verdad?

—¡No sabes nada! —me gritó—. ¡NO TIENES NI IDEA!

Antes de que yo pudiera continuar, se dio la vuelta, abrió la puerta con una mano temblorosa y salió dando un portazo, con *La campana de cristal* bajo el brazo. Oí el roce de la llave en la cerradura, a continuación otro portazo más allá, y luego silencio.

Me senté de nuevo en la litera. ¿La habría hecho dudar lo suficiente de Richard para que depositara su confianza en mí? ¿O estaría subiendo en ese instante para contarle la conversación que acabábamos de mantener? Sólo había una forma de averiguarlo, y era esperar.

Sin embargo, a medida que transcurrían las horas y ella seguía sin aparecer, empecé a preguntarme cuánto podía durar aquella espera.

Y como no vino a traerme la cena y el hambre me atenazaba el estómago, comencé a pensar que había cometido un tremendo error.

28

Me quedé un buen rato mirando la litera de arriba, mientras repasaba mentalmente la conversación y me preguntaba si habría cometido el peor error de mi vida.

Había apostado por establecer algún tipo de vínculo con la chica y, de ese modo, obligarla a replantearse lo que estaba haciendo, pero daba la impresión de que mi plan había fracasado.

Pasaban las horas y no aparecía nadie. Cada vez me costaba más ignorar el hambre. Lamenté haberle devuelto el libro, porque en el camarote no había nada con lo que pudiera entretenerme. Empecé a pensar en la incomunicación, en que los prisioneros enloquecían poco a poco, oían voces, suplicaban que los liberaran.

Al menos la chica no había cortado la electricidad, aunque no estaba segura de que aquello fuera un acto de clemencia: estaba tan furiosa al salir del camarote que lo lógico habría sido cortarla para castigarme. Lo más probable era que se le hubiera olvidado hacerlo. Pero aquel pequeño detalle, la idea de poder escoger, por lo menos, un aspecto de mi entorno, me reconfortaba.

Volví a ducharme y lamí los restos de mermelada del plato. Me tumbé en la cama, cerré los ojos e intenté recordar cosas: la distribución de la casa donde había crecido, el argumento de *Mujercitas*, el color de...

No. Aparté ese pensamiento. No podía pensar en Judah. Allí no. Me derrumbaría.

Al final, para demostrarme que controlaba la situación, y no porque creyera que eso fuera a ayudarme, apagué la luz, me tumbé boca arriba y, sin cerrar los ojos, intenté dormir.

No estoy segura de si llegué a dormirme. Supongo que sólo me adormecí. Pasaron varias horas, o a mí me lo pareció. No vino nadie, pero en cierto momento de aquella negrura prolongada me sobresalté y me incorporé. Traté de discernir si había cambiado algo. ¿Había oído un ruido? ¿Había notado una presencia en la oscuridad?

El corazón me latía muy deprisa; bajé de la litera y fui a tientas hasta la puerta, pero cuando encendí la luz vi que nada había cambiado. El camarote estaba vacío, y el cuarto de baño también. Aguanté la respiración y agucé el oído, pero no oí pasos por el pasillo, ni voces, ni movimiento alguno. No se oía nada más que silencio.

Y entonces lo comprendí. El silencio. Era eso lo que me había despertado.

El motor se había parado.

Intenté contar los días con los dedos y, aunque no podía estar segura, calculé que debía de ser viernes 25. Eso significaba que el barco había llegado a su último puerto, Bergen, donde teníamos previsto desembarcar y coger un avión para regresar a Londres. Los pasajeros se marchaban.

Y entonces yo me quedaría sola.

El pánico se apoderó de mí. Pensar que los demás estaban tan cerca (seguramente durmiendo, sólo unos palmos por encima de mi cabeza) y que, sin embargo, yo no podía hacer nada en absoluto para que me oyeran... No tardarían en preparar las maletas y desembarcar, y yo me quedaría sola en un ataúd con forma de barco.

La idea era insoportable. Sin pensar lo que hacía, agarré el cuenco del desayuno del día anterior y lo lancé contra el techo con todas mis fuerzas.

—¡Socorro! —me desgañité—. ¿Alguien me oye? ¡Estoy encerrada! ¡Ayúdenme, por favor!

Paré de gritar y me quedé escuchando, jadeando, con la esperanza de que, ahora que el ruido del motor ya no sofocaba mis gritos, alguien me hubiera oído.

No hubo nada que pudiera interpretar como una respuesta, ningún golpe, ningún grito que se filtrara a través del suelo. Pero sí oí una cosa: un chirrido metálico, como si algo arañara el exterior del casco.

¿Me habrían oído? Contuve la respiración e intenté controlar los fuertes latidos de mi corazón, que amenazaban con apagar cualquier débil ruido procedente del exterior del barco. ¿Venía alguien?

Volví a oír aquel chirrido. Percibía una vibración en el costado del barco, y de pronto me di cuenta de qué pasaba: estaban bajando la pasarela. Los pasajeros estaban desembarcando.

—¡Socorro! —grité.

Y me puse a dar golpes, pero el techo de plástico absorbía el sonido.

—¡Socorro! ¡Soy yo, Lo! ¡Estoy aquí! ¡Estoy en el barco!

No hubo respuesta. Sólo oía mis jadeos, ásperos, y el zumbido de la sangre en mis oídos.

—¿Alguien me oye? ¡Por favor! ¡Ayúdenme, por favor!

Apoyé las manos en la pared; los golpes contra la pasarela se transmitían a través del casco hasta las yemas de mis dedos. El impacto de los carritos de provisiones y de los equipajes, las pisadas de los pasajeros que se alejaban...

Lo notaba todo, pero no lo oía. Yo estaba por debajo de la línea de flotación, y todo aquello sucedía arriba, donde cualquier débil vibración que yo pudiera provocar con mi cuenco de plástico quedaría velada por el sonido del viento, los graznidos de las gaviotas y las voces de los otros pasajeros.

Solté el cuenco, que llegó al suelo, rebotó y rodó por la delgada moqueta, y entonces me dejé caer en la litera y me acurruqué. Encogida, tapándome la cabeza con los brazos, empecé a llorar a lágrima viva, de miedo e impotencia.

No era la primera vez que estaba asustada. Había estado muerta de miedo en otras ocasiones. Pero nunca había perdido del todo la esperanza, y eso era lo que sentía ahora: desesperación.

Mientras lloraba, acurrucada encima de aquel colchón delgado y hundido, no paraban de pasar imágenes por mi mente: Judah leyendo el periódico; mi madre resolviendo un crucigrama mordiéndose la punta de la lengua; mi padre cortando el césped el domingo mientras tarareaba una melodía. Habría dado cualquier cosa por verlos a cualquiera de ellos en aquel camarote, aunque sólo fuera un momento, aunque sólo fuera para decirles que estaba viva y que los quería.

Sólo podía pensar en que ellos estarían esperando mi regreso. Y en su consternación cuando vieran que no volvía. Y, por último, en la condena perpetua de esperar, ya sin esperanza, a alguien que no iba a regresar nunca.

De: Judah Lewis
Para: Judah Lewis; Pamela Crew; Alan Blacklock
CCO: [38 destinatarios más]
Fecha: martes, 29 de septiembre
Asunto: Lo: últimas noticias

Queridos amigos:

Siento mucho comunicaros esto por correo electrónico, pero estoy seguro de que comprenderéis que estos últimos días han sido muy difíciles y no hemos podido contestar a todas vuestras preguntas.

Hasta ahora no teníamos nada concreto que contar, y eso ha provocado muchas especulaciones, algunas muy dolorosas, en las redes sociales. Sin embargo, ahora ya tenemos noticias. Por desgracia, no son las que nosotros quisiéramos, y los padres de Lo, Pam y Alan, me han pedido que ponga al corriente a sus amigos íntimos y parientes más cercanos en su nombre y en el mío, ya que algunos detalles se han filtrado a la prensa, y no queríamos que nadie se enterara de esto por internet.

No hay ninguna forma fácil de exponerlo: esta mañana a primera hora Scotland Yard me ha pedido que identificara unas fotografías que habían recibido del equipo de la policía noruega encargado del caso. Eran fotografías de ropa, y la ropa era de Lo. La he reconocido enseguida. Las botas, concretamente, son *vintage* y muy características. No tengo la menor duda de que son suyas.

Como os podéis imaginar, estamos destrozados, pero todavía seguimos a la espera de lo que nos diga la policía; de momento no sabemos nada más, porque el cuerpo aún está en Noruega. Entretanto, os agradeceríamos que fuerais muy discretos si habláis con la prensa. Si tenéis algo que aportar a la investigación, puedo daros el nombre de los agentes de Scotland Yard que llevan el caso en el Reino Unido. También tenemos un portavoz de la familia que nos ayuda a contestar a los medios, pero están circulando algunas historias rocambolescas y falsas, y queremos pediros a todos que nos ayudéis a respetar la intimidad de Lo.

Estamos destrozados por este giro de los acontecimientos y todavía no hemos asimilado lo que significa, así que, por favor, tened paciencia. Volveremos a informaros en cuanto podamos.

Judah

SÉPTIMA PARTE

29

No venía.

La chica no venía.

Pasaban las horas, se confundían unas con otras, y yo sabía que en algún sitio, al otro lado de las paredes de aquel ataúd metálico, había gente que hablaba, reía, comía y bebía mientras yo estaba allí tumbada, sin poder hacer otra cosa que respirar y contar uno a uno los segundos, los minutos, las horas. En algún lugar, allí fuera, el sol salía y se ponía, las olas mecían el casco del barco, y la vida continuaba mientras yo me hundía en la oscuridad.

Volví a imaginarme el cadáver de Anne a la deriva por las profundidades del mar, y pensé con amargura que ella había tenido suerte porque, al menos, la suya había sido una muerte rápida. Un instante de sospecha, un golpe en la cabeza, y ya está. Estaba empezando a temer que yo no sería tan afortunada.

Tumbada en la litera, abrazándome las rodillas, intentaba no pensar en el hambre que tenía e ignorar los calambres de mi estómago. Mi última comida había sido el desayuno del jueves y, según mis cálculos, ya era última hora del viernes. Tenía un dolor de cabeza fortísimo, y retortijones, y cuando me levanté para ir al cuarto de baño sentí debilidad y mareo.

La vocecilla desagradable del fondo de mi cabeza volvió a hablar, atormentándome. «¿Cómo creías que sería morir de hambre? ¿Creías que sería una muerte dulce?»

Cerré los ojos: «Uno. Dos. Tres. Inspira.»

«Se tarda mucho. Acabarías antes si consiguieras no beber...»

De pronto me vi a mí misma, delgada, pálida y fría, acurrucada bajo la raída manta naranja.

—No voy a imaginarme esas cosas —murmuré—. Voy a evocar...

No terminé la frase. ¿Qué? ¿Qué podía evocar? Ninguna sesión con Barry había versado sobre qué imágenes felices escogías cuando un asesino te tenía prisionera. ¿En qué podía pensar? ¿En mi madre? ¿En Judah? ¿En todo lo que yo apreciaba y amaba y estaba a punto de perder?

—Evoca una imagen feliz, idiota —susurré.

Seguramente estaba intentando evocarla en una situación que Barry jamás había previsto.

Y entonces oí un ruido en el pasillo.

Me levanté de un salto, me quedé sin sangre en la cabeza y estuve a punto de caerme, pero conseguí sentarme en la litera antes de que se me doblaran las rodillas.

¿Era ella? ¿O Bullmer? Mierda.

Sabía que estaba respirando demasiado deprisa, notaba los latidos acelerados del corazón y un hormigueo de los músculos, y entonces mi visión empezó a fragmentarse en pequeñas manchas negras y rojas...

De repente todo se volvió negro.

—¡Mierda! ¡Mierda! ¡Mierda!

Una sola palabra, repetida una y otra vez, susurrada con voz monótona, llorosa, aterrada, cerca de mí.

—¡Despiértate, joder!

—¿Qué...? —conseguí articular.

La chica dio un gritito de alivio.

—¡Mierda! ¿Estás bien? ¡Me has dado un susto de muerte!

Abrí los ojos y vi su cara de preocupación suspendida sobre la mía. La habitación olía a comida, y el estómago empezó a rugirme dolorosamente.

—Lo siento —se apresuró a decir.

Me ayudó a incorporarme y a apoyarme en el borde metálico de la litera, y luego me puso una almohada detrás de la espalda. Le olía el aliento a alcohol: a schnapps, o quizá vodka.

—No quería dejarte sola tanto tiempo, pero...

—¿... día es? —dije con voz ronca.

—¿Qué?

—¿Qué... día es?

—Sábado. Sábado veintiséis. Es tarde, casi medianoche. Te he traído un poco de cena.

Me tendió una fruta, yo la cogí, mareada de hambre, y la mordí enseguida; no supe que se trataba de una pera hasta que su sabor me explotó en la boca, con una intensidad casi insoportable.

Sábado. Casi domingo. No me sorprendía encontrarme tan mal. No me sorprendía que las horas se me hubieran hecho eternas. No me sorprendía tener retortijones y calambres en el estómago incluso en aquel momento, mientras devoraba la pera a mordiscos enormes y voraces. Llevaba allí encerrada, sin comida y sin contacto alguno... Lo calculé: desde el jueves por la mañana hasta el sábado por la noche. Cuarenta y ocho... sesenta... ¿sesenta y pico horas? ¿En serio? Me dolía el cerebro. Me dolía el estómago. Me dolía todo.

El estómago se me revolvió otra vez, y me vino una arcada.

—Oh, no.

Intenté levantarme, pero las piernas no me sostenían.

—Creo que voy a vomitar.

Me dirigí tambaleándome hasta el diminuto cuarto de baño, y la chica me siguió, angustiada, y estiró un brazo para sujetarme cuando entré como pude por la estrecha puerta, me arrodillé y vomité en la taza del váter, que tenía restos de gel de baño azul. La chica debió de percibir mi desdicha, porque dijo, casi con timidez:

—Si quieres, puedo traerte otra. Pero también hay un plato a base de patata. Tal vez eso te siente mejor. El cocinero lo ha llamado «pitty-panny» o algo así. No me acuerdo.

No contesté. Me quedé arrodillada delante del váter, preparada para la siguiente arcada. Pero las náuseas habían desaparecido,

283

así que me sequé los labios y me levanté despacio, sujetándome a la agarradera y comprobando la fuerza de mis piernas. Entonces, con paso vacilante, volví a la litera, donde estaba la bandeja de comida. Los dados de patata tenían un olor y un aspecto maravillosos. Cogí el tenedor y empecé a comer, esta vez más despacio, procurando no engullir la comida.

La chica me observaba.

—Lo siento —repitió—. No debí castigarte así.

Tomé un bocado tibio y salado de patata, y la piel caramelizada crujió entre mis dientes.

—¿Cómo te llamas? —pregunté por fin.

Ella se mordió el labio, desvió la mirada y suspiró.

—Supongo que no debería decírtelo, pero qué más da. Carrie.

—Carrie.

Tomé otro bocado y, mientras masticaba, paseé aquella palabra por la boca.

—Hola, Carrie.

—Hola —contestó ella, pero con una voz carente de calidez, de vida.

Se quedó un rato más mirándome comer, y luego, despacio, fue hasta el otro extremo del camarote y se sentó en el suelo, con la espalda apoyada en la pared.

Estuvimos un rato en silencio, yo comiendo metódicamente, procurando no apresurarme demasiado, y ella observándome. Entonces soltó una pequeña exclamación, se palpó el bolsillo y extrajo algo de él.

—Casi se me olvida. Toma.

Era una pastilla envuelta en un trozo de pañuelo de papel. La cogí y sentí tanto alivio que me dieron ganas de reír. La idea de que aquella pastillita blanca pudiera hacerme sentir mejor respecto a mi situación me pareció de un optimismo patético. Y sin embargo...

—Gracias —dije.

Me la puse en la parte de atrás de la lengua, tomé un sorbo de zumo y me la tragué. El plato estaba vacío, y mientras cogía con el tenedor el último trocito de patata, me di cuenta de que Carrie seguía observándome y de que era la primera vez que se quedaba hasta que yo terminaba de comer. Ese pensamiento me infundió suficiente valor para intentar algo; quizá fuera una estupidez, pero las palabras me salieron antes de que pudiera pensármelo dos veces.

—¿Qué me va a pasar?

Sin decir nada, ella se levantó y se sacudió los pantalones de seda de color crema. Estaba exageradamente delgada, y me pregunté si eso formaría parte de su imitación de Anne, o si sería su constitución.

—¿Me va...? —Tragué saliva. Me la estaba jugando, pero necesitaba saberlo—. ¿Me va a matar?

Siguió callada. Recogió la bandeja, negó despacio con la cabeza y fue hasta la puerta, pero cuando se dio la vuelta para cerrarla vi que una lágrima estaba a punto de derramarse de uno de sus ojos. Se detuvo un instante, con la puerta casi cerrada, y durante un momento creí que iba a decir algo. Pero volvió a negar con la cabeza, con lo que la lágrima se derramó por fin y le cruzó la mejilla, y entonces se la enjugó casi con rabia y cerró.

Me quedé de pie, agarrada a la litera, recomponiéndome, y entonces vi que en el suelo había otro libro. Era mi ejemplar de *Winnie the Pooh*.

Pooh siempre ha sido mi lectura de consuelo, el libro al que acudir en momentos de estrés. Lo tengo desde antes de empezar a tener miedo, cuando no había otras amenazas que no fueran los *heffalumps*, y yo, como Christopher Robin, podía conquistar el mundo.

Había estado a punto de no llevármelo. Pero en el último momento, cuando ya había encajado la ropa y los zapatos en la maleta, lo había visto en la mesita de noche y lo había metido también, como una especie de amuleto que me protegería del estrés del viaje.

Me pasé el resto de la noche tumbada en la litera, con el libro abierto en la almohada, a mi lado, y pasando los dedos por la gastada sobrecubierta. Pero me sabía el texto de memoria, quizá demasiado bien, y tal vez por eso las palabras no lograron obrar la magia de otras ocasiones. Así que, sin quererlo, me puse a repasar mi última conversación con Carrie una y otra vez, y a pensar en qué me depararía el futuro.

Sólo tenía dos formas de salir de allí: una era viva y la otra, muerta, y sabía cuál de las dos prefería. De modo que mi elección era simple: o salía con la ayuda de Carrie, o sin ella.

Unos días atrás, unas horas atrás, habría afirmado sin dudar que mi única opción real era salir sin su ayuda: al fin y al cabo, me había golpeado, recluido e incluso me había hecho pasar hambre. Pero después de esa noche ya no estaba tan segura. Su forma de tocarme mientras me ayudaba a sentarme, el hecho de que hubiera esperado mientras yo comía, observando con atención cada bocado que daba, con gesto de profunda tristeza, y sus ojos al darse la vuelta en la puerta, antes de marcharse... No creía que Carrie fuera una asesina, o al menos no por decisión propia. Y aquellos últimos días había sucedido algo que le había abierto los ojos. Pensé en lo larga y angustiante que había sido mi espera, lo lentas que pasaban las horas mientras mi hambre aumentaba inexorablemente. Y por primera vez pensé que quizá aquellas horas también hubieran sido lentas y torturadoras para ella; y que tal vez ella se hubiera encontrado también de pronto ante algo para lo que no estaba preparada. Debía de imaginarme allí abajo, debilitándome por momentos, arañando la puerta. Hasta que al final no había podido soportarlo y había bajado corriendo con un plato robado de comida fría.

¿Qué debió de pensar cuando al abrir la puerta me encontró tumbada en el suelo? ¿Que llegaba demasiado tarde? ¿Que me había muerto, quizá de hambre, o de puro agotamiento? Tal vez comprendió de pronto que no soportaría vivir con otra muerte a cuestas, con una muerte que hubiera provocado ella.

Carrie no quería que me muriera: de eso estaba convencida. Y dudaba de que fuera capaz de matarme si yo seguía recordándole que estaba allí por ella, porque había luchado por ella y había intentado ayudarla.

Bullmer, en cambio... Él, que había soportado el tratamiento de quimioterapia de su mujer planeando su muerte y contando el dinero que iba a heredar, y todo para que, en el último momento, lo engañaran...

Sí, estaba claro: Bullmer no tendría ningún reparo en matarme. Y lo más probable es que eso no le quitara ni una hora de sueño.

¿Dónde estaba? ¿Habría bajado del barco y estaría preparándose una coartada mientras Carrie me mataba de hambre? No estaba segura. Pero ya se había encargado de mantenerse al margen en el asesinato de Anne, y dudaba mucho de que interviniera directamente en el mío.

Mientras reflexionaba sobre eso, oí el lento rumor del motor del barco, que volvía a ponerse en marcha. Ronroneó un rato, y cuando noté que se balanceaba y se desplazaba comprendí que estábamos abandonando el puerto de Bergen, y que la oscuridad se lo tragaba a medida que zarpábamos de nuevo hacia el mar del Norte.

30

El motor volvía a estar parado cuando desperté, pero notaba el movimiento del agua alrededor del barco. Me pregunté dónde nos encontraríamos; tal vez en los fiordos. Imaginé aquellas paredes de roca oscura elevándose y enmarcando una franja estrecha de cielo azul en lo alto, y hundiéndose bajo las aguas profundas y azules del mar. Sabía que algunos fiordos tenían más de mil metros de profundidad; allí, las aguas debían de ser inefablemente frías y oscuras. Si un cuerpo se hundía en esas profundidades, lo más probable era que jamás fuera recuperado.

Estaba preguntándome qué hora debía de ser cuando llamaron a la puerta, y apareció Carrie con un cuenco de cereales y una taza de café.

—Lo siento, no he podido traerte nada más —se disculpó al dejar la bandeja—. Ahora ya han desembarcado tanto los pasajeros como la tripulación, y es más difícil coger comida sin que el cocinero sospeche.

—¿La tripulación ha desembarcado?

Esas palabras me dejaron consternada, aunque no sabía muy bien por qué.

—No todos —puntualizó Carrie—. El capitán se ha quedado, con algunos miembros más de la tripulación de puente. Pero toda la tripulación de pasaje ha ido con Richard a Bergen a no sé qué actividad para fomentar el trabajo en equipo.

Así que Bullmer no estaba en el barco. Quizá eso explicara el cambio de actitud de Carrie. Y si Bullmer no estaba...

Empecé a comerme los cereales, despacio, y, como la vez anterior, ella se sentó y se quedó observándome; sus ojos, bajo las cejas depiladas del todo, denotaban tristeza.

—¿No te has arrancado las pestañas? —dije entre cucharada y cucharada.

—No, no me decidí. De todas formas, tengo las pestañas muy finas si no me pongo rímel, y pensé que si alguien se fijaba podría decir que eran postizas.

—¿Quién...? —me interrumpí.

Iba a decir «¿Quién la mató?», pero de pronto me sentí incapaz de formular esa pregunta. Me atemorizaba demasiado que la respuesta fuera que la había matado ella. Además, mi mejor baza consistía en convencerla de que ella no era una asesina, y no en recordarle que ya lo había hecho una vez y que, por lo tanto, podía volver a hacerlo.

—¿Qué? —me preguntó.

—¿Qué les has contado a mis conocidos? ¿Y a los otros pasajeros? ¿Creen que me he quedado en Trondheim?

—Sí. Me puse otra vez la peluca y bajé del barco con tu pasaporte. Escogí el momento en que todos los auxiliares de pasaje estaban preparando el desayuno y había un miembro de la tripulación de puente haciendo guardia en la pasarela. Por suerte no fuiste a la visita al puente de mando, así que ninguno te conocía. Y, por suerte, ambas tenemos el pelo castaño oscuro. Si hubieras sido rubia, no sé qué habría hecho, porque no tengo ninguna peluca rubia. Luego volví a subir al barco haciéndome pasar por Anne y confié en que no se dieran cuenta de que Anne estaba embarcando cuando en realidad no había desembarcado.

«Por suerte.» Yo no habría dicho eso. De modo que sí había un rastro: había quedado registrado que yo había desembarcado y que no había vuelto a embarcar. Era lógico que la policía no inspeccionara el barco.

—¿Cuál era el plan? —pregunté en voz baja—. Si yo no te hubiera visto, ¿qué pensabais hacer?

—Yo habría desembarcado igualmente en Trondheim —respondió, consternada—, pero haciéndome pasar por Anne. Luego me habría puesto la peluca, me habría cambiado de ropa, me habría pintado las cejas y me habría confundido entre el gentío como una mochilera más. La pista se habría perdido en Trondheim: una mujer inestable, que se enfrentaba a la muerte, desaparecía sin dejar rastro... Y después, cuando todo se hubiera calmado, Richard y yo nos habríamos «conocido» y nos habríamos enamorado, pero esta vez en público. Volveríamos a repetirlo todo ante las cámaras.

—¿Por qué lo hiciste, Carrie? —pregunté, desesperada, y enseguida me arrepentí.

No era el momento adecuado para enfrentarme a ella. Necesitaba tenerla de mi parte, y no iba a conseguirlo haciendo que se sintiera acusada. Pero no podía más.

—Es que no lo entiendo.

—A veces yo tampoco. —Se tapó la cara—. Esto no es lo que yo había previsto.

—Cuéntame —dije.

Alargué una mano, casi con timidez, y se la apoyé en la rodilla, y ella dio un respingo, como si esperase recibir un golpe. Me di cuenta de lo asustada que estaba, de que gran parte de aquella energía feroz procedía del terror, no del odio.

—Carrie... —insistí.

Ella desvió la mirada y habló con la vista clavada en la cortina naranja, como si no soportara mirarme a la cara.

—Nos conocimos en el Magellan —dijo—. Yo trabajaba allí de camarera mientras no me salía nada de actriz. Y Richard... bueno, supongo que me enamoré locamente de él. Fue algo parecido a *Cincuenta sombras*: yo sin un céntimo, y él... enamorándose, mostrándome un estilo de vida que yo jamás podría haber soñado... —Hizo una pausa y tragó saliva—. Yo ya sabía que estaba casado, claro. Siempre fue muy sincero respecto a eso. Así que no podíamos vernos en público y yo no podía hablarle a nadie de él. Su matrimonio había fracasado casi desde el principio. Ella era fría como un témpano y muy controladora, y cada uno vivía su vida, ella en Noruega y él en Londres. Richard lo había pasado muy mal: su madre lo abandonó cuando él era un bebé y su padre murió cuando todavía era un adolescente. ¡Era tan injusto que Anne, la persona que debería haberlo amado más que nadie, ni siquiera soportara estar con él! Pero ella estaba gravemente enferma y Richard no tenía valor para divorciarse de una mujer en esas circunstancias, le parecía una crueldad, pero no dejaba de hablar de después, de cuando ella falleciera, de cuando estuviéramos juntos... —Se le fue apagando la voz, y durante un momento creí que había terminado, que se levantaría y se marcharía; pero siguió hablando, y ahora las palabras salían más deprisa, como si no pudiera controlarlas—. Una noche se le ocurrió una idea: me propuso que me disfrazara de su mujer y que lo acompañara al teatro, así podríamos salir juntos en público. Me dio uno de sus kimonos, y yo vi un vídeo en el que ella salía hablando, para saber cómo tenía que moverme y comportarme, me escondí el pelo debajo de un gorro de natación y me puse uno de sus pañuelos encima. Y lo hicimos: nos sentamos en un palco, los dos solos, y bebimos champán, y... fue maravilloso. Fue un juego muy divertido, engañamos a todo el mundo.

»Lo hicimos un par de veces más, sólo cuando Anne pasaba por Londres, para que nadie sospechara, y luego, unos meses más tarde, Richard tuvo otra idea. Al principio parecía una locura, pero él es así, ¿me entiendes? Te convence de que nada es imposible. Me explicó que tenía que hacer un viaje de promoción, que Anne iba a estar con él la primera noche, pero que después tenía previsto abandonar el crucero y volver a su casa, a Noruega. Me propuso quedarme en el *Aurora* y hacerme pasar por ella. Él podía colarme sin que nadie se enterase, y durante una semana seríamos una pareja de verdad y podríamos estar juntos en público. Me prometió que todo saldría bien. Me dijo que a bordo no habría nadie que la conociera, y que se aseguraría de que nadie me hiciera fotos para que no pudieran descubrirnos después. La última escala del crucero sería Bergen, así que todos darían por hecho que Anne había decidido quedarse unos días más, entonces yo volvería a ponerme mi ropa y me marcharía a mi casa. Lo arregló para que uno de los invitados no pudiera venir, para que hubiera un camarote vacío, y me dijo que lo único que... —Se interrumpió—. Lo único que pasaba era que tendría que cortarme el pelo, para resultar convincente. Y yo pensé que... valía la pena. Para estar con él. —Tragó saliva y luego siguió hablando más despacio—. La primera noche, Richard vino al camarote cuando yo estaba disfrazándome de Anne. Estaba muy nervioso. Me contó que Anne había descubierto lo nuestro, que se había puesto furiosa y que le había pegado. Él la había apartado de un empujón para protegerse, y ella había tropezado y se había golpeado la cabeza contra una mesita. Cuando fue a reanimarla vio que... —Flaqueó, pero tras una pausa continuó—: Vio que estaba muerta.

»No sabía qué hacer. Dijo que, si había una investigación policial, se revelaría mi presencia a bordo del *Aurora*, y entonces nadie creería su versión de la disputa; que nos procesarían a ambos, a él por asesinato y a mí como cómplice en un plan premeditado; que se descubriría que yo me había disfrazado de Anne. Dijo que Cole tenía una fotografía en la que yo aparecía vestida de su mujer. Me convenció... —Se detuvo; la emoción le impedía hablar—. Me convenció de que lo único que podíamos hacer era tirar el cadáver de Anne por la borda y seguir con el plan. Si ella desaparecía en Bergen, no podrían acusarnos de nada. Pero ¡esto no es lo que habíamos planeado!

Se me atascaron en la punta de la lengua unas cuantas objeciones que pedían la palabra a gritos. ¿Cómo podría haber desembarcado Anne la primera noche si no íbamos a llegar a Noruega hasta el día siguiente? ¿Y cómo iba a desembarcar sin su pasaporte, sin que la tripulación supiera que se había marchado? No tenía sentido. La única explicación era que Richard nunca se había propuesto que Anne bajara por aquella pasarela por iniciativa propia, y Carrie debía de saberlo. No era tonta. Pero yo ya había visto otras veces aquella ceguera obstinada: mujeres empeñadas en que su novio no las engañaba, a pesar de tener pruebas palmarias; o empleados que trabajaban para jefes horribles, convencidos de que sólo obedecían órdenes y cumplían su obligación.

La capacidad de las personas para creer en lo que querían ver parecía ilimitada, y si Carrie se había convencido a sí misma para aceptar la distorsionada versión de los hechos de Richard, aunque contradijeran toda lógica, era muy improbable que quisiera escucharme a mí.

En lugar de enfrentarme a ella, inspiré hondo y le hice la pregunta alrededor de la que giraba todo:

—¿Qué pensáis hacer conmigo?

—¡Mierda!

Carrie se levantó; se pasó las manos por la cabeza y se le resbaló el pañuelo, revelando el cuero cabelludo afeitado.

—No lo sé. No me lo preguntes más, por favor.

—Me matará, Carrie.

Estaba convencida de que nos iba a matar a las dos, pero pensé que ella no estaba preparada para oírlo.

—Por favor, tú puedes sacarnos de aquí, sabes que puedes. Declararé a tu favor, diré que me salvaste, diré que...

—Para empezar —me interrumpió, impetuosa—, yo jamás lo traicionaría. Lo quiero, ¿no lo entiendes? Y segundo, aunque te hiciera caso, acabarían acusándome de asesinato.

—Pero si testificas contra él...

—No —dijo, tajante—. No pienso hacerlo. Lo quiero. Y él me quiere. Sé que me quiere.

Se volvió hacia la puerta, y supe que era ahora o nunca, debía hacerle ver dónde se había metido, aunque después se marchara y yo acabara muriéndome de hambre en aquel camarote.

—Te matará, Carrie —lo dije mirándole la nuca, cuando ella ya había llegado a la puerta—. Lo sabes, ¿verdad? Me matará a mí y luego te matará a ti. Ésta es tu última oportunidad.

—Lo quiero —dijo con la voz quebrada.

—¿Tanto como para ayudarlo a matar a su esposa?

—¡Yo no la maté! —gritó, y su voz, cargada de angustia, invadió por completo aquel espacio tan reducido.

Se quedó de espaldas a mí, con una mano en el picaporte; pude ver cómo temblaba todo su estrecho cuerpo, que parecía el de un niño sacudido por los sollozos.

—Ya estaba muerta, o al menos eso me dijo él. Dejó su cadáver en el camarote, dentro de una maleta, y yo la llevé al camarote número diez mientras cenabais. Lo único que debía hacer era arrojar aquello por la borda mientras él jugaba al póquer. Pero...

Se interrumpió y se dio la vuelta. Se dejó caer al suelo y metió la cabeza entre las rodillas.

—Pero ¿qué?

—La maleta pesaba muchísimo y al entrar en la suite con ella le di un golpe al marco de la puerta. La maleta se abrió, y entonces... —Sollozó—. ¡Dios mío, no lo sé! Su cara... Tenía la cara ensangrentada, pero durante un segundo... me pareció ver que le temblaban los párpados.

—Joder. —Me quedé horrorizada—. ¿Me estás diciendo que... seguía viva cuando la tiraste al agua?

—No lo sé. —Se tapó la cara. Se le había quebrado la voz, y sonaba aflautada y temblorosa, como si estuviera al borde de un ataque de histeria—. Grité: no pude evitarlo. Pero le toqué la sangre de la cara, y estaba fría. Si hubiera estado viva, la sangre habría estado caliente, ¿no? Pensé que a lo mejor me lo había imaginado, o que había sido un movimiento involuntario. Dicen que eso pasa, ¿verdad? En los depósitos de cadáveres, y eso. No sabía qué hacer y... ¡cerré la maleta! Pero no debí de cerrarla bien, porque cuando la tiré por la borda se abrió, y vi su cara, vi su cara en el agua... ¡Dios mío!

Le costaba respirar, pero, mientras yo lidiaba con aquella revelación espeluznante y pensaba qué podía replicar a su confesión, Carrie continuó:

—Desde entonces no he podido dormir. Me paso las noches despierta, pensando en ella, pensando en si estaría viva.

Levantó la cabeza y me miró, y por primera vez vi sus sentimientos reflejados sin trabas en su mirada: la culpabilidad y el miedo que desde aquella primera noche había intentado ocultar por todos los medios.

—Nada de esto tendría que haber pasado —dijo con la voz entrecortada—. Ella tendría que haber muerto en su casa, en su cama, y yo... yo...

—No tienes por qué hacerlo —me apresuré a decir—. No importa cómo haya muerto Anne: puedes poner fin a esto. ¿Estás segura de que podrás vivir tan tranquila cuando Richard me mate? Una muerte en tu conciencia ha estado a punto de hacerte enloquecer, Carrie. Imagínate si son dos. Te lo suplico: hazlo por las dos. Déjame salir, por favor. Te juro que no contaré nada. Le diré a Judah que me bajé en Trondheim, que me emborraché y que debí de perder el conocimiento. ¡De todas formas, nadie me creería! No me creyeron cuando dije que había caído un cuerpo por la borda, ¿por qué iba a ser diferente ahora?

Yo sabía por qué: por el ADN. Las huellas dactilares. Los registros dentales. Los restos de sangre de Anne que debían de quedar en la barandilla de vidrio y en algún otro sitio del camarote de Richard.

Pero no dije nada de eso, y por lo visto Carrie no se lo había planteado. Me dio la impresión de que al expulsar aquella confesión también se había liberado de parte de su miedo, y ya respiraba de un modo más acompasado. Me miró, con la cara surcada de lágrimas pero serena, y extrañamente hermosa ahora que se le había pasado el ataque de histeria.

—Carrie... —dije con timidez, casi sin atreverme a abrigar esperanzas.

—Me lo pensaré —respondió ella.

Se puso de rodillas, recogió la bandeja, se levantó y se volvió hacia la puerta. Al hacerlo tocó con el pie el ejemplar de *Winnie the Pooh*, y miró hacia abajo. La expresión de su rostro cambió; lo cogió y lo hojeó con la mano que tenía libre.

—Cuando era pequeña me encantaba este libro —dijo.

—A mí también. Creo que lo he leído como cien veces. Ese final en la arboleda... siempre me hace llorar.

—Mi madre me llamaba Tigger —dijo ella—. Me decía: «Eres como Tigger, en serio, te caes una y otra vez, pero siempre te levantas.»

Soltó una risita nerviosa, luego tiró el libro a los pies de la litera e hizo un esfuerzo evidente para retomar los aspectos prácticos.

—Mira, no sé si esta noche podré traerte la cena. El cocinero empieza a sospechar. Lo intentaré, pero, si no puedo venir, te traeré más comida con el desayuno, ¿vale?

—Vale —dije, y luego, movida por un extraño impulso, añadí—: Gracias.

Carrie se marchó, y entonces pensé que era una estupidez dar las gracias a la mujer que me tenía recluida y me dominaba mediante el racionamiento de la comida y los medicamentos. ¿Estaría desarrollando el síndrome de Estocolmo?

Quizá. Pero en ese caso ella estaba mucho peor que yo. Tal vez eso se acercara más a la verdad: no éramos captora y cautiva, sino dos animales encerrados en dos compartimentos diferentes de la misma jaula. El suyo era un poco más amplio, nada más.

Ese día transcurrió con una lentitud exasperante. Cuando Carrie se marchó, controlé como pude mis nervios, procurando no pensar en el hambre que tenía ni en mi creciente temor por lo que pudiera pasar si Carrie no se daba cuenta de cuál era el verdadero plan de Richard.

Estaba absolutamente convencida de que él no tenía ninguna intención de que Carrie siguiera con vida una vez que hubieran simulado la partida de Anne en Bergen. Cuando cerré los ojos, aparecieron ante mí imágenes borrosas: el rostro de Anne, con el terror en la mirada, mientras Carrie soltaba la maleta; Carrie caminando confiada por algún callejón de Noruega, y una silueta acercándose a ella por detrás.

Y ahora yo...

Para distraerme, pensé en mi casa, y en Jude, hasta que las páginas de *Winnie the Pooh* se desdibujaron ante mí, y aquellas frases que me sabía de memoria se disolvieron en un torrente de lágrimas que me dejó demasiado agotada para hacer otra cosa que no fuera quedarme allí tumbada.

Cuando ya estaba perdiendo toda esperanza de cenar algo esa noche, pues supuse que Carrie no había conseguido sacar nada de la cocina, oí la puerta exterior y a continuación el ruido de unos pasos que corrían por el pasillo. Pensé que Carrie llamaría primero, pero oí la llave en la cerradura y la puerta se abrió de par en par. Enseguida vi que no me había traído comida, pero cuando reparé en su expresión de pánico me olvidé de todo lo demás.

—¡Vuelve! —exclamó.

—¿Qué?

—Richard. Vuelve esta noche. Tenía que venir mañana, pero acaba de enviarme un mensaje: llega esta noche.

TELEGRAPH ONLINE

Martes, 29 de septiembre

ÚLTIMA HORA: Hallado un segundo cadáver durante la búsqueda de la ciudadana británica desaparecida, Laura Blacklock.

OCTAVA PARTE

31

—¿Vuelve? —Tenía la boca seca—. ¿Qué significa eso?

—¿Tú qué crees? Tienes que desembarcar. Van a atracar para recoger a Richard dentro de una media hora. Y después...

No hacía falta que añadiera nada. Tragué saliva; la lengua se me pegaba al paladar.

—Pero... ¿cómo...?

Se sacó algo del bolsillo y me lo mostró, pero al principio no lo entendí. Era un pasaporte, pero no el mío, sino el suyo.

—Es la única forma.

Se quitó el pañuelo de la cabeza dejando al descubierto su cuero cabelludo, donde el pelo empezaba a crecer de nuevo, y entonces comenzó a desnudarse.

—¿Qué haces?

—Vas a bajar del barco haciéndote pasar por Anne y vas a coger un avión haciéndote pasar por mí. ¿Vale?

—¿Qué? Estás loca. ¡Ven conmigo!

—No puedo. ¿Cómo coño voy a explicar esto a la tripulación? ¿«Ésta es mi amiga, se había escondido en la bodega»?

—¡Explicándoselo! ¡Cuéntales la verdad!

Negó con la cabeza. Se había quedado en ropa interior, y temblaba a pesar de que en el camarote la atmósfera estaba viciada y caldeada.

—¿Y qué les digo? «Hola, soy una completa desconocida, y a la mujer que creéis que soy la han tirado por la borda.» No.

No sé si puedo confiar en ellos. Richard es su jefe, por no pensar algo peor.

—Entonces, ¿qué? —Estaba poniéndome histérica—. ¿Vas a quedarte aquí a esperar a que te mate?

—No. Tengo un plan. Deja de discutir y ponte mi ropa.

Me la tendió: un fardo de prendas de seda, livianas como plumas en mis manos. La delgadez de Carrie era impresionante: parecía que los huesos fueran a atravesarle la piel, pero yo no podía desviar la mirada.

—Va, dame la tuya.

—¿Qué?

Me miré: los vaqueros sudados y manchados, y la camiseta y la sudadera que no me había quitado desde hacía una semana.

—¿Ésta?

—Sí. ¡Date prisa! —me apremió, nerviosa—. ¿Qué número calzas?

—Un treinta y nueve —contesté, quitándome la camiseta por la cabeza, con lo que mi voz sonó amortiguada.

—Perfecto. Yo también.

Empujó las alpargatas que llevaba puestas hacia mí; yo me quité las botas y empecé a quitarme también los pantalones. Ahora estábamos ambas en ropa interior; yo, cohibida, intentaba taparme, mientras que ella, completamente concentrada, empezó a ponerse las prendas que yo me había quitado. Me pasé la túnica de seda por la cabeza y sentí el suave roce de la tela. Carrie se quitó una goma elástica que llevaba en la muñeca y me la tendió sin decir nada.

—¿Para qué es esto?

—Para que te recojas el pelo. No es lo ideal. Deberás tener mucho cuidado con el pañuelo, pero es lo único que podemos hacer. No tenemos tiempo para afeitarte la cabeza, y, además, si vas a salir del país con mi pasaporte, supongo que vale más que tengas pelo de verdad para pasar el control policial. Es mejor no darles motivos para que se fijen mucho en la foto.

—No lo entiendo. ¿Por qué tengo que fingir otra identidad? La policía debe de estar buscándome.

—Para empezar, tu pasaporte lo tiene Richard. Y tiene muchos amigos por aquí, no sólo empresarios; también conoce a gente importante en la policía noruega. Tenemos que alejarte tanto como podamos antes de que ate cabos. Sal del barco y aléjate de la costa. Cruza la frontera con Suecia. Y cuando cojas un avión, no vueles directamente a Londres. Eso es lo que él esperará que hagas. Ve por otra ruta, por París, por ejemplo.

—Todo esto es absurdo —dije, pero ya me había contagiado su alarma.

Metí los pies en las alpargatas y me guardé el pasaporte en el bolsillo del kimono. Carrie estaba cerrándose la cremallera de mis botas *vintage* de piel. Eso me dolió un poco: aquellas botas eran la prenda más cara que poseía. Había tardado semanas, y había necesitado mucho ánimo por parte de Judah, en armarme de valor para aflojar el dinero. Pero las botas parecían un pequeño sacrificio a cambio, posiblemente, de mi vida.

Ya estábamos ambas casi del todo vestidas: sólo quedaba el pañuelo encima de la litera, entre las dos.

—Siéntate —me ordenó Carrie.

Y me senté en el borde de la litera; ella se quedó de pie a mi lado y me envolvió la cabeza con el bonito pañuelo estampado. Era verde y dorado, con un dibujo de cuerdas y anclas entrelazadas. De pronto me asaltó una imagen de Anne, la auténtica Anne, hundiéndose en las profundidades verde azuladas del mar, y de sus blancas extremidades enredándose con los desechos de un millar de naufragios, atrapadas para siempre.

—Ya está —anunció Carrie.

Deslizó un par de horquillas para sujetar el borde del pañuelo, y entonces me miró de arriba abajo, minuciosamente.

—No queda perfecto... No eres lo bastante delgada, pero con poca luz darás el pego. Menos mal que no llegaste a conocer a la tripulación de puente.

Miró la hora, y entonces dijo:

—Vale. Una última cosa. Pégame.

—¿Qué?

No entendí qué quería decir. ¿Pegarle qué?

—Pégame. Golpéame la cabeza contra la litera.

—¿Qué? —Empezaba a parecer un eco, pero no podía evitarlo—. ¿Estás loca? ¡No pienso pegarte!

—¡Pégame! —insistió, con rabia—. ¿No lo entiendes? Esto tiene que ser convincente. Es mi única oportunidad de que Richard crea que no estábamos confabuladas. Tiene que parecer que me has atacado, que me has dejado sin sentido. Pégame.

Inspiré hondo y le di un bofetón. Echó la cabeza hacia atrás, pero no la había golpeado con suficiente fuerza: me di cuenta antes incluso de que me mirara con acritud, frotándose la mejilla.

—¡Maldita sea! ¿Es que tengo que hacerlo todo yo?

Inspiró hondo y entonces, sin darme tiempo a entender lo que se disponía a hacer, se golpeó la cabeza contra el borde de la litera.

Grité. No pude evitarlo. La sangre del corte que se había hecho con el canto metálico brotó a borbotones, le manchó la camiseta blanca (mi camiseta blanca) y se acumuló en el suelo. Carrie se tambaleó gimiendo de dolor y se llevó las manos a la cabeza.

—¡Joder! —gimoteó—. ¡Hostia puta, qué daño! ¡Hostia!

Cayó de rodillas; respiraba entrecortadamente, y durante un momento temí que se desmayara.

—¡Carrie!

Me arrodillé a su lado, presa del pánico.

—Carrie, ¿estás...?

—¡No la toques con las rodillas, imbécil! —me gritó, y me apartó la mano de un golpetazo—. ¿Quieres estropearlo todo? ¡No puedes mancharte de sangre! ¿Qué diría la tripulación? ¡Joder, me cago en todo! ¿Por qué no paro de sangrar?

Me levanté como pude, procurando no pisar el kimono para no tropezar, y me quedé un instante allí plantada, temblando. Entonces me recuperé y entré en el cuarto de baño para coger un grueso puñado de papel higiénico.

—Toma. —Me temblaba la voz.

Ella me miró, contrita, cogió el papel y presionó con él sobre el corte. Luego se sentó en la litera. Estaba pálida.

—¿Qué hago? —pregunté—. ¿Quieres que te ayude?

—No. Lo único que puede ayudarme es que Richard se crea que me has pegado tan fuerte que no he podido detenerte. Espero que esto sirva. Ahora márchate —dijo con voz ronca—. Antes de que él vuelva y esto no haya servido para nada.

—Carrie, ¿qué quieres que haga?

—Dos cosas —empezó, apretando los dientes para soportar el dolor—. Primero, dame veinticuatro horas antes de acudir a la policía, ¿vale?

Asentí. No era lo que yo tenía planeado, pero pensé que no podía negárselo.

—Y segundo, lárgate de una puta vez —dijo.

Estaba tan pálida que me asusté, pero su semblante denotaba una firme determinación.

—Has intentado ayudarme, ¿no? —añadió—. Por eso estás metida en este lío. Esto es lo único que yo puedo hacer para ayudarte a ti. Así que no lo conviertas en una pérdida de tiempo. ¡Lárgate ya!

—Gracias —dije con la voz quebrada.

No respondió, sólo agitó una mano señalando el pasillo. Cuando llegué a la puerta, dijo:

—Tienes la tarjeta llavero de la suite en el bolsillo. Encontrarás unas cinco mil coronas en un monedero que hay en el tocador. Moneda noruega, danesa y sueca, pero en total son casi quinientas libras, creo. Llévatelo todo. En el monedero también hay tarjetas de crédito y documentos de identidad. No sé los números secretos de las tarjetas porque no son mías, sino de Anne, pero a lo mejor encuentras algún sitio donde te dejen firmar. Para salir del barco tendrás que pedirle a alguien que baje la pasarela, a menos que ya la hayan bajado para cuando llegue Richard. Diles que acaba de llamarte y que has quedado con él por el camino.

—Vale —dije en voz baja.

—Cámbiate de ropa y aléjate del puerto en cuanto puedas. Ya está.

Cerró los ojos y se recostó. El papel que presionaba contra su sien ya se había teñido de rojo.

—Ah, y cuando salgas, cierra con llave.

—¿Que te encierre? ¿Seguro?

—Sí, seguro. Tiene que parecer convincente.

—Pero ¿y si Richard no viene a buscarte?

—Vendrá —respondió con voz monótona—. Es lo primero que hará cuando no me encuentre. Vendrá a ver qué pasa.

—Vale —dije de mala gana—. ¿Cuál... cuál es el código de la puerta?

—¿La puerta? —Abrió los cansados ojos—. ¿Qué puerta?

—Me dijiste que había otra puerta después de ésta y que se abría introduciendo un código en el panel.

—Era mentira —contestó con hastío—. No hay ninguna puerta. Lo dije para que no me saltaras encima. Sólo tienes que subir.

—Gracias, Carrie.

—No me des las gracias. —Volvía a tener los ojos cerrados—. Haz lo que te he dicho. Hazlo por las dos. Y no mires atrás.

—Vale.

Fui hacia ella, no sé por qué, quizá para abrazarla. Pero tenía el pecho manchado de sangre, y la herida de la sien seguía sangrándole. Y tenía razón: si me manchaba el vestido, no iba a ayudar a nadie, y menos aún a ella.

Fue lo más difícil que había hecho jamás: darle la espalda a una mujer que a todas luces estaba desangrándose, y por mi culpa. Pero sabía lo que tenía que hacer por el bien de las dos.

—Adiós, Carrie —dije.

No me contestó. Salí corriendo.

En el pasillo, estrechísimo, hacía mucho calor, más incluso que en el camarote minúsculo y sin ventilación de donde acababa de salir. La puerta se cerraba por fuera con un cerrojo muy macizo, atornillado de forma tosca al plástico, y un gran candado del que sobresalía una llave. La hice girar, reprimiendo el sentimiento de culpa que me oprimía la garganta, y, antes de soltar la llave, titubeé. ¿Debía llevármela? Decidí dejarla donde estaba. No quería que Carrie tuviera que pasar ni un minuto más de lo imprescindible allí dentro. El camarote estaba al final del pasillo de color beige; en el extremo opuesto había una puerta con un letrero que rezaba: «ACCESO - SÓLO PERSONAL AUTORIZADO», y detrás de esa puerta, una escalera. Volví la cabeza, acongojada, y miré la puerta del camarote donde acababa de encerrar a Carrie, y entonces corrí hacia la escalera y empecé a subir por ella.

Seguí subiendo, con el corazón acelerado, las piernas temblorosas después de tanto tiempo sin caminar. Llegué a la escalera de servicio, con una moqueta basta y los cantos rematados con metal. La mano, sudada, me resbalaba por el pasamanos de plástico, y me acordé del resplandor deslumbrante de la Gran Escalera, de los destellos del cristal, del pulido pasamanos caoba bajo mis dedos, suave como la seda. Noté que la risa borboteaba dentro de mí, una risa irracional, como la que se me había escapado durante el funeral de mi abuela; el miedo que sentía estaba convirtiéndose en una especie de histeria.

Meneé la cabeza y acometí el siguiente tramo, dejando atrás puertas con letreros que rezaban «MANTENIMIENTO» y «SÓLO PERSONAL».

Seguí subiendo hasta que llegué ante una gran puerta de acero atravesada por una barra, como las de las salidas de incendios. Me detuve un momento, jadeando tras la larga ascensión, y noté que el sudor frío se me acumulaba en la base de la espalda. ¿Qué encontraría al otro lado?

Detrás de mí estaba Carrie, acurrucada en la litera de aquel camarote que parecía un ataúd. Se me revolvió el estómago, e hice un esfuerzo para ahuyentar esa imagen de mi mente y concentrarme, con frialdad y serenidad, en los escalones que tenía delante. Debía salir de allí y, entonces, en cuanto estuviera a salvo, podría... ¿Qué? ¿Llamar a la policía, haciendo caso omiso de la petición de Carrie?

Allí plantada, con la mano en la puerta, de pronto tuve un *flashback* y me vi aquella noche en mi piso, muerta de miedo en mi propio dormitorio, demasiado asustada para abrir la puerta y enfrentarme a lo que fuera o a quien fuera que estuviera al otro lado. Quizá habría sido mejor abrirla de una patada, salir y encararme con él, aunque eso me hubiera valido una paliza. Tal vez en ese momento estaría en el hospital, recuperándome, con Judah a mi lado, y no atrapada en aquella pesadilla.

Esta vez la puerta no estaba cerrada.

Empujé la barra hacia abajo y la abrí.

32

La luz. Me dio en la cara como una bofetada y me dejó parpadeando y mareada, deslumbrada por los destellos de colores de un millar de cristales Swarovski. La puerta de servicio daba directamente a la Gran Escalera, donde la araña de luces permanecía encendida día y noche, era un gigantesco «¡jódete!» a la economía, el ahorro y el calentamiento global, por no mencionar el buen gusto.

Me sujeté al pasamanos de madera pulida y miré a izquierda y derecha. El resplandor de la lámpara se reflejaba en el espejo del descansillo, y la luz danzarina se multiplicaba; al darme la vuelta me vi en él y me dio un vahído. Tuve que fijarme bien, porque reflejada en el espejo había creído ver a Anne, con la cabeza envuelta en seda dorada y verde, y con los ojos temerosos y amoratados.

Parecía lo que era: una fugitiva. Me erguí un poco más y caminé despacio, en lugar de corretear como una rata asustada.

«Corre, corre, corre —me apremiaba aquella vocecilla—. Bullmer está en camino. ¡Corre!» Pero me contuve, recordando los andares majestuosos de Anne (o, mejor dicho, de Carrie), que medía cada paso que daba, como si economizara su energía. Me dirigía hacia la proa del barco, hacia el camarote número 1 y, en la mano, metida en el bolsillo, llevaba la llave de la suite y notaba su solidez tranquilizadora bajo los dedos sudados.

Entonces llegué ante una escalera por la que se accedía al restaurante: por allí no se iba a la proa. Mierda. Me había equivocado.

Di media vuelta y traté de recordar el camino que había tomado para ir a ver a Anne (o, mejor dicho, a Carrie) aquella noche, antes de hacer escala en Trondheim. ¿De verdad había pasado sólo una semana? Parecía una eternidad, otra vida. A ver... estaba a la derecha de la biblioteca, no a la izquierda. ¿O no?

«¡Corre, por lo que más quieras!»

Aun así, no apreté el paso: mantuve la cabeza erguida y procuré no mirar atrás, no imaginar que unas manos me agarraban los pliegues de la túnica de seda y tiraban de ellos hacia abajo. Torcí a la derecha, y luego a la izquierda, y pasé por delante de un almacén. Iba por buen camino. Vi la fotografía de un glaciar que estaba segura de haber visto la otra vez.

Volví a torcer y me encontré en otro callejón sin salida, con una escalera que subía a la cubierta superior. Me entraron ganas de llorar. ¿Dónde estaban los malditos letreros? ¿Cómo se suponía que la gente tenía que encontrar los camarotes, por telepatía? ¿O la suite Nobel estaba escondida a propósito, para que la plebe no pudiera molestar a los vips?

Doblé la cintura y apoyé las manos en las rodillas; notaba el temblor de mis músculos bajo la seda, y respiré despacio, tratando de convencerme, de obligarme a creer. Podía hacerlo. Cuando Richard subiera por la pasarela, no me encontraría deambulando por los pasillos, sollozando.

«Inspira... Uno... Dos...» La sosegadora voz de Barry encendió mi ira lo suficiente para que me enderezara y me pusiera de nuevo en marcha. «Vete a la mierda, Barry. Métete tu pensamiento positivo donde te quepa.»

Estaba de nuevo en la biblioteca y volví a intentarlo: esta vez torcí a la izquierda al llegar al almacén. Y de pronto estaba allí. Tenía enfrente la puerta de la suite.

Cerré la mano alrededor de la llave, sin sacarla del bolsillo, mientras la adrenalina sacudía cada una de las neuronas de mi cerebro. ¿Y si Richard ya había regresado?

«No seas otra vez la cobarde que se queda escondida detrás de la puerta, Lo. Tú puedes.»

Metí la tarjeta en la cerradura y abrí muy deprisa, preparada para salir corriendo si resultaba que había alguien dentro de la habitación.

Pero no había nadie. Las luces estaban encendidas, aunque la suite estaba vacía, y la puerta del cuarto de baño y la del dormitorio contiguo se hallaban abiertas de par en par.

Me temblaron las piernas, me arrodillé en la gruesa moqueta y por mi garganta empezó a salir algo muy parecido a un sollozo. Pero todavía no estaba a salvo. Ni siquiera había recorrido la mitad del camino. El monedero. El monedero, el dinero, la chaqueta, y luego podría salir para siempre de aquel barco horrible.

Cerré la puerta, me quité el kimono y, aprovechando que nadie podía ver mis movimientos febriles, me di prisa y, en ropa interior, me puse a hurgar en los cajones de Anne. Los primeros pantalones que encontré eran unos vaqueros, pero me iban muy pequeños, ni siquiera pude acabar de subírmelos; seguí buscando y encontré unas mallas de deporte, de licra, que sí pude ponerme, y una camiseta negra anodina. Luego volví a colocarme el kimono encima, me ceñí bien el cinturón y, ante el espejo, me arreglé el pañuelo de la cabeza, que se me había movido. Me habría gustado poder ponerme gafas de sol, pero miré por la ventana y vi que estaba completamente oscuro: el reloj de la mesita de noche de Anne marcaba las once y cuarto. Richard podía llegar en cualquier momento.

Me calcé de nuevo las alpargatas de Carrie, y entonces miré alrededor buscando el monedero del que me había hablado. Encima del tocador, sin una mota de polvo, no había nada, pero abrí un par de cajones al azar, por si la camarera lo había guardado allí. El primer cajón estaba vacío. En el segundo había un montón de pañuelos estampados, y cuando estaba a punto de cerrarlo me fijé en que había algo debajo del montón de fina seda, un objeto duro y plano que se distinguía bajo los tejidos vaporosos. Aparté los pañuelos y se me cortó la respiración.

Una pistola. Era la primera vez que veía una de verdad, y me quedé helada, como si fuera a dispararse sola, sin que yo la tocara siquiera; empezaron a asaltarme los interrogantes. ¿Debía cogerla? ¿Estaría cargada? ¿Sería de verdad? Qué pregunta tan estúpida: dudaba mucho que alguien se molestara en guardar una pistola de fogueo en su camarote.

En cuanto a si debía llevármela... Intenté imaginarme apuntando a alguien, pero no pude. No, no podía cogerla. No sólo porque no tenía ni idea de cómo utilizarla y lo más probable era que me disparara a mí misma, sino porque necesitaba que la policía creyera y confiara en mí, y si me presentaba en una comisaría con una pistola robada y cargada en el bolsillo, lo más probable era que en lugar de escucharme me detuvieran.

Un poco a regañadientes, volví a tapar el arma con los pañuelos, cerré el cajón y seguí buscando el monedero.

Al final lo encontré, en el tercer cajón: era una cartera de piel marrón, bastante gastada, y estaba encima de una carpeta con papeles. Dentro había media docena de tarjetas de crédito y un fajo de billetes; no tenía tiempo para contarlos, pero podían ser perfectamente las cinco mil coronas que había mencionado Carrie, o quizá más. Me la metí en el bolsillo de las mallas, debajo del kimono, y, antes de salir, eché un último vistazo a la habitación. Todo estaba tal como lo había encontrado, excepto el monedero. Ya podía irme.

Inspiré hondo, me preparé y abrí la puerta. Oí voces en el pasillo. Vacilé un momento y me planteé echarle valor y salir. Pero entonces una de las voces dijo, con cierta coquetería: «Por supuesto, señor, cualquier cosa que necesite...»

No esperé a oír más. Cerré la puerta con un chasquido furtivo, apagué las luces y me quedé de pie, a oscuras, con la espalda contra la madera y el corazón desbocado. Tenía los dedos fríos y húmedos, y me flaqueaban las piernas, pero era el corazón, que latía descontrolado, lo que amenazaba con vencerme. «¡Mierda, mierda, mierda! Respira, Laura. Uno, dos...»

«¡Calla, joder!»

No tenía ni idea de si el grito provenía de dentro de mi cabeza, pero, fuera como fuese, haciendo un gran esfuerzo conseguí separarme de la puerta e ir dando traspiés hasta el balcón. Abrí la puerta corredera de vidrio y salí, y el frío de la noche de septiembre me estremeció la piel, que llevaba días sin exponerse a la intemperie.

Me quedé quieta un momento, con la espalda contra el vidrio; notaba el pulso en las sienes y en la garganta, y el corazón me martilleaba en el pecho. Inspiré hondo y me desplacé hacia un lado, hacia donde el balcón empezaba a describir la curva de la proa del barco. Estaba con la espalda pegada al frío casco de acero, y ya no se me podía ver desde el interior del camarote, pero yo sí vi luz cuando se abrió la puerta que daba al pasillo, y luego se encendieron las luces del camarote, que iluminaron también el balcón. «No salgas, no salgas», rezaba, muerta de miedo en el rincón, creyendo que en cualquier momento oiría el chasquido del pestillo y el ruido de la puerta al deslizarse. Pero no pasó nada.

Veía el camarote reflejado en la barandilla. La imagen quedaba partida donde terminaba el vidrio, a la altura de la cintura, y estaba distorsionada tras atravesar varias capas de cristal. Sin embargo, distinguí a un hombre moviéndose por el camarote. Su oscura silueta se dirigió hacia el cuarto de baño, y oí ruido de grifos y el de la cisterna del váter; luego encendió el televisor: reconocí al instante el parpadeo de la luz azulada que se reflejó en el vidrio. Por encima del sonido del televisor oí el de una llamada de teléfono y el nombre de Anne, y contuve la respiración. ¿Estaría preguntando Bullmer dónde se encontraba Carrie? ¿Cuánto tardaría en ir a buscarla?

Me pareció que la llamada terminaba, o al menos él dejó de hablar, y vi que la silueta volvía a moverse: se dejó caer sobre la blanca extensión de la cama, una figura oscura despatarrada sobre un rectángulo reluciente.

Esperé. Empezaba a tener frío y basculé el peso del cuerpo de un pie al otro para entrar un poco en calor, pero no me atreví a moverme mucho por temor a que él viera mi movimiento reflejado en la misma barandilla que yo estaba utilizando para espiarlo. Hacía una noche increíblemente bonita, y por primera vez desde que había salido al balcón, miré alrededor.

Nos hallábamos en el interior de un fiordo. Las laderas rocosas del valle se alzaban a nuestro alrededor, y debajo había unas aguas negras y quietas, de una profundidad insondable. Veía las luces de pequeñas poblaciones a lo lejos, y las de los barcos fondeados en las quietas aguas. Y por encima de todo, las estrellas, blancas y brillantes, de una belleza abrumadora. Pensé en Carrie, encerrada allí abajo, sangrando como un animal que ha caído en una trampa. «Por favor, Dios mío, que la encuentre.» Si le pasara algo, no lo soportaría. Sería culpa mía por haberla dejado allí encerrada, víctima de su descabellado plan.

Esperé, temblando sin control, a que Richard se quedara dormido. Pero tardaba. Al final, atenuó un poco las luces, pero el televisor seguía encendido y a todo volumen, y las imágenes, parpadeantes, teñían la habitación de azul y verde, con cortes repentinos a negro. Volví a balancearme un poco y me puse las manos, heladas, bajo los brazos. ¿Y si se quedaba dormido viendo la televisión? ¿Cómo me enteraría? Y, aunque se quedara profundamente dormido, no estaba segura de tener el valor suficiente para entrar en la habitación de un asesino y pasar de puntillas a su lado mientras dormía.

Pero ¿qué alternativa tenía? ¿Esperar a que decidiera salir a buscar a Carrie?

Entonces oí algo, algo que hizo que se me detuviera un momento el corazón y volviera a ponerse en funcionamiento tras una sacudida, sólo que al doble de velocidad. Se oía de nuevo el motor del barco.

El pánico me embistió como un golpe de mar, pero intenté pensar. Aún no habíamos empezado a movernos. Cabía la posibilidad de que la pasarela todavía estuviera bajada. Si la hubieran subido, lo habría oído. Recordé que, cuando habíamos zarpado de Hull, el motor había empezado a ronronear y rugir mucho antes de que nos pusiéramos en marcha. Pero la cuenta atrás había comenzado. ¿Cuánto tiempo me quedaba? ¿Media hora? ¿Quince minutos? Quizá menos, dado que no había ningún pasajero a bordo, y por lo tanto ninguna razón para demorarse.

Me quedé inmóvil, atenazada por la indecisión. ¿Y si salía corriendo? ¿Estaba Richard despierto? La imagen reflejada en la barandilla del balcón no me permitía discernirlo: era demasiado borrosa e imprecisa.

Estiré el cuello y, con todo el sigilo de que fui capaz, me asomé por un extremo de la puerta del balcón a la habitación en silencio, pero justo entonces él se movió y extendió un brazo para coger un vaso, y luego volvió a dejarlo, y eché con rapidez la cabeza hacia atrás, con el corazón a punto de estallarme en el pecho.

Mierda. Debía de ser la una de la madrugada. ¿Por qué no se había dormido? ¿Estaría esperando a Carrie? Yo tenía que bajar del barco como fuera.

Pensé en las ventanas del balcón, que podían abrirse desde fuera, y también en que alguien muy valiente, o muy estúpido, treparía por la alta mampara de vidrio que separaba los balcones para pasar al camarote de al lado. Una vez dentro, sólo tendría que salir por la puerta y correr hasta la pasarela. No importaba qué cuento tuviera que inventarme cuando llegara allí. Debía salir del barco, y no sólo por mí, sino por Anne y por Carrie.

No, qué demonios. Por mí.

Iba a salir de aquel barco e iba a hacerlo por mí, porque yo no había hecho nada para merecer lo que me estaba pasando, aparte de estar en el lugar equivocado en el momento equivocado, y por nada del mundo iba a dejar que Bullmer me añadiera a la lista de mujeres a las que había maltratado.

Me miré y vi los pliegues holgados y resbaladizos del kimono. Con él iba a ser imposible trepar: me desabroché el cinturón y me quité la túnica de seda, que cayó al suelo sin hacer casi ningún ruido. Entonces la recogí, la enrollé todo lo que pude apretándola al máximo, y la lancé al otro lado de la mampara. Al caer, sólo hizo un débil «frufrú», apenas perceptible.

Entonces miré hacia la parte superior de la mampara y tragué saliva.

Era evidente que no iba a poder trepar. Al menos, no sin material ni escalera. En cambio, sí me veía capaz de subirme a la barandilla de vidrio. Me llegaba por la cintura, y yo era lo bastante flexible para pasar una pierna por encima y sentarme a horcajadas sobre el pasamanos; una vez allí, podría sujetarme a la mampara y ponerme de pie.

Sólo había un problema: que la barandilla daba al mar.

No le tengo miedo al agua o, por lo menos, nunca se lo había tenido. Pero al asomarme y ver las aguas oscuras que lamían con avidez el caso del barco, se me removió el estómago.

Mierda. ¿De verdad iba a hacerlo? ¿En serio?

Me sequé el sudor de las manos en la parte trasera de las mallas de licra e inspiré hondo. No iba a ser fácil (no quería engañarme), pero tampoco era imposible. Carrie lo había hecho para entrar en mi camarote, y si ella había podido, yo también podía.

Abrí y cerré las manos, y entonces, muy despacio, pasé una pierna por encima de la barandilla de vidrio y, empleando toda la fuerza de mis atrofiados y debilitados músculos, me di impulso y me senté a horcajadas en el pasamanos. A la izquierda tenía el camarote: las cortinas estaban descorridas, y las puertas del balcón me enmarcaban para que cualquiera que volviera la cabeza pudiera verme bien. A mi derecha tenía la caída en picado y las aguas del fiordo; ignoraba qué altura podía haber, pero desde donde estaba parecía la equivalente a un edificio de dos o tres pisos. No sabía cuál de los dos lados me aterraba más; sólo podía confiar en que mis movimientos no atrajeran la atención de Richard. Tragué saliva, me sujeté al resbaladizo vidrio con las piernas y traté de armarme de valor. Aún no había hecho lo más difícil.

Temblando de miedo y de agotamiento, levanté un pie por delante del cuerpo, me agarré al borde de la mampara de vidrio y me impulsé hacia arriba. Ahora, lo único que tenía que hacer era rodear la mampara por el lado que daba al mar y pasar poco a poco al otro lado, donde estaría a salvo.

«Lo único.» Sí. Ya.

Inspiré hondo y noté que los dedos, fríos y sudados, me resbalaban por el vidrio. No había forma de agarrarse. Todos los otros elementos de aquel barco estaban ornamentados; ¿no podían haber decorado un poco aquellas malditas mamparas? ¿Con estrás, algún grabado, algo con un mínimo de relieve para que mis dedos pudieran agarrarse?

Levanté un pie y lo llevé hacia el otro lado de la alta mampara... y enseguida comprendí que las alpargatas habían sido un error.

Me las había dejado puestas creyendo que me protegerían un poco y me ayudarían a agarrarme al vidrio, pero, cuando el peso de mi cuerpo se inclinó hacia el agua, noté que la suela del pie en el que estaba apoyada empezaba a resbalar.

Ahogué un grito y mis dedos se tensaron, desesperados, en la mampara de cristal. Si la fuerza de voluntad hubiera bastado para sostenerme, lo habría conseguido. Se me rompió una uña y luego otra, y de pronto fue como si me quitaran la mampara de las manos, de forma tan inesperada que no fui capaz de reaccionar, ni siquiera de gritar.

Noté el viento en la cara durante un instante aterrador; noté que el pelo ondeaba en la oscuridad y que las manos se aferraban al aire. Estaba cayendo. Caía de espaldas hacia las aguas insondables del fiordo.

Di contra la negrura del mar con un ruido parecido a un disparo, y el fuerte golpe me cortó la respiración.

El aire me salía de los pulmones formando burbujas mientras me hundía en aquellas aguas gélidas y el frío me llegaba hasta los huesos, y a medida que me sumergía más y más en aquella oscuridad, noté que una corriente suave ascendía desde el fondo, me agarraba por los pies y tiraba de ellos.

33

No recuerdo qué sentí al hundirme, sólo el fortísimo golpe al dar contra la superficie y el frío paralizante del agua. En cambio, sí recuerdo el pánico cuando la corriente subacuática empezó a arrastrarme hacia el fondo.

«¡Patalead!», ordené a mis piernas, y se me atascó un sollozo en la garganta. Y pataleé. En la oscuridad y en el frío, pataleé, primero porque no quería morir, y luego, cuando empezó a vencerme aquel frío negro, porque era lo único que podía hacer, porque iban a estallarme los pulmones y sabía que, si no llegaba pronto a la superficie, moriría.

La corriente me tiraba de las piernas con unos dedos resbaladizos y trataba de arrastrarme hacia las profundidades oscuras del fiordo, y pataleé y pataleé, cada vez más frenética. A oscuras, rodeada de corrientes y remolinos, resultaba casi imposible distinguir qué era arriba y qué abajo. ¿Y si estaba pataleando para hundirme aún más? Sin embargo, no podía parar. El instinto de supervivencia era demasiado potente. «¡Te estás muriendo!», me gritaba una voz. Y mis piernas sólo podían reaccionar pataleando, pataleando, pataleando.

Cerré los ojos, irritados por el agua salada, y en mis párpados cerrados empezaron a brillar y chispear unas luces aterradoramente parecidas a las manchas de luz y oscuridad en que se me fragmentaba la visión cuando me daba un ataque de pánico. Pero, por suerte, cuando abrí de nuevo los ojos alcancé a ver algo: el resplandor, pálido y luminoso, de la luna reflejada en el agua.

Al principio no podía creerlo, pero cada vez estaba más cerca, y la corriente subacuática ya no me tiraba con tanta fuerza del cuerpo; de repente atravesé la superficie e inspiré con todas mis fuerzas, más que una bocanada fue un grito; el agua me resbalaba por la cara, y yo tosía y sollozaba y volvía a toser.

Estaba muy cerca del casco del barco, lo bastante para notar la vibración de los motores a través del agua, como un pulso, y supe que debía empezar a nadar. No sólo porque muy bien podía morir de hipotermia, aunque el agua no estuviera excesivamente fría, sino porque, si el barco empezaba a moverse mientras yo todavía estaba tan cerca de él, sólo podría salvarme una intervención divina. Y mi mala suerte de los últimos días me hacía pensar que, suponiendo que allí arriba hubiera un Dios, yo no le caía demasiado bien.

Me mantuve a flote y traté de orientarme. Había salido a la superficie cerca de la proa, veía una serie de luces en el muelle y algo que me pareció que podía ser la silueta oscura de una escalerilla, aunque tenía los ojos empañados y no veía bien.

Me costaba que el cuerpo me obedeciera; temblaba tanto que apenas controlaba las extremidades, pero ordené a los brazos y las piernas que empezaran a moverse, y poco a poco fui nadando hacia las luces, tosiendo cada vez que me entraba agua en la boca, congelada, obligándome a respirar despacio y profundamente, aunque lo que mi cuerpo quería hacer era resollar y bufar para defenderse de la agresión del frío. Mientras nadaba, un objeto blando pero sólido me golpeó en la cara, y me estremecí, más de frío que de asco. Ya me preocuparía por las ratas muertas y los pescados podridos cuando alcanzara la orilla. De momento, lo único que me importaba era sobrevivir.

No debían de separarme más de veinte metros de la escalerilla, pero de pronto la distancia parecía mucho mayor. Seguí nadando; a veces habría jurado que las luces de la orilla iban alejándose, mientras que otras parecían tan cerca que creía poder tocarlas; al final noté el hierro oxidado de la escalerilla contra mis dedos entumecidos, y trepé, y resbalé, y seguí trepando y resbalando, intentando no soltarme al tiempo que subía mi mojado y tembloroso cuerpo por los travesaños.

Ya en el borde del muelle, me derrumbé sobre el suelo de cemento, jadeando, tosiendo y temblando. Al cabo de un momento me puse a cuatro patas y miré hacia arriba, primero hacia el *Aurora* y luego hacia el pueblecito que tenía delante.

No era Bergen. No sabía dónde estábamos, pero era un pueblo pequeño, una aldea, y a esas horas de la noche no había ni un alma en las calles. Los pocos bares y cafeterías que había en el muelle estaban cerrados. Vi luces en algunos escaparates, pero el único establecimiento donde me pareció que alguien podría abrirme la puerta si llamaba era un hotel que había en el mismo muelle.

Me levanté temblando, pasé por encima de la cadena que impedía acercarse al borde del muelle y, medio desnuda, fui dando traspiés hacia el hotel. El ruido del motor del *Aurora* se había intensificado y había adquirido cierto tono de impaciencia. Mientras yo cruzaba la plataforma de hormigón del muelle, que parecía infinita, aumentó otra vez de volumen, y oí también un batir de agua, y cuando, temerosa, volví la cabeza, vi que el barco empezaba a moverse, con la proa apuntando hacia el fiordo, oí el rugido de los motores y lo vi alejarse poco a poco de la costa.

Desvié la mirada con rapidez, influida por una especie de superstición, como si por volverme para mirar el barco pudiera atraer la atención de quienes iban a bordo.

Cuando llegué a la entrada del hotel, el ruido de motor se intensificó de nuevo, y sentí que se me doblaban las piernas mientras llamaba a la puerta, una vez, y otra, y otra. Oí una voz que decía: «Por favor, por favor, que venga alguien.» Y entonces se abrió la puerta y brotaron por ella la luz y el calor, y noté que me ayudaban a levantarme y a traspasar el umbral hacia la salvación.

Al cabo de media hora estaba acurrucada en una butaca de mimbre, envuelta en una manta sintética roja, en una terraza acristalada apenas iluminada, con vistas a la bahía. Tenía una taza de té en las manos, pero me sentía demasiado cansada para bebérmela.

Oía voces al fondo, voces que hablaban en un idioma que no entendía, supuse que era noruego. Estaba exhausta. Parecía que llevara días sin dormir bien, y de hecho era cierto. Una y otra vez, se me caía la barbilla sobre el pecho, y entonces recordaba dónde estaba y de qué había escapado, y volvía a echar la cabeza hacia atrás. Aquella pesadilla del barco de lujo con la celda como un ataúd por debajo del nivel del mar... ¿había sido real? ¿Seguro que todo aquello no había sido una larga alucinación?

Estaba medio adormilada, mirando sin ver las luces que brillaban en medio de la oscuridad de la bahía; el *Aurora* era una motita distante que se alejaba hacia el oeste por el fiordo; y de pronto oí una voz detrás de mi hombro.

—¿Señorita?

Levanté la cabeza. Era un hombre que llevaba una insignia un poco torcida que rezaba «ERIK FOSSUM - DIRECTOR». Daba la impresión de que acababan de sacarlo de la cama: tenía el pelo alborotado y los botones de la camisa mal abrochados, y se pasó una mano por la barbilla sin afeitar mientras se sentaba en la butaca de enfrente.

—Hola —dije sin fuerzas.

Ya le había contado mi historia al empleado de la recepción, o por lo menos le había contado todo lo que no me parecía arriesgado contar, y lo que me había permitido su precario conocimiento del idioma inglés. Era evidente que se trataba del conserje de noche, y por su físico y su acento se asemejaba más a un español o a un turco que a un noruego, aunque su noruego parecía mejor que su inglés, con el que se defendía bien si sólo tenía que emplear frases hechas relacionadas con los servicios del hotel, pero que no le permitía seguir un embrollado relato sobre cambios de identidad y asesinatos.

Lo había visto mostrarle el único documento de identidad que llevaba encima (de Anne) al director, y les había oído hablar en voz baja, con reserva, y repetir mi nombre varias veces.

El hombre que ahora tenía sentado enfrente entrelazó las manos y compuso una sonrisa nerviosa.

—Señorita... Blacklock, ¿no es así?

Asentí.

—Verá, no acabo de entender... Mi conserje ha intentado explicármelo, pero ¿cómo es que tiene usted las tarjetas de crédito de Anne Bullmer? Conocemos bien a Anne y a Richard, a veces se hospedan aquí. ¿Es usted amiga suya?

Me tapé la cara con las manos, como si así pudiera contener el cansancio que amenazaba con derrotarme.

—Yo... Es una historia muy larga. Por favor, ¿puedo llamar por teléfono? Necesito hablar con la policía.

Lo había decidido nada más apoyarme, chorreando y agotada, en el reluciente mostrador de recepción. A pesar de la promesa que le había hecho a Carrie, aquélla era mi única oportunidad de salvarla. Ni por un momento se me ocurrió creer que Richard no tuviera intención de matarla. Carrie sabía demasiado, se había equivocado demasiado. Sin el pañuelo de la cabeza, yo no podía hacerme pasar por Anne, y sin el pasaporte de Carrie no podía hacerme pasar por Carrie, y ambas cosas las había perdido en las aguas de la bahía. Sólo había conservado el monedero de Anne, que milagrosamente todavía llevaba en el bolsillo de las mallas de licra tras salir del agua por la escalerilla del muelle.

—Claro —dijo Erik con cordialidad—. ¿Quiere que llame yo? No sé si a estas horas habrá alguien que hable inglés en la comisaría. Y le advierto que en el pueblo no hay comisaría: la más cercana está a unas horas de aquí, en el siguiente... ¿cómo se llama?... el siguiente valle. Es probable que no pueda venir nadie hasta mañana.

—Pero dígales que es urgente, por favor —supliqué—. Cuanto antes, mejor. Puedo pagar una habitación. Tengo dinero.

—No se preocupe por eso —replicó él, sonriente—. ¿Le traigo algo más de beber?

—No, gracias. Pero avise a la policía, y que vengan cuanto antes. La vida de una persona podría estar en peligro.

Dejé caer la cabeza sobre una mano, con los párpados casi cerrados, mientras él volvía al mostrador de recepción. Oí que levantaban el auricular de un teléfono y los pitidos que indicaban que estaban marcando un número. Me pareció largo. Quizá la versión noruega del teléfono de emergencias fuera diferente. O quizá estuviera llamando a la comisaría local.

Se estableció la llamada. Alguien contestó al otro lado de la línea, y hubo un breve diálogo. A través de la niebla del agotamiento oí a Erik decir algo en noruego (sólo entendí la palabra «hotel»), luego se produjo una pausa, y a continuación otras frases en noruego. Entonces oí mi nombre, pronunciado dos veces, y después el de Anne.

—*Ja, din kone, Anne* —dijo Erik, como si su interlocutor no lo hubiera oído bien, o no diera crédito a lo que había oído.

Luego dijo algo más en noruego, y rió, y por último añadió: *Takk, farvel, Richard.*

Levanté la cabeza con una sacudida y de pronto me quedé inmóvil.

Oteé los barcos que había en la bahía y vi el *Aurora*, cuyas luces se perdían a lo lejos. Y... ¿eran imaginaciones mías? De pronto me pareció que se había detenido.

Permanecí un momento más allí, quieta, contemplando las luces, intentando medirlas en relación con otros puntos de la bahía, y entonces me convencí: el *Aurora* ya no navegaba hacia el oeste por el fiordo. Estaba dando la vuelta. Estaba regresando al puerto.

Erik había colgado y marcaba otro número.

—*Politiet, takk* —dijo cuando le contestaron.

Me di cuenta de lo que había hecho y me quedé paralizada. No me había tomado en serio las afirmaciones de Carrie sobre la red de influencias de Richard. Las había desdeñado, atribuyéndolas a la paranoia de una mujer demasiado destrozada para creer en la posibilidad de huir. Pero ahora... ahora esos temores parecían perfectamente justificados.

Puse la taza de café, con cuidado, encima de la mesa, dejé que la manta resbalara hasta el suelo y, sin hacer ruido, abrí la puerta de la terraza y salí a la calle.

34

Corrí por las calles tortuosas del pueblo. Me ardía el pecho al respirar, y las piedras se me clavaban en las plantas de los pies descalzos y me arrancaban muecas de dolor. Llegué a donde terminaban las calles y ya no había farolas, pero seguí corriendo pese a la oscuridad y el frío, tropezando por charcos que no veía y pisando hierba húmeda y caminos de grava, hasta que se me quedaron los pies tan entumecidos que ni siquiera notaba los cortes que me hacía ni las piedras que se me clavaban.

Y aun así seguí adelante, decidida a poner tanta distancia como fuera posible entre Richard Bullmer y yo. Sabía que no aguantaría mucho aquel ritmo, y que tarde o temprano tendría que aflojar, pero mi única esperanza era continuar corriendo todo el tiempo que pudiera hasta encontrar algún tipo de refugio.

Por fin llegó el momento en que ya no pude seguir. Jadeando, reduje el paso y adopté un trote renqueante, y cuando las luces del pueblo disminuyeron a lo lejos, aminoré aún más la marcha, pero seguí andando, dolorida y tambaleándome. Me encontraba en una carretera con muchas curvas, oscura, que ascendía por la ladera del fiordo. Cada cien metros, aproximadamente, volvía la cabeza y observaba el valle, las luces más y más diminutas del pueblo a orillas de la bahía y la negra superficie de las aguas del fiordo, por las que iban acercándose las luces del *Aurora*, inconfundibles. Distinguía el barco con claridad y también veía que una luz empezaba a teñir el cielo.

Debía de estar a punto de amanecer. Pero ¿qué día era? ¿Lunes?

Sin embargo, había algo que no encajaba, y al cabo de unos minutos me di cuenta de qué era. La luz que había visto no procedía del este, sino del norte. Lo que veía no era el amanecer, sino las misteriosas pinceladas verdes y doradas de la aurora boreal.

Eso me hizo reír: una risa triste y amarga cuyo sonido destacó en la quietud nocturna. ¿Qué había dicho Richard? «La aurora es algo que todo ser humano debería ver antes de morir.» Bueno, yo ya la había visto. Sólo que ahora no parecía tener importancia.

Me había detenido un momento y me había quedado contemplando el esplendor de aquellas luces movedizas, pero al pensar en Richard me puse de nuevo en marcha. Con cada paso, recordaba las exhortaciones frenéticas de Carrie a alejarme de allí cuanto pudiera, y sus afirmaciones histéricas sobre el alcance de las influencias de Richard.

Ya no parecían tan histéricas.

Lamenté no habérmelas creído. No debería haber mostrado la documentación de Anne en el hotel, ni haberle revelado a Erik los pocos detalles que le había dado. Pero es que no podía creer que alguien, por muy rico que fuera, pudiera tener tanta influencia. Ahora comprendía que me había equivocado.

Gemí, lamentándome de mi propia estupidez y del frío que me traspasaba la ropa delgada y húmeda, y, sobre todo, de haber olvidado la cartera encima del mostrador del hotel. Pero ¡qué estúpida! Dentro había cinco mil coronas, empapadas pero no inservibles, y las había dejado allí para Richard, a modo de detalle de bienvenida para cuando llegara al hotel. ¿Qué podía hacer? No tenía documentación, ni sitio donde dormir, ni dinero para comprarme una barrita de chocolate siquiera, y mucho menos un billete de tren. Mi única esperanza era encontrar una comisaría de policía, pero ¿cómo? ¿Dónde? ¿Y debía contarles la verdad cuando llegara allí?

Estaba reflexionando sobre eso cuando oí un motor a mis espaldas, y al darme la vuelta vi que venía un coche por la curva, a una velocidad vertiginosa; era evidente que el conductor no esperaba encontrar a nadie allí a aquellas horas de la noche.

Me revolví hacia el arcén, pero perdí el equilibrio y me caí. Resbalé por un tramo de ladera pedregosa, me hice arañazos y heridas y las mallas quedaron hechas jirones, hasta que, con un chapoteo, fui a parar a una zanja llena de guijarros, una especie de arroyo o canal de drenaje que descendía hasta el fiordo. El coche también se había detenido, con un frenazo, en la carretera, unos dos metros por encima de mí; los faros alumbraban el valle, y los pilotos traseros teñían de rojo la nube de humo que salía por el tubo de escape.

Oí pisadas sobre la grava, en la carretera. ¿Richard? ¿Algún empleado suyo? Tenía que huir.

Intenté levantarme, pero se me dobló el tobillo; volví a intentarlo, esta vez con más cuidado. El dolor me arrancó un sollozo.

Al oírlo, un hombre, iluminado por detrás de modo que yo sólo distinguía su silueta, se asomó al borde de la carretera y dijo algo en noruego. Negué con la cabeza. Me temblaban las manos.

—No hablo noruego. —Intenté controlarme y no sollozar—. ¿Habla usted inglés?

—Sí, hablo inglés —contestó el hombre, con un acento muy marcado—. Deme la mano, la ayudaré a subir.

Vacilé, pero no iba a poder salir de la zanja sin ayuda, y si aquel hombre tenía intención de hacerme daño, podía bajar y agredirme, y además la zanja le ofrecería ventaja. Era mejor que me ayudara a salir; así yo podría correr después si era necesario. Los faros traseros del coche me deslumbraban, y levanté una mano para protegerme los ojos de la luz. Lo único que veía era una silueta oscura y un halo de pelo rubio bajo una especie de gorra. Al menos no era Richard, de eso estaba segura.

—Deme la mano —insistió el hombre, esta vez con un deje de impaciencia—. ¿Está herida?

—N-no, no estoy herida. Me duele el tobillo, pero creo que no lo tengo roto.

—Ponga la pierna aquí. —Señaló una roca que había a un palmo de la zanja—. Y yo la ayudaré a subir.

Asentí y, pese a saber que podía estar cometiendo una estupidez, puse el pie en la roca y me impulsé hacia arriba con la mano derecha.

El hombre me cogió con fuerza de la muñeca y empezó a tirar de mí, gruñendo mientras se sujetaba a otra roca que había en el borde de la zanja. Me dolían los músculos y los tendones del brazo, y cuando intenté apoyar el peso del cuerpo en el pie que me había lastimado, solté un grito; pero por fin, tras un último y doloroso tirón, logré salir, escarbando, de la zanja y me quedé temblando en el arcén.

—¿Qué hace aquí? —me preguntó. No le veía la cara, pero su voz revelaba preocupación—. ¿Se ha perdido? ¿Ha tenido un accidente? Esta carretera lleva a la cima de la montaña, no es un sitio para turistas.

Mientras pensaba qué podía contestar, me di cuenta de dos cosas.

La primera era que, colgada de la cintura, el hombre llevaba una funda de pistola cuya silueta se recortaba contra la luz de los faros del vehículo. Y la segunda, que éste era un coche de policía. Me quedé de piedra, sin saber qué responder, y oí que el crepitar de una radio interrumpía el silencio nocturno.

—Yo... —conseguí decir.

El policía dio un paso adelante y se echó la gorra hacia atrás para poder verme mejor.

—¿Cómo se llama, señorita? —me preguntó, frunciendo el ceño.

—Yo... —empecé, pero no continué.

Volvió a oírse el crepitar de la radio, y el policía levantó un dedo y dijo:

—Un momento, por favor.

Se llevó una mano a la cadera, y entonces vi que lo que yo había tomado por una pistola era en realidad un receptor de radio en una funda, colgado del cinturón junto a unas esposas. El policía dijo unas palabras por el receptor y luego se sentó en el asiento del conductor y comenzó una conversación más larga por la radio del coche.

—*Ja* —le oí decir, y luego varias frases seguidas que no entendí.

Después me miró a través del parabrisas; nuestras miradas se encontraron, y vi desconcierto en la suya.

—*Ja* —repitió—, *det er riktig. Laura Blacklock.*

De pronto sentí que todo se ralentizaba y tuve la fría certeza de que era ahora o nunca. Huir en ese momento quizá fuera un error. Pero, si no huía, tal vez no sobreviviría para averiguarlo, y no podía correr ese riesgo.

Titubeé un instante más, y entonces vi que el policía guardaba la radio y sacaba algo de la guantera.

No sabía qué hacer. Pero en un primer momento no había creído a Carrie, y había estado a punto de pagarlo muy caro.

Me armé de valor y me preparé, porque sabía que iba a dolerme, y eché a correr, pero no hacia arriba por la calzada, como antes, sino campo a través, lanzándome precipitadamente por la vertiginosa ladera del fiordo.

35

Empezaba a clarear cuando comprendí que no podía seguir adelante, que mis músculos, exhaustos, sencillamente no me obedecerían. Ya no caminaba: me tambaleaba como si estuviera borracha, y se me doblaron las rodillas cuando intenté pasar por encima de un tronco caído.

Tenía que parar. Si no paraba, me caería allí mismo, en una región tan agreste y remota de Noruega que tal vez nunca encontraran mi cadáver. Necesitaba cobijarme, pero me había alejado mucho de la carretera y no se veían casas por ninguna parte. No tenía teléfono. Ni dinero. Ni siquiera sabía qué hora era, aunque debía de estar a punto de amanecer.

Por mi reseca garganta ascendió un sollozo, pero justo en ese momento vi surgir algo entre los escasos árboles: la forma alargada y baja de un edificio. No podía ser una casa, pero quizá sí algún tipo de granero.

Esa visión infundió a mis piernas una última inyección de energía, y salí trastabillando entre los árboles, crucé un sendero de tierra y pasé por la puerta de una valla metálica. Sí, era un granero, aunque esa palabra parecía demasiado grandilocuente para designar la choza que tenía delante, con las paredes de madera desvencijadas y el tejado de chapa de zinc.

Dos caballitos lanudos volvieron la cabeza, curiosos, cuando pasé a su lado dando traspiés, y uno de ellos siguió bebiendo de lo que vi, con profundo alivio, que era un abrevadero metálico lleno de agua, cuya superficie se teñía de rosa y dorado bajo la tenue luz del amanecer.

Me acerqué al abrevadero, me arrodillé en la hierba y, recogiendo el agua en las manos ahuecadas, bebí a grandes tragos. Era agua de lluvia y sabía a barro, a tierra y a óxido, pero no me importó. Estaba demasiado sedienta para pensar en otra cosa que no fuera aliviar mi reseca garganta.

Después de beber todo lo que pude, me enderecé y miré alrededor. La puerta del granero estaba cerrada, pero levanté el pestillo y se abrió. Entré con cautela y cerré detrás de mí.

Dentro había heno, montañas de balas de heno, unos cubos que supuse que contendrían pienso o suplementos y, colgadas de unas perchas en la pared, un par de mantas de caballo.

Despacio, ebria de cansancio, descolgué una y la extendí sobre el montón más grande de heno, sin pararme a pensar en ratas ni pulgas, ni en los hombres de Richard. Era imposible que me encontraran allí, y además había alcanzado un punto en que casi no me importaba: con tal de que me dejaran descansar, podían llevárseme si querían.

Me tumbé encima de la manta y me tapé con la otra.

Y entonces me dormí.

—*Hallo?* —La voz volvió a sonar en mi cabeza, muy alta, casi hiriente.

Al abrir los ojos vi una luz cegadora y una cara que escudriñaba la mía. Un anciano con barba blanca y con un gran parecido al capitán Birdseye me miraba fijamente con unos ojos color avellana, legañosos, y una mezcla de sorpresa y preocupación.

Parpadeé y me arrastré hacia atrás, con el corazón desbocado, y entonces intenté levantarme, pero noté una fuerte punzada de dolor en el tobillo y me tambaleé. El anciano me cogió por el brazo y dijo algo en noruego, y, sin pensar, me solté con brusquedad de él y me caí al suelo del granero.

Durante unos minutos sólo nos miramos; él, en cuclillas, reparó en mis cortes y mis rasguños, y yo me fijé en su cara surcada de arrugas y en el perro que ladraba y corría describiendo círculos detrás de él.

—*Kom* —dijo por fin, y se levantó con esfuerzo.

Me tendió una mano, con serenidad y prudencia, como si le hablara a un animal herido que pudiera morderlo ante la mínima provocación, en lugar de a un ser humano. El perro volvió a ladrar, más nervioso, y el anciano le gritó por encima del hombro algo que claramente significaba «¡Cállate!».

—¿Quién...? —me pasé la lengua por los resecos labios y volví a intentarlo—: ¿Quién es usted? ¿Dónde estoy?

—Konrad Horst —dijo el anciano, señalándose.

Sacó su cartera y hurgó en ella hasta que encontró una fotografía de una anciana de mejillas sonrosadas con un moño de pelo blanco que tenía en brazos a dos niños de pelo rubio.

—*Min kone* —dijo, vocalizando mucho.

Y entonces, señalando a los niños, añadió algo que sonó como «vorry bon-bon». Luego indicó la puerta del granero, y vi que fuera había aparcado un Volvo viejísimo.

—*Bilen min* —dijo, y de nuevo—: *Kom*.

No sabía qué hacer. La fotografía de su mujer con sus nietos era tranquilizadora, pero los violadores y los asesinos también tienen nietos, ¿no? Por otra parte, quizá fuera un buen hombre. Tal vez su mujer hablara inglés. Como mínimo, seguramente tendrían teléfono.

Me miré el tobillo. No tenía muchas opciones. Se me había hinchado muchísimo el pie, y ni siquiera sabía si podría llegar renqueando hasta el coche, y mucho menos a un aeropuerto.

El capitán Birdseye me ofreció un brazo e hizo un pequeño gesto.

—¿Por favor? —dijo con entonación interrogativa, como si me ofreciera la posibilidad de escoger.

Pero era una ilusión. No tenía alternativa.

Dejé que me ayudara a levantarme y me metí en el coche.

Cuando llevábamos un rato circulando me di cuenta de lo lejos que había llegado la noche anterior. Desde aquel pliegue boscoso de la ladera ni siquiera se distinguía el fiordo, y el Volvo debió de recorrer dando tumbos varios kilómetros de pista llena de baches hasta que desembocamos en algo parecido a una carretera. Estábamos torciendo para incorporarnos a la calzada cuando vi algo en una pequeña hendidura debajo de la radio: un teléfono móvil. Era muy viejo, viejísimo, pero al fin y al cabo era un teléfono.

Alargué una mano. Casi no podía respirar.

—¿Puedo...?

El capitán Birdseye desvió la mirada y sonrió. Me colocó el móvil en el regazo, pero entonces dio unos golpecitos en la pantalla y dijo algo en noruego. Miré el teléfono y enseguida comprendí qué intentaba decirme. No había ni gota de cobertura.

—*Vente* —dijo en voz alta y con claridad, y luego, despacio, en inglés, pero con un fuerte acento—: Espere.

Dejé el teléfono en mi regazo, observando la pantalla con un nudo en la garganta mientras veía pasar los árboles al otro lado de la ventana. Pero había algo que no encajaba. En el teléfono aparecía una fecha: «29 DE SEPTIEMBRE.» O yo había contado mal, o había perdido un día.

—Esto... —Señalé la fecha que aparecía en la pantalla del móvil—. ¿Es correcto? ¿Estamos a veintinueve?

El capitán Birdseye le echó un vistazo y asintió.

—*Ja, tjueniende.* Martes —dijo, articulando la palabra muy despacio.

Martes. Era martes. Había pasado un día y una noche enteros durmiendo en aquel granero.

Estaba calculándolo, y asimilándolo, y evitando pensar en lo preocupados que debían de estar Judah y mis padres, cuando entramos en el camino de acceso de una casita pintada de azul, y entonces algo parpadeó en la esquina de la pantalla del teléfono: una barra en el indicador de cobertura.

—Por favor...

Levanté el móvil. De pronto notaba los latidos del corazón en la garganta; latía tan fuerte que las palabras llegaron asfixiadas y extrañas a mi boca.

—¿Puedo llamar a mi familia a Inglaterra?

Konrad Horst dijo algo en noruego que no entendí, pero asentía con la cabeza, así que, a pesar de que me temblaban tanto los dedos que me costaba pulsar las teclas, marqué +44 y, a continuación, el número del móvil de Judah.

36

Nos quedamos un buen rato sin decir nada. De pie en medio del aeropuerto, como dos idiotas, abrazados; Judah me acariciaba la cara y el pelo y los cardenales de la mejilla como si de verdad no pudiera creer que fuera yo. Supongo que yo hacía lo mismo, no me acuerdo.

Sólo podía pensar una cosa: «Estoy en casa. Estoy en casa. Estoy en casa.»

—No me lo creo —decía Judah una y otra vez—. Estás viva.

Y entonces brotaron las lágrimas y rompí a llorar con la cara hundida en la lana áspera de su cazadora; él no dijo nada, sólo me abrazó, como si jamás fuera a soltarme.

Al principio no había querido que los Horst llamaran a la policía, pero no podía hacérselo entender, y después de haber hablado con Judah y de que él me prometiera llamar a Scotland Yard y contarles mi historia (una historia tan disparatada que hasta a mí me costaba creérmela), empecé a aceptar que ni siquiera Richard Bullmer iba a poder usar sus influencias para librarse de aquélla.

Cuando llegó la policía, me llevaron a un centro sanitario, donde me curaron las heridas de los pies y el esguince del tobillo, y donde me extendieron una receta de mis pastillas. Se me hizo eterno, pero al final los médicos me dejaron marchar, y entonces me metieron en un coche y me llevaron a la comisaría de policía del pueblo más cercano del valle, donde me esperaba un funcionario de la embajada británica de Oslo.

Tuve que recitar una y otra vez la historia de Anne, Richard y Carrie, que cada vez me parecía más inverosímil incluso a mí.

—Tienen que ayudarla —repetía—. A Carrie. Tienen que perseguir el barco.

El funcionario británico y el agente de policía se miraron, y el agente dijo algo en noruego. De pronto comprendí que, fuera lo que fuese lo que me estaban ocultando, no podía ser una buena noticia.

—¿Qué pasa? —pregunté.

—La policía ha encontrado dos cadáveres —dijo por fin el funcionario de la embajada, con formalidad y un tanto turbado—. El primero apareció entre las redes de un barco de pesca, el lunes a primera hora de la mañana. El segundo lo recuperó, también el lunes, la unidad de submarinistas de la policía.

Me llevé las manos a la cabeza, y después me froté los ojos y vi cómo aumentaba la presión hasta estallar en forma de fogonazos y chispas detrás de mis párpados. Inspiré hondo y levanté la cabeza.

—Cuéntemelo. Necesito saberlo.

—El cadáver que recuperaron los submarinistas era de un hombre —explicó el funcionario de la embajada—. Tenía un disparo en la sien, y la policía cree que pudo ser una herida autoinfligida. No llevaba documentación encima, pero están casi seguros de que se trata del cadáver de Richard Bullmer. La tripulación había informado de su desaparición desde el *Aurora*.

—Y... —Tragué saliva—. ¿Y el otro?

—El otro era de una mujer, muy delgada, con la cabeza afeitada. La policía tendrá que realizarle la autopsia, pero las conclusiones preliminares son que murió ahogada. ¿Señorita Blacklock? —Miró a su alrededor, desconcertado, como si no supiera qué hacer—. ¿Se encuentra bien, señorita Blacklock? ¿Alguien puede traer un pañuelo, por favor? No llore, por favor, señorita Blacklock. No va a pasarle nada.

Pero no podía hablar. Y lo peor era que el hombre tenía razón: a mí no iba a pasarme nada, pero a Carrie ya le había pasado.

Saber que Bullmer se había suicidado debería haberme consolado, pero no fue así. Me quedé allí sentada, llorando, tapándome la cara con el pañuelo que me habían dado y pensando en Carrie, en lo que me había hecho y en lo que no me había hecho. Aun con sus aciertos y sus errores, había pagado con su vida. Si yo hubiera sido más rápida, podría haberla salvado.

37

El taxi nos llevó del aeropuerto a casa de Judah. Ni siquiera nos hizo falta hablar de ello, pero yo no me veía con ánimos de ir a mi apartamento del sótano. Ya había pasado demasiadas horas encerrada en una habitación sin luz, y Judah, por lo visto, se había dado cuenta.

En el salón de su casa, me arropó con una manta en el sofá, como si fuera una niña pequeña o alguien que se está recuperando de una enfermedad, y me besó con suavidad en la frente, como si pudiera romperme.

—No puedo creer que hayas vuelto —repitió—. Cuando me enseñaron aquella fotografía de tus botas...

Se le llenaron los ojos de lágrimas, y a mí se me hizo un nudo en la garganta.

—Se las quedó Carrie —expliqué con voz quebrada—, para que yo pudiera hacerme pasar por ella. Quería...

Pero no pude terminar.

Judah me abrazó largo rato, y al cabo de unos momentos, cuando se recuperó, tragó saliva y dijo:

—Tienes... un montón de mensajes, ¿lo sabías? La gente me llamaba a mí porque tu buzón de voz estaba lleno. Fui apuntando las llamadas.

Se metió la mano en el bolsillo y sacó una lista. Le eché un vistazo. La mayoría eran nombres que podía haber esperado: Lissie, Rowan, Emma, Jenn...

Algunos me sorprendieron:

—Tina West. Se alegra mucho de saber que estás bien. No hace falta que le devuelvas la llamada.

»Chloe... ¿Yansen? Espera que estés bien. Que los llames a Lars o a ella si pueden ayudar en algo.

»Ben Howard. No ha dejado mensaje.

—¡Dios, Ben! —De pronto me sentí culpable—. Me sorprende que todavía me dirija la palabra. Prácticamente lo acusé de estar detrás de todo esto. ¿De verdad llamó?

—Claro que sí. Y no sólo eso —dijo Judah, y vi que con la camiseta se enjugaba con disimulo las lágrimas—. Fue él quien dio la alarma. Me llamó desde Bergen para saber si habías llegado bien a casa, y cuando le conté que no sabía nada de ti desde el domingo, me dijo que llamara a la policía británica y les explicara que era una emergencia. Entonces me contó que él había estado dando la lata a la tripulación desde que habían atracado en Trondheim, pero que nadie había querido hacerle caso.

—No me hagas sentir aún peor, por favor.

Me tapé la cara con las manos.

—Bueno, sigue siendo un gilipollas y un engreído —dijo Judah.

Me miró con esa sonrisa suya tan atractiva, y vi, con una punzada de remordimiento, que su diente había vuelto a agarrar.

—Le hicieron una entrevista de mierda en el *Mail* en la que daba a entender que acababais de romper.

—Vale —dije, y reí un poco—. Así ya no me duele tanto haberlo acusado de asesinato.

—Bueno, ¿te apetece una taza de té?

Asentí; Judah se levantó y fue a la cocina. Saqué un puñado de pañuelos de papel de la caja que había en la mesita y me enjugué las lágrimas; luego cogí el mando a distancia y encendí el televisor, impaciente por recuperar alguna apariencia de normalidad.

Empecé a hacer *zapping*, buscando algo tranquilizador y conocido (una reposición de «Friends», por ejemplo, o de «Cómo conocí a vuestra madre»), cuando de pronto me dio un vuelco el corazón, y paré.

Me quedé con la vista clavada en la pantalla del televisor y en el hombre que me miraba fijamente.

Era Bullmer.

Me miraba a los ojos, y sus labios componían aquella sonrisa asimétrica; durante un segundo pensé que se trataba de una alucinación. Inspiré y me disponía a llamar a Judah a gritos para preguntarle si él veía la misma cara que yo mirándome fijamente desde la pantalla, como una pesadilla, pero entonces apareció un locutor de informativos y comprendí qué estaba sucediendo. Estaban informando de su muerte.

—...la noticia de última hora del fallecimiento del empresario británico lord Richard Bullmer. Lord Bullmer, accionista mayoritario de la empresa caída en desgracia Northern Lights Group, ha sido hallado muerto después de que, sólo horas antes, se hubiera informado de su desaparición a bordo del *Aurora*, su yate de lujo, frente a las costas de Noruega.

Hubo otro corte, esta vez para mostrar a Richard de pie en una tarima, pronunciando un discurso. Movía los labios, pero no se lo oía hablar, porque el locutor siguió narrando la noticia sobre aquellas imágenes. Cuando la cámara le enfocó la cara bajé el volumen, sin pensar en lo que hacía, me levanté del sofá y me arrodillé delante del televisor, con la cara a sólo unos centímetros de la de Bullmer.

Cuando acabó el discurso, Richard saludó con la cabeza, y la cámara tomó un primer plano de su rostro, él clavó la mirada en el objetivo y me lanzó su guiño característico. Se me revolvió el estómago y se me puso la piel de gallina.

Cogí el mando a distancia con manos temblorosas, dispuesta a borrarlo de mi vida para siempre, cuando la cámara tomó una panorámica y vi a una mujer sentada en primera fila, sonriendo y aplaudiendo, y me detuve, con el dedo suspendido sobre el botón de «off». Era increíblemente hermosa, con una melena larga de pelo rubio oscuro y unos pómulos prominentes, y por un instante no supe de qué me sonaba. Y entonces... caí.

Era Anne. Anne como era antes de que Richard acabara con ella: joven, hermosa y llena de vida.

Aplaudía, y de pronto parecía darse cuenta de que las cámaras la enfocaban y pestañeaba mirando hacia el objetivo, y vi algo en sus ojos, aunque no habría sabido decir si eran imaginaciones mías o no. Me pareció ver tristeza en su expresión; la vi atrapada y un poco atemorizada. Pero entonces sonrió más abiertamente, se animó, y vi que se trataba de una mujer que nunca se rendía, nunca cedía, que luchaba hasta el final.

Luego la imagen cambió y se vio de nuevo la sala de redacción; apagué el televisor y me senté en el sofá. Me tapé con la manta, volví la cara hacia la pared y me quedé pensando mientras Judah preparaba el té en la cocina.

El reloj de la mesita de noche de Judah marcaba más de las doce. Estábamos los dos en la cama; él, con el pecho amoldado a mi espalda, me cogía con un brazo y me apretaba contra sí, como si no se fiara de que yo no fuera a desaparecer durante la noche.

Esperé hasta que creí que Judah dormía, y entonces me puse a llorar, pero un sollozo particularmente fuerte me sacudió las costillas, y él, con dulzura, me dijo al oído:

—¿Estás bien?

—Creía que dormías. —Tenía la voz tomada y ronca por el llanto.

—¿Estás llorando?

Quise negarlo, pero me notaba la garganta atascada y no podía hablar, y, de todas formas, estaba harta de fingir y de mentir.

Asentí, y él levantó una mano y me tocó las mejillas húmedas.

—Cielo... —Lo oí tragar saliva—. Todo... No te... —Se interrumpió; no podía continuar.

—No puedo dejar de pensar en ella —dije, a pesar de lo que me dolía la garganta.

Era más fácil no mirarlo, hablarle a la oscuridad y a las pinceladas de luz de luna que había en el suelo.

—Es que me cuesta aceptarlo, es... injusto.

—¿Que él se haya suicidado? —preguntó Judah.

—No sólo eso... Anne. Y... Carrie.

Judah no dijo nada, pero yo sabía qué estaba pensando.

—Dilo —dije con amargura.

Él suspiró, y noté que su pecho subía y bajaba, pegado a mi espalda, y su aliento cálido en la mejilla.

—Supongo que no debería decirlo, pero no puedo evitar... alegrarme.

Me di la vuelta bajo las sábanas para mirarlo, y de nuevo él levantó una mano.

—Ya lo sé, es injusto, pero lo que te hizo esa mujer... En serio, si por mí fuera, no la habrían sacado del agua. Yo la habría dejado allí, para que se la comieran los peces. Mejor que no haya tenido que decidirlo yo.

Sentí rabia, en nombre de Carrie, a la que habían maltratado, intimidado y mentido.

—Murió por mi culpa —dije—. No tenía por qué dejarme marchar.

—Y un cuerno. Te viste como te viste por su culpa. Ella no tenía por qué matar a una mujer y, luego, secuestrarte.

—Eso no lo sabemos. No sabemos lo que ocurre en las relaciones de los demás.

Pensé en el miedo que sentía Carrie, en los cardenales que tenía en el cuerpo, en su convicción de que nunca podría huir de Richard. Carrie tenía razón. Judah no me contradijo. No le veía la cara en la oscuridad, pero percibía su disconformidad aunque él no dijera nada.

—¿Qué? —dije—. ¿No me crees? ¿No crees que las personas puedan verse arrastradas a hacer algo por miedo o porque son incapaces de ver otras salidas?

—No, no es eso —respondió Judah—. Sí lo creo. Pero sigo pensando, a pesar de todo, que somos responsables de nuestros actos. Todos nos asustamos. Pero no vas a decirme que tú serías capaz de hacerle eso a otra persona, por muy difícil que pareciera la situación: secuestrarla, encarcelarla... por muy asustada que estuvieras.

—No lo sé —respondí.

Pensé en Carrie, en lo valiente que había sido y en lo frágil que era. Pensé en las máscaras que llevaba para ocultar el miedo y la soledad que había en su interior. Pensé en el cardenal que tenía en la clavícula y en el miedo que se reflejaba en sus ojos. Pensé en que había renunciado a todo por mí.

—Oye... —Me incorporé y me envolví con la sábana—. Ese trabajo del que me hablaste antes de irme, el de Nueva York, ¿lo rechazaste?

—Sí. Bueno, no... Pero voy a rechazarlo. Todavía no les he llamado. Cuando desapareciste me olvidé por completo de eso. ¿Por qué?

De pronto, Judah parecía un poco nervioso.

—Porque creo que no deberías rechazarlo. Creo que deberías aceptarlo.

—¿Cómo dices?

Él se incorporó también, y la luz de la luna le iluminó la cara y me mostró su expresión de rabia y sorpresa. Se quedó un momento sin saber qué decir, y luego las palabras salieron en tropel:

—¿Qué demonios dices? ¿Por qué? ¿A qué viene esto ahora?

—Bueno, estas oportunidades sólo se presentan una vez en la vida, ¿no? Es el puesto que siempre habías querido.

Me enrosqué una punta de la sábana en los dedos hasta que se me cortó la circulación y se me quedaron entumecidos y fríos, y al final añadí:

—Y seamos sinceros, aquí no hay nada que te retenga, ¿no?

—¿Que no hay nada que me retenga? —Lo oí tragar saliva y vi que apretaba y relajaba los puños sobre las sábanas blancas—. Tengo muchas cosas, todo, o al menos eso creía. ¿Estás... me estás diciendo que quieres que rompamos?

—¿Qué? —Entonces fui yo la que se quedó conmocionada de la sorpresa.

Negué con la cabeza, le cogí las manos y le acaricié los nudillos, aquel entramado de huesos y tendones que conocía como la palma de mis manos. Joder.

—¡Claro que no, Jude! Por nada del mundo. Lo que quiero decir... Lo que intento preguntarte es si... Si quieres que nos vayamos. Los dos. Juntos.

—Pero... ¿y *Velocity*? ¿Y tu trabajo? La baja de maternidad de Rowan. Ésta es tu gran oportunidad. No puedo fastidiártela.

—No es mi gran oportunidad.

Suspiré. Me deslicé bajo las sábanas, sin soltar las manos de Judah.

—Me di cuenta en el barco. Me he pasado casi diez años trabajando en *Velocity*, mientras que Ben y todos los demás se arriesgaban y buscaban empleos mejores. Yo, en cambio, tenía demasiado miedo. Y me sentía en deuda con ellos por estar a mi lado cuando tuve problemas. Pero Rowan no se va a marchar: volverá dentro de seis meses, o incluso menos, y yo seguiré donde estoy ahora. Y la verdad es que, aunque me ascendieran, ya no es lo que quiero. Nunca lo he querido: me di cuenta a bordo de ese barco. Te aseguro que tuve tiempo de sobra para pensarlo.

—¿Qué me estás diciendo? Pero si desde que nos conocimos no me has hablado de otra cosa.

—Creo que se me olvidó qué era lo que de verdad quería. No quiero acabar como Tina y Alexander, que se pasan la vida viajando y lo único que ven de los países a los que van son hoteles de cinco estrellas y restaurantes de la guía Michelin. Sí, Rowan ha estado en casi todos los *resorts* de lujo del Caribe, pero se pasa la vida escribiendo las historias que la gente como Bullmer quiere que cuente, y a mí eso ya no me interesa. Quiero escribir sobre las cosas que la gente no quiere que sepamos. Y si tengo que volver a empezar desde cero, puedo trabajar desde cualquier sitio como autónoma. Ya lo sabes.

Se me ocurrió una idea, y solté una risita nerviosa.

—¡Podría escribir un libro! *Mi cárcel flotante: un infierno verídico en alta mar.*

—Lo.

Judah me cogió las manos y me miró fijamente, con los ojos muy abiertos y oscuros bajo la luz de la luna.

—Lo, basta de bromas. ¿Lo dices en serio?

Inspiré hondo y asentí.

—Nunca en mi vida he dicho nada más en serio.

Después, Judah se quedó dormido con la cabeza en mi hombro; yo sabía que se me dormiría el brazo, pero no quise apartarlo.

—¿Estás despierto? —le pregunté.

Al principio no me contestó, y creí que se había dormido. Tenía un don para quedarse inconsciente en un abrir y cerrar de ojos; pero entonces se movió y respondió.

—Sí.

—Yo no puedo dormir.

—Chis...

Se dio la vuelta en mis brazos y me acarició el rostro.

—Tranquila, ya ha pasado todo.

—No, no es eso. Es que...

—¿Sigues pensando en ella?

Asentí en la oscuridad, y él suspiró.

—Cuando viste su cadáver... —empecé.

Pero él me interrumpió:

—Yo no lo vi.

—¿Cómo que no? Creía que la policía te había enviado fotografías para que me identificaras.

—Sí, pero no eran de un cadáver. Ojalá. Si hubiera visto que era el cadáver de Carrie y no el tuyo, no habría pasado dos días de infierno creyendo que estabas muerta. Sólo era ropa. Eran fotografías de ropa.

—¿Por qué lo harían?

Parecía una decisión extraña. ¿Por qué pedir a Judah que identificara unas prendas de ropa, en lugar de un cadáver?

Noté que él se encogía de hombros.

—No lo sé. En ese momento supuse que quizá lo habían hecho porque el cadáver estaba demasiado deteriorado, pero después de que me llamaras hablé con la agente de enlace con los familiares asignada al caso. Quería que me explicara cómo era posible que hubieran metido tanto la pata, y habló con los noruegos; por lo visto, ella cree que es porque encontraron la ropa por separado.

¿Cómo? No entendía nada. ¿Se habría quitado Carrie las botas y la sudadera y habría intentado huir a nado, con la esperanza de burlar a Bullmer?

Me resistía a quedarme dormida, porque suponía que en sueños vería la cara de reproche de Carrie, pero cuando por fin cerré los ojos fue la de Bullmer la que apareció ante mí: riendo, el pelo entrecano alborotado por el viento mientras se precipitaba desde la cubierta del *Aurora*.

Abrí los ojos y, con el corazón acelerado, intenté recordar que Bullmer estaba muerto, que yo estaba a salvo, que Judah dormía abrazado a mí y que toda aquella pesadilla ya se había acabado.

Pero no era verdad. Porque no me creía lo que había ocurrido. No era sólo que no pudiera aceptar la muerte de Carrie: tampoco aceptaba la de Bullmer. No porque creyera que él debería haber sobrevivido, sino porque su muerte, en realidad, no tenía ningún sentido. Podría haber creído que Carrie se hubiera suicidado, pero que se hubiera suicidado él, no. Por mucho que me empeñara, no me imaginaba a aquel hombre, de fría y férrea determinación, rindiéndose. Había peleado mucho y había jugado sus cartas con audacia y sangre fría. ¿Cómo iba a tirar la toalla? Me parecía increíble.

Sin embargo, era lo que había pasado. Y yo tenía que aceptarlo. Bullmer estaba muerto.

Volví a cerrar los ojos y ahuyenté su fantasma; abracé a Judah con todo el cuerpo y pensé, pausadamente, en el futuro, en Nueva York y en el acto de fe que me disponía a realizar.

Durante un instante, una imagen nítida destelló en mis retinas: yo, al borde de un sitio muy alto, haciendo equilibrios en una barandilla, y abajo las olas oscuras.

Pero no tenía miedo. Ya me había caído una vez, y había sobrevivido.

Jueves, 26 de noviembre
IDENTIFICADA LA MISTERIOSA MUJER
AHOGADA EN EL AURORA

Transcurridos casi dos meses desde el hallazgo de dos cadáveres en el mar, uno de ellos el del empresario británico lord Richard Bullmer, la policía noruega ha emitido hoy un comunicado anunciando la identidad del cadáver que unos pescadores encontraron entre sus redes en el mar del Norte: se trata de su esposa, Anne Bullmer, la heredera multimillonaria de la familia Lyngstad.

El cadáver de lord Bullmer fue hallado a varios centenares de millas de la costa por el equipo de submarinistas de la policía que peinaba la franja costera cerca de Bergen, Noruega, después de que la tripulación informara de su desaparición a bordo de su exclusivo crucero de lujo, el *Aurora Borealis*.

DESCARTADO EL SUICIDIO

El comunicado en inglés confirma las anteriores declaraciones de la policía noruega, según las cuales la causa de la muerte de lady Bullmer fue el ahogamiento, mientras que la muerte de Richard Bullmer fue consecuencia de un disparo en la sien. No obstante, el documento contradice las informaciones previas relativas al suicidio de lord Bullmer y se limita a declarar que la herida no fue autoinfligida, según el informe del patólogo noruego.

El hallazgo de una pistola, recuperada junto al cadáver de lord Bullmer y envuelta en unas prendas de ropa que pertenecían a la periodista británica desaparecida Laura Blacklock, dio pie a que, en un primer momento, se especulara con que su muerte estuviera relacionada con la desaparición de dicha periodista, ocurrida unos días antes.

La señorita Blacklock fue encontrada viva unos días más tarde en Noruega, pero sus padres han exigido una investigación policial después de que, durante varios días, se les hiciera creer que el cadáver identificado era el de su hija. Scotland Yard ha insistido en que en ningún momento el cadáver fue identificado como el de la señorita Blacklock, aunque ha admitido que el hallazgo de la ropa de la señorita Blacklock no había sido «debidamente comunicado» a la familia. Scotland Yard atribuye esos malentendidos a «fallos de coordinación entre cuerpos» y ha confirmado que se mantiene en contacto con la familia Blacklock en relación con el incidente.

En respuesta a la pregunta del *Standard*, un portavoz de la policía noruega ha declarado que, si bien han interrogado a la señorita Blacklock sobre el caso, no se considera a la británica sospechosa de ninguna de las dos muertes, y que la investigación sigue en marcha.

BANCA ON LINE

6 diciembre, 16.15 h
Bienvenida al chat de Atención al Cliente.
Soy Ajesh, de Banca Privada. ¿En qué puedo ayudarla, señorita Blacklock?

Hola, les escribo porque he visto un ingreso en mi cuenta que no tenía previsto.
Quería saber si disponen de alguna información sobre su origen. Gracias. Lo.

Hola, señorita Blacklock, sí, puedo averiguarlo. ¿Puedo llamarla Laura?

Sí, claro.

¿Qué transacción le interesa, Laura?

Es una de hace dos días, con fecha 4 de diciembre, de 40.000 francos suizos.

Voy a comprobarlo.
Ya tengo los datos. ¿La transferencia lleva la referencia «Baile de Tigger»?

Sí, correcto.

Tengo el código de origen. Corresponde a una cuenta suiza con base en Berna. Lo lamento, pero no tengo información sobre la identidad del titular. Es una cuenta numerada. ¿La referencia no le sugiere nada?

Sí, gracias. No se preocupe. Creo que es de una amiga mía, sólo quería comprobarlo. Muchas gracias.

De nada. ¿Necesita algo más, Laura?

No, gracias. Adiós.

Agradecimientos

Muchas gracias a todas las personas que me han ayudado mientras escribía *La mujer del camarote 10*. Escribir es una tarea solitaria, pero no cabe duda de que publicar es un deporte de equipo, y estoy muy contenta de tener a gente tan entregada, divertida y simpática implicada en la edición de mi libro.

En primer lugar, debo dar las gracias a las dos Alisons, Alison Hennessey, de Harvill Secker, y Alison Callahan, de Scout, por ser unas editoras tan delicadas, perspicaces e intrépidas, y por demostrar que tres cerebros son mucho mejores que el mío solo.

En Vintage hay muchas personas que merecen mi agradecimiento por su apoyo y sus muestras de entusiasmo, pero estoy especialmente en deuda con Liz Foley, Bethan Jones, Helen Flood, Áine Mulkeen, Rachel Cugnoni, Richard Cable, Christian Lewis, Faye Brewster, Rachael Ludbrook y con Versha, por su excelente diseño, con Simon Rhodes, de Producción, y por supuesto con Tom Drake-Lee y todo el personal del Departamento Comercial, por llevar mis libros hasta las manos de los lectores, y con Jane Kirby, Penny Liechti, Monique Corless y Sam Coates, de Derechos, por venderlos en todo el mundo. Gracias por darle tanto cariño al *Camarote* y por hacer que esté tan orgullosa de ser una autora de Vintage.

Mi agente, Eve White, y todo su equipo están siempre a mi lado, y no deja de sorprenderme y emocionarme la generosidad de la brillante comunidad de escritores, tanto virtual como en persona.

Mi familia y mis amigos ya saben cuánto los quiero, así que no voy a repetirlo aquí, pero ¡los quiero mucho!

ISBN: 978-84-9838-954-8
Depósito legal: B-13.570-2019
1ª edición, junio de 2019
Printed in Spain
Impresión: Romanyà-Valls, Pl. Verdaguer, 1
Capellades, Barcelona